狂欢或悲戚

——当代文学的现象解析与文化观察

张清华 著

新星出版社 NEW STAR PRESS

no.27 新人文丛书

【总序】

新人文：在思想与行动之间

王晓纯

“人文”一词，用法不一：古人将之与“天文”对举，今人把它与“科学”并列；它还常用来概称一种无论西方还是东方都存在的崇扬人性与人道的主义或精神。

“人文”与“天文”对举，最早出现于《周易》。《周易·贲卦》彖辞中，有“观乎天文，以察时变；观乎人文，以化成天下”之语。根据后人的解释，“文者，象也”，即呈露的形象、现象。于人而言，包括人世间的事态、状况，并可以引申到个人气象与社会风貌。值得注意的是，文中强调“文明以止，人文也”。文明总是与人文密不可分。人而文之，方谓之文明。在中国传统中，“人文”主要指人类社会的礼乐教化、典章制度和道德观念。而文明在其本质上，乃是人类对“人之为人”在思想上的自觉和这种自觉在实践中的表现。

“人文”与“科学”并列，与西方近代分科之学的出现与发展有关。伴随科学与技术的勃兴和迅猛发展，人类社会传统的文化格局发生了重大改变，尤其通过科学与工业革命不断推波助澜，甚至形成了科学与人文之间所谓“两种文化”的分裂。

“人文”作为一种精神或主义，泛指从古到今东西方都出现过的强调人的地位和价值、关注人的精神和道德、重视人的权利和自由、追求人的旨趣和理想的一般主张。

当代中国思想者的研究视域从来没有离开过对中国社会的人文关注。如今，中国社会进入了一个重要的转型时期。新时期呼唤新人文，也不断催生着新人文。

新人文是一种新愿景。现代社会使人在工具理性和技术统治面前常感无力，物质的丰富与精神的幸福之间往往容易失衡。新人文将目光聚焦于人本身，重塑价值理性，高扬人性尊严，唤起内心力量，促进个性自由发展，让梦想不再贫乏，让精神充满希望。

新人文是一种方法论。唯人主义和唯科学主义是现代性的基本组成部分，但两者的分隔也有渐行渐远之势。新人文试图重新发现科学与人文的内在融通，增进科学与人文的互补互用，让科学更加昌明，让人文之光更加夺目。

新人文是一种行动哲学。继往圣、开来学不是思想者的唯一目标，理想与现实之间需要架设坚实的桥梁。新人文力图夯实人文基础，作为社会的良知而发出公正的呼声，着力提高全民族的文化素养和精神境界，让思想冲破桎梏，用行动构筑未来。

鉴于以上种种，我们编辑了这套“新人文”丛书，奉献给关心当下中国现代化进程和新人文建设的广大读者。

2012.10.19

目录

圣徒启示录里，智慧女神密涅瓦的猫头鹰在暮色中飞翔，因为生活的色调变得越来越灰暗。现代主义胜利的启示录里，黎明所展示的光彩不过是频闪电子管不停的旋转。如今的现代文艺不再是严肃艺术家的创作，而是所谓“文化大众”（culturati）的公有财产。对后者来说，针对传统观念的震惊（shock）已变成新式的时尚（chic）。

——丹尼尔·贝尔：《资本主义文化矛盾》

自序：狂欢为何，悲戚由谁

人到了一定的年纪再出书，就不好再麻烦师长或别人来作序。这意味着：一方面是自己有了某些“资历”，可以不用别人来引荐，介绍你姓甚名谁；另一方面也意味着，不再有人对你抱以期望，或者也可以说，你已不再像当年的“可畏后生”有不可限量的“前景”那样被抱以期待。可你还得觍着脸，来进行一番自我推销和介绍。这似乎已不只是尴尬，而是还有几分悲凉和凄惨的意思了。

本书取名为“狂欢或悲戚”，是借了几年前的一篇小文的题目。该文是为一家美国的英文杂志《今日世界文学》的一个中国专刊而写的，只有规定的不到两千字的篇幅，因此也就根本不好意思拿来放到这本书里。但是这个题目我还是颇为珍爱，因为它似乎形象地传达出了中国这十几年、几十年里的社会文化与环境气氛。这是截然相反的、分裂和悖谬的、相交又相持的、交融而又互动的一种两极感受，犹如地球的磁极，或一块磁铁的两极一样，它们交互依存地构成了我们时代的“文化或者精神场域”。有人将这称作“中国经验”，我以为是准确的。什么是中国经验？借用余华《兄弟》后记中的话说就是，一个中国人活了四十年，好比一个西方人活了四百年。他经历了完全不同的两个时代，一个是“精神狂热、本能压抑和命运惨烈的时代”，一个是“伦理颠覆、浮躁纵欲和众生万象的时代”，“一个西方人活四百年才能经历这样两个天壤之别的时代，一个中国人只需四十年就经历了。四百年间的动荡万变浓缩在了四十年之中……"[1]如果一个人足够敏感，那么他一定会感到一种分裂而含混的五味交杂，一种难以言喻的百感交集。这样的时代，如果出不了大作家，出不了伟大的文学作品，只能说这个时代的人没有福缘，没有才华，没有准备好，在一个需要巨人的时代碰巧只出了一群平庸之辈。

但事情确乎没有那么糟，这些年中，中国的文学的确出现了一些不凡的迹象。在历经数十年的捆束之后，在20世纪80年代曾出现了一个冒进的时期。如果诗意地看，也许可以说是波澜壮阔，或者风云激荡。不管怎么说，人们在这个年代以仍旧保有的原始纯真和对文学的神话般敬畏，用了启蒙主义的精神之火，还有西方现代派的文学技巧等等因素的混合相加，创造了一个许多人迄今还在缅怀的美好时期，有人甚至还反复将之进行理想化和传奇化的描述。但在我看来，这只是一个必要的准备而已，20世纪80年代并不是中国文学的黄金年华，它只是一个青春时代，还不是收获季节，那些概念化的主题和激进的形式探求，只是为洗尽铅华的回返和成熟作准备罢了。虽然不能说没有留下传世之作，但这个年代的作品在艺术与形制上还是留下了各种欠缺。

20世纪90年代才是文学真正的黄金岁月。这个年代出现了成熟的叙事与形式，出现了在艺术上综合而圆融的气象，出现了新文学诞生以来最优秀和最丰厚的作品。我曾经反复提到过这些作品，比如《活着》、《九月寓言》、《废都》、《许三观卖血记》、《长恨歌》、《丰乳肥臀》、《白鹿原》……这些作品至少在新文学诞生以来，都是在思想上最为丰富厚重、在艺术上最为复杂考究和最为圆融成熟的。在诗歌领域中同样是这样，诗歌艺术内部的复杂性被前所未有地打开了。但20世纪90年代注定在色调上是灰暗的，弥漫着精神的低落与转折的不适，市场与物欲的日渐膨胀带来了世俗化的焦虑与脆弱，也导致了价值的分裂与荒谬。在思想界出现的"人文精神讨论"，其实就是这样一种焦虑与不适的表现。但低落与荒诞的情绪——某种愤懑悲情与足够强烈的精神底色，也为上述作品的诞生准备了最好的动力与布景。80年代观念与形式的练习，在这个年代结出

①余华：《兄弟》，"后记"，上海文艺出版社，2005年。

了成色更足的正果。

这种趋势延续到了新世纪之后。假如我说中国文学在这个世纪之交的十几年、二十年中经历了一个小小的“文艺复兴”，一定会有人嗤之以鼻。但的确，这个罕见而差不多业已结束的收获期是我们曾期盼多年而未果、如今不期而至却又被我们漠视和忽略了的。一方面是网络环境带来民众意识的觉醒，个体权利面对公权力顽强生长，给文学准备了更加广大的空间与土壤，越来越多的人可以相对自由地利用网络环境来发表和传布自己的言论与作品，利用博客、微博等“自媒体”来表达其对于社会与文化，包括文学的观点与态度；另一方面是一代渐趋成熟的作家，开始了自觉的艺术上的“返回”之旅。莫言的《檀香刑》、《生死疲劳》等作品，一改以往十分西化的风格与写法，转而采用了中国式的、本土意味更加浓厚的叙事。格非的《人面桃花》、《山河入梦》、《春尽江南》三部曲更堪称刻意向中国传统叙事致敬的小说，它们更加典雅的中国式小说语言，与《红楼梦》、《金瓶梅》等传统小说更加接近的美学趣味，包括其中“轮回”和“衰败”的整体的世界观与人生观，都与典范的“中国叙事”有着神韵上的续接与融合。

不过，我之所以看重这样一个时期，不只是因为文学本身的丰富与成熟，还在于我们这个社会本身的戏剧性和“传奇”意味，也同样具有“文学化”的属性。在仿佛一夜之间生长出的鳞次栉比、高耸入云的楼宇的丛林和因为“拆迁”而抗争而无家可归的人群之间，在GDP的急剧增长、财富的迅速累积与流向的不明之间，在汽车拥有量的过度饱和与飞速上涨而使无房者永远也买不起的房价之间……我看到我们的社会与人群中出现的深刻的分化，这本身也上演着各色各样的人间活剧。犹如余华的《兄弟》中所描写的，有人为了炫富，不惜用纯金打造马桶，花巨资准备乘坐俄罗斯的太空船，有人却为了养家谋生而不得不将自己男扮女装，去做硅胶乳房的推销者，去车站与码头做可怜的扛包者，一任自己心爱的妻子被昔年的恶棍兄弟恣意奸淫。回过头来看看，20年前读者曾吃惊于贾平凹《废都》中所写的混乱与荒唐，7年前又有人曾质疑余华《兄弟》的真实性，但却没有想到“现实”比“作品”的发展只是稍慢了半拍——有时则是远远超前于文学本身的想象力——所有被认为夸张和“不真实”的描写，在我们的时代早已有过之而无不及地变成了“现实”。这种戏剧性，包含了真正的悲欢离合与爱恨情仇的戏剧，在我们的时代，实在是每天都在创造，在上演。

上述分裂的社会能量，也在写作领域中导致了两种分野明显的趣味：享乐主义、消费主义的闲适情绪和对社会伦理颠覆的悲愤情怀。因此在文学领域中，我们几乎同时看到了两种矛盾的文学思潮与流向：充满狂欢意味的、向下的、“祛魅”的、解构主义的、颠覆一切的、技术主义的、娱乐化和影像化的、以网络为平台的潮流；以及同时出现的凸显社会伦理的、悲愤和忧患的、批判社会分化的、关注社会底层的、部分地上升到历史和传统高度进行再处理的、仍然具有思想价值或道德力量的潮流。两种完全不同，却有着内在的一致性与联系的写作潮流，如今在中国互相交叉、互相冲突又相互依存地共生着。

网络的出现，比历史上任何一种媒介的变革都更深远地影响着文学的方向和趣味，这一点现在就应该给予充分的认识。最根本的一个变化，是它在一定程度上改变了写作者的角色，由一个自足的、必须承担话语责任的个体，变成了一个虚拟和游戏世界里的“隐身人”。他不需要出具实名——即便出具也有着不一样的心态，因为“网络写作”的伦理要求和“书面写作”的伦理规则是完全不同的。另外，网络世界对中国人来说还有着不一样的意义，现实之中规则秩序的压抑愈多，在虚拟世界中的反弹就愈强烈，所表现出来的粗鄙和不负责任的程度也就更甚。照巴赫金的说法，“狂欢”的主要表现和特征就是对原有权威的“辱骂”和“贬低”，对原有秩序的恣意颠覆与破坏。因此，自由的合理性和谩骂式的粗鄙几乎是同时出现的，这与当下中国的文化情境有着十分微妙乃至隐秘的合拍关系。

在严肃的文学创作中，狂欢气质，或说狂欢式的叙述格调，成了作家所喜欢和追逐的东西。以莫言为例，他在进入新世纪之后所发表的几部长篇小说——《檀香刑》、《四十一炮》、《生死疲劳》、《蛙》，都充满着狂欢化的叙述风格；余华积十余年时间才推出的《兄弟》，也让此前他在《许三观卖血记》中就已显露的喜剧风格更为夸张。这不是偶然的，作家对于时代氛围的敏锐捕捉，使他们不由自主地在作品中透示出这种感受。以《兄弟》和《生死疲劳》为例，它们都是对当代中国历史巨大翻覆的戏剧性书写。从20世纪50年代至20世纪70年代的狂热的政治运动时期，到20世纪80年代以后迅速的市场化运动，中国人经历了任何一个民族都不曾经历的精神巨变，在这场物质与信仰的巨大置换中，多少生命被席卷于喜剧的云顶，或悲剧的深渊，在沧海桑田式的动荡中历尽磨难，随后又在一个突然的转折中，被抛掷于历史的废墟或精神的荒原之上。那些历经苦难而后存的精神伦理，又被金钱和市场的巨大力量所肢解。《兄弟》中所谓的从“精神狂热、本能压抑和命运惨烈的时代”到“伦理颠覆、浮躁纵欲和众生万象的时代”的演变，就是对这样一个过程的生动概括，如果作家不用戏剧性的手法，是很难写出历史本身的这种戏剧性的，更不可能真正揭示在这种喜剧的表象与情境中，其真正的悲剧本质。

悲戚的情绪当然也来源于历史，但首要的还是来源于现实。经济的突变带来了社会结构的变化，带来了深刻的伦理危机，这在各国历史上曾是普遍的规律。但在现今中国，其剧烈的程度却更难以估量。我在即将编就这本书的时候，读到了余华的新作《第七天》，再次深切地感受到这危机的围困与逼迫。我觉得余华是为我们这个时代的各类冤死者，那些“沉默的大多数”中最沉默的部分——那些“死无葬身之地”的“亡灵”们写了一部书，他们是拆迁的冤死者，是塌陷的替死鬼，是医疗黑幕、警察施暴、意外爆炸与各种事故的牺牲品，是心理失衡、迫于各种压力的自杀者。谁来为他们立传？我看到读者在网络上的各种批评，也听到批评界和作家同行们的讥讽揶揄，也确乎狐疑于小说叙事中的某些处理，但我仍然为之感动和悲伤，为之震撼和深思。“如果这是一支歌，那一定是一支悲歌和哀歌；如果这是一部书，那一定是一部时代的亡灵书。”我在一个很小规模的讨论会中，这样概括了我的看法。不管它在技艺上是不是一部有瑕疵的小说，我首先要肯定它的写作立场，为沉默者书写和立传的立场。

也许所举出的现象还不足以说明问题，还有更多的现象和作品没有说到，但我要说，这个小小的黄金时代、小小的文艺复兴，也许正因为你我的无视和冷漠而陷于停顿，甚至于湮灭和消散。因为我们的时代也正在发生微妙的弥散和消耗性的变化，文学的契机会消失，一代成熟的作家也会老去，这当然不是人力所能挽回和改变的。某种意义上，只有一切微妙因素累积到了一个程度，文学的气候才会达到一个沸点，才会出现一个“复兴”的局面。但这样一个契机并不是经常出现的。

莫言在2012年的获奖，有人用了“幸运”、“命运的馅饼”等来形容之，有人分析了文化关系、东西方政治、中国的经济因素、翻译的偶然性等等因素对于这一事件的影响。这些或许都有道理，但说到底，哪一位作家获奖没有这些因素呢？归根结底还是文学本身作为一个基础，确乎达到了一个水准，这些才能构成影响关系。在我看来，莫言最应该感谢的，还是这个小小的文艺复兴时代的大气候，他赶上了这个有些波澜壮阔的、有着一个世纪中最好的文学土壤和文学气候的时机，赶上了这个变化而动荡的，孕育着无数悲剧与喜剧、狂欢与悲戚的历史段落，也应该感谢他同时代的其他作家，他们共同构成和创造了这个文学的兴盛格局——当然，别的作家也应该感谢他，某种意义上，虽然金闪闪的奖牌和诱人的奖金是奖给他个人的，但文学的荣誉却同时属于这个年代的中国文学，属于一切优秀的中国作家。

我从来不是一个单面的进步论者，甚至受到中国传统叙事观念与美学的感染，还是一个轮回主义和悲观主义者，但我相信我对这个年代的文学的判断是有理由的。我记下了自己的这些感受，用肤浅或狭窄的视野谈论了一些问题，希望这些谈论能够不被理解为是“左”的或是“右”的、单向肯定的或者简单否定的。

2013年7月13日，北京清河居

第一辑｜新世纪文学观察

新世纪以来文学的喜剧趣味与混乱美学

——一个宏观的文化考察

最近十年的中国文学出现了一个明显的新特征，就是在美学上的喜剧性与戏谑化。这种特征在上世纪90年代，也曾以王朔等人的小说为标志有过一些显露，但真正成为一种广泛的文化与美学趋向，却是最近几年的事。类似余华的《兄弟》这样具有强烈戏谑性喜剧化美学倾向的小说的问世及其在全社会引起的广泛关注与争议，可谓十分强烈地传达了这样的文化信息。

这种趋向当然不是孤立出现的，它伴随了世纪之交带有“节日”意味的消费性狂欢情绪的广为感染，也伴随了新世纪以来社会结构的进一步分化转型所引起的文化与伦理震荡，其中既有隐性的层面，比如大量的消费性小说读物所反映的“日常生活审美”的文化趋向和“中产阶级趣味”的广为弥漫，同时也有显性的层面——在先前的精英与先锋作家笔下，也呈现了大面积的戏剧性与喜剧化的美学转型。当然，其中既有真实的“时代的喧哗与骚动”的喜剧意味与情绪，也有深层意义上的荒诞与反讽的修辞假借，是文化精英对于当下社会予以批判的特殊方式。但这两种文化与审美心理，都支撑了文学的一种新的美学精神——“喜剧趣味与混乱美学”的诞生。特别是近十年里网络文化与网络写作的迅速弥漫，给这一文化与美学潮流提供了一个互为表里、至为关键的媒介支撑。某种程度上，网络世界的文化狂欢既是文学的喜剧趣味与狂欢美学的外在环境，也是其诞生与存在方式；反过来，文学的美学变迁既是网络媒介在文学领域里激起的波澜与尘埃，同时也反过来催生了网络世界中文学特有的生动活泼的存在方式。

一、时代之变与文学之变

巴赫金关于拉伯雷创作中的故事和美学意义里所包含的“狂欢节”意蕴的阐释，可以帮助我们观察新世纪中国文学 “喜剧与混乱”的美学特质。巴赫金说，作为一种“非官方的民间诙谐文化”，狂欢节的特点是欢闹、谐谑和大众参与的各种取乐活动；其次，“狂欢节不是艺术的演出形式，而是……生活本身的形式”，“是生活本身在狂欢节上表演”，它具有现实存在的真实属性；再者，狂欢节期间，原有的等级制度、角色壁垒、特权禁令、价值准则等等都会被暂时搁置或废除，“仿佛是庆祝暂时摆脱占统治地位的真理和现有的制度，庆祝暂时取消一切等级关系、特权、规范和禁令。……同一切永恒化、一切完成和终结相敌对……”；同时，这种诙谐文化会派生出大量民间的，具有喜剧乃至闹剧性质的，以粗鄙语言、粗鄙情绪的宣泄甚至“下半身”的肉体想象为内容的，羞辱权威和秩序、嘲讽正统文化的以诙谐与戏谑表达为特征的创作。[①]经过巴赫金的阐解和诠释，“狂欢”从由中世纪遗存而来的一种文化现象的硬壳里悄然脱出，在成为一个经典的文化概念的同时，几乎也成为一个典范的美学范畴，它成为喜剧、滑稽等古典美学范畴在新的时代语境下的一种关键而必要的补充。

中国当代的一些学者和批评界人士在上世纪90年代末期以来，开始比较频繁地使用“狂欢”一词，来描述中国的文化现实及其新的时代特征。这与巴赫金理论在当代中国的广为传播有密切关系，但更多是出于本土与现实的真实语境——用“百度”搜索“狂欢节”一词，会跳出大量在国内举办的各种形式的狂欢节，如“广东时尚动漫玩具狂欢节”、“中国·北

①参见巴赫金：《巴赫金文论选》，佟景韩译，北京，中国社会科学出版社，1996 年，第 96~111 页。

戴河首届情侣狂欢节”、“2006深圳华侨城旅游狂欢节”、“舟山第二届海泥狂欢节”、“2002建外SOHO夏日狂欢节”、“欢乐谷2007玛雅狂欢节”、“2007中国昆明国际文化旅游节昆明狂欢节”……可以说，“狂欢”（carnival，亦音译为“嘉年华”或“嘉年华会”）这个词已经成为当下中国人最常见的日常用语之一，成为许多地方和城市进行经济和群众文化活动时首选的命名资源。实际上，早在十年前从事大众文化研究的学者就敏感地意识并预见到这个时代的来临，孟繁华在《众神狂欢——当代中国的文化冲突问题》一书中这样描述中国当代的文化状况：“80年代呼喊的‘反传统’的文化策略，在90年代已自行瓦解，‘传统’在世俗化的大潮中已构不成对峙性的力量，人们迅速抛弃了所有的传统，整合社会思想的中心价值观念也不再有支配性，偶像失去了光环，权威失去了威严，在市场经济中解放了的‘众神’迎来了狂欢的时代。”[①]这是在文化的意义上对世纪末“狂欢”概念的一次认真的命名。它敏感地预示了当代中国大众文化的广为兴起，预示了以消费主义与娱乐为特征的、“日常生活审美”的时尚文化趣味开始占据社会文化主导地位的趋势，预示出了中国社会由意识形态的权威结构形式到以经济生活为主体的多元结构形式相转化的进程。

“狂欢”一词在当代中国，不只是在文化上蕴涵着巨大的解构性与自由生长的力量，在美学的意义上也显示出它日益丰厚的精神与美感意蕴。一些学者和批评家开始比较频繁地使用这一概念，来指涉和归纳世纪之交当代中国的文学和大众文化生产中的美感指向。如陈思和在讨论余华《兄弟》的文章中，便专门引用巴赫金的理论对这部引起广泛争议的小说在美学上的合理性给予解释。他首先引用了巴赫金在讨论拉伯雷的《巨人传》时使用的“怪诞现实主义”的概念，来解释《兄弟》中的道德上的“自我降低”与颠覆的态度，“在精神与物质、天与地、上半身与下半身等艺术因素之间，怪诞现实主义的艺术形象是取后者的立场”，而“把他引向一个粗粝狂放、陌生怪诞、不可知的新世界、新境界，那就是我们的审美口

①孟繁华：《众神狂欢——当代中国的文化冲突问题》，北京，今日中国出版社 1997 年，第 13 页。

味之外的民间世界。”他同时还就《兄弟》中类似《巨人传》式的粗鄙话语的大肆运用，其群众游街、“处美人大赛”等具有“猥亵性”的“全民参与的民间狂欢”事件，作了精细论述——

> 狂欢意象制约了处美人大赛的基本场面，使整个叙事都沉浸在兴高采烈之中；假面舞会意象制约了李光头偷窥女体的特殊场面，一片片被张开的人工处女膜把生命真相隐藏在假象背后，阻挡了李光头要召回童贞的梦想；魔鬼意象通过周游的活动，像精灵似的在发狂的人群里跳来跳去，干着昧心的坏事。这些民间意象制约了整个叙事场面，使情欲叙事完全置于民间喜怒笑骂的发泄、骂街、喧闹、撒泼等戏谑气氛中……这就是民间的怪诞艺术的最精彩的特征。①

这一切犹如中世纪社会的狂欢情景，其表象同拉伯雷的《巨人传》如出一辙，但内容更似一幅“后革命时代中国”的、后现代世界的奇异景观。这种对证式的分析，既同巴赫金对拉伯雷所作的阐释连成了一体，同时又将“狂欢”恒在的文化与美学内涵同当代中国的文化状况作了对应的解析，它可以清楚地解释当代中国类似狂欢的文化情形与美学精神，这就是物质化与群体性的、自由并且无序的、暴力又戏谑的、日常性同时又癫狂的、道德堕落与解放的、真实而又类似幻觉的、戏剧性和喜剧性的、仪式化与猥亵性的、反讽和嘲弄的、大众娱乐与粗鄙化的……精神分裂又十足世俗的趋向与趋势。

上述文化特征反映在文学界，便带来了形形色色的同巴赫金描述的情形极为相似的狂欢节式的特点，以世纪之交以来出现的小说作品为例，在美学上大都自觉地表现了上述特质。如莫言在新世纪问世的三部长篇《檀香刑》（2001）、《四十一炮》（2003）和《生死疲劳》（2006），可以说都体现出了典型的拉伯雷式的“给身体的欲望和身体语言以合法性”的“怪诞现实主义”的风格，以感官化、狂欢化、戏剧化和喜剧化的叙述，

①陈思和：《我对〈兄弟〉的解读》，《文艺争鸣》，2007 年第 2 期。

来戏拟一场场荒谬怪诞的历史悲喜剧，以及今日红尘万丈之中国乡村的市场化风暴；余华在间隔了几乎十年之后，在2005到2006年相继推出的五十余万字的《兄弟》（上、下），可以说体现了强烈的喜剧意味，它和莫言的《四十一炮》、《生死疲劳》一样，充满了类似“化装、废黜”、“滑稽改编”、“打诨式的加冕”的描写，虐待、围观、谩骂、群众集会的戏剧性景观，以及用戏剧性和喜剧性的仪式来“模拟旧秩序”的方式；李洱的《花腔》（2002）在叙述上采用了三个时期的三种不同的话语形式——革命话语加陕北农民话语的杂烩（白圣韬）、“文革”话语加河南方言的杂烩（赵耀庆）、知识分子话语加20世纪90年代市场与传媒话语的杂烩（范继槐）——来讲述，把一个悲剧革命者的传奇讲述得扑朔迷离、颠三倒四，虽然主题是十足悲剧的（上述所列的所有作品也无一不具强烈的悲剧性质），但外部的美学气质则极具“叙述的狂欢”的味道；东西的《后悔录》也是用了一个喜剧的外壳，来讲述一个“生错了时代”的人的苦涩和大悲凉的人生，它用狂欢般的时代景观和个人遭际的阴差阳错的对照，叙述出一个几乎不可思议的荒谬而滑稽的命运传奇；还有阎连科的《受活》（2003），它在叙述上非常巧妙地将“后革命时代”的价值偷换与喜剧性的意识形态混乱，与市场时代的权威与暴力逻辑结合起来，在神韵上也显示了《巨人传》式的怪诞；在阿来的《空山》（2004，2007）中，同样以怪异的方式叙述了西藏社会原始的地域文化与红色历史与权力之间的奇怪遭遇，呈现出梦魇和戏剧般的叙事效果……就连风格一向持重谨严的张炜、王安忆等作家，也显露出对喜剧景观与怪诞美学的兴趣。如张炜的几部长篇《能不忆蜀葵》（2002）、《丑行或浪漫》（2003）、《刺猬歌》（2007）中，都有明显的怪诞气息，甚至后者还夹杂了喜剧乃至闹剧的景观，文体也呈现了在张炜小说中不多见的诙谐与滑稽意味；王安忆的《遍地枭雄》（2006）、《启蒙时代》（2007）也因为对巨变时代上海“混乱”景观的描写，而带上了些许乖违和荒诞的喜剧意味。

显然，当代的作家们普遍敏感地体察到了我们时代潜隐而巨大的逻辑，受到某种荒谬而不可抗拒的“历史无意识”的驱遣，因此才共同营造出这样一种狂欢和喜剧的气氛。这种感觉虽然隐秘，甚至处于无意识状态，但准确而传神地传达出时代的信息，使喜剧叙事在我们的时代获得了特殊的文化意义。这一点必须要留意，否则不可能真正揭示世纪之交以来当代文学所蕴涵的文化精神与美学质地。因此，从文化的意义上考察喜剧与狂欢美学是一个关键性的角度。

二、文化背景与根源

为什么会出现一个明显的喜剧与狂欢化的美学新思潮呢？这需要我们从文化上作出一些探讨和分析。

首先，大众文化的急剧发育，娱乐化消费文化的无序发展与膨胀，是导致出现狂欢化文化氛围的首要原因。这一点无须赘述。需要专门加以探讨的是另外两个因素。一是网络新媒体的空前扩展给当代中国文化带来的结构性变化，这是一个始料不及的载体转换。它所带来的变化是前所未有的资讯爆炸和文化主体的彻底平民化与平权化，以及由此所导致的知识等级制度“节日般”的土崩瓦解。这一点是隐于大众文化狂欢背后的一个更关键的缘由，是其最重要的合法性源泉之一。巴赫金所谈论的“狂欢节”中所蕴涵的人类学与社会学含义，即是文化等级与制度的瞬间解体或替代化的亵渎，以及其所带来的公众的激情宣泄与仪式化的表达，这一点与当代中国的文化情形可谓有内在的神合。对中国人而言，网络世界的扩张犹如又一场虚拟的“大众革命”，它催动了文化主体身份等级制度的瓦解，原来包括精英知识分子在内的拥有无可争议的文化权力的人群，现在突然丧失了权威，并且不可避免地遭到了亵渎与嘲弄——在诗歌界，“民间派”、“口语写作”对“知识分子写作”的围攻并最终获得了“胜利”就是明证；在文学界，一伙年轻的新人登场亮相、视正统的文学价值观如敝屣、称“文坛算个屁”的颠覆与“篡位”行为，也是明证。诗人伊沙还以《狂欢》为名出版了一本小说，书写了一个知识者从最初兼有激进与颓废的“人文”意味的文学青年，到一个文化流氓与江湖混混的蜕变过程。这部并不符合小说的技术常识的长篇，在批评界几乎没有引起什么反应，但在网民那里则据说是得到一片叫好声。这不奇怪，因为它确实为当代中国文化嬉戏与欢闹的状况提供了一个十分传神和典范的符码。

网络传播平台的另一个特点是其某种程度上的“匿名性”和无限的扩张性。有一个例证可从侧面体现这一点，以“博客”这种网络日志的“文体”形式为例，其膨胀速度就足以令人吃惊。据称在网上开设博客的人士已达千万，2007年出自“新浪科技网”的一则题为《华尔街日报：中国博客热令企业胆战心惊》的消息说，“中国共有1.32亿互联网用户，仅次于美国。根据一份政府预测报告，中国共有2000万人拥有自己的博客，其中320万人经常发表新文章。”[①]而几年前，人们还在为中国已拥有近四百家诗歌网站而感到吃惊[②]——而这还都是2007年的数据。在这个虚拟的世界中，原有的文化秩序与所谓的“写作伦理”实际上已失去了作用，粗鄙化和“行为艺术化”的写作事件比比皆是，2007年中的许多网上事件，包括“恶搞”、“梨花体诗歌”、一位“80后”写手与一位老牌评论家的笔战、有人宣告“中国文学已死”等事件，都同其他各种形式的“选美”、促销、大众娱乐等“嘉年华会”和“狂欢节”一样，激起了无边的喧嚣与冲天的烟尘。

主流文化形态对文化符号与发表制度的控制力，在网络条件下不得不突然弱化或“网开一面”，使之变为“相对自由”的发表场所。在这样的条件下文化生产变得轻易而膨胀、自由而混乱。从主体的角色承担来看，网络促成了另一个深刻的变化，即“隐身化”的身份与现实，这同样是一个始料不及的变化：它重现了古代的“江湖社会”——被“庙堂”放逐于外的广大的民间世界。在这个隐蔽而广大的空间中，人变成了虚拟的流浪者、“蒙面人”、“愤青”，词语中的游侠、过客、诗人、“语言暴民”、寄生虫、骗子和杀手，他们用词语来虚拟自己的行为，并且无须为其所为负责，他们的“隐身人”的身份优势使其在虚拟的意义上可以恣意

① http://tech.sina.com.cn/i/2007-01-19/18201344848.shtml。

②据张德明《网络诗歌研究》载，截至2004年底，中国的诗歌网站与论坛已达381家，1991年留学海外的王笑飞创办第一个海外中文诗歌通讯网（chp0em-1listerv.acsu.buffalo.edu），1995年3月由诗阳、鲁鸣创办中文诗刊《橄榄树》（http://www.rpi.edu/~cheny6/），之后，诗歌网络数量不止呈几何级数增长。北京，中国文史出版社，2005年，第4页及附录部分，第168~183页。

妄为，这样的主体心态导致了网络写作中“无责任人”的状态，致使这个世界中的交往伦理与写作伦理与此前的“古典式写作”的职责承担之间，已完全不可同日而语。而这正是“狂欢”所必备的主体心态。它和巴赫金所描述的拉伯雷笔下狂欢节的“辱骂”、“贬低”、“羞辱”景观，简直如出一辙：

> 总之，在拉伯雷的笔下，鲜血变为美酒，血战惨死变为欢乐的饮宴，火刑架变成厨房的炉火。血腥的激战、屠杀、焚烧、死亡、厮打、格斗、诅咒和辱骂，都沉浸在掌握生杀予夺大权、不许任何旧事物永垂不朽、不断孕育着新事物的“快活的时间”里。[①]

这一切也仿佛暗指着当代中国的许多场文化变局的戏剧性场景，让人读之眼熟而会心。在这样的一个角度上，余华的《兄弟》一类小说自然获得了别样的解读背景与美学底色。

还有一点也不可忽视，那就是与文化状况的“后现代景观”相龃龉，并且奇怪地纠合在一起的“物质条件”。就经济状况而言，中国在现阶段正经历着一个迅猛的发展与膨胀时期、矛盾多发的震荡时期，资本的积累，资源、财富与社会利益的重新分配，导致了社会伦理的巨大震荡和人群的阶层分化。这个巨大的利益变化所带来的文化景观，其典型的表现有两个：一是参与分配者急剧地推动着消费杠杆，撬动着整个社会的心理秩序走向喧哗与浮动的欲望膨胀——这是典型的“喜剧式狂欢”的情景；二是失序和不公正的状况正在制造着新的道德悲叹与价值迷乱，制造着失衡的心态与离奇的精神分裂的世界——这是“悲情的迷狂”和“伦理颠覆、浮躁纵欲和众生万象”[②]的“闹剧”景象。这种混乱的文化与心理状况，也为“狂欢”乃至时代的“混乱美学”[③]提供了产生土壤。在当代中国，

①巴赫金：《巴赫金文论选》，佟景韩译，北京，中国社会科学出版社，1996 年，第 178 页。
②余华：《兄弟》，“后记”，上海文艺出版社，2005 年。
③余华、张清华：《“混乱”与我们时代的美学》，《上海文学》，2007 年第 3 期。在该文中，余华提出了“混乱的时代美学”的说法。

“革命”曾经是制造这种巴赫金所说的“快活的时间”的秘诀，“文化大革命”正是从这个意义上变成了早先的一场狂欢节，在这场节日中，“人民”曾在“革命”与“专政”的名义下，实现了一场使社会秩序瓦解、使“血战惨死变为欢乐的饮宴”、使无意识世界中的压抑与暴力倾向得以合法宣泄的历史游戏；而读者从《兄弟》的上部中读出了作者以喜剧笔法描绘一场“惨烈的悲剧”的原因，正是基于他对这样一种“狂欢文化”的形象化的理解。某种意义上，余华对“文革”的这种描写，可以算得上一场真正的“还原历史”的叙述。特别是当他把两场相似而又不同的狂欢戏剧置于同一部小说中来表现时，历史感与荒谬性使之得以互相支持和衬托，20世纪80年代之后，特别是90年代而下中国的一幕“狂欢的喜剧”，便更加具有历史的荒诞感。一切价值与秩序的颠覆、一切不可亵渎的事物的最终被亵渎、一切“政治与文化的旧神话”最终被“物质与消费的新神话”所替代的戏剧性翻覆，使后一场狂欢更加充满现实的颠覆感、荒谬性与复杂的美学意味。

在整体的狂欢氛围中，连“愤怒”或者“悲情”的异类声音，最终也成为喧嚣和狂欢的一部分，所有“反对娱乐”的行为和宣言也被汇入了炒作的游戏之中，被纳入了利益化和私己动机的解释逻辑。这反过来增加了喜剧性的因素。比如2005年以来关于底层问题的讨论，底层写作的混乱遭际，言说者思维逻辑与现实语境之间的游离，赞成者与否定者互相误解与攻讦的尴尬，都证明了这一“文化嬉戏逻辑”（如同福柯所说的“晚期资本主义的文化逻辑”即是“嬉戏”）本身的强大力量，它能够使一切严肃的言谈都变成娱乐的一部分，使一切本来严整的逻辑变得颠倒和混乱。

三、喜剧性与混乱美学的表现

与巴赫金的理论相联系，“狂欢节”式的叙事其实是“戏剧性”的夸张和极致形式，或者说是其“喜剧形式”。事实上希腊戏剧的另一个起源，就是其特有的狂欢形式——“酒神节”的产物。在巴赫金的表述中，以拉伯雷的《巨人传》为代表，小说叙事中会传达出某些人类学意义上的集体无意识：对权威和文明制度予以颠覆的渴望，对知识等级与社会秩序的厌恶，对"回返原始"的强烈冲动与对其隐喻式的体验，等等。这样的解释显然比亚里士多德用道德的高下来解释史诗和讽刺诗、悲剧与喜剧的起源要有意思得多，也避免了偏见。小说《巨人传》的喜剧气质也因此具有人类学的普遍意义。但是，随着中世纪时代的结束，人类进入了更为"理性"和"科学"的现代，原有的狂欢冲动越来越隐蔽于社会的理性、文明与法的外观之下，并变形为其他的社会运动与意识形态，比如"革命"。[①]"革命"运动中所隐含的"狂欢"冲动其实早就被许多人所认识，法国政治理论家勒庞在解释"法国大革命的心理幻想"时所说的，所谓的革命不过是公众基于对"原始人、回归自然状态"的一种迷狂式的"幻觉"，[②]而这种幻觉迷狂所激起的"点起狂欢的焰火，鸣炮祝贺，并多次集会，举行庆典"的狂热，对于那些并没有具体目标和理性的"人民"来说，只是一场残酷而热闹的游戏罢了，可以说，革命是"狂欢的极致形式"。[③]在现代中国，当革命时代结束之后，另一场市场化的暴力和狂欢又取而代之，成为这个时代的主导性社会情绪与文化心态。因此，狂欢与混乱美学的出现也就是必然的了。

余华在最近的一篇对话[④]中阐述了一个理念，他认为我们这个时代的主导性特征就是"混乱"，而在一个混乱的时代，作家应该忠实于他的所见所闻，忠实于事实，写出最赤裸裸的可怕的现实来，"我现在越来越发现，我其实一开始就喜欢'混乱'的东西"，"我一直在写的一部小说的名字就叫《混乱》"。他说："在《兄弟》中我就是存心要表达某种程度的混乱。实际上，'反面'和'混乱'一直延续在我从80年代到今天的写作。虽然《混乱》到现在还没有形成完整的一篇小说，但在我的很多小说里面都有'混乱'，《在细雨中呼喊》里肯定有，《活着》和《许三观卖

①参见古斯塔夫·勒庞：《革命心理学》，佟德志、刘训练译，长春，吉林人民出版社，2004年，第21页。
②同上，第129页。
③同上，第21页。
④余华、张清华：《"混乱"与我们时代的美学》，《上海文学》，2007年第3期。在该文中，余华提出了"混乱的时代美学"的说法。

血记》因为受到叙述的限制可能不太明显，但在《兄弟》中，我是找到了这种感觉，而且是有意识地表现它。”事实上余华在最近几年因为《兄弟》所遭受的批评，也正是因为他的叙事中充满了不和谐的、怪诞和粗粝的，甚至是有些“下半身”意味的东西。他的这番话可以看作对这种批评的一个解释和辩护，因为现实中每天发生的事情是如此离奇荒唐和令人难以置信，那么作家难道不应该真实地去呈现这些荒诞的事情吗？就像拉美作家所表现的怪诞基于他们那里令人震惊的“魔幻现实”一样，余华认为当代中国的作家也不能无视生活中的“魔幻现实”。他的理由似乎是充足的——

> 《百年孤独》中的荒诞是从祖辈开始的，我们的荒诞是从我们这一辈开始的。我也说过，如果50年后，中国还有那么多匪夷所思的现象丛生而不是个别生长的话，中国文学的主流就会是“荒诞”，就会是魔幻现实。

余华坚持认为他的《兄弟》是忠于现实的，而且具有和时代隐秘的内在一致的“悲喜剧”性，在同一篇文章中他反复强调了这一点：“《兄弟》的生命力在于真实。”——

> 我相信自己会一直喜爱《兄弟》，为什么？因为在一部作品中同时表达出悲剧和喜剧不是一件容易的事，况且《兄弟》里是惨烈的悲剧和狂欢的喜剧熔于一炉，这对一个作家是千载难逢的写作，我遇到了，发现了，并且写下来了，我要感谢自己经历过的这样两个时代，我说过文学不是空中楼阁，没有这样的经历不会有这样强烈的表达。

余华终于为自己的《兄弟》找到了一个最好的说法——“惨烈的悲剧和狂欢的喜剧熔于一炉”，这在古今中外的文学史上几乎迄无先例了。对那些批评而言，这也是一个最好的辩解，确实这种对“时代美学”的寻找是带着传神的发现意味的。其实“惨烈的悲剧”不只在余华的小说中已经有很多好的例证，在其他的众多作家笔下也早有众多成功范例，只是当代中国的作家们相比之下其实更不擅长写“狂欢的喜剧”，因为正像亚里士多德所说的，悲剧本身可能会呈现出一种道德的高度，而喜剧则相反。这对当代中国作家来说恰好是一个考验：当他们处于道德的优势处境时，还是能够叙事的；他们一旦失去了这样的优势，其叙述能力多半就显得捉襟见肘了，即便是余华这样的作家也不是无懈可击的，他的《活着》和《许三观卖血记》是如此让人感动，原因就在于这两部作品中的人物所体现的道德主题是令人尊敬的，而《兄弟》就不同了，它的道德化人物宋凡平和宋钢不具有前两者那样的“主导性地位”，相反，他们在这部小说中完全是牺牲品。莫言的《檀香刑》、《四十一炮》和《生死疲劳》大概也存在同样的问题，主导性人物的道德状况不具有悲剧人物通常具有的那种“崇高”或者“代表正义”的力量，所以《檀香刑》迄今还存在着争议，它对于酷刑的表现形式所采取的喜剧式描写，一直遭到许多批评家的诟病和贬斥。至于《生死疲劳》，则一直没有引起大的反响，正面赞赏的声音也相当微弱，原因概在于它通过“动物角色”对于历史所进行的狂欢化叙述。这种叙述方式在某些情况下可能是出彩的，但在《生死疲劳》中却冲淡了历史的血色——西门闹作为当代农民的一个具有代表性的牺牲者，他本可以负载一部当代农民的苦难史，一部被政治的巨流浊浪席卷吞噬的悲剧历史，但莫言在“叙述美学”上的戏剧化和喜剧化追求，却将小说的基调变成了动物化的“托生”与“转世”的欢乐颂。这大概是一个不期而遇的矛盾：当代作家找到了“叙述的诗学”和“窄门”，找到了戏剧性的结构内核，找到了小说艺术的高度和独门秘籍，却丧失了主体的“道德驾驭能力”，因而面临着一个道德与叙述的两重困境。

这当然也说明了另外一个问题：也许当代中国人还不习惯于理解狂欢化和戏剧性的叙事，“对作家或文学的道德要求”与“喜剧性叙事”本身所呈现出来的非道德化倾向之间的冲突，是使人们对此类叙事多有诟病的深层原因，难怪《兄弟》会在法国这样一个有着拉伯雷文学传统的国度大获赞赏，在国内则一直面临着道德的指斥；同时，对于当代作家来说，“喜剧性叙事”也仍是一个新事物，他们终于找到了写作和时代之间的另一个通道，找到了一个富含美学意义的隐秘入口，但能够真的将“混乱”化为一种“美学”，并且使我们的读者和人民愿意从内心和美学需求上接受它们，恐怕还需要作出更多的努力。

在世界性与本土经验之间

——关于中国当代文学的走向及评价纷争问题

进入新世纪以来，关于中国当代文学的成就到底怎样，应该如何评价，发生了持续的争论。这些争论的基本分歧，可以看作一个价值立场的矛盾。否定论者所坚持的是一个普遍的“世界性标准”，是从西方文学、“诺贝尔文学奖”的水准抽象出来的绝对性尺度；而肯定者则是以对中国“本土经验”的处理和表达，来阐述其历史和现实的变化及合理性。尽管双方都并未声称自己是在一个特殊视角或特定意义上来谈论中国当代文学，但透过其论述可以看出，这仍是一个“世界视野”与“本土经验”、“现代性”与“民族性”之间的基本对立。

这并非是无意义的争论。虽然从普遍原理上说，世界性与本土性未必是对立的，民族性与人类性不但相通，而且有着互相包容的关系，但是两者之间在特定条件下也会发生错位，两种立场本身会分别形成不同的价值本位，因此，对此必须予以认真的关注和思考。从最低限度上说，目前的这场论争，可以说重新展开了关于中国当代文学的两个基本的评价尺度，打开了关于如何认识中国当代文学这个问题的空间；从长远看，则有可能会深刻地影响到中国文学的未来。因此，我以为有必要对其分歧的历史渊源和内涵作一番深入的分析，对于中国当下的文学评价问题作一番辨析探讨。

一、一个命定的矛盾："走向世界"与"弱国心态"

上世纪80年代，在相对封闭将近三十年之后，中国的知识界人士和作家们不约而同地提出了"走向世界"的口号。1985年，北京大学的三位青年学者黄子平、陈平原、钱理群在《论"二十世纪中国文学"》一文中，明确提出了在"世界文学的总体格局"中构造"20世纪中国文学"概念的想法，指出，"20世纪中国文学是在一种充满了屈辱和痛苦的情势下走向世界的"，"20世纪中国文学的每一个创造，都必须置于这样的坐标系中加以考察"。①1986年7月，由曾逸主编、王富仁等二十余位学者参与的《走向世界文学：中国现代作家与外国文学》一书由湖南文艺出版社出版，该书导言部分由曾逸撰写，其中明确提出了"处于世界性文学交流时代的任何作家，唯有在与他民族文学的交流之中，才可能成为独创性的民族作家，才可能成为世界性的文学天才"的说法。②但几乎与之同时，中国的作家们发动了文学的"寻根运动"，强调"文学有根，文学之根应该深植于民族传统文化的土壤里"，而不是"模仿翻译作品来建立一个中国的'外国文学流派'"，五四以来要么学习外国，要么闭关锁国，"结果带来民族文化的毁灭，还有民族自信心的低落"。③上述例证强烈地表明，中国当代文学在"走向世界"这个神话式的过程中，历经着欢愉和痛苦、犹豫和摇摆，他们在兴奋的同时也心有余悸地为"现代主义"的变革寻找着合法保护。显然，"朦胧诗"在七八十年代之交所遭受的批判给了作家们教训，提醒他们必须在"现代"与"民族"的平衡中，在"世界"与"本土"的二元命题中表述其探索冲动，如此方能取得合法性。因此我们看到，在早期的"意识流"小说和"现代派"（以王蒙、高行健等为代表）之后，便有了文化民族主义倾向明显的"寻根文学"；在有了80年代后期西化倾向明显的"先锋小说"的形式主义与哲学探求之后，又有了90年代

①参见黄子平、陈平原、钱理群：《论"二十世纪中国文学"》，《文学评论》，1985年第5期。

②参见曾逸主编、王富仁等著《走向世界文学：中国现代作家与外国文学》，长沙，湖南文艺出版社，1985年，第53页。

③参见韩少功：《文学的"根"》，《作家》，1985年第4期。

初具有浓厚本土意味的回归现实主义的“新写实”；在历经了二十余年的西向学步之后，又在新世纪之初大谈“本土经验”。这一悖论似乎宿命性地纠缠着中国的作家，纠缠着20世纪的中国文学。

不过，这些纠结与矛盾，大抵并未越出五四以来中国文学的基本格局，没有越出近百年里“现代性”与“民族化”之间的持久错位与矛盾，说到底，与“启蒙与救亡的双重变奏”这一传统表述也仍然有着深刻关联，是它的持续延伸。虽然早在鲁迅那里即有了“有地方色彩的，倒容易成为世界的”之认知，但多数情况下，地方性或本土性还是会与世界性、人类性产生龃龉。其中除了政治因素的干扰，最深层的东西则是源于中国人现代化进程的悲剧性开端——是被强加其身的，这个过程中充满了痛苦与屈辱的记忆，否则就不会有1949年以后将近三十年封闭的历史走势。而民族主义情绪的持续高涨，与近代历史这种记忆的驱动有着基本的内在关系。对此，借用台湾诗人和学者余光中的解释或许更能说明问题，他说，“机器对于西方人的威胁，似乎只是时代的”，是“因为机器声压倒了教堂的钟声”，但“对中国人而言，还是民族的，因为它意味着西方文化对中国文化的挑战”。[①]显然，20世纪80年代对于现代主义的恐惧情绪，所有关于西方思潮的论争，包括关于朦胧诗的论争、关于现代主义的讨论，都与这个大的历史逻辑的主导有关。所谓“文化寻根”，某种程度上也是民族主义情绪的一种外化，它表明，现代主义或者西化意义上的“走向世界”，很难单独获得合法性，它需要在本土与西化、民族与现代的二元命题中获得意义。因此，它一方面是在获得了“世界性眼光”之后对自身历史的重新打量，同时也是为了使“世界性”获得意义而作出的一种解释，甚至是一种“装饰”——面对80年代始终比较强大的政治保守主义情绪，要想使“世界性眼光”变成可行的现实，必须借助“本土性”的表述，来规避政治与文化上的风险。

上述矛盾在20世纪90年代出现了延续中的转机。90年代初期中国经历的政治与文化紧张，使80年代激进的西化思潮遭到了抑制，这个年代蓬勃

①参见余光中：《中国现代文学大系》，“总序”，台北，台湾巨人出版社，1972年。

发展起来的现代主义与先锋派文学也遭受了批判。但很快，随着中国经济上的持续开放，在“全球化”和加入WTO的合法名义下，文化紧张迅速得以消除。到90年代后期，文学来自外部的压力已经日渐消退，市场这只看不见的巨手已经将原来的一切命题都“中性化”了。关于中国文学向何处去——是西向学步，还是立足本土的争论，被彻底悬置了，失效了。不过，就文学本身而言，90年代倒是经历了一个真正的“黄金时代”，如果说80年代中国作家更多还是流于激进和西化的形式探索的话，那么90年代则是以日益成熟的形式深入地书写和凸显了现实中的“中国经验”。《废都》、《长恨歌》、《活着》、《许三观卖血记》、《丰乳肥臀》等长篇小说都是例子。可以说，中国作家经历了90年代政治与文化气候的变化，到新世纪之初已实现了一个文学观念的超越，那就是：他们逐渐放弃了类似苏联作家通过 “身份的政治化”——将自己变成“流亡者”、“异见人士”而“走向世界”的道路。这样的道路虽然在中国作家中也有高行健式的先例（他在2000年获诺贝尔文学奖），但随后中国现实与历史的奇妙转折，却使得这条道路变得不再现实和可能。中国作家越来越相信依靠真正的文学品质、依靠对本土经验的生动书写，而不是身份政治的优势来获得证明。虽然这个转化中也隐含着问题，但就文学本身来说则是一个进步。在某种程度上说它标志着中国文学“自信力”的获得也不为过。

然而到2006年，随着一位名叫顾彬的德国汉学家的介入，关于世界性与本土性的争论再度浮现出来，并演化成一场旷日持久的争论。而且，由于争论主体的身份戏剧性地有了西方人的元素，还使问题被空前地“国际化”和变得敏感起来。2006年末，一张地方报纸刊登了《德国汉学家称中国当代文学是垃圾》的报道，[①]引得舆论一片哗然。2007年春在中国人民大学召开的“世界汉学大会”上，当顾彬教授同样以比较简单的方式，批评中国当代文学和作家“很差”、“非常差”的时候，作为主持人的北京大学教授陈平原当场批评他是“用了一个全称判断”来概括中国当代文学的总体状况，是“比较不严肃”的；但马上就有另一位支持顾彬观点的来自

①参见《重庆晨报》，2006 年 12 月 11 日。

清华大学的肖鹰教授，批评陈平原的观点是“弱国心态”，[①]由此引发了一场报告会上的激烈争论，以及随后余波不断的书面讨论[②]。有关这些讨论，这里不拟展开评述，而我从中所体察到的一个最敏感的问题，是有关“弱国心态”的话题。或许肖鹰对陈平原的批评是有道理的，但如果我们反过来质疑肖鹰的观点是否就一定是“强国心态”，恐怕也很难说。这暴露了一个对于中国作家和中国文学而言的命定处境：无论你对一个西方学者的批评持有怎样的态度，都逃脱不了“弱国心态”的宿命。因为很明显，在既定的对东西方文化关系的理解和认知中，中国作家无论怎么写，都很难获得西方学者的承认——如果得不到承认，我们会陷入一种“他者”的尴尬与焦虑；如果受到了批评，我们便会为自己选择什么样的态度——是拒绝还是接受——而感到纠结；即便得到了承认，我们也会怀疑自己是否有效地传达了属于我们自身的独特经验，是否获得了文学的本土内涵……这一切麻烦就像赛义德所揭示的“东方主义”的秘密一样：“东方主义作为欧洲—大西洋统治东方的权力符号，比它作为有关东方的一种真实的话语更具有特殊的价值。”[③]显然它是一个“被赋予”的悲剧宿命的文化符号与角色，无论是应和还是抵制西方学者的看法，都同样体现了“他者”和“弱者”的处境与性质，我们无论是按照“世界性”的标准，还是持守“本土经验”的书写，都很难真正被这个由西方人建构起来的“世界文学”所接受。我们唯一能做的，便是对这种悖谬与期待焦虑的挣脱和反抗。

①因为笔者是参与会议的在场者，故可以对以上叙述负责。顾彬谈话的大意是：他没有说过“中国当代文学都是垃圾”，但意思是差不多的，他认为中国的作家素质低下，不能代表中国的声音，而且大都“不懂外语”，“德国的作家至少要懂得好几门外语”，因此中国当代文学不可能是好的文学。“如果中国现代文学是‘五粮液’的话，那么中国当代文学就是‘二锅头’。”但他环顾了坐在旁边的几位中国诗人王家新、唐晓渡等，则又补充说：“中国当代诗歌是好的，但那已是‘外国文学’——不，是‘国际文学’的一部分了。”

②肖鹰、陈晓明、王彬彬、蔡翔、张柠、赵勇，甚至作家李洱等都有文章参与了论争。参见肖鹰：《顾彬不值得认真对待吗？》，《文汇读书周报》，2007年4月13日；《王蒙、陈晓明为何乐做“唱盛党”》，《羊城晚报》，2009年11月21日；陈晓明：《再论“当代文学评价”问题——回应肖鹰王彬彬的批评》，“左岸文化网”（http://www.eduww.com）；《中国文学达到了前所未有的高度》，《羊城晚报》，2009年11月7日；《世界性、浪漫主义与中国小说的道路》，《文艺争鸣》，2010年第12期；蔡翔：《谁的“世界”，谁的“世界文学”——与德国汉学家顾彬先生商榷》，《文汇报》，2007年4月22日；张柠：《垃圾与黄金：中国当代文学评价的两个极端》，《羊城晚报》，2009年11月14日；等等。

③爱德华·W.赛义德：《赛义德自选集》，谢少波、韩刚等译，北京，中国社会科学出版社，1999年，第6页。

二、如何看待"顾彬式的批评"

或许这种挣脱和反抗，就是从对待顾彬的批评开始的。这是一个戏剧性的开始，当然也是一个不会有结局的开始。但至少这一次，为我们重新思考一种文化关系提供了机会。

任何批评当然都是一种权利，任何合理的批评都应该受到重视。顾彬教授作为一个汉学家，一个著述甚丰、为推介中国文学作出了贡献的学者，当然更有理由批评他"深爱的"中国文学，也理应受到我们的尊重。但尊重并不是"客气"，唯有平等讨论问题才是尊重，仅仅因为他是一个外国人就不同意，或不允许反对他的批评，那就不是尊重了。

从上述大的文化关系与文化逻辑的角度看，我以为顾彬教授的一些具体的批评观点还是可以，也应该细加辨析的，但更重要的是通过他的观点，来思考这些批评背后的文化关系、批评标准等更大的问题。虽然后来顾彬对他的说法作了一些补充和限定，指出了他"垃圾说"的特定对象，是指姜戎的《狼图腾》，还有卫慧、棉棉、虹影等一类市场化作家的作品，但他对于余华、莫言、王安忆等作家的基本评价，也是"非常差"。据笔者在场所见，他在2007年"世界汉学大会"上的发言确乎是整体性的判断——"如果中国现代文学是'五粮液'的话，那么中国当代文学就是'二锅头'。"他的基本理由是，中国当代之所以没有好的文学，主要原因是中国当代的作家不懂外语，而德国的作家都懂几门外语，中国现代的作家也是懂得外语的，所以中国当代的作家对外国的文学不了解，对语言没有敏感性，视野狭窄……所以不会写出好的文学。后来在2009年，当作家李洱在德国杜塞尔多夫当面问及顾彬时，所得到的信息也是他基本不读这些人的小说。李洱问："你说莫言的小说和王安忆的小说写得很差……你能不能告诉我，莫言的王安忆的小说，哪一部写得很差？哪一部写得不太差？哪一部写得不差？我只有了解了这些，才能够知道你的评判标准。"顾彬先生的回答是：都很差。"我问顾彬先生都看了王安忆的哪些小说，顾彬先生明白无误地说，他已经不读中国小说了。”[①]

假如从顾彬教授的具体观点看，他的多数说法基本是站不住脚的。他批评“中国作家胆子特别小”是有道理的，“基本上没有（代表中国的声音）。鲁迅原来很有代表性。现在你给我看看有这么一个中国作家吗？没有。”[②]这点似乎是说到了痛处，中国当代作家中确乎缺少如鲁迅一样冲锋陷阵的人物，但是据此整体性地否定中国当代文学则是武断的。事实是，中国当代文学中并不缺乏鲁迅式的批判主题，一批代表性作家恰恰是自觉地传承了鲁迅作品中的批判主题——“人血馒头”的主题，围观与杀戮、权力与暴政的主题，精神胜利的主题。如果认真读过《许三观卖血记》、《丰乳肥臀》、《花腔》、《檀香刑》、《生死疲劳》、《兄弟》、《受活》等小说，就不难看出其中尖锐的、并不亚于鲁迅的批判性意图。像《檀香刑》一类小说中所传达的，正是对鲁迅式伟大主题的再度展开：小说中被施予刑罚的人、行刑者和围观的人民，可以说是合谋演出了一场“檀香刑大戏”，它对中国文化的病根可以说有更具象和更尖锐的揭示。不知顾彬先生是否认真地读过？假如读过的话，是否还会坚持他的说法？他不会幼稚到一定要让作家成为政治上的流亡者，才会认为他有代表性吧。说到底，文学还是要靠独立的思想与艺术力量立足，作家不一定要在任何时候都跑到前台，来直接地表述他的立场。

“印象式”的判断与顾彬教授的某些个人好恶与私下经验联系在一起，这似乎情有可原。但他接下来的逻辑推论便很可疑。他说：“德国的作家至少要懂得好几门外语，而中国作家不懂外语，所以对语言不敏感，所以不是好的作家。”[③]这个判断是失之简单的，一个作家懂得外语固然是好事，但这些须由历史条件所决定，中国当代的作家很少懂得外语，是因为他们小时候没有机会学习外语，但这并不能直接和完全地决定他们作为作家的优劣。因为说到底，掌握多门外语和成为好的作家，完全是“两种不同的才华”，中国有许多人外语很好，有的也涉猎文学写作，但他们并

---

①李洱：《关于赵勇教授〈顾彬不读中国当代小说吗？〉一文的回应和说明》，《作家》，2010 年第 7 期。

②《德国汉学家称中国当代文学是垃圾》，《重庆晨报》，2006 年 12 月 11 日。

③顾彬和柯雷两位在 2007 年“世界汉学大会”作上述发言时，笔者是在场者。

没有成为好的作家。中国作家虽然大都不懂外语，但并不妨碍他们通过翻译文本大量阅读外国作家的作品，不妨碍他们对世界文学，特别是欧洲文学有深刻的认识和感悟。曹雪芹并不懂得外语，但他仍然是汉语文学的大师，顾彬所提到的“代表德国说话”、会好几门外语的德国作家（包括他自己在内——他强调自己也是一位诗人）却不见得能够与曹雪芹相比。用欧洲文学的经验来判断中国文学的优劣，并不灵验，尤其是以一种不经意的“欧洲中心主义”的眼光来看待的时候，就更可能出现偏差。

所以蔡翔的批评是有道理的：“历史并未终结，我们仍然活在我们自己的历史之中。”“我并不反对‘世界文学’这一说法，这一世界文学应该是‘全世界’的文学，而不仅仅只是‘西方’的文学。”①确实，假如从黑格尔的历史哲学的眼光看，今天的世界不过是生命世界与宇宙漫长时间中的一个阶段，他关于世界历史的整体观告诉我们，欧洲既不是世界历史的起点，更不是它的中心和全部。“‘精神的光明’从亚细亚升起，所以‘世界历史’也就从亚细亚开始。”②仅仅从最近几百年的历史看待世界历史，这个中心主义及其价值判断也是短视的。所以我以为，在“尊重”顾彬教授的同时，也要对他判断的出发点和思考问题的方式予以追问——追问的目的不是要建立另一个“中心”，而是要保持对于某种文化权力的警惕性。难怪同处在顾彬先生演讲现场的另一位汉学家，来自荷兰莱顿大学的柯雷教授，就毫不客气地拒绝了顾彬的认同诉求——“得了老顾，不要跟我说‘我们西方’，不存在你说的那个‘我们西方’，我和你不是一回事。”③

从具体的文学观与判断标准来看，顾彬的看法也有值得商榷处。以“语言本位”的视角来评价文学，对于跨文化的审视者来说尤不可取。当他批评中国当代作家“语言粗糙”的时候，他正面的例证竟然是阿城的小说，是“王蒙和王安忆前期的作品”；④在另一个电视谈话节目中，他又说

①蔡翔：《谁的“世界”，谁的“世界文学”——与德国汉学家顾彬先生商榷》，《文汇报》，2007年4月22日。

②黑格尔：《历史哲学》，王造时译，上海书店出版社，1999年，第102页。

③顾彬和柯雷两位在2007年“世界汉学大会”作上述发言时，笔者是在场者。

④参见肖鹰：《顾彬不值得认真对待吗？》，《文汇读书周报》，2007年4月13日。

“王蒙《组织部来了个年轻人》不错，莫言是个落后的小说家”。[①]这些南辕北辙的谈论，明显暴露了他对于当代汉语文学语言状况的不了解和不内行。事实是，他所称赞的这些作品虽然对于80年代的中国文学富有意义，但其语言水准根本不能代表二十多年后今天中国文学的状况，假如说王蒙和王安忆前期的小说代表了中国当代小说的语言水准，他们自己也是肯定不能同意的，一般读者也不会赞成这样的看法。这表明，至少顾彬对中国当代文学的阅读经验是停滞在80年代的。他以“过时”的经验来判断当下中国小说和文学的优劣，态度显然是比较随意的。

还可以举出他在凤凰卫视谈话节目中的例子，顾彬批评金庸小说的理由，居然是因为他“用的是已经过时的方法来讲故事”，他认为：“1945年以后，基本上一个真正的小说家，不能够再讲什么故事，这个故事时代过去了。”且不说他谈问题并未说到点子上，单是他的判断逻辑就显得过于粗陋和简单。为什么把“1945年”作为“故事时代”和“非故事时代”的分水岭？何以见得这一年后作家就不能再讲故事？他还说：“每天一个小说家应该写一页，然后第二天应该开始修改，第三天也可能继续修改，这样可以提高水平。”[②]固然精雕细琢可以提高小说的语言品质，但“一天写几页”是可以规定的吗？这样的节奏对他自己可能是经验之谈，却未必适合别的作家。他用类似的逻辑来推论中国作家写作水准的低劣，不免令人有忍俊不禁之感：

> 什么叫小说？什么叫现代性格？如果你从德国来看，你会发现一个非常认真的比较好的德语小说家，他的小说不会超过100页、200页。可能小说里头才有一个主人公，一个德国小说家会集中在一个人的灵魂之上。比方说有一个瑞士女作家，她用德文写作，她写她的妈妈，一个苹果，写200页，没有写别的。……一个妈妈和一个苹果的关系写100页，语言美得不得了。有一个奥地利作家，他刚刚得了德国最高的文学奖，他写了120页，专门写一个世纪末的维也纳诗人，写他度

①②参见顾彬：《我没说过“中国当代文学是垃圾”》，2010 年 3 月 22 日 11：02 凤凰卫视《锵锵三人行》(news.ifeng.com/opinion/phjd/qqsrx/201003/)。

> 假，度了两个星期的假，语言非常美，基本上没有什么故事，但是他完全集中在他的思想上。
>
> 但莫言跟一个19世纪的小说家一样，会讲好多好多故事，会介绍好多好多主人公，有的时候你觉得他小说里面的人，一共可能有100个、200个，另外会有三代，有祖母，有爸爸，有年轻人。……这是以19世纪的方法来讲故事，现在在德国基本上没有什么小说家还会讲什么真正的故事。①

这些观点和评论方式，不禁会令人认同陈平原教授“不必太在意他”的说法。但透过观点，我们还是隐约可以看出一种不经意的“傲慢与偏见”。用德国作家“写一个苹果写两百页”的写法，来验证一个中国作家写法的“落后”，同他要求中国作家成为“民众的代言者”有南辕北辙之感。假如中国的小说家真成了这样的写手，那也就验证了歌德所说的“民族文学在今天毋宁说是一个没有意义的名词”的预言了。只不过，这个“世界文学的时代”的预言却不是福音，因为它既不能挽救中国当代文学的“落后”，也无法医治我们作为“他者”的“弱小心态”。倒是歌德接下来的话可以给西方中心主义的偏见一些警示，他说：“如果我们德国人不把眼光转出环视我们的狭小圈子之外，我们就太容易沦为冒充博学而又自高自大的人了……”②这段话也许并不适合顾彬先生，却可以让我们在“世界性”或“世界文学”这一庞然大物面前多一个观察问题的角度。

三、“本土经验”的合法性与中国当代文学的评价角度

顾彬的角色和角度并非是没有意义的，在了解和认知其他民族文化方面，西方人仍然是我们的榜样。至少是歌德——而不是中国人——提出了

①顾彬：《我没说过“中国当代文学是垃圾”》，2010年3月22日 11：02凤凰卫视《锵锵三人行》(news.ifeng.com/opinion/phjd/qqsrx/201003/)。

②《歌德和爱克曼的谈话》，见伍蠡甫主编《西方文论选》，上卷，上海译文出版社，1979年，第469页。

“世界文学”的概念，是他们显示了超越民族的文化情怀。还有，至少在现场顾彬教授是使用汉语演讲的——没有哪位中国学者和作家可以用英语或德语与他对话，这确是让我们汗颜并令人反思的。

不过反思我们的语言能力和学术能力，同认识中国当代文学的价值，仍是两个完全不能混淆的问题。顾彬的具体观点虽然并不妥当，但他给我们带来了一个必须认真思考的“文学性”的问题，他强调自己是以一个翻译家、一个作家的专业身份来批评中国当代文学的，其中所包含的一个最主要的命题便是，从“国际化”或“世界性眼光”看，中国当代文学的“文学性”还不够强，质量还不够高。因为他同时称赞了中国当代的诗歌，认为它们是好的，并且已成为“国际文学”的一部分了。[①]言下之意，自然是说中国当代的小说还远不是国际化的文学。

他的评价方式让我们思考这样几个问题：第一，在现今世界，唯有“国际化的文学”才有价值吗？第二，什么样的文学才符合“国际化”的标准？第三，文学靠什么来建立其国际性价值？第四，中国当代文学在这方面做得怎么样？

第一个问题无疑是常识，在文化全球化的当今世界，当然是具有“国际化”特点，或者具有“国际化可能”的文学更有价值。但国际化靠什么来实现？是靠作家使用“双语”或者“多语”写作的能力吗？在欧美可能会有这种情况，但在世界其他地方则基本不可能。对于大多数从事写作的人来说，一生只使用母语写作是常态，至于阅读其他民族的文学，能够使用外语阅读原著当然是好的，但如果不能，像歌德那样读翻译作品也未尝不可。第二，“国际化”本身事实上也是一个悖反性命题，否则“越是民族的就越是世界的”该怎么解释？从中国当代文学的发展历史来看，正是中国作家逐渐获得“国际性视野”的时候，他们的本土意识才逐渐增强，在表达本土经验方面才有了一些起色和成功；反过来，也正是他们渐渐学会了表达“本土经验”的时候，他们才获得了一些国际性的关注和承认。人们都清楚，中国当代小说的真正变革，是从1985年前后的“寻根/新潮

①据笔者所见，顾彬当时的原话大体是：中国当代诗歌是好的，但那已是“外国文学”——不，是“国际文学”的一部分了。

小说运动”开始的，这场运动的影响源不是别的，正是拉美文学的成功启示，马尔克斯、米斯特拉尔、胡安·鲁尔弗、博尔赫斯等人使用西班牙语或葡萄牙语书写拉美本土文化所获得的成功，启发和刺激了中国的作家们，使他们意识到，虽然自己无法使用第一世界的语言写作，却可以使用西方世界通用的某些方法技巧来写作，于是就有了用现代派方法书写探求本土文化经验的“寻根文学运动”。这实际上正是当代文学深层变革的契机。

显然，在任何时代，文学和写作的“国际化”特质与世界性意义的获得，是靠了两种不同的途径：一是其作品中所包含的超越种族和地域限制的“人类性”共同价值的含量；二是其所包含的民族文化与本土经验的含量。对于中国当代的作家来说，两种例子都存在。我本人就曾询问过包括德国人在内的很多西方学者，问他们最喜欢的中国作家是谁，回答最多的是余华和莫言。问他们为什么喜欢这两位，回答是，因为余华小说所表达的与他们西方人的经验“最接近”，而莫言的小说则最富有“中国文化”的属性和含量。我相信这个说法有一定程度上的代表性，不管是余华对“人类性”和“普遍人性”的深刻书写，还是莫言对本土文化的传神表达，他们的作品都因此而具有较大的“世界意义”，并因此获得了广泛的国际承认。

最后一个问题值得展开谈一谈，因为这个问题不只关乎当代文学整体成就的评价，还可以升华为一个关于“中国经验”的问题。我认为，和顾彬的判断恰恰相反，中国当代的小说在国际领域中所获得的承认不是比诗歌少，而是要多得多，小说家的作品翻译成外国文字的量，也远比诗歌要多。所以，顾彬先生对中国当代诗歌的肯定，如果不是因为对诗歌文体的偏好，就是由于他对中国当代小说的不了解。事实上，如果按照他对中国当代诗歌的肯定的理由去看，这恰恰不是对它的褒扬，而是贬低——难道中国的读者真的需要中国的诗人们去“用汉语书写外国文学”吗？这或许恰恰从一个侧面暴露了中国当代诗歌存在的问题——对本土经验或多或少的忽视。

但我并不想贬低中国当代的诗歌而抬高小说，它们两者之间也有某种不可比性，我想说的是，中国当代的小说在“本土经验”的表达方面，确已获得了长足的进步，这是其成熟的表现。历经了20世纪80年代激进的西化思潮和技法借鉴，当代的小说家们已经基本完成了“技术的接轨”，由“先锋小说”（莫言、苏童、余华等人作品）开始才逐步获得国际承认这一点已充分证明，尽管他们并不懂西方的语言，但他们对西方文学本身的理解、在理解西方伟大作家的思想精髓方面，并不逊色于西方作家对东方文化的理解。事实上，完全“准确”的跨文化理解是没有的，强调这种理解也是没有意义的，任何理解都不可避免地带有“误读”成分，而任何文化的误读都可能是创造的一部分——是创造的规律所在。歌德对中国小说的理解不见得是完全“准确”的，但他从一部三流的中国小说中看出了“世界文学时代来临”的信息，并没有损害他的光辉，相反倒是见出了不同民族文化之间有趣的错位与隐秘的内在联系。

因此在我看来，假如要寻求中国当代文学自身的价值和意义，要紧的是要看它们在表现民族文化、书写本土经验方面做得怎么样。说到底，中国人不需要用汉语书写的“外国文学”，西方人也不需要用“外语”写成的他们的“本国文学”。还是鲁迅那句话，“有地方色彩的，倒容易成为世界的”，这个问题，我们自己必须清楚。

看看近十几年的小说实践，我们也许有理由感到乐观，中国当代的作家们渐次找到了用更朴素的笔法来表现本土经验的写作路径：从20世纪90年代的《长恨歌》、《丰乳肥臀》、《活着》、《许三观卖血记》，到进入21世纪之后的《檀香刑》、《人面桃花》、《生死疲劳》、《山河入梦》，甚至《秦腔》、《受活》、《你在高原》等，都是明显具有“传统性”甚至“地方性”色彩的小说。如今不但已很少有人用“洋腔洋调”的语言来写作，而且在叙述的方法和美感神韵方面也呈现出对传统和本土经验的复归与认同。关于深层的问题——传统叙事美学和诗学方面的复活与复归问题，需要另外撰文探讨，这里我只说一点，那就是，如果我们不带浮躁和偏见地看取90年代以来的小说，特别是长篇写作的时候，应该有这样一个基本评估——它正在“前所未有”地走向成长和成熟。有人用现代作家的正面例证来反衬当代作家的低下和失败，但如果真正将巴金、茅盾、老舍、沈从文、张爱玲等现代作家的文本拿来与上述作品进行细读式的对比，会发现后者在语言、结构、美感、深度，在思想和艺术的复杂性等方面不同程度的进步，一个内行和客观的读者一定能够看出其中的生长关系，而不会只从中看出退化和堕落。

我不认同对90年代以来文学的否定性判断，某种程度上我甚至认为这是一个世纪中文学最好的时期，一个丰收的时期，一个艺术水准最高的时期，一个诞生了经典的文学作品的时期。事实将证明，90年代以来诞生的一批小说作品是会经得起时间检验的，很多年之后的人们将会怀念和艳羡这个时代——就像余华在《兄弟》的后记中所说的，一个当代的中国人活了40年，相当于一个西方人活了400年，这对于一个写作者来说是“可遇而不可求”的。这样一个急剧变化的时代，一个叫人百感交集的时代，一个渐渐意识到自己民族的叙事奥秘和美感方式的时代，并不是每个时代的写作者都会遇到的。

归根结底，“本土经验”这一命题包含了这样几个维度：一是传统性，即作品所表现的文化经验是具有民族传统意味的，《长恨歌》和《人面桃花》无疑是这样的作品；二是本土性的具体化，即地方性或地域性色彩，包括小说家使用的地方性语言，所表现的富有地方性特征的内容，《受活》、《秦腔》等都是典型的此类作品；三是本土的美学神韵，这一点比较复杂。什么是“本土美学”？说清楚很难，但大致上我认为是具有传统色调的结构理念、具有传统性或者民间性的叙事内核、本土化的语言方式，还有民族特有的叙事结构与美感，就像在《废都》、《长恨歌》和《人面桃花》、《山河入梦》中我们已感受和体察到的那种传统意境与神韵，在《活着》、《檀香刑》和《生死疲劳》中我们所获得的那种难以拒绝的泥土气息，那种完全来自本土的叙述活力与滋味……就这些特点来说，它们绝不是少数例子。这些可谓汉语新文学经过了将近一百年的探求和变革的结果。20世纪40年代到70年代中国文学也曾经强调“中国作风和中国气派”，但那仅仅是在语言和风格学的意义上的，对于中国传统叙事的精髓和神韵的东西的学习，恰恰不得要领；而90年代以来中国当代小说对传统经验的恢复，则是深层和根本的。

四、中国当代文学的世界视野

多年里，对中国当代文学的诟病一直是个热门话题。中国当代文学究竟怎样？我们时常面对这样的追问。问题固然会很多，但是如果历史和现实地看待，回答就不会是一种粗暴和简单的否定。“垃圾说”很容易得到呼应，因为我们这个时代基本的文化环境有泡沫化的趋势，文学自然也难于幸免。然而历史上“伟大的文学时代”其实也是由无数的泡沫所烘托出来的，没有哪一个时代的文学没有流弊和垃圾，伟大的盛唐也有“轻薄为文哂未休”的群丑，否则就不会有杜甫“尔曹身与名俱灭，不废江河万古流”的愤然诅咒；不朽的莎士比亚也不是光辉独照，而是身处所谓“大学才子”派的攻讦嘲讽之中；曹雪芹写出了《红楼梦》，却在其活着的时候几无知音，穷困潦倒，充斥文坛的倒多是他所抨击的才子佳人的俗套。我们所认知的“文学史”，其实是一个披沙拣金和叙述浓缩之后的美丽幻觉。历史的本体其实就是现状中的嘈杂与纷乱的并生物。我们阅读鲁迅的全部过程，就是感受他所经历的垃圾充斥乱象丛生的文学现实的过程。“寂寞新文苑，平安旧战场；两间余一卒，荷戟独彷徨”的孤绝影像，是他对自己与时代关系的体验与描述，而这竟是五四新文学时代那“波澜壮阔”的历史景象吗？

所以，文学环境和时代流弊不是评价“一个时代的文学究竟成就几何”的决定性前提，如果是的话，那倒是伟大文学必然的“伴生物”了。基于泡沫伴生物来否定一个时代的文学是毫无意义的。归根结底，这个时代的文学成就几何，还是要看它的精英作家所代表的艺术水准和所达到的精神高度。从这个意义上，我以为我们有理由来正面评价中国当代文学的成就，它在百年汉语新文学历史上所实现的生长。

人文主义与世界视野，我以为是评价中国当代文学成就的一个基本立场。固然处理中国的现实与本土的基本经验是它的使命，但处理依据必须是普世性的价值原则。简言之，好的作家必须依据人文主义标尺，对现代中国的历史和现实进行批判性的叙述，在这方面，当代作家并不比现代作家逊色。类似《活着》和《许三观卖血记》中对于当代中国底层民众命运的描写，其“卖血”隐喻对于中国当代历史的深入触及；类似《丰乳肥臀》中对于20世纪中国民间社会遭受侵犯并最终解体的血与火的描写，对于承受一切外力压迫、收容一切苦难与耻辱的人民的饱蘸血泪的同情；类似《檀香刑》那样对于专制集权制度下“刑罚历史”的概括，对于鲁迅式的“围观”与“人血馒头”主题的再度展现，以及对国民劣根与民族悲剧命运的尖锐揭示……都可以说是延续和光大了中国现代作家最核心的文学理念，深化了他们最重要的批判性命题。即便是《废都》这样带有争议的作品，在今天看，也可以说生动地揭示了当代中国社会的道德坍塌与知识界的精神溃败——假如说在将近二十年前它问世之初，还显得在道德上有惊世骇俗之险的话，那么在今天，它所寓言的一切都早已有过之而无不及地变成了现实。固然在小说的表层叙述中确实弥漫着污秽之气，但隐含在文字背后的悲剧力量与批判意味，却也随着时间的流逝和历史的验证而得以彰显。

值得提到的还有《长恨歌》这样的小说。从表层看，它也许不像前几部作品那样尖锐，但它所叙述的20世纪上海的历史，也在烟雨苍茫的巨大转折中显现出了充满荒谬感的悲剧逻辑。“革命的上海”最终还原为日常生活的上海、欲望与小市民的上海、灯红酒绿和红尘滚滚的上海，这一切与它最初作为殖民地和冒险家乐园的底色实现了反讽性的重合，历史的逻辑最终消除了革命和政治，并因为一个女人红颜薄命阴差阳错的一生，而生出令人扼腕叹息的诗意。这部小说以它强烈的传统色调的叙事，提供了一个用人文主义处理中国现代历史的范例，因而也就获得了其本土性与世界性兼具的品质。

总有人对中国当代作家的思想状况与能力表示担忧，认为他们除了“语言问题”、“思想问题”，还有“世界观问题”，[①]但这些担忧其实并非出自对作品的阅读，而是出自偏见和印象。我只消举出李洱的《花腔》和艾伟的《爱人同志》，就足以说明他们作品中强烈的人文性与“普世价值”。《花腔》所叙述的是在20世纪中国革命历史中的“个人之死”，主

①顾彬：《我没说过“中国当代文学是垃圾”》，2010年3月22日 11：02 凤凰卫视《锵锵三人行》(news.ifeng.com/opinion/phjd/qqsrx/201003/)。

人公“葛任”即是“个人”，小说中无论哪种政治力量都并不真正需要他，都想在某个时刻置其于死地，但又都不想落一个杀害他的恶名，而恰好可以让他“殉难”于抗战之中，变成“民族英雄”。我想任何一个有头脑的读者和批评家，都会从这部作品中看到一个巨大的历史寓言，都会为自己的时代产生了这样的作品而感到欣慰。还有《爱人同志》，它讲的是20世纪七八十年代之交中越边境战争所引出的故事。一位战场上失去双腿的荣军隐瞒了他负伤的秘密——他不是一位真正的英雄，而是因为在战场违纪而被意外炸伤，但意识形态的需要虚构了他的事迹，他“被叙述成为”了一个英雄，在80年代的社会环境中获得了很多好处，并且渐渐依赖于这样一种身份；可是在90年代的市场时代，他渐渐被淡忘和抛弃了，他的价值与光环的丧失，甚至使他那位崇拜英雄的妻子也失去了最后一点尊严，他最终不但沦落成了杀人的罪犯，而且失去了最基本的生存条件。就在他满腔悲愤地自焚而死之后，当地的官员又将他叙述成为 “体谅国家、从不伸手”的道德典范。这个作品的批判性我想也不需要多加解释，作家虽然巧妙处置，也仍然可以看出他尖锐的思考和对当代中国社会与价值问题毫不回避的批评。这样的作品所表现的，就是被纳入了人文主义与世界视野中的本土经验，我想它们足以回答“中国当代文学究竟状况怎样”的质问。

世界视野不只表现在价值的批判性与反思性上，同时还表现在文化与思想的对话性上。与巴赫金的对话理论相似，中国作家中的许多人都在自己的作品中隐含了与西方文化、与世界其他文明进行对话的主题，这表明他们有充分的自觉意识来强化自己作品的世界性。莫言的长篇小说中，几乎都有一个对话性的人物或事件，如《丰乳肥臀》中所嵌入的一个基督教文明的符号马洛亚牧师，《檀香刑》中经常对中国文化评头论足的德国总督克罗德，《蛙》中的日本作家杉谷义人，他们的嵌入都暗含了一个与西方文化、与西方的读者进行对话的意图，希望他们从中看出中国的历史，看出一个中国作家对世界和自己民族的认识与反思。类似的对话性人物或事件在其他作家的作品中也十分常见，《兄弟》中带有自我反讽意味的周游世界的人物“余拔牙”，《一句顶一万句》中的詹牧师，还有《受活》

中“购买列宁遗体”的“后革命神话”的嵌入，等等。这些作品都十分敏感地传达了中国作家对于中西方文化关系的思考，显示了他们希望以敞开的方式叙述“中国经验”，展现中国近代以来逐渐接近和“走向世界”的道路，以及在这一过程中的心路历程和这一切在当下中国所形成的“壮观的时间流动”（萨特语）。正是这种世界性的视野，使“中国经验”被激活和深化，生发出更强烈的本土意味与创造力量。

我并不想说中国当代文学是完美的，还是那句话，泡沫和流弊定然存在，精神的颓败和创作生产的粗鄙化趋势也是明显的，浮躁之气正销蚀着写作者的职业操守……但就文本而言，我仍然坚信大浪淘沙后有黄金，水落石出后有足以传世的好作品在。批评是每个读者的权利，但是这权利的获得和有效还需要建立在真正的阅读之上，偏见和断言虽然会吸引眼球，却不能服人。

当代文学如何处理当代经验

一个认识论的转换："经验"对于当代文学的意义

美国著名小说理论家艾布拉姆斯在讨论19世纪以前小说历史的时候，提出了三个有意思的比喻，即"镜"、"泉"、"灯"，他说："从模仿到表现，从镜到泉，到灯，到其他有关的比喻，这种变化并不是孤立的现象，而是一般的认识论上所产生的相应变化的一个组成部分。这个认识论就是浪漫主义诗人和批评家关于心灵在感知过程中的作用的流行看法。"① 这三个传神之至的词语，恰好对应了西方小说史上最重要的三种认识观念，即"模仿说"、"抒情说"和"勘探说"。古希腊诗学的核心理念即是"模仿"，它是几乎统治了文艺理论界两千年的"现实主义"理念的源头。"抒情"主要发生在19世纪的浪漫主义文学时期，如歌德等德国作家，还有法国的夏多布里昂、雨果等浪漫派作家的小说，都有很强的主观与抒情色彩。到20世纪，小说在现代派作家笔下变成了卡夫卡或昆德拉式的烛照生命、勘探存在的寓言，变成了分析人性和发现无意识世界的精细手段，所以犹如洞烛幽微、洞若观火的"灯"。

简单化地看，上述三种比喻恰好对应了欧洲文学史中"现实主义"（包括古典时期的写实观念）、"浪漫主义"和"现代主义"的发展历史——尽管艾布拉姆斯所谈的"灯"还是就19世纪的文学传统而言的，但

①艾布拉姆斯：《镜与灯——浪漫主义文论及批评传统》，郦稚牛等译，北京，北京大学出版社，1989年，第81页。

这一概念确实更适合现代主义的艺术理念。

然而，当我们转而用“经验”一词来表述文学的内核或属性的时候，它马上便与前三者相遇了，而且令人吃惊的是，它几乎全部涵盖了前三者的内涵。严重一点说，这应该是当代认识论哲学在小说领域里的一个飞跃。这个飞跃当然不是“经验主义哲学”在中国的产物，而是源于中国当下的认知体验和自身哲学思维的变化，即当代中国文学之思想方法的自然变化。这一点，试图从哲学和美学上说清楚确实很难，但也实无必要。在“现实主义”、“浪漫主义”和“现代主义”都已经成为“历史”之后，单纯地将文学比作“镜”、“泉”、“灯”，似乎都已显得不够准确和有效，而“经验”恰好可以兼容并包地将这些因素纳入其中。很明显，“经验”既客观又主观，它是客观世界进入人类认知之后的产物，是经过了深入处理和反复验证的东西，所以更加综合和可靠。可以说，经验既是现实，又是意识；既属于对象世界，又是主体的认知实践；既具有“真实性”，同时又非绝对的“客观真理”。它符合当下急剧变动中中国人的感受方式，也符合文学中“现实”的再度攀升，但这个现实已不再是“现实主义”意义上的客观实在，而是活在当代中国人生命和心灵中的东西。

所以，用“经验”来代替“现实”或者其他，对于当代中国文学的认识论方法的改变具有决定性的意义。正如罗素对于杜威经验哲学的评述，“杜威并不讲求那些将会是绝对‘真’的判断，也不把这种判断的矛盾对立过程斥之为绝对‘假’的”，他所注重的是“一个叫‘探究’的过程”。[①]事实上，这种对于“主体实践性”的强调和对“客观真实性”的质疑，正是当代哲学的基本问题。德里达对于一切“关于存在的形而上学”的质疑的合理性也正在这里。从杜威到德里达，也许最根本的一个哲学思维逻辑就是对于“认知”和“探究”本身的重视，对于一切“先验形而上学”概念——包括“现实”和“真实”——的颠覆。这个逻辑之于中国当代文学，我以为就是“经验”比“现实”更为重要，它可以既使我们的文学有的放矢，俯身尘世与生命，又使之避免重蹈“现实主义”的覆辙，避

①参见罗素：《西方哲学史》，下卷，马元德译，北京，商务印书馆，1976年，第382页。

免文学在“现实”的名义下被意识形态捆绑或扭曲，书写那些被修改和框定过的虚伪内容。

中国传统文学中的主要表现对象，也可以说就是“经验”，自宋代以来的诗歌中，经验性的内容几乎成为最核心的主题：“不识庐山真面目，只缘身在此山中。”“山重水复疑无路，柳暗花明又一村。”……经验代替情志成为宋诗的主要特点。这一点尽管毁誉参半，却是无法回转的趋势。在明清的世情小说中，经验也成为主要的表现内容，唐人作的是“传奇”，在笔法和美学上传承的是六朝的“志怪”，而明清白话小说的趣味则转向世俗经验，即“世情”的描写。《金瓶梅》和《红楼梦》在书写日常生活与人的生命经验方面，都可谓集大成者。即使如《水浒传》和《三国演义》一类“讲史”小说，也是将历史“经验化”了，《三国演义》开宗明义的“白发渔樵江渚上，惯看秋月春风”，表明小说是用生命经验来看取历史的，历史也因此成为嗟叹人生的诗——“一壶浊酒喜相逢，古今多少事，都付笑谈中。”至于“才子佳人”一类消费性小说，更是充满了重复乃至复制性的叙述。从结构主义叙事学的角度看，这些作品无论在主题还是在故事的讲述方式上，都是高度套路化的，是一种结构性的重复。而这其实也就是一种“艺术中的经验主义”。从这个意义上说，当代中国文学对于经验的专注，也是中国文学一个固有传统的复活。

在当代文学批评中频繁地谈论“经验”似乎已有十余年的时间了，不过谈论者并没有认真地追问和厘清“经验”的来历、含义、范畴和意义。原因是，“经验”和“现实”一样，在当代语境中也是如此敏感多义，并且涉及诸多复杂的哲学史和认识论问题，因此殊难说清。更何况，任何经验归根结底都是“被叙述”的，都有一个“属性”的问题——“谁的经验”，“谁讲述的经验”，或“讲述给谁的经验”，等等。没有哪个经验不是“被制造”出来的，因此它的可靠性怎样，是否具有客观性、公共性、美学上的意义与讨论的价值等，都是问题。经验之不同范畴的无限分割，如“个体经验”、“公共经验”、“文化经验”、“生命经验”、“隐秘经验”、“无意识经验”……同样可以使我们的谈论失去效力和意义。因此，我以为一般性地去谈经验或经验化，对于当代文学来说都缺乏针对性，必须把问题进一步狭义化，集中到当代文学与批评实践的范围内来谈，才有确切的意义。

关于当代经验书写的“异质混合性”

诗人欧阳江河在谈论20世纪90年代诗歌写作的特殊性时，曾提出一个颇富启示性的概念，叫作“异质混成”。他的意思是说，要使当代诗歌写作更加有效、其内容更加丰富、在美学上更具当代性，必须将在价值向度上互相悖反的事例与经验混合于一起来表现。比如市场的与政治的、自由的与暴力的、现实的与反现实的、人文的与非人文的、悲剧的与喜剧的……将各种不同性质甚至悖反对立的经验内容杂糅纠缠一体，诗歌写作才能呈现出其与20世纪90年代的中国现实相匹配的丰富性。简言之，单质的、“纯粹美学”的、理想的人文主义写作都已结束了，神话式的海子诗歌时代也结束了，诗歌进入了一个泥沙俱下、黄金和垃圾相交杂的时代。他本人的《咖啡馆》、《时装街》、《傍晚穿过广场》、《计划经济时代的爱情》、《关于市场经济的虚构笔记》等都可谓实践这种经验的“异质混成”的诗歌作品。

借用这个概念来看20世纪90年代以降的小说，我以为这也是相当关键和有效的一个角度。它似乎可以使我们解释文学变得日益庞博和混杂、丰富和粗鄙的一个关键原因。毫无疑问，90年代以来，小说在“道德”上变得越来越暧昧和没谱了，暴力、身体、贪欲、投机、黑幕、权力、日常经验、无意识、消费主义、社会利益与阶层政治……这一切以狂欢的和娱乐至死的、隐喻的或直接的、“波普”的或沆瀣一气的方式纠缠在一起，以声色犬马和灯红酒绿的时代想象，以暧昧的价值评判和混乱的感同身受，构成了有关我们的历史和现实的修辞与叙述，并且生成了在世界上任何一个地方都很难想象的、独属于“当代”和“中国”的经验属性。

这样说当然过于抽象，我可以举出很多例证。比如1993年问世的贾平凹的长篇小说《废都》，就曾经因为它作为90年代文化转型与精神颓败的危机之寓言，而遭到了广泛的质疑与批评，它在叙事上的某种“不洁”与人物道德上的堕落特征，都使那时的读者感到“愤怒”或不适。然而十多年过去，回望这部被尘封多年的小说，人们却有如梦初醒的戏剧感与荒诞感，《废都》中所预言的一切——当代中国的文化病症与知识分子的精神颓败，在今天早已“有过之而无不及”地变成了现实。庄之蝶所做的一切，比之今天小说中的主人公，早已是小巫见大巫，他身上的市井与犬儒气息、贪欲与堕落意味，在今天早已让我们感到不足为奇、见怪不怪。为何时隔十几年，人们对于一部作品的感受会发生如此大的变化？这是“时代”使然。而“时代”又在哪里？也同样是“被叙述”出来的，我们的“经验”被日益离奇和狂野的“事件的修辞”推动着前行，一路滑向令人惊悚的峰巅或者噩梦般的深渊。“现实”是这样一个景象，难道我们反而去要求作家给出一个“洁净的叙事”吗？假使贾平凹给出了一个纯洁和美善的叙事，那么我们会不会反而感到一种彻头彻尾的虚伪？它和我们充满奇怪与混乱感的现实经验之间，会不会构成一种更可怕和可恶的粉饰关系？

说到底任何叙事都是一种修辞，美国的新历史主义理论家海登·怀特甚至认为“历史本文”也是一种“修辞想象”，[①]事实上文学之所以担负对于现实和历史的处置职责，原因也是在这里，它可以通过完成一种对于“现实”、“历史”、“时代”等等的修辞，来构建人们的“文化记忆”与“公共叙事”。恩格斯之所以肯定巴尔扎克所记录的“1830年代的法国历史”，“比所有专门的历史学家、经济学家和统计学家所提供的总和还要多”[②]，也是出于这样的原因。为什么小说家提供的会比历史文本中的内容还要“多”呢？这是因为文学叙事所提供的是一种“综合的叙事”和“形象的修辞”，而形象的暧昧与全息性使它永远大于思想。反过来，海登·怀特所理解的“历史叙事”，事实上也是一种按照“文学叙事”的方式编制起来的“修辞活动”，正是因为这个活动，“历史”得以

①参见海登·怀特：《作为文学虚构的历史本文》、《历史主义、历史与修辞想象》，见张京媛主编《新历史主义与文学批评》，北京，北京大学出版社，1993年，第160页、180页。

②恩格斯：《致玛·哈克纳斯的信》，见《马克思恩格斯论艺术》，北京，人民文学出版社，1960年，第11页。

在“被叙述”中完成，成为一个“被构建”的“想象共同体”。基于这样的道理，文学叙事中的“历史”或“现实”本身就免不了是一种“被叙述的经验”，而这种叙述的丰富和有效性，又取决于它的经验内容的丰富与多样。所谓“异质混成”的合理性正是在这里：它可以最大限度地影射或隐喻“现实”与“历史”的内部构造，使其信息含量变得多义、交叉、悖反、互证，就像历史与现实本身的丰富性一样。历史的歧路丛生与无穷奥秘，正是在这样的叙述中得以体现的。

显然，关于历史和叙事的哲学，可以使当代作家的选择充分合法化——他们有权利和有理由使用混合甚至芜杂的手段，选择粗鄙甚至“混乱”的美学风格，来完成对丰富的“历史”和“现实”的叙述、隐喻或其他处理，因为这是必然甚至必须的。余华正是基于这样一个想法提出了它的“混乱美学”的观点。[①]从这个角度，我们可以对最近十多年中的许多文学现象作出正面的解释。在莫言的《丰乳肥臀》、《檀香刑》、《四十一炮》和《生死疲劳》中，在余华的《兄弟》中，在李洱的《花腔》中，在阎连科的《受活》和《丁庄梦》中，在张炜的《刺猬歌》中，作家们或多或少但又不约而同地将当代中国人五光十色的生活内容悉数尽收，写出了令人瞠目的人物与故事，其中丰富而敏感、动荡与浑浊的生活信息，十分恰切又生动地“影射”出当代中国的历史转换与价值变迁，暗示或显现出“时间的壮观流动”（萨特语）的现实景象，以及当代中国人特有的经验特征。

然而有一点也必须指出，“异质混成经验”的合法性并没有使上述作家避免一个“美学的陷阱”，那就是他们中的许多人，因为其作品内容信息的混杂，以及因此出现的风格的粗粝与美学的下降，而遭受了广泛的质疑。我不能说这些批评是没有道理的，静态地看，或者按照“永恒的艺术准则”来衡量，它们当然可以被指摘；但如果“历史地看”，从当代中国人生存的现场和经验的真实性的角度看，它们又充满了合理性和生命力。《废都》某种意义上的“被重新发现”就是一个例子，而在我看来，应该

①参见余华、张清华：《“混乱”与我们时代的美学》，《上海文学》，2007年第3期。

被重新诠释的还有《丰乳肥臀》，这部具有伟大气象与放射结构的作品，因为其对于母亲身世的复杂描写而备受误解，但正是因为它纵横恣肆、泥沙俱下的磅礴笔法，才使之对于20世纪中国的历史产生了巨大的影射力，其人物命运与故事才具备了丰富的历史载力。从这个方向看，或许余华的《兄弟》是又一个例子，它充满污秽的故事与语言，也许是出于传达当代生活信息的一个“不得已”。但它确实构成了对于具有“倾心美善”的阅读习惯的批评家们的一个挑战——它的粗鄙有没有足够的合理和合法性呢？也许现在还不好作结论，但从当代中国社会的“现场”与经验的复杂性与混乱感来看，这种粗粝与粗鄙也许是更真实和合理的。我想我们需要追问的并不是粗鄙本身的合法性，而是这种粗鄙的目的性和效果——如果它是把粗俗当作观赏与卖点、是“虚构”了粗俗并且轻薄地“为粗俗而粗俗”的话，那么批评家当然有理由对它进行批评；但如果它是真实地映现和隐喻了当代中国现实经验的粗鄙与混乱，那我们就不应该把这种直面现实的精神理解为一种道德上的不严肃。在批评的实践中，并不存在超越历史的永恒准则，归根结底，“历史的与美学的”批评原则仍然是基本的和有效的，因此，宽容的态度也许是更明智的，因为历史上批评家们这方面的教训已经足够多。

如何处理当代经验：在寓言性与真实性之间

一个相对独立但与本文所谈也联系着的问题，是如何看待经验的细节真实性。这当然也是一个老问题了，但在眼下它又有了新的必要性。不少人在批评近年一些作品时，都提到了一个类似“叙述的可信度”的问题，我在与个别作家的私下谈话中也听到了类似的观点，认为叙事必须“经得起推敲”，要“符合常理”，在经验的意义上获得真实。这些看法从理论上来说都是正确的，毫无疑问，任何文学叙事都应该能够让读者愿意接受和承认它的可信度，所以从这个意义上来说，叙述不能是随意的、完全不合逻辑的，它必须在“物性”（即海德格尔所说的“艺术作品的物性”）

的层面上具有“真实性”。

然而问题的另一面是，“真实性”并非是一个“与现实对等”的概念，在艺术与叙述的轨道上，“真实”有逻辑和美学上的要求，它不一定是一个客观实在的对应物，相反它必须是在“精神的意义上”符合真实。历史上许多经典作品在叙事上是虚假的，但在道理和逻辑上却无比真实，所谓“寓言”就是这样的作品。古代的寓言固然是一种虚拟的叙事，而现代主义文学诞生以来，文学的叙事则被普遍地寓言化了，文学成为“文化或历史的寓言”、“哲学或精神的寓言”。人们对于真实性有了新的认识，正如老博尔赫斯所自况的，“在熙熙攘攘的市集或者在云烟氤氲、可能有森林之神的山麓，他听人们讲扑朔迷离的故事，把它们当作真人真事，从不追究真假。”“一件虚假的事可能本质上是实在的。”[①]中国古代小说的基本美学属性即“志怪”或“传奇”，即使表现世情的小说也被称为“奇书”，人物性格与细节处理都充满了夸张与怪诞意味，但都未曾在“真实性”方面出现问题。这表明，我们对于小说内容经验的是否可靠、其处理方式的是否合理，有非常宽泛的理解尺度。在新文学作家那里，对于真实的处理向来也有两种方式，以鲁迅为例，即“《狂人日记》式”与“《阿Q正传》式”，前者是寓言的，后者则是“写实主义”的。对于《狂人日记》与《药》式的错乱夸张的语义世界，关于“吃人”、“人血馒头”的种种寓言，我们当然不会认为是“矫情”或“不真实”的，相反我们会觉得它有更高意义上的文化或精神上的真实。而且在鲁迅那里，即便是写实性的作品，也少不了戏剧性的夸张和哲学性的夸诞意味，孔乙己在咸亨酒店里出现了三次，小说就完成了他一生的故事，这样的处理，如果不借助高度的抽象和寓言性的浓缩，并加以戏剧性的集中和夸张，如何能够涵盖其一生的潦倒与尴尬？

仅仅过去十来年的时间，中国的读者和批评家们似乎就由一个极端走向了另一个极端——在20世纪80年代中期到90年代的十多年中，人们几乎一味地推崇极端和变形的处理手法，强调不在于“写什么”，而在于“怎

①博尔赫斯：《博尔赫斯文集》，文论自述卷，王永年、陈众议等译，海口，海南国际新闻出版中心，1996年，第3页。

么写”，这固然有出于对统治当代文学数十年的“现实主义”规则的恐惧与逃离冲动，但也确实是中国作家在艺术上获得解放、找到起点，以及懂得追求文化与哲学意义上的“深度”的开始。残雪在1985年所描述的那些有关无意识与噩梦的活动，那些幽灵般的人物，显然在“现实”中是很难存在的，然而人们却从中读出了更震撼的真实；余华在《现实一种》、《一九八六年》等早期的小说中也构造了骇人的暴力主题，那些血腥的画面显然也是“不真实”的，但我们仍从中读到了可怕的内心或潜意识中的真实。先锋文学如果说给我们留下了什么遗产的话，那么就是它在叙述上的这种哲学趣味所导致的寓言化，它用了看起来不那么可信的叙述，讲述了更为准确、深刻和可信的道理。而我们此前所经历的将近四十年的“现实主义”观念支配下的写作，却并没有为我们提供持久可信的真实，倒是用了大量看起来真实的细节，构造了夸张乃至虚伪的现实景象。在这方面，柳青的《创业史》是一个例子，尽管作家为它付出了14年置身其间的体验——在长安县皇甫村以参与者和见证者的身份生活在那里，这在中外文学史上几乎是独一无二的例子，可是作为“社会主义现实主义”的典范，这部作品并没有真实地讲述出“社会主义的经验”，并且早已被历史本身证明，是一部“从逻辑上失败和失真”的作品——连历史上的合作化运动本身也已被废止及被“生产责任制”替代，它讲述的以此为内容的胜利和成长的“史诗”还有什么值得夸耀的“真实性”可言呢？

上述当然是极端的例子，强调“真实性”本身当然没有错，问题在于怎样才能“通向真实”，我们要“通向谁的真实”、“何种意义上的真实”，这才是值得思考的。《创业史》可以说在一定程度上也表现了“历史的真实”，甚至浩然也曾经为自己的《金光大道》辩护其“真实性”，然而从更长远的历史空间、从更多人的经验与命运看，它们就显得“虚假”得多。当我们读到80年代以后大量书写土改和合作化的，以表现创伤、苦难、失败和反思批判为主旨的小说的时候，我们会对前者的真实性产生巨大的怀疑。

可见“真实”并不只是细节和外部的“物质性”，它最终需要我们内心良知的检验和内心经验的认定，需要历史逻辑的最终彰显所给予它的一个判断。许三观只卖了12次血，最后一次还没有卖成，但从叙述的“修辞”效果上看，我们已相信了他这样一个小人物的一生就是卖血的一生，他的命运的真实感已经彰显无遗；福贵原来是一个恶少，当他输光了家产之后就变成了一个“好人”，这看起来也相当突兀，有悖于现实的真实，但我们毫不怀疑他在财富被剥夺之后人性与道德的复苏，这是内心经验意义上的真实。《废都》、《丰乳肥臀》、《檀香刑》，这些作品也许局部是夸张和变形的，但它们最终呈现的悲剧历史逻辑却赋予了它们更大意义上的真实，它们最终是作用于读者的“心灵经验”，而不只是“日常经验”。说到底，读者是否从中感受到了“真实”，除了作品本身的优劣，还取决于读者对于“真实”的理解方向与方式。

最后一点是“在美学上的规定性”。显然，通向经验真实一定有不同的美学道路，喜剧的叙述容易产生出夸诞和幽默的故事与风格，而夸诞和夸张并不意味着虚假，它是一种需要。喜剧的逻辑中必然需要相对粗鄙的细节和滑稽谐谑的场景，需要人格相对弱小低下、道德不尽完美的人物与性格，而我们的读者和批评家们常常在这种粗鄙和戏谑面前显得过于弱不禁风和情绪化，有关当代文学的批评与争议多由此引起，我以为这不能不说是一种悲哀。假如我们今天的文学批评还只能够为19世纪所理解的“真善美”发放通行证的话，那么除了表明我们文学观的孱弱和不成熟，别无其他解释的可能。昆德拉说得好：“在小说家与不会笑、没有幽默感的人之间是没有和平的。”“拉伯雷的渊博虽然无以复加，但跟笛卡儿的渊博是不一样的。小说的智慧跟哲学的智慧不同。小说并非诞生于理论精神，而是诞生于幽默精神。欧洲的失败之一就是从来都没有理解最欧洲化的艺术——小说，既没有理解它的精神，又没有理解它巨大的知识与发现，也没有理解它的历史。从上帝的笑声中获得灵感的艺术从实质上看不从属于意识形态的确定性，而是与这种确定性相矛盾。”[①]昆德拉如此严重地看待当代欧洲艺术中幽默感的匮乏，而极力推崇塞万提斯与拉伯雷的谐谑与粗蛮的传统，也许可以给中国的作家一个启发，也能给我们的读者和批评家

①米兰·昆德拉：《小说的艺术》，董强译，上海译文出版社，2004年，第200页、201页。

提供一个建议：让我们学会感受和理解戏剧与喜剧，而不只是崇拜庄严空洞的概念和思想，让我们把小说“发现应该发现的一切”当作“小说唯一的道德”，而不是把小说本身的道德标签当作小说的道德。只有这样，我们才会比较客观和平心静气地去感受一部作品，并且通过那些不同美学风格的经验和风景，去找寻阅读的快感和尽可能宽容的艺术判断。

持续狂欢·伦理震荡·中产趣味

——对新世纪诗歌状况的一个简略考察

在严肃批评家看来，真正的敌人，即最坏的赝品（kitsch），不是汪洋大海般的低劣艺术垃圾，而是中产趣味的文化，或沿用德怀特·麦克唐纳所贴的标签，即“中产崇拜”（midcult）。

——丹尼尔·贝尔：《资本主义文化矛盾》

有两种方法可以让文化精神枯萎，一种是奥威尔式的——文化成为一个监狱；另一种是赫胥黎式的——文化成为一场滑稽戏。

——尼尔·波兹曼：《娱乐至死》

诗歌和文学正在深入地与这个时代的经济生活发生着纠葛，这些年，当代文学的变化再一次证明了经济基础对意识形态的决定性影响。这在任何时代当然都不会是例外，但也许历史上任何时候都没有像今天这样明显地反映着这样一种关系。经济的迅猛发展和社会公正的日趋衰减、公众伦理的日益稀薄，构成了今天我们社会的愈渐深刻的病症。在这样的情势下，文学，特别是诗歌这种敏感的艺术形式正在呈现出它的不同向度的反应。这种反应大致有这样几个：一是诗歌作为事件和活动，正由于官方和民间经济力量的大力参与，由于网络平台的日益多样和便捷，而变得规模宏大热闹非凡；二是由于社会阶层的迅速分化、经济生活的不良征兆和底层人群的贫困化，而导致的伦理主题的强烈凸显；三是由于中产阶级的日益壮大成形，而导致出现典型的中产阶级趣味。在本文中，我将就这样几个方面作一些粗浅分析。

一、诗歌的狂欢以及它的搭台和埋单者

在市场与权力相胶合的时代，诗歌越来越扮演着前所未有的奇怪角色。就在那些闭目塞听的人还抱怨着文学如何不景气、诗歌就要消亡了云云的时候，2005年里由各地政府参与举办的名目繁多的“诗歌节”，至少超过了十个。这样的活动当然不是自2005年开始的，但像这样密集则几乎是过去从未有过的情况。这些活动的名称要么冠以“中华”、“全国”，要么干脆就叫“国际”和“世界”，以往不得不靠自己掏钱交游四方的穷困诗人们，终于有了在“世界诗人大会”（2005年10月，山东泰安市）上大欢聚、大串联的合法机会，开支则由政府埋单。但据说这场活动中所评选出的“桂冠诗人”和诗歌大奖的结果比较搞笑，是由著名学者季羡林、前文化部长高占祥和大会主办者的八十余岁高龄的母亲分享的，这位获奖母亲实际和诗歌并没有什么关系。据说一些著名的诗人和评论家一年当中有相当长的一段时间，是以“赶场”的形式连续出现在此类大大小小的会议上的。此外，一些高校、作协、科研机构或者学术团体也由民间或官方资助，得以举办各种形式的诗歌节、研讨会和朗诵会。看来谁要是试图预言诗歌将要没落消亡是注定要失败的。即使是“被边缘化”这样的说法，如今也显得相当可疑。

经济力量对诗歌的影响力显然在持续增强。在过去几年，这种影响被描述为负面的，而现在经济实力，特别是日益强大的民间经济力量，变成了诗歌更加自由和宽广的土壤——两年前我还曾说诗歌与GDP的增长没有什么关系，而现在这种关系已经着实显露出来了，当然，这是否促动着诗歌艺术质量的提高则是另一回事。以广东为例，这块当今中国最富有自由经济色彩的版图，这个GDP早已超过万亿且在最近十几年里其排名一直处于全国首位的省份，现今已然成为中国新的“诗歌大省”，并且“开始

面向全国发出一种历史上未曾有过的强势话语，迅速地崛起于当代中国诗坛，并产生了巨大影响”。“2003年9月，诗歌评论家朱子奇写了长篇评论《广东：一个诗歌大省的新的崛起》，该文引起国内诗歌评论界的巨大反响……”[①]在这块“热土”上不但聚集着最多的打工者，而且汇聚了中国当今数量最多的青年诗人，“2004年第2期《中西诗歌》的‘广东青年诗人诗歌专号’一次推出广东青年诗人近130人，其中半数以上诗人都活跃在国内各种重要诗歌刊物上。”[②]这里还有着堪称当今最为豪华的民间诗歌刊物与其他各种正式和非正式的诗歌印刷品。以广州的黄礼孩为例，他的私人工作室所策划出版的《诗歌与人》迄今已经先后出版了近十期，并且策划了一系列的诗歌活动，“打造出‘70后’的诗歌断代史概念……‘中间代’这个概念。随着安琪、远村、黄礼孩主编的《中间代诗全集》的出版，‘中间代’已成为当代诗歌史一个绕不开的重要话题，基本得到学术界和汉语诗歌史家的承认。2004年，中国出版了两部规模最大也是近年最重要的诗歌选本《中间代诗全集》（上、下）和《70后诗集》（上、下），广州诗人黄礼孩都是其主编之一。”[③]毫无疑问，民间经济能力的持续增长是这些诗歌出版活动的最大的动力。笔者2005年所收到的将近一半的赠刊与赠书，便来自东南部经济发达地区。

新的民刊还在继续涌现。以本人的视野，2005年既看到了一些原来所未曾见到的民间刊物，如福建的《大型诗丛》，其容量、印装的气派均令人咋舌，这同样是来自东南经济发达地区；还有近一两年内问世的《明天》（湖南）、《今朝》（广东）、《新诗代》（北京）、《活塞》（上海）、《大风》（四川）、《诗歌杂志》（贵阳）、《大十字》（贵州）、《赶路诗刊》（广东）、《九龙诗刊》（浙江）、《独立·零点》（贵州）；更有2005年创刊的《新诗刊》（北京）、《低诗歌运动》（广东）、《长线诗歌》（福建）、《玩》（江苏）、《原生态》（山西）、《潜行者》（北京）等；这些如果再加上老牌名刊《东北亚》（黑龙江）、《阵地》（河南）、《剃须刀》（黑龙江）、《非非》（四川）、

①②③向卫国：《广东诗歌十年考察——并倡导建构“南方诗学”》，《中西诗歌》，广东诗人诗歌专号，第9、10期合刊，2005年11月。

《存在》（四川）、《人行道》（四川）、《自行车》（广西）、《诗歌与人》（广东）、《诗歌》（山东）、《太阳》（吉林）、《极光》（山东）、《女子诗报》（四川、广东）、《诗参考》（北京）、《丑石诗报》（福建）、《城市诗人》（上海）……就更加壮观。而且这还只是一个很不完全的统计，仅2005年笔者所收到的赠阅的民间诗歌资料和个人诗集、诗歌合集，就达一百余种之多。其中有的已是定期出版物，一年达到了四期，比如《新诗刊》、《今朝》、《剃须刀》、《大风》等，这些民刊如今大都是以较高档的轻型纸印行的，而如《低诗歌运动》者甚至完全使用高档铜版纸，其印刷费用应该是一个相当惊人的数字。

但这一切与381家诗歌网站和论坛①比起来，又都显得有些不足挂齿了。自从1991年留学海外的王笑飞创办第一个海外中文诗歌通讯网（chp0em-1listerv.acsu.buffalo.edu），1995年3月由诗阳、鲁鸣创办中文诗刊《橄榄树》（http://www.rpi.edu/~cheny6/）以来，诗歌网站的数量何止是几何级数地增长。②眼下大多数纸刊上的诗歌是首先在网络媒体上发表出来，然后才在印刷品上流通的，在网上还活跃着数以万计的写手，他们可能根本就没有任何名利企图，而只是兴之所至、随意涂抹的过客而已，但由他们构成了今天史无前例的众多写作者的队伍。没有哪一个时代的诗歌写作者能够比现在更多、更自由，1958年的新民歌运动中也没有如今这么多的作者，更没有这样自由自在的写作和涂鸦状态。

所有这些可以说构成了一个“狂欢”的景观。在过去的几年中如果说有类似的气氛的话，那便是世纪之交的特殊氛围所带来的兴奋感：诗歌界接连出现了“断裂”、“分化”，出现了逼近世纪末时的“盘峰论争”，以及稍后在新世纪的“民间派”的“内讧”，还有“70后”集体的“政变”、不甘被历史遗忘的“中间代”的自我命名……这些久违了的“群众性诗歌运动”景观，一方面是由“新世纪”和“新千年”这样一种时间叙事所带来的“节日气氛”的产物，另一方面则是市场社会的发育——说白了是经济的持续发展，特别是民间经济能力的增长所带来的民间文化空间

①参见张德明：《网络诗歌研究》，“附录”，北京，中国文史出版社，2005年，第168~183页。

②同上，第1~2页。

日益扩大的结果。

但真正称得上“狂欢”的，还应该是其文化内蕴上的特性。巴赫金在谈论拉伯雷的创作的时候，曾经细致和形象地谈到了其故事和美学意义中所包含的“狂欢节”意蕴：这种“与官方节日相对立”的狂欢节，“仿佛是庆祝暂时摆脱占统治地位的真理和现有的制度，庆祝暂时取消一切等级关系、特权、规范和禁令。这是真正的时间节日……同一切永恒化、一切完成和终结相敌对……”[①]显然，这恰好可以用来解释世纪之交以来中国诗歌所出现的新格局。但我们不禁要问：在世纪之交的中国何以会出现这样一场文化乃至诗歌的狂欢？在意识形态型的社会中，也曾经有过“文化大革命”那样的变相的狂欢节形式，但那种由“官方”导演的狂欢，除了在行为意义上暗合着青春骚动、颠覆权力的渴望，在文化形态上却是单一和暗哑的。这样分立的不同观念、不同立场和不同艺术趣味的同台演出，非得是在市场经济的操纵和大众文化空间的掩护下才能进行。而且进一步说，这样的文化喧嚣与伴随着经济发展所出现的中国 “文化崛起”的声浪与态势，在内里是相统一的。

巴赫金所解释的“狂欢节”和文学情境中的“狂欢节化”的特点，某种程度上也暗合了当代中国的社会与文化转型。比如“取消一切等级关系”，“贬低”权威，用“辱骂和殴打把国王拉下马”；比如“世俗化和肉体化”，给身体的欲望和身体语言以合法性的“怪诞现实主义”风格；再比如以谐谑的方式对待一切，沉浸在“不许任何旧事物永垂不朽、不断生育着新事物的‘快活的时间’里”；“化装、废黜”，“滑稽改编”，“打诨式的加冕”，用戏剧性和喜剧性的仪式来模拟和瓦解旧秩序；等等。[②]这样的情景，我们在王朔的小说，在某些新生代小说家的笔下早已经似曾相识，而现在则直接出现在了现实之中，对于世纪之交的诗歌界而言，这样一些景观统统出现了：诗歌界不但集体拆除了一个旧的“主流诗坛”的虚拟的权力地位，而且进而颠覆了一个由他们自己虚构的“知识分子诗歌”的权威地位——先虚构这个权威，然后群起攻击和拆解这个权威。在某种

①参见巴赫金：《巴赫金文论选》，北京，中国社会科学出版社，1996 年，第 105 页。
②同上，第 105~181 页。

意义上可以说，他们不但颠覆了写作的政治制度，还拆除了一个虚拟的“知识的等级制度”。之后就是伴随着论争、攻讦和谩骂的一代新人的登台亮相，“身体语言”和“下半身美学”大行其道，世俗化的内容无限制地进入诗歌，写作的难度与伦理同时出现了下调，诗歌的美学日益倾向于粗鄙化、喜剧化、戏谑化。还有就是“网络隐身”和“假面”的写作身份的普遍化，网络写作与交流方式的普及化……这也是写作者获得“狂欢身份”与“狂欢心态”的根本原因。

二、诗歌作为大众娱乐的媒介完全有可能

仅仅在2005年还不可能有这样一个判断，尽管网络已经极大地改变了诗歌惯常的写法和风格；甚至在2006年5月份也不可能，那时我在一个由“乐趣园”网站组织的新闻发布会上见到了赵丽华，她送给我一沓题为“赵丽华诗歌”的A4纸的打印稿，共计14页，开头印着这样的简历：“赵丽华，女，诗人，中国作家协会会员，国家一级作家。在《南方周末》、《中国民航》、《都市女报》、《兰州晚报》等十几家报刊开辟随笔专栏。现居廊坊。”而我在2006年12月27日的深夜打开“百度搜索”，搜到关于赵丽华的条目一共是629000条，该网站还自动提供出“赵丽华诗”、“赵丽华的诗”、“赵丽华诗歌”、“赵丽华的诗歌”、“赵丽华梨花体”、“赵丽华博客”、“赵丽华诗集”、“赵丽华诗歌事件”、“赵丽华简介”等“相关搜索”词条，其中仅“赵丽华简介”一条打开就有60600条之多。

这是仅几个月之后的2006年9、10月间的事情。在“被恶搞”之后短短三个月的时间里，赵丽华已经由一个在圈子里有一定知名度的诗人，变成了妇孺皆知、街谈巷议、全民追捧或谩骂、抨击又艳羡的公众人物。这里仅打开“中华网/文化频道”上的一条叫作“赵丽华诗歌网上惹争议，梨花体引发公众写诗潮”的新闻，看看其中的内容——

赵丽华事件从9月底爆发至今热浪不断。先是她的旧作在网上广泛流传，其中《一个人来到田纳西》流传最广，全诗就像一句话断成四行："毫无疑问/我做的馅饼/是全天下/最好吃的……"

顿时在网络上引发"爆炸"，多数为批评。有网友说："天哪，这也叫诗？这种诗我一晚上能写一千首！"但在清华大学的网络论坛上，一位网友称，他的专业是物理学，而赵丽华的诗词一字一字地增长，具有鲜明的量子力学特征，这是令他最为陶醉的地方。

随着韩寒、春树、尹丽川、沈浩波、伊沙、李承鹏等文化名流的加入，关于赵丽华的诗算不算诗的讨论升级到名人粉丝团对骂阶段。赵丽华的博客点击也迅速突破百万。

就在十一长假前夕，"废话诗人"杨黎在第三极书局组织了"930诗歌会"力挺赵丽华。但刚进行不久，因为参会的行为艺术家苏非舒突然脱下衣服，直至全裸，引起大厦保安制止。这起"垃圾诗歌引起的垃圾事件"（网友对此事的称谓）只得中止。众多网友开始在长假中网上赋诗……

面对诗歌界的"混乱"，高校中的研究者却"集体失语"。北京大学的张颐武教授在博客上说："这些诗让许多网友抨击的主要是两个方面：一是觉得这些诗过度浅白随意，没有诗味；二是由此产生了对于诗歌的怀疑——如此写诗，岂不是人人可以为诗人？"之后就不再接受采访。中国人民大学教授、著名诗歌研究者程光炜也只是认为"赵丽华现象是种文化现象，不是对诗的争议"，因此不愿置评。网上也只有不同媒体采访到的诗人和准诗人们的看法，众声喧哗却没有权威的看法。①

这只是其中普通的一条。我没有再引用由此引发的一系列相关事件，如辱骂者与"力挺"者之间的对骂、"脱衣朗诵事件"引发的官司与沸沸扬扬的议论、此前一个叫韩寒的"80后"写手对诗歌的"死刑"宣判，还

① http://culture.china.com/zh_cn/info/hot/11022810/20061019/13684947.html。

有岁末另一个“中间代诗人”叶匡政“文学死了”的说法引来的狂激笔战与论争……作为“高校中的研究者”，我当然也一直对这些事件“失语”；但现在，我必须表达一个专业研究者的“犬儒立场”——一个“没有立场”的客观表述：这一事件，这些事件，确是“关乎诗歌”但又“不属于诗歌”本身的“文化现象”。有了这个判断自然就不忙于下其他的判断，下判断也改变不了事实——事实是什么呢？那就是“诗歌作为大众娱乐的媒介”，在今天已变成了一个铁的现实。

我们的诗歌正是在这样的地方走向了它最广大的“大众”，也走到了它的尽头。几年里，我一直以自己无足轻重的文字，支持着这场始自世纪之交的“写作平权运动”，所编选的这本年选也一直力图遵奉“民间立场”，但现在我正茫然而无望地看着在网络所搭建的平台上，诗歌一日日走向民间和大众并消失在他们的狂欢所扬起的烟尘中的背影。当然，这不是虚妄的愤怒，也不是自作聪明的批判，更不是滑稽的欢欣鼓舞，这是茫然，是承认无能为力的茫然。我想起美国的文化批评家尼尔·波兹曼在他的《娱乐至死》一书中所说的一段话——波兹曼也许是迄今为止对大众文化的研究与批评最直接的批评家了，他对以美国为代表的大众娱乐文化的批评，可谓令人感到绝望，但这种绝望不是一种后资本主义时代的忧愤抒情，而是一种真正的理性思考，是对这个世界的冷酷的预言——他说：“有两种方法可以让文化精神枯萎，一种是奥威尔式的——文化成为一个监狱；另一种是赫胥黎式的——文化成为一场滑稽戏。”

……赫胥黎告诉我们的是，在一个科技发达的时代里，造成精神毁灭的敌人更可能是一个满面笑容的人，而不是一个那种一眼看上去就让人心生怀疑和仇恨的人。在赫胥黎的预言中，“老大哥”并没有成心监视着我们，而是我们自己心甘情愿地一直注视着他，根本就不需要什么看守人、大门或“真理部”。如果一个民族分心于繁杂琐事，如果文化生活被重新定义为娱乐的周而复始，如果严肃的公众对话变成了幼稚的婴儿语言，总而言之，如果人民蜕化为被动的受众，而一切公共事务形同杂耍，那么这个民族就会发现自己危在旦夕，文化灭亡的命运就在劫难逃。

在美国，奥威尔的预言似乎与我们无关，而赫胥黎的预言却正在实现。①

而尼尔·波兹曼这样说的时候，显然还只是针对以电视为代表的大众娱乐文化，他或许还没有想象到后来网络世界中的狂欢图景，更不知道在我们这个充满着前现代原始积累的苦难与后现代娱乐狂欢的奇怪的国度里，一个关于诗歌的话题和事件会出现这样的奇闻般的轰动；如果他知道，他的预言一定会更富有悲剧的诗意。

但我却不想简单地附和波兹曼的预言。之所以不想完全认同，是因为事情总有两面性，美国人没有经历奥威尔所说的“文化的监狱”的时代，所以他们对赫胥黎关于“文化游戏”可以“毁灭精神”的预言就特别敏感。对今天的中国人来说，能够拥有“参与游戏”的权利是首要的，这已是一个不小的进步，中国的现实还远没有到美国人那一步。我在不是很久前还略带着欣喜来盘点网络媒介给诗歌带来的新质和美学变化，还认同着因为网络而出现的写作平权运动，而现在就转而抨击网络对诗歌写作的异化，这显然会给人轻浮的印象。我只是说，上述事件的确表明了这样一个事实：诗歌作为大众娱乐的方式不但可能，而且已迅速变成了戏剧性的广泛的现实。参与“恶搞”的人发泄了他们针对一个女人，一个写作的女人，一个用非通常的方式写作的人的不满与潜意识想象；观看“恶搞”的人欣赏到了一个特殊的热闹景观，有了饭桌上佐餐助兴的谈资；“被恶搞”的人呢，则在“受伤害”的同时得到了前所未有的点击率和知名度……正所谓各取所需，各得好处。可见诗歌这种古老的艺术形式，已摇身变为现代的公众游戏、文化娱乐的主角了。“文艺为工农兵服务、为人民大众服务”的理想，从来没有像今天这样，轻松而不偏颇地变成现实，让各种角色都从中获益。

事实上，大众文化的狂欢本有不同的表现形式，在各个时期它会改头

①尼尔·波兹曼：《娱乐至死》，章艳译，桂林，广西师范大学出版社，2004 年，第 201~202 页。

换面以各种方式予以发泄，即便在“文革”时期也是这样，借助大字报、批斗会、忠字舞、大串联，极贫乏的物质条件也没有妨碍“人民”在政治无意识支配下的狂欢，随后他们又乐此不疲地集体参与了另一场市场化的狂欢。“将……进行到底”，这是当代中国各个时期都可以通用的规则和句式。所不同的是，现今这样的网络虚拟狂欢不会像那时一样，动辄侵犯和剥夺人的生存权利，这表明由个体无意识支配产生的行为游戏，总比由强权政治意志支配下的政治狂欢要好得多。网络虽然统治了一部分人的一部分生活，但并未占据全部，在这个世界之中和之外，仍然有着独立的意志和声音，这是我们应该辩证认识的。但我们也应警惕，公众对网络发表权的使用，正如在社会上对民主权利的使用一样，应该是有条件的，那就是以尊重而不是践踏别人的合法权益为前提，“恶搞”的心态和滥用的方式，与“文革”式“群众的专制”是如出一辙的。

三、社会的分化与诗歌伦理的强力浮现

这是堪称奇景的现象：刚刚还在进行的“狂欢”中正上演着身体与肉欲解放的欢闹的喜剧，而与此同时，担负着道义与良知的写作，则从未像今天这样自觉自愿地出现在时代荒凉的精神峰巅。这是社会分化的结果，而今，不同的经济地位、收入的悬殊正急剧地将人群区分开来。我们无法否认社会经济的发展，正在推动着这个民族在近两百年的积弱之后的“伟大复兴”，但谁是这崛起的庞大躯体下用血肉之躯铺路的人？历史注定要让道德来背负沉重而充满悲情的债务，要让一些人的命运成为这诗意崛起的牺牲品。与那些不知从何处冒出来的一夜暴富的、驾着宝马拥着别墅、豪赌着来历不明的钱财的人比起来，底层人的命运从来没有像今天这样充满着辛酸和愤懑。谁会为他们代言，记下他们那无声的哭泣和凄凉的内心？历史当然还是选择了诗人——道理很简单，一来这首先是诗歌的本质，历史上既然长留着杜甫的“三吏”、“三别”，白居易的《卖炭翁》那样的诗歌，在今天，这种血缘的遗传当然不会中断；二来诗人本身的

秉性也注定他们会遭到与底层生存者近似的命运，他们中的一部分天然就是易于落魄和受伤的一群，当然也会自觉地去书写这不幸与不公；其三，还有的写作者本身就身历过打工的艰辛，或者依然在社会的边缘与底层挣扎，所以很容易就会成为这个阶层的代言人。

中国的前工业化进程还有相当长的路要走，在未来的十年中，有人预言还有至少3亿的农民将要离开土地而走向城市，中国城市里的数以千万计的人口则要承受失业的生存重负。从某种意义上说，一切还只是开始，多少悲剧还刚刚开始上演，这不是哪一任政府轻易能够消除的。单以煤矿事故论，仅2005年官方的统计数字中死难者就达6000人。谁能够说清有多少黑暗窑洞里埋葬着挖煤人的血泪和尸骨？有多少不法煤老板正和地方官员合伙侵吞着国家的资源，赚取沾满着劳动者鲜血的钱财？因此，读到这样的诗句便不会让人惊奇——

> 在这个世界上，谁也离不开煤
> 但有多少人会为一块煤哭泣？
> ……让我们祈祷，祈祷这51块煤
> 不要这么快就燃完自己
> 祈祷这51盏矿灯，像天上的星星
> 没有风能将他们吹熄

这是郁金的《为一块煤哭泣》中的句子，是为河北承德的暖儿河煤矿矿难而作的。它感动了我，我相信也会感动很多人。我得说，这样的诗歌渐渐多起来了，这是好事，因为它对劳动者的真切情感，不是意识形态趣味和中产阶级趣味的写作所能够包裹的。当然，那些自诩“民间”的，以亵渎、破坏和颠覆为目的的其他趣味的写作也不能包裹它们，因为它显示了一种真正久违了的写作伦理的必然浮出和凸显。

有一个名叫柳冬妩的人编选了一本《中国打工诗选》，引起了外界的关注。为此《文艺争鸣》杂志特辟了专栏探讨这一现象，称之为“在生存中写作”，“因为这种写作更加逼近生存现场”，代表了“真正的‘中国化的人生’”，与被媒介炒得沸沸扬扬的“80后”诗歌、“中产阶级趣味”的写作相比，它奉献了诗歌写作者的“‘第一生存’体验对于‘写作’所呈现的最直接的意义”，“并体现了这种人生状况中人的那点子真正的基本精神”。[①]尽管这个提法实际上被媒体简单化了，但毫无疑问，即便是称作“打工诗歌”，也同样可以正面地表明其写作伦理与社会责任，同样可以引起人们心灵的震颤与道德反思，会激发我们对这个社会的道义秩序与伦理合法性的质疑与渴望。它表明，写作不但不是少数人的优越生活的标签和特殊的等级权利，更是属于底层劳动者的精神本能，对于那些社会底层的人来说，还是他们用来向社会讨还公正和思想尊严的工具。当然有人会轻浮地说，我要的是诗歌，高质量的诗歌，而不是关于“什么什么的诗歌”，或者“什么什么人写的诗歌”。是的，对于诗歌艺术来讲，最终只有好诗和平庸之作的区别，但此刻对于我们来讲，还有一个必须面对的诗歌的权利、责任和诗歌的内容的问题。只要一个人关心中国目下的现实，只要他还有基本的道德良知，这些诗歌就不能不使他的灵魂深受触动与震撼。

这与写作者的心态也密切关联。在过去，我们也曾经强调过这样的伦理——写劳动者的生活，或是模拟劳动者的角色去写作，但那样的写作和今天这些写作者的写作相比是如此不同，无论是站在启蒙者的立场上对农人的怜悯和批评，还是站在“自我改造者”的立场上对劳动者的歌赞与奉承，都不能真正接近和亲和这些底层生存者的境遇与内心世界。而“打工诗人”无疑用自己的血泪与屈辱的生活体验，写出了他们真实的处境，这些在思想和感情上亲近着底层劳动者的写作者们，用了几近平视的眼光，写出了对劳动者生命的怜恤和尊严的捍卫——很明显，同样或近似的生存考验将他们的命运连在了一起。在某种意义上，诗人被放逐到普通劳动者的地位是一件自古皆然的好事情，这是其主观上的任何自觉和努力都无法达到的“高度”，而时代的严峻现实帮他们实现了这样的统一。

我读到了一位叫作郑小琼的年轻人大量的书写厂区劳工和个人生活

①参见张未民：《关于“在生存中写作”》，《文艺争鸣》，2005 年第 3 期。

的诗，我得说，它们非常令人感动。为了验证这些诗的“真实性”——因为指摘“底层写作”者的理由之一是，那些“写作‘打工诗歌’的人本身根本不是打工者”——我这里抄录一下关于这位作者的身份介绍：“郑小琼，女，1980年生于四川南充，毕业于南充卫校。2001年南下广东，在一个叫东坑镇的地方打工，开始写诗，有诗歌散见于各报刊，收入数种选集，曾获首届《独立》民间诗歌新人奖，现在一个五金厂工作。”（《诗选刊》，2006年第2期）打开“百度搜索”点击“郑小琼”这个词条，在各种网站上可以读到她数量巨大的抒情短诗，以及数量可观的几乎令人窒息的长诗。先让我引用这首《打工，一个沧桑的词》的开头几句：“写出打工这个词，很艰难/说出来，流着泪，在村庄的时候/我把它当着可以让生命再次飞腾的阶梯，但我抵达/我把它，读着陷阱，当着伤残的食指/高烧的感冒药，或者苦咖啡/二年来，我将这个词横着，竖着，倒着/都没有找到曾经的味道，落下一滴泪/一声咒骂，一句憋在心间的呐喊/我听见的打工，一个衣冠不整的人/背着蛇皮袋子和匆匆夜色，行走，或者/像我的兄长许强描写的那样/‘小心翼翼，片片切开/加两滴鲜血、三钱泪水、四勺失眠’/我见到的打工，是一个错别字……”这难道还不能解决所有的疑问？读这样的诗，你还会怀疑作者的身份吗？这位“打工诗人”的锐利，会让多少自认为专业和富有技艺的诗人无地自容。是要论内容——对底层生活的真实叙述呢，还是论才华——看她那日常生活中漂亮而纯美的抒情篇章？请读读这首《流水线》（多年前舒婷也曾有一篇备受争议的名作《流水线》）中的段落：“在流动的人与流动的产品间穿行着/她们是鱼，不分昼夜地拉动着/订单，利润，GDP，青春，眺望，美梦/拉动着工业时代的繁荣//流水的响声中，从此她们更为孤单地活着/她们，或者他们，互相流动，却彼此陌生/在水中，她们的生活不断呛水，剩下手中的螺纹，塑料片/铁钉，胶水，咳嗽的肺，辛劳的躯体，在打工的河流中/流动……”

在它小小的流动间，我看见流动的命运
在南方的城市低头写下工业时代的绝句或者乐府

“低头写下工业时代的绝句或者乐府”，我相信她这样的诗句绝不是虚夸，她的记录底层劳动者生活的作品中，有许多称得上是这样的“乐府”——不是形像，而是神似的：“没有一首诗歌返回一个女工的失眠/……回忆里入暮的乡村，附近路上的醉鬼们的歌声/一柄沉默的车穿过夜班女工的咳嗽/她听见有人狠揍着铁板样的夜/她听见有人在梦中回味着故乡的欢乐/她听见有人在演讲，争吵，或者低声抽泣/啊，这打工女工的夜……她的青春/爱情和光阴，都成了她这个半失眠者的不幸……”（《清晨的失眠者》）一个外来的体验和“悲悯”者是不会有这样的切身的刻骨铭心的感受的，也不会写得这样质朴而细腻。

伦理的浮出和震撼力当然不仅表现在上述所讲一般道义的层面上，同时还表现为波德莱尔式的“现代性”形态——对“时代”的与生俱来的背弃和没来由的抨击，对文明的异化和人性之沦丧的绝望与忧患。来自上海的民刊《活塞》使我感到了这种震撼力。“活塞”这个十足的工业时代的意象，它的强力驱动和不断进入的暗喻性，恰好与它所揭示的工业化和城市化进程中的破坏与污染、堕落与腐朽之间，形成了极其富有张力的隐喻关系。丁成的一首《2004悼词》，将这一年中人类所经受的海啸、战争、瘟疫，种种已知和未知的灾难，极具想象力地糅合在一起，汇聚成一个悲怆而荒诞的时间叙事：“光从高处洒下来。垂直升起的烟柱在雪地上/投下孱弱的阴影。电话的忙音久久回荡/像葬礼上空的哀乐……/一群越冬的鸟，从一侧俯冲而下/像占卜者一样，翅膀扑腾之间/将时间远远地拽进一本崭新的日历/不可预知的灾难或者幸福像幽灵一样/深深地隐藏着……”我愿意把这样一种诗歌称作“关于人类文明的抒情诗”，某种意义上它也是一种“宏伟叙事”，一种寓言性的或者预言性的大悲剧的叙事。而这样的抒情和叙事，都是我们琐屑而欢闹着的时代所缺少的，它是对那种光明、胜利、成功、进步的盲目乐观的宏伟的权力叙事的有力矫正。这就是诗人的责任和诗歌的伦理。同样一本民刊中，徐慢的长诗《泪水的味道》、《白色幽灵》，孔鹩的长诗《记事珠》，殷明的长诗《迁徙稗史》、《中国，中国》等也同样给了我这样的震撼，称得上工业时代或者虚拟的后工业时代的“文明颓败的悲剧寓言”。像《迁徙稗史》中预言“未来文明”的句子："他们纷纷离开失去金属光泽的家园/女人向男人宽广的胸膛告别/男人向女人柔软的腰肢告别/……他们像水一样蔓延　蔓延　蔓延/散落在那些时尚财富情调聚集的坑洼//他们得知人类定居月球的可能性/报纸报道无数光年之远的外交对话/……数百年前发明家的专利操纵他们/酒精大麻色情和一切杂念比幻象还多余//……这让我们心衰力竭的家园/风雨飘摇落魄一生/千年之后沦为考古学家头疼的半成品……"很难说这些诗是完美的，它们还有粗糙、浮于表面和不免堆砌的问题，但它们可能是给这个时代留下最深划痕的作品。我们要盛赞他们的勇气和视野，给他们所标立的"工业时代的新美学"以特殊的敬意，某种意义上，他们不但成功地合成了波德莱尔式的"象征主义"和马里内蒂式的"未来主义"，而且尖锐和有力地触及了我们时代的内部。可以说，他们正是属于这个时代的歌手。

四、中产阶级趣味的弥漫

尽管有上述令人感动的写作，但对于大多数写作者，尤其是成名的诗人来说，深陷于"中产阶级趣味"成了他们的普遍病症。这是个复杂的问题，首先让我们来看一看这个趣味的社会基础：据有人统计，目前中国的中产阶级数量已经超过了1亿人；又有最新的来自新华网的消息说，《中国中产阶级调查》一书公布的调查结果显示，"有85.5%的城市居民认为自己是中产阶层"（这应该是一个天大的误解），其中认为自己属于中上层的占14%，中中层的占43.1%，自认为属于中下层的占28.4%。上述统计数字是否准确可以不论，中国的中产阶级人数正在迅速扩大，应该是一个不争的事实。这当然是好事情，我们也完全可以毫不迟疑地说，我们向往中产阶级的生活，不但自己向往，还希望更多的人都过上中产阶级的生活。但是中产阶级的艺术趣味却应是我们所反对的，因为它在为文化和艺术开拓了最大市场的同时，也制造了文化与艺术的虚假繁荣，使我们时代的文学和艺术普遍地患上了苍白与虚浮的病症。

显然这是个复杂的问题——"中产阶级趣味"应该如何界定？也许引

用美国人丹尼尔·贝尔的话来概括它，并且借以说明西方知识分子对“中产阶级趣味”的警惕是有说服力的，贝尔指出：

> 激进知识分子的态度是从广大的范围发动对中产阶级文化的攻击。在严肃批评家看来，真正的敌人，即最坏的赝品（kitsch），不是汪洋大海般的低劣艺术垃圾，而是中产趣味的文化，或沿用德怀特·麦克唐纳所贴的标签，即“中产崇拜”（midcult）。麦克唐纳曾说：“大众文化的花招很简单，就是尽一切办法让大伙儿高兴。但中产崇拜或中产阶级文化却有自己的两面招数：它假装尊敬高雅文化的标准，而实际上却努力使其溶解并庸俗化。”[①]

贝尔说这番话是针对20世纪50年代的美国的，这是美国中产阶级“日益丰裕”的一个时代。而在某种程度上今天的中国也已经界临了这样一个时代。这些居于社会中间阶层的人士，从社会财富的增长和据说很不合理的分配中分得了一杯羹，尽管在政治上还是孱弱、苟且和暧昧的，但在与大众文化甚至主流文化的“合谋游戏”中，却已经相当老道和获利甚多。甚至他们还由于已习惯于“视文化为商品”，而“从它的交换中获得了一种势利的价值观”。[②]这样的说法简直一语中的。在今天可以这样具体来理解：中产阶级趣味是我们时代的文化与艺术所表现出的一种新的审美观，它所代表的是一种删除了精英知识分子的启蒙批评立场的，同时也隔绝了底层社会的利益代言角色的，与今天的商业文化达成了利益默契的，充满消费性与商业动机的，附庸风雅的或者假装反对高雅的艺术复制行为。表现在诗歌界，有以下一些具体特征：

首先是冷漠，一种虚假的纯粹和虚伪的超脱。在某种意义上，冷漠是艺术的真正敌人。冷漠的假象是平静、超然、成熟，是温文尔雅和波澜不惊，而其实质则是空洞、飘浮，是拒绝和无所作为，是物质的富有带来的

---

①丹尼尔·贝尔：《资本主义文化矛盾》，赵一凡、蒲隆、任晓晋译，北京，生活·读书·新知三联书店，1989 年，第 91 页。

②同上，第 90~91 页。

相应的精神贫困。他们或者她们，茫然地，假装自信自得却掩饰不住其无力和无能地书写着支离破碎的个人化的细节，表达着浅薄的优越感，逃避对生存的尖锐触摸、对公共领域的思考与判断——我知道这样的批评方式和口吻，极容易被误读为旧式的意识形态化批评，但我无法回避使用“公共领域”和“现实”这样的词语。这种作品以其貌似的高雅和超脱，对读者构成了蔑视和欺骗，并在很大程度上左右着今天诗歌的艺术趣味，占据着所谓的经典诗人和经典作品的优越权。显然，它的可怕性就在于，它是容易以高雅和艺术的名义来蒙蔽和误导读者的，因而是最为有害的。我在这里无意批评某一个写作者或哪一个具体的写作群体，而是在说一种相当普遍的、已经渗透进现今写作者潜意识之中的倾向。毫无疑问，历史上“中产阶级”是艺术的最大拥护者、买主，甚至也参与创作，但如果是这样一群以精神贵族自居的人的趣味主导了艺术，那这个时代的艺术必将呈现腐朽、苍白和浅薄的一面。我们要防止我们时代的诗人和写作者集体向着“中产阶级趣味”滑行这样一个局面的发生。

其二是完全畸形的“自恋式”写作的充斥。这个问题和前者也密切相连。中产阶级的生活和心态，使得这些写作者与真正的“现实”之间产生了空前的隔膜。他们几乎是生活在自大和自我的幻觉之中，个人经历、生活细节、狭小的社会关系、亲情与性爱经验、书斋中的个人事件……基本上是这样一些东西，构成了日益狭隘而贫乏的写作资源——这还不要紧，我们还可以说，生活无巨细，经验无大小，但问题是写作者是怎样来处理、是在什么意义上和以何种角度与“立场”来处理这些“私人经验”的？这很重要。自恋的写作就是完全“自我中心主义”的幻觉的写作，这种自我中心不是人文主义意义上的个人价值本位，而是一种幼稚的自大，一种看起来优越，但实际充满着自卑自怜和自怨自艾的自我崇拜。它源于写作意识的自我封闭，同时又导向对现实的无知、审美趣味的腐化和狭隘。它盲目地自信并拒绝与公共记忆、公共经验相沟通；它刻意放大和病态式地美化毫无意义的个人细节，对读者构成一种强迫和欺骗……这些在显在的特征上，显示的是一种无聊和可耻的中产阶级的优越感；在骨子里所暴露的，却是一种根深蒂固的软弱和自卑心理。

其三是无节制的所谓“叙事”——请注意，我说的是“无节制”，是那些无端地滥用和“玩”叙事的现象。这也和上述问题相关。因为情感的匮乏和冷漠，因为病态和畸形的自恋，导致了“叙私已之事”的泛滥。我不否认“叙事”理念在20世纪90年代的特殊语境中被引进当代诗学之后所起过的作用，也不否认它作为诗歌恒在要素固有的意义，但是叙述的是什么“事”，谁的“事”，以什么趣味和情调叙事，却是具体的问题。诗人有没有把叙事变成其自恋和自慰工具的特权？看看当今的诗歌写作，包括那些已然成为某种典范的诗人的作品，就不难发现所谓的“叙事”正在泛滥中堕落，成为眼下的写作者心灵干瘪、情感匮乏、精神能力短缺的说辞，成为诗歌粗制滥造批量产生的借口，成为一些假诗人维持写作和欺世盗名的保护伞和遮羞布……也许是我说重了，但如果让我来找现今诗歌最明显的一个通病，那无疑就是这已经变得面目全非的“叙事”。它是造成现今诗歌写作个性逐渐消弭、互相模仿和千篇一律的病根之一，某些人正是利用“叙事”这样一个高雅的诗学概念，包装起自己毫无意义的鸡零狗碎，来硬塞给读者。

在20世纪90年代初，欧阳江河曾经提出过两个诗学概念——它们后来几乎成了90年代最成功和最著名的概念——一个是“中年写作”，一个是“减速的诗学”。这曾是这个年代诗歌写作的标杆和把手，它们非常有效地解释了先锋诗歌写作从20世纪80年代到90年代的转折，给了这个年代的诗人一个自我的心理定位，同时也可能促进了一批相当成功的作品的诞生。但现在我们真的要警惕，它们完全有可能蜕变为另外两个相对应的东西——“中产阶级写作”和“冷漠苍白的诗学”。这既不是站在所谓民间立场，也不是站在知识分子、“中间代”、“70后”的立场上，而是站在诗歌的立场上提出的一个问题。因为上述倾向实在是太普遍了，即便是某些倡导反对知识分子趣味的“民间”诗人，其作品实际上也在另一个向度上显示了“中产阶级趣味”，其空洞粗鄙和盲目充大实际也是一种中产阶级式的无聊做派，一种变相的自恋。因为很明显，某些江湖气、刻意的“动粗”、写作的行为化习气都是“装”出来的，掩饰不住内里的中产阶级式的自得自满与暴发户式的炫耀意味。

上述问题业已成为目下诗歌最痛切的病症所在。这让人惊心：我们时代的知识分子还没有完成自己在经济地位上的中产阶级化，却早早地实现了在精神和文化趣味上的中产阶级化，真是可悲之至。西方的知识分子，无论是自由知识分子还是左翼知识分子，他们可能会站在中产阶级的政治立场上，但他们何曾站在中产阶级的立场表达过自己的艺术见解和艺术趣味？就连巴尔扎克这样的政治上的保皇党人，不也因为在艺术上坚持了“现实主义原则”而超越了自己的政治立场吗？——所谓“现实主义”的原则，还不如说是其站在底层社会立场上的原则。西方的知识分子几百年里一直为着社会公正、为着对自己的精神世界进行反思和自剖而不屈不挠地努力，而今天中国的诗人们，却在变态地欣赏和夸耀自己那贫瘠而无聊的“私人生活”。

还有所谓“专业”与“技艺”的问题。我承认，诗歌是相当专业和精妙的艺术，是一种伟大的技艺，但这样的说法如今也几乎成了“中产阶级趣味”的护身符，以“专业”和“技艺”等为借口来维护自己的优越权，使之成为自己无聊与低能化了的写作的合法化的装裱。因为在那些只关心个人的“日常生活审美”的人那里，在那些已经失去了对当今现实的感受力和介入能力的人那里，这确是最好的一个面具，一副便当的挡箭牌。因此就不难理解，当我们试图在昔日熟悉的专业写作者中寻找优雅或者成熟之作的时候，就看到了那些业已成名的诗人才华的迅速败落——不管他（她）当初是以“民间”的粗犷、边缘化和反抗性见长，还是以“知识分子”的优雅与深度追求著称，其写作大都迅速地贬值、空洞、琐屑和平面化了。艺术的磨砺和技艺的纯熟也不能挽救他们，我们只能看到那些自恋的和自大的、自欺的和欺人的、拼凑的和粗制滥造的种种。

诗歌中的“中产阶级趣味”只是反映了目前文学界普遍状况的一个部分，事实上，在比较主流的小说界也存在这样的问题——某种程度上今天的小说家甚至已经“超出了”中产阶级，因为他们中的相当一部分按照收入已经可以列入“新兴资产阶级”的行列了。如果说他们在20世纪90年代的“个人写作”或者“私人叙事”还有某种合理性的话，那么在今天，这样的写作，其目的已完全蜕变为了商业动机。幸好还有一些有责任感的作家，写出了一些具有反思与超越精神的作品，但由于大多数小说家已经把写作完全看成了谋取稻粱之事，小说在近一两年也已明显地出现了这种颓势。

五、怎样才会“娱乐”而不“至死”

良知尚存与狂欢的未有穷期真的会一直保持着均衡吗？这似乎是一个杞人忧天的问题，但是这种局面绝不是“自然的机制”，波兹曼的警示并非完全是耸人听闻，“精神的枯萎”乃至“毁灭”在我们这里也已经显露出危机的端倪。事实上，美国人的娱乐之所以还没有真的走向死亡，是因为美国的知识分子一直在批判他们的娱乐倾向。从文化结构和日常生活的规则来说，“人民”的娱乐和狂欢也许是不可压制的，问题是“知识分子”应该做些什么——美国的知识分子对此所作的是批判，而在我们这里则是只能“保持沉默”和“参与狂欢”。这沉默在过去是屈于意识形态的高压，而现在则是恐惧于“网络暴民”的谩骂。如果说“学院知识分子”还因为其“犬儒性”和种种“局限性”而不可指望的话，那么“诗人”——按照世界性的标准，诗人应该是真正的知识分子了——他们应该做些什么呢？是否应该更多地与这时代的“滑稽戏”拉开些距离，与波兹曼所说的“幼稚的婴儿语言”式的公众话语、“杂耍”式的文化与政治游戏有一个自觉的精神分野？

这也许是我们这个时代最难回答的问题之一。其实从上个世纪末以来的诗歌写作群体的分化，就其深刻的文化背景来说，就是源于价值分裂。我们时代的文化价值呈现了二元分裂和两难的暧昧状况，是顺从还是抗拒，批判还是参与狂欢，上升还是下降，解构还是建设，雅还是俗，雅语还是口语，“民间”还是“知识分子”，“上半身”还是“下半身”……？甚至连这种分化和争论本身都变成了娱乐和狂欢的一部分。这是一场喜剧，也是一场悲剧，真正意义上的悲剧，今天这种局面——要么参与狂欢，要么保持沉默的局面，难道不是悲剧吗？

这么说来，问题又走入了诗意的死胡同，但似乎又到不了这么悲观的境地。无论如何，精神沉默但还不至于已死，在狂欢了那么一阵子之后，警觉、反思和批判的意识也许会渐渐复活。当我们再度回到这样一个认识的时候，也就对现时代的诗歌状况有了一个清晰而理性的认知了，那就是：既没有日出般伟大的再生，也还远没到死亡的偃旗息鼓；它还活着，尽管并不让人感到那么自信和满意。

比较劣势与美学困境

——关于当代文学中的城市经验

城市经验的比较劣势

在瓦尔特·本雅明的笔下，19世纪欧洲文学中非常特别的城市经验——情感的“惊悚”性和色彩的阴郁陌生感——不是源于别的，正是来自大量游走在城市缝隙和边缘处的“浪荡游民”的存在。这些人以类似于波希米亚密谋者的身份、无产者和流民的身份出现在巴黎的街头，替换了人们关于这座城市原有的想象，催生了波德莱尔式的阴冷而诡谲的诗歌意象。这当然是极端的说法，但至少它说明，城市主体的身份是第一重要的，如果缺少真正“现代”意义上的城市经验主体，那么文学当然也就没什么真正“现代”的新鲜玩意。从这个意义上说，在当代中国的作家那里，“城市经验”确乎是一个比较陌生的东西。

面对这样一个问题的时候，也许更能够显出我们这个民族的“农业”属性。

显然，巨大的楼宇可以在几年内建成，而城市独有的文化形态的形成却需要比一代人的成长更漫长的岁月。迄今为止，上世纪50年代及其以前出生的作家，其写作的基本经验支持仍是原有的乡村生活。原因很简单，截至这些作家进入成人时期的80年代，中国的“城市化”进程实际尚未真正开始。所以，这些作家基本上只擅长写乡村经验，莫言、张炜、贾平凹、阎连科、刘恒，更老一点的古华、陈忠实一代，包括英年早逝的路遥等，都是在乡村经验之上成功地建立了他们的故事和审美世界。当这些人中的一部分试图进行城市经验书写的时候，常常会遭受质疑甚至挫折。贾平凹的《废都》就是一个例子，当他尝试以城市生活形态来支持其小说叙述与人物伦理的时候，就陷入了一个"丑陋"的美学陷阱，变成了一个夸张或并不真实的关于人性堕落的丑恶的故事。小说问世之初几乎一片骂声。这种情形对其他作家来说也一样，当他们试图进入城市日常生活，或者类似的日常生活景观的时候，常会失去方寸，而显得虚浮、局促、粗糙或不确定。就连韩少功和李锐这样本是城市背景出身的作家，也不得不主要以乡村经验作为其书写的对象，而较少涉及典型的城市生活情态。

这些人中或许只有一个例外，就是王安忆。她几乎是20世纪50年代出生的作家中唯一具有城市经验叙事能力的一个。这当然与她自己较长的城市生活经历有关。她的《长恨歌》一类"上海往事"的叙述，成为我们的时代为数不多的经典的城市经验类型。但"长恨歌"式的叙述与美感，本质上也许并不是现代城市经验的产物，而是古典时代的文化遗产，是农业时代的中国诗人们所留下的感伤情怀，以及豪门落败、繁华旧梦的审美模式本身的力量，支撑了其中的美学质地与含量——就像"新上海"对于王琦瑶而言，不是匡复了她往日富有的生活，而是葬送了她本可勉力支持的中年一样。可见，即便对于上海来说，"现代"和"传统"、新时代和旧时代之间也产生了冲突，其经验方式本身也产生着断裂和矛盾。但王安忆对上海的叙述，也正是因此而获得了某种历史感与穿透力，并创造了独属当代中国的城市书写。

传统的中断与续接

很奇怪，是上海这座历史并不悠久的城市，成为现代中国城市经验的基本温床和载体。从上世纪30 年代起，"新感觉派"和左翼小说家们就以这座城市为蓝本，确立起中国人关于"现代"和城市生活的叙述模型。关于"十里洋场"、外滩和租界的资本主义想象，关于革命党人的红色传奇，以及关于弄堂和阁楼的对市民生活的理解，共同构成了上海这座既现代、又有自己独特传统的城市的文化内涵，使之成为中国关于现代生活和城市神话的基本摹本。而南京、广州和武汉等同样具有一定现代产业规模的城市，却没有出现类似的典型的文学叙事，因此也就没有稳定和有形的都市经验形态。因此像民初的“鸳鸯蝴蝶派”小说家、早期的茅盾和丁玲、30年代以后的“新感觉派”作家，还有沦陷时期的张爱玲等，都注定是要出现在上海而不是别的城市。相形之下，像北京这种衰败的“帝都”，因为其旧式的文化景观与“现代”和“资本主义”想象相去甚远，所以也只能产生像老舍那样虽然书写城市生活，而表现的内容和思想却完全是传统的农业社会意识形态的作家。

因此这是一个有趣的现象：作为现代社会的审美对象或叙述客体，城市经验在五四以来的中国文学中本应具有主导性的地位，但事实恰恰相反，我们所看到的最具有“现代性”的文学叙事，并不是以城市经验为主体的叙事。因为现代意义上的城市作为一种文化形态，在整个20世纪的中国还仅是一个雏形。启蒙和现代性的观念给了作家新的视界和眼光，但他们由此得到的文学资源与想象，却首先是对农业文明的失望与焦虑。鲁迅和文学研究会的作家们差不多将乡村社会归结为两个景观——外部社会的凋敝和破败，内里精神的愚昧和麻木。至于另一种资源，则回到了反面，一变而为对乡村文化的“家园想象”；对此，20年代后期到30年代的沈从文是一个代表，他对城市（现代）文明所怀抱的是一种深深的恐惧和厌恶。由此，乡村和城市成为一对二元对立的景观，乡村虽然封闭但保有了原来的纯净、自然与健康，而城市虽然可以享受现代文明，人性却变得日益畸形与恶化。

这个开端深深地影响了当代中国的作家，使他们在很长时间里几乎从未在“本体”的意义上审视和思考过城市本身。而革命意识形态巨大的覆蔽作用，将文化形态与经验意义上的“城市”和“乡村”消灭了——变成了“工业题材”和“农村题材”。这还不说其以乡村社会为基准消除所谓“城乡差别”的做法所导致的城市经验的“合法性危机”。直到80年代初期，关于乡村生活的叙事才多少恢复了一点文化的属性。在贾平凹、张炜、莫言等作家的笔下，乡村作为原始而美好的民间与自然世界的形象才逐步确立起来。但这个时期，城市独有的生活情态仍然是隐而不显的。作家们虽然声称关于乡村的叙事确实有一个隐形的对立物，但关于这个不无妖魔意味的对立物究竟是什么，大部分作家都悄然回避了。

城市经验叙事的恢复，显然是在20世纪90年代初期。这绝非偶然。一方面是因为这个时期中国的城市化进程进入了急速发展的时期，就像本雅明所描述的波德莱尔笔下的“第二帝国的巴黎”一样，城市出现了大量“该隐式的闯入者”，从而肢解了原有的城市伦理；同时更重要的，是因为某种敏感的文化断裂所产生的新的“时代精神”已更多地为城市这个现代社会的载体所承托。“上层阶级”的“玩世不恭”，“下层阶级”的“批判性论辩”，食利者的豪华生活和知识分子与底层人民所同时信奉的“撒旦主义”[①]……类似本雅明所说的这一切混合在一起，构成了一个复杂而纠缠着的文化集合。与此同时，农业文化作为工业化或者市场经济的受害者的属性又显示出来了，“城市”和“现代”之间重新因为其相互间的转喻意义而被道德化，成为传统文明的对立物和批判对象。事实上，关于人文精神的论争中虽然没有涉及这类话题，但是，应“顺应市场时代的规则”，还是要“高举人文精神的旗帜”，似乎同城市现代经验和乡村传统经验之间的冲突，也发生了千丝万缕的隐性联系。王朔的政治与文化谐谑小说在争议中大行其道，人们对《九月寓言》的普遍赞誉和对《废都》的一片唾骂，几乎可以同时作为生动的旁证。显然，前者因为描述了乡村自然世界遭受到工业化进程的毁坏，而具有崇高的悲剧力量；后者则因为正面描写了居于城市的知识分子的精神颓败和粗率无聊的声色犬马，而充满了恶浊之气。

①参见瓦尔特·本雅明：《发达资本主义时代的抒情诗人》，王才勇译，南京，江苏人民出版社，2005年，第18~19页。

北京书写：陷阱中诞生

这就面临了一个必须澄清的问题——书写城市经验是否就比书写乡村经验的意义更“高”、更“现代”？显然这是误解。城市经验的意义在于它对我们的“时代”或者“现实”脉搏的贴近，对于当代性生存切近的揭示，但城市经验本身的“丑陋”却也使之在美学上落入了陷阱。反过来，是否就可以因为乡村经验和城市经验在美学上的等级化区分，而认为城市经验处于更“低级”的地位呢？这种比较也是非历史的。不过，书写城市和乡村不同经验的作家在我们的时代确实有了不同的命运，“题材决定论”似乎又有了新的版本——这当然不是严肃的说法，严肃的说法应该是，对于美感的理解与接受习惯是一个长期形成的东西，“乡村经验——古典美感”之间古老的默契不是哪一个人可以轻易改变的；同时，关于城市经验的美学属性与美感趣味问题，也是需要长久积累的。在这方面，当代中国的作家确实面临很难越过的文化裂谷。要知道，现代城市这种本源于西方资本主义文明的东西，对于我们民族来说，需要用更长的时间去体验、认同和接受。这也许就是同样一个贾平凹——曾写过很朴素可爱的乡村叙事的贾平凹——在书写城市生活时，在“道德”或者精神伦理上忽然出了问题的原因。

同样的尴尬也出现在其他作家那里，以北京为书写对象的王朔是另一个例子。他的备受争议，首先是因为他书写的城市生活与人物性格本身的问题，同时也许还有他本人的“书写趣味”的问题。作为为数不多的专门书写城市生活与人物的作家，王朔构造了独特的想象方式：不是通过外化的历史场景与人物故事来寓言式地隐喻或揭示城市的历史变迁、发掘人物的经验世界，他是用了设置“对话情境”的方式，来展现人物的价值与观念的冲突。而这种“话语冲突”又不是紧张的正剧形式，而是诙谐和狂欢的喜剧形式，是“后革命时代”精神生活中的“话语嬉戏”（福柯语）。所以最终形成的效果便是一种“柔性的文化政变”，使原有的知识等级制、权威意识形态对大众意识形态的压制，从内部被瓦解了。他还勾画了一个生存于体制和意识形态之外，而又大都有某个隐性的“特殊身份”

的人物群落——过去可能享有某些政治方面的优先权，而现在则是具有可以嘲讽旧体制的优越权，他们穿行在时代的文化夹缝中间，成为瓦解或弥合社会与文化等级界限的破坏者或黏合剂。在他的小说中，北京这座城市作为政治载体的功能被大大发挥出来了，他的作品构成了一幅“后革命时代”的喜剧杂烩与价值崩毁的寓言图景。这是由旧式的“帝都”所遗传下来的政治无意识与历史无意识，是当代中国人内心经验深处最敏感而隐秘的部分。然而，这个意义是有赖于“解释”的，他的人物的意义与文化内涵并不是“自明”的，暴露于外部的是他们玩世不恭的痞气，是世界观的虚无和语言的粗鄙。这些作为城市人物的外部特征，使王朔同样陷入了“美学的泥淖”之中，不断遭世人诟病。

受到城市本身政治属性的决定，有关北京的书写多充满了意识形态的隐喻，这构成了与上海书写鲜明的不同之处。某种意义上，这也丰富了当代中国的城市经验书写的类型与内涵。不只是王朔，另一位女作家徐坤在90年代前期的几篇书写北京知识界人物的小说（《先锋》、《白话》、《鸟粪》等）中，也充满了与王朔近似的语言狂欢与文化暗示，以颓败表示反抗，将先锋的精神斗争转化成虚无空洞的装模作样和消费性的靡靡之响。这景象虽不能与波德莱尔笔下的“恶之花”相提并论，但其晦暗的政治色调与精神隐喻意味也大致类似。只是这种东西与一般公众的阅读趣味与理解力还相去较远，不容易成为通行意义上的公共经验形态。但从另一个意义上，也许是徐坤式的叙述从道德层面上“挽救”了北京书写——它不再像王朔笔下的书写那样充满痞气，同时和时代语境之间也具有更直接敏感的关系。

与徐坤所关注的精神景观不同，另一个更年轻的作家邱华栋，将注意力投向了在金钱与财富的洪流中所悄然崛起的“新北京”之上。这是一个完全陌生了的“国际化”的新场域，拔地而起的楼群中，穿行的是身份暧昧的人群，他们当中有拉斯蒂涅和于连式的野心家，有混迹于外国人中间的高级妓女，有新买办阶层、时尚掮客、外资企业的白领丽人，还有骗吃骗喝的江湖混混，但他们共有一个体面的外表和灯红酒绿刻意摆阔的生活方式。在他们身后，邱华栋勾画了一幅“后革命时代”跨国资本与权力政治奇怪结合的图景，描画了新一代青年隐秘的物质欲望和不可遏止的消费狂想。从徐坤到邱华栋，90年代中国城市经验的迅猛而彻底的变迁也昭然若揭，从留恋意识形态的神话和历史与精神的创伤，一变而成为倾心物质与时尚符号，只有短短几年工夫。

至于春树笔下的北京，自然有狭义的所指和单独的主体，那就是社会边缘成长时期少男少女们的独特经验。从精神血缘上讲，他们认同于欧美“朋克”一族的边缘文化，但他们并不真正理解，也并不关心朋克的本来含义，他们所需要的只是一种叛逆的表达。北京这座集权力资源与物质条件于一身、集各种精英文化与世俗时尚于一体的城市，赋予了这些年轻人独有的成熟与见识，但同时未给他们提供什么优越的人生起点和物质上的立锥之地，这使他们拥有了比外省青年更为强烈的“被弃”的焦虑，更强烈地体验到“残酷青春”的冷峻现实。尽管春树式的青春故事还谈不上是真正意义上的文学叙事，但在确立北京书写或者北京经验这一点上，也有其独具的意义。至少“道德的劣势”在她这里已不复存在，经验的主体本身甚至已经占据了“控诉者”和“审判人”的角色优势——尽管其美学上的资质仍有值得怀疑之处。

上海与广州书写及其他

丑陋、变异、阴暗和复杂，构成了“城市现代美学”的基本特性。这一点在20世纪30年代上海的“新感觉派”作家那里已经很明显。但这可能是基于某种隐喻化与心理性的转换。换言之，在日常生活和潜意识场景之间，后者更具有美学意义上的优势，相形之下，前者审美化的困难会更大些。90年代以来一代新人的“上海书写”正是因为比较迷恋于日常生活与欲望消费的讲述而遭到了诟病，当然也同样是因为这一点而大获成功——卫慧的著作据说一度成为中国作家在海外获酬最高的作品，棉棉也一样。这两位出生于“70后”的女性作家在二十多岁的时候，就靠她们的上海日常生活叙事而暴得大名——应了她们的前身张爱玲所说的一句话：出名要趁早。

但卫慧们的一夜成名，绝不是首先因为她们有出色的文学才华，而是因为她们的写作无意中应和了当代中国人对城市经验书写的阅读渴求，也应和了全球化时代资本主义世界对中国的认同欲求。在这两种巨大的欲求中，上海再一次成为一个想象的交叉点和最佳符号。与张爱玲的心灵化书写和王安忆的历史化想象不同，上海在这一代人的笔下，变成了一个“当下化”的平面化的景观，变成了一个追逐流行时尚、挥霍年轻身体、寻找感官刺激、展现享乐主义与叛逆青春的绝佳境地。而她们这种对青春的恣意挥霍，其叙述中所洋溢和鼓荡着的欲望与妖魅气质，正好又成为狂欢不夜的“新上海”或者“崛起中的中国”最感性生动的影像。

与北京书写不同，上海叙事的经验中并不带有明显的意识形态成分，也不像春树们的青春叙述那样“残酷”，关于上海的叙事中永远充满着日常生活诡奇的魔力，派生着优雅的，或者至少不那么粗鄙和丑陋的女性故事，这显示了两座城市完全不同的文化类型与精神内涵。某种程度上，上海也许更接近真正的现代意义上的城市经验，它的天然的市民性、自由色彩与“阴性”特质使它保有阴柔与温润、水质与感性的美感质地。上海是“单纯”、恒常和每时每刻的，它不断诞生着新的日常城市的讲述者，“80后”书写者的崛起中，似乎也是韩寒们的上海占据了先机和上风。这大约是其他城市所妒忌艳羡和望尘莫及的，没有办法，这就是上海，属于东方的资本主义传奇。但是，从另一方面看，北京的城市经验中所包含的多样与复杂、敏感与诙谐，其多面的美学属性又是上海所不具备的。北京书写在美学上的某种“劣势”，也许更具有象征的意义，它形象地表明了当代中国社会整体转型中的巨大痛楚，但其中所暗含的文化寓意与丰富的经验也是最值得挖掘的。

还有广州——文本中的城市经验，关于广州的也许比北京和其他城市的更加稀薄。检点当代文学中的广州书写，只出现了张欣等少数并不主流的作家，所描写的大都是职场白领的商界生存景观。这些人物也许非常接近现实，但作为经验主体却不无“空心”色彩，内涵显得不足。这和其他城市书写相较而言，确实没有任何优势。但是，另一个更阔大的“广义的广州”——正迅速工业化和城市化的广东——也许是另一个好的场域。在最近的一些年中，关于城市与资本的想象，在这里有了新鲜而巨大的空间：在流水线上产生的打工族无助的肉身体验，在街区间流浪的谋职者蝼蚁一样的卑微身影，像神话一样耸起的摩天大楼与工厂烟囱，滚滚涌入江中的黑水浊流，在车站和码头熙熙攘攘奔忙的形形色色的苍生，还有偶尔在街头目击这一切的游吟诗人所生出的恻隐之心……这一切构成了我们的时代更为真实和生动的景观。这种情景不光产生在“珠三角”，在上海和周边的“长三角”也一样。当我在民间诗歌读本上读到郑小琼，卢卫平和上海的《活塞》诗人丁成、徐慢们的诗歌的时候，我毫不犹豫地写下了“工业时代的新美学”这样的字眼。在他们的诗歌中，当代中国的城市经验被赋予了也许比“第二帝国的巴黎”更宽阔冰冷、更丰富和让人惊惧的内涵，比30年代“小资的上海”和90年代卫慧们的酒吧中的狭小的上海更为广远和纷繁的图景。

不过，文化意义上的城市经验的解释和文学书写意义上的美学判断，仍然是界限分明的两码事，从经验到美学永远是一条只属于文学的荆棘路。无论我们怎样高估当代中国正日益增长的关于城市经验的文化资源都是不过分的，但关于这些经验资源的文学书写却还在遥迢迤逦的奔波之路上。作为农业民族的后裔，新兴城市的一切对我们而言，都充盈着新鲜和陌生的恐惧与快感，这是文学书写的动力与源泉，但是“惊惧”或者“嘉年华会”式的享乐本身，都远不是文学的境地。更何况，城市和“现代”对人类的未来而言，是福祉还是灾难？恐怕谁都很难说得清。归根结底，建立在农业文化与乡村经验之上的古典之美，或许会成为永远的乡愁，但在水泥与钢铁的森林中能否建立起另一个文学和美的乌托邦，那是鬼才知道的事情。

“中国经验”的道德悲剧与文学宿命

——在杭州师范大学的演讲

今天要讲的是一个关于“中国经验”的问题。这个问题这些年已经讲得太多，但我以为仍然很有意思，因为大家虽然都在讲，但似乎又都不曾认真追问一下它到底是什么，它对于中国文学的现在和未来而言到底意味着什么。然而，所有的人都意识到它很重要，这就更让我们觉得讨论它的必要。我的话题大概分为四个部分，分别谈一谈什么是“中国经验”、其“现实经验”与“文学/文化经验”之间的关系、“中国经验”的属性与特征、中国作家在书写“中国经验”时所面对的道德困境与外部评价这样四个问题。

一、关于“经验”与“中国经验”

“经验”是一个至为神秘的东西。过去我们在政治的支配下，喜欢讲“意识”与“物质”的二元对立，物质第一意识第二，意识是物质的反映等等，把复杂的哲学问题庸俗化了。但如果我们把角度换一换，不谈物质和意识，而是变成“经验”，它的属性就变得模糊了。因为“经验”既具有主观性，又有客观性，不好说一定是主观的东西，也比一般意义上所说的“现实”更生动、更多面和复杂、更有叙述的可能性。就像余华的一篇取名为《现实一种》的小说，我相信很多人曾经被其中残酷的景象所震动——为什么叫作“现实一种”呢？因为它不是“现实中已经发生的”，而是“在我们内心中可能发生的”，是在我们每个人的无意识中发生过的。正如萨特所揭示的“他人即地狱”的哲学景象，虽然并未发生，但它却符合某种深刻的人性逻辑，有着深渊般的意识基础，所以，尽管我们知道它是“虚构”的，但又认为它无比“真实”——比某些温情脉脉的现实更真实，所以叫作“现实一种”。显然，余华所揭示的，是这个世界的一种隐秘的意识真实，一种深刻的人性与生命经验，或者简单地说，一种“经验范畴中的真实”。

不过，直到现在中国人还保有一种糊涂的观念，仍然喜欢把“现实生活”与作家的“体验能力”看成对立的东西，认为作家必须通过“体验生活”，然后更准确地“把握现实”，才能写出有意义的作品。这是机械唯物论的一种庸俗逻辑。难道作家自己不是时时生活在“现实生活”之中吗？作家自己的体验不是最真切和实在的现实吗？当年一位才华出众的作家柳青，为了写《创业史》，自愿下乡到陕西长安县皇甫村落户，在那里一住就是14年。为了写一部小说而如此长时间地改变自己的生活，这在人类历史上可谓是绝无仅有的。柳青可以说确实是“深入生活”了，但结果呢？还不是写出了一部最虚假的作品。所以，所谓“现实主义”的写法，“深入生活”的方式，常常是消灭了作家的个人体验与主观创造力，是拾取了别人的、虚构的现实，而丢弃了自己最核心的经验，也即最真实的现实，结果是只能伤害文学和创作。

谈到这里，我感到有必要借用一个说法，上世纪美国一位小说理论家艾布拉姆斯的《镜与灯——浪漫主义文论及批评传统》一书中，曾用了三个生动的比喻，来描述小说历史上不同的观念与写法。他在讨论19世纪以前小说历史的时候，提出了三个有意思的喻体，即“镜”、“泉”、“灯”，他说：“从模仿到表现，从镜到泉，到灯，到其他有关的比喻，这种变化并不是孤立的现象，而是一般的认识论上所产生的相应变化的一个组成部分。这个认识论就是浪漫主义诗人和批评家关于心灵在感知过程中的作用的流行看法。”[①]这三个传神之至的词语，恰好对应了西方小说

①艾布拉姆斯：《镜与灯——浪漫主义文论及批评传统》，郦稚牛等译，北京，北京大学出版社，1989年，第81页。

史上最重要的三种认识观念，即“模仿说”、“抒情说”和“勘探说”。古希腊诗学的核心理念即是“模仿”，它是统治了文艺理论界两千多年的“现实主义”理念的源头；“抒情”主要发生在19世纪的浪漫主义文学时期，如歌德等德国作家，还有夏多布里昂、雨果等法国作家的小说，都有很强的主观与抒情色彩。到20世纪，小说在现代派作家笔下变成了卡夫卡或昆德拉式的烛照生命、勘探存在的寓言，变成了马尔克斯式的充满神秘与迷幻色彩的叙事，变成了分析人性和发现无意识世界、未知世界的精细手段，所以犹如洞烛幽微、洞若观火的“灯”。

显然，艾布拉姆斯所说的“灯”，还不是指现代派小说的写法，而是指19世纪的小说写法。今天看，19世纪的小说仍然不能完全看作“灯”的写法，它们还不是“烛照”式的小说，只有20世纪的小说才真正称得上“灯”一样的小说。不过简单化地看，上述三种比喻恰好对应了欧洲文学史中“现实主义”、“浪漫主义”和“现代主义”的历史。

不过，当我们这样来理解小说的历史的时候，线索和脉络倒是清楚了，但历史却有被割裂的危险，我们不能为了描述历史的需要而将三者作对立的理解。怎么办呢？有一个好的办法，那就是转而使用“经验”——当我们使用“经验”这一概念和范畴来观察小说的历史、表述文学的内核或属性的时候，会吃惊地发现，它马上便与前三者相遇了。而且令人惊异的是，它几乎涵盖了前三者的所有内涵，无论是模仿、抒情，还是勘探，它们都属于“经验”的范畴，都是客观世界与主观世界交融互动的产物。

严重一点说，这是当代“认识论哲学”在小说领域里的一个飞跃。这个飞跃当然不只是“经验主义哲学”在中国的产物，也是源于中国人当下的认知体验，以及自身哲学思维的变化，即当代中国文学之思想方法的自然变化。这一点，试图在哲学和美学上说清楚确实很难，不过也实无必要。在“现实主义”、“浪漫主义”和“现代主义”都已经成为“历史”之后，单纯地将文学比作“镜”、“泉”、“灯”，似乎都已显得不够准确和有效，而“经验”恰好可以兼容并包地将这些因素纳入其中。很明显，“经验”是客观世界进入人类认知领域之后的产物，是经过了深入处理和反复验证的东西，所以更综合和可靠。可以说，经验既是现实，又是意识；既属于对象世界，又是主体的认知实践；既具有“真实性”，同时又非绝对的“客观真理”。它符合当下处于急剧变动中的中国人的感受方式与特点，也符合文学中“现实”再度攀升的需要，但这个现实已不再是“现实主义”意义上的客观实在，而是活在当代中国人生命和心灵中的东西。

所以，用“经验”来代替“现实”或者其他，对于当代中国文学认识论方法的改变具有决定性的意义。罗素在评述杜威的“经验哲学”时是这样说的，“杜威并不讲求那些将会是绝对‘真’的判断，也不把这种判断的矛盾对立过程斥之为绝对‘假’的”，他所注重的是“一个叫‘探究’的过程”。[①]这对我们非常有启示，所谓“探究”，即是对于“主体实践性”的强调；而不将“真假”作绝对的理解，就是对“客观真实性”这种观念本身的质疑。这正是当代哲学的基本问题。德里达对于一切“关于存在的形而上学”的质疑的合理性也正是在这里。从杜威到德里达，也许最根本的一个哲学思维逻辑就是对于“认知”和“探究”本身的重视，对于一切 “先验形而上学”的概念——包括所谓“现实”和“真实”——的质疑与颠覆。

这个逻辑之于中国当代文学，我以为就是“经验”比“现实”更为重要，它既可以使我们的文学有的放矢，俯身于尘世与生命，同时又使之避免重蹈“现实主义”的覆辙，避免那种柳青式的悲剧——在“现实”的名义下被意识形态捆绑或扭曲，书写那些被修改和框定过的虚伪内容。

从这个角度看，中国传统文学中的主要表现对象，也并非所谓的“现实生活”，而是人的基本“经验”，包括了日常经验、历史经验和生命经验，尤其在宋代以来的诗歌中，经验性的内容几乎成为最核心的主题：“不识庐山真面目，只缘身在此山中。”“山重水复疑无路，柳暗花明又一村。”……经验代替“情志”成为宋诗的主要特点。这一点尽管毁誉参半，却是无法回转的趋势。在明清的世情小说中，经验也成为主要的表现内容。唐人作的是“传奇”，在笔法和美学上传承的是六朝的“志怪”，

①参见罗素：《西方哲学史》，下卷，马元德译，北京，商务印书馆，1976 年，第 382 页。

而明清白话小说的趣味则转向世俗经验，即“世情”的描写。《金瓶梅》和《红楼梦》在书写日常生活与人的生命经验方面可谓集大成者。即使如《水浒传》和《三国演义》一类“讲史”小说，也是“将历史经验化”。《三国演义》开宗明义的“白发渔樵江渚上，惯看秋月春风”，表明小说是用生命经验来看取历史的，历史也因此成为嗟叹人生的诗——“一壶浊酒喜相逢，古今多少事，都付笑谈中。”至于“才子佳人”一类消费性小说，更是充满了重复乃至复制性的叙述。从结构主义叙事学的角度看，这些作品无论在主题还是在故事的讲述方式上，都是高度套路化的，是一种结构性的重复。而这其实也就是一种“艺术中的经验主义”。从这个意义上说，当代中国文学对于经验的专注，也可以视为中国文学一个固有传统的复活。

对于当代文学而言，我们之所以在“经验”的前面再加上“中国”二字，主要是出于一种强调。显然，中国的文学所书写的自然就是中国人的经验，如此说来，“中国经验”之说岂不是多余？但不要忘了，当代中国文学西向学步，瞄准欧美文学的写法和趣味二十多年，我们的感受方式、叙述方式，我们的艺术形式和美学趣味，都大大地西化了，一度，中国作家所写的作品更“像”翻译作品。这种学习和模仿当然是必要的，也是有益的，我们的文学从20世纪80年代以前的单调与幼稚状态发展到复杂而丰富的今天，确乎得益于这种学习。但是归根结底我们是中国人，我们的文学是中国文学，所以，在业已过了必要的学习和模仿的过程之后，强调一下经验的本土性是必要的。

因此，近十年里中国的作家和批评家频繁地谈及“中国经验”的问题，我以为是有理由和有必要的。尤其是，在中国的现实正变得越来越复杂丰富、敏感精微的现今，如果不敏感地抓住这种生动复杂的经验，那就不只是浪费，而且近乎“犯罪”了。就像余华在《兄弟》的后记中说的，一个中国人所经历的当代历史，差不多相当于西方人从中世纪到现在几百年的历史，“一个西方人活四百年才能经历这样两个天壤之别的时代，一个中国人只需四十年就经历了。四百年间的动荡万变浓缩在了四十年之中，这是弥足珍贵的经历。”[①]确乎如此，假如中国作家在这样的时代还写不出“伟大的作品”，那么他们就只能怪自己无能，而没有别的理由可讲了。

二、什么样的“中国经验”能够成为“文学的叙述”

我们还要认真地追问，什么样的经验是“可以叙述的经验”，什么样的经验在经过叙述之后可以成为“文学意义上的中国经验”，且进而成为“文化意义上的中国经验”？中国的现实无限复杂乃至矛盾，哪些是最值得我们讲述，并且在讲述之后可以成为“时代的记忆”，成为民族的“文化记忆”的？

一位德国的汉学教授在批评中国当代文学的时候，曾经以中国作家的语言过于粗糙为由，称中国当代文学都是“垃圾”。而他所提出的范例是两位德语作家，他们的语言都非常美，“美得不得了”，相比之下中国作家的小说只不过是“通俗文学”。我当然非常尊重这位德国学者，也无意在这里批评他的说法，只是借此来说明不同民族的“经验的差异性”。我们先看一看他的说法：

> 什么叫小说？什么叫现代性格？如果你从德国来看，你会发现一个非常认真的比较好的德语小说家，他的小说不会超过100页、200页。可能小说里头才有一个主人公，一个德国小说家会集中在一个人的灵魂之上。比方说有一个瑞士女作家，她用德文写作，她写她的妈妈，一个苹果，写200页，没有写别的。……一个妈妈和一个苹果的关系写100页，语言美得不得了。有一个奥地利作家，他刚刚得了德国最高的文学奖，他写了120页，专门写一个世纪末的维也纳诗人，写他度假，度了两个星期的假，语言非常美，基本上没有什么故事，但是他完全集中在他的思想上。

①余华：《兄弟》，“后记”，上海文艺出版社，2005年。

但莫言跟一个19世纪的小说家一样，会讲好多好多故事，会介绍好多好多主人公，有的时候你觉得他小说里面的人，一共可能有100个、200个，另外会有三代，有祖母，有爸爸，有年轻人。……这是以19世纪的方法来讲故事，现在在德国基本上没有什么小说家还会讲什么真正的故事。①

如果脱离具体的环境，我也可以认同这位德国教授的说法，但很无奈，他是在作一种具体的优劣比较，而他的说法明显是用欧洲的经验来评判中国的经验。之前他还曾批评中国当代文学“出不了鲁迅”，之后又要求中国作家像欧洲作家那样，写一只苹果就写100页，我就感到他的逻辑确实出现了错乱。鲁迅如果活在今天，他是绝对不会这么写的，而且也是不会允许别人这样写的。中国的现实是如此生动复杂，美好又残酷，出不来鲁迅确实值得人们深思，但如果像那两位德语作家那样写作，又岂不是南辕北辙？真的那样写，必定是矫情的和令人作呕的。

巧得很，我也可以说出我现场的感受。就在前几天，我刚从欧洲跑了一个月回来，非常直观地体味到这种差异性——那里的一切几乎都已建设完毕了，安静之极，虽然金融危机使它略显凋敝，但到处是蓝天白云，古老而美丽的城市与乡村，人们平静地生活，反而感觉时间有点“慢”——例子是，火车每每会晚点，但每次乘车的感觉都是那么享受。当我乘车经过莱茵河谷的时候，河水是那样清澈，村镇的建筑与自然山水之间是那样美丽和谐，真是老海德格尔所说的“诗意地栖居”啊！那种美简直让人惊叹。那时我就想，我们这点发展居然也在喊“崛起”，真是有点着急了，等什么时候我们把国家建设得这样美丽了，再谈崛起也不迟。到那时，我们中国作家也可以像那位德语作家一样，去花100页、200页的篇幅写一只苹果，而现在如果这样写，我就会觉得“受不了他”。因为我们这里到处是巨大的工地，是拆迁的喜剧和悲剧，是雨后春笋般崛起的高楼，是到处都被严重污染的河流，是每天都有的大量的意外伤亡事故，是一路狂奔的

①顾彬：《我没说过“中国当代文学是垃圾”》，2010年3月22日 11：02凤凰卫视《锵锵三人行》，news.ifeng.com/opinion/phjd/qqsrx/201003/。

GDP和同样让人难以承受的环境代价与分配不公，是生活中所充斥的不可思议的各种奇特的行为逻辑与“潜规则”……仍借用余华的说法，是“伦理颠覆、浮躁纵欲和众生万象”的景致，怎么可以花100页的篇幅，去写一只精致而无聊的苹果，而且还“美得不得了”？

至于他所批评的莫言的写法，一部小说中写100个、200个人物，写三代甚至更多的人云云，就更没有什么道理，因为这本来就是中国小说的写法，从《红楼梦》开始我们就是这么写的，有什么问题吗？如果他说的在德国“基本上没有什么小说家还会讲什么真正的故事”真的是出于“德国人的经验”的话——事实上我也很怀疑这一点——那么，“中国经验”恰好就是要求作家讲出非常生动，而且充满沧海桑田的现实感和历史感的故事。这非但不只是什么“19世纪的写法”，即便到了22世纪，中国人也仍然应该、仍然会这样写。

这个话题可以打住了。在注意到差异性问题之后，我们再来看看问题本身——什么是我们当今最核心的、可以构成文学的书写对象的“中国经验”？有人会想，“中国经验”不就是那些最具有中国特色的事情吗？的确，“中国经验”不可能是一个深沉之极喜欢思想的人对着一只苹果发呆犯傻，但也肯定不能只理解为我们的官媒上充斥的各种经过修剪和包装的“正面新闻”，它不是航空拍摄器拍下的林立的高楼、壮观的城市与高速公路的景观，也不大可能是一位“80后”的“天王级偶像”郭敬明“以45度角仰望天空，内牛满面”之类的奇怪情感……那么“中国经验”到底是什么呢？我想，肯定与这些独有的东西有关：

一个“高富帅”在校园飙车，轧倒了人之后的第一反应是告诉人们“我爸是李刚”；

用废旧皮鞋等脏污之物熬制的工业用胶，竟然被用来制药，遂闹出“毒胶囊”事件；

中国足球的“集体腐败案”——人们吃惊地发现，原来曾经高喊“打假”的足协官员竟然一个比一个贪；

“王立军出走事件”——一个高官因为惧怕上司灭口，而逃入美国领事馆寻求庇护，然后被发言人以“休假式治疗”的名义掩饰真相搪塞公众。“休假式……”遂一度成为最令人忍俊不禁的流行语；

被广泛质疑的高铁出轨事故调查，铁道部发言人留下了一句广为流行的名言：“至于你们信不信，我反正信了。”

因“三鹿奶粉非法添加三聚氰胺事件”而在手机上流行的段子——某大型牛奶企业知道三鹿奶粉出事，愤怒地斥责其违背职业道德，说：“我们是往牛奶里掺三聚氰胺，而你们他妈的是往三聚氰胺里掺奶啊！”

……

这样的例子举不胜举。在我的理解中，这些奇怪的现象和事物，在别的国家和地方是很难发生的，它们确实是属于时下我们民族的特殊“财富”。手机中流传的那些才华横溢令人叫绝的段子，都既反映着中国今天的生动现实，也反映着中国民间独有的不竭的想象与创造力。这种创造力不只令人忍俊不禁，更让人震惊和深思。比如有人甚至发明了“贪官经济学”的说法，意思是，为什么在国际金融危机中，唯有我们能够独善其身屹立不倒？概因中国的贪官们家里私藏了大量的现金——每个挖出来的贪官几乎都是一样的，家里藏着成箱成捆的人民币，少则几千万，多则上亿，而这些钱实际上早就被永久封存，不会进入流通领域，因为这些官员平时从来不会，也不需要用到它们。这样一来，等于是他们替国家管住了这些数量巨大的货币，并且在客观上“降低”了通货膨胀的风险，坏事变成了“好事”。这就叫中国特有的“贪官经济学”。

显然，“中国经验”的敏感性和戏剧意味往往是出人意料的，再高明的剧作家也很难写出比今天中国的现实更富有戏剧性的剧作。余华的《兄弟》中写到，李光头靠垄断垃圾，淘取了“第一桶金”，成为地方的首富，然后为了“炫富”把家里的马桶都换成了黄金打造的；他年轻时费尽心机追求的林红曾视他为流氓，而在他成为巨富之后，被他轻而易举地就搞上了床。这样的“中国经验”在现实中可谓有无数更生动的版本。

如果我们上网搜一下，马上可以得到无数关于现实的完全相反的例证。正面的，比如刚才说到的关于GDP的神话，很多地方的年增长率都是以两位数来计算的。网上最令人鼓舞的一个图示是中国的GDP与世界各国的对比，截至2010年，中国的经济总量已经超越了日本而成为世界第二，达到了美国的1/3强，而按照购买力计算则达到了美国的2/3，远远超出了其他国家。可是，与这种巨大的发展神话相对照的，还有类似“富士康的15跳”——有报道说，在2010年1月到5月短短四个月的时间里，富士康公司的职工宿舍楼上，以奇怪的速率，接连有15名工人跳楼自杀，甚至在5月28日这天出现了“双人连跳”。可在公众舆论的强烈关注下，相关部门却从来没有给出一个明确和权威的调查结果与说法，有的媒体不知出于何种目的，居然说这样的新闻有“炒作的嫌疑”。天下还有这样的奇闻，居然还有用搏命来达到“炒作”目的的人和事？

我还可以给大家列出另一组例子。这是一份来自《中国青年报》的报道，叫作《中国摩天大楼将超过800座：领导们喜欢“高”》，是这样写的：

> 近日，一份由民间研究机构摩天城市网发布的研究报告指出：当前中国正在建设的摩天大楼（以美国标准152米以上计算，仅统计写字楼）总数超过200座，相当于美国同类摩天大楼的总数。未来三年，平均每五天就有一座摩天大楼在中国封顶。而五年后，中国的摩天大楼数量将超过800座，达到现今美国总数的四倍。
>
> “这些大楼一旦盖完了，也许会陪着我们一辈子。”坐在曾经的世界第一高楼——上海国际金融中心97层的餐厅里，报告的主要作者吴程涛说，“那时候我们连反思的机会都没有了。”
>
> 领导们喜欢什么呢？一个简单的思维就是：高。①

与这类令人瞠目的报道构成对照的，是大量因为拆迁而闹出的“群体性事件”，在网络上可以搜出大量的上访，甚至自焚事件的照片。我所搜到的一幅最精彩的照片是一位天才网民PS的图片，将法国浪漫主义画家德拉克洛瓦的《自由领导人民》中的“自由女神”的上半身换成了一个中国男人，将画题改为《中国拆迁版自由领导人民》。这就是我们中国的现实，中国特有的“经验”。

① 《中国青年报》，2011年6月15日，引自http://house.hinews.cn。

上述景观已经完全可以构成美国学者朱迪丝·劳德·牛顿所说的“交叉文化的蒙太奇”[①]了。假如我们像新历史主义者那样，把这些不同意义的事物和景观当作“文化符码”，并故意将它们“并置”或“拼贴”在一起，也是从文化的意义上对于所谓“中国经验”的一个生动呈现了，或者它们本身也可以构成某种“艺术的文本”了。但是，真正意义上的艺术的书写，即“作为文学叙事的中国经验”，还要还原到个体生命与个体形象上，也就是要写出具体的“人物形象”，落实到“艺术的主体”上，才会产生出更具有现实和历史载力的叙事。所以，只有当这些最切近于我们周边现实的故事与景象同我们再度拉开距离之后，它们才会变成“文学意义上的中国经验”，而不只是“现实意义上的中国经验”，它们才能最终变成当代中国人的“精神影像”和“文化记忆”。

三、“中国经验”的文学可能与文化属性

这样说有点抽象，让我们来举一些例子，通过中国当代文学中最具有“中国经验色彩”的作品，来看一看它的文化与美学属性。因为这些作品中所包含的，可谓中国人当下最复杂的“经验混合体”，是关于中国经验的最形象和生动的喻指。

先举出几个诗歌中的例证。这些诗歌在艺术的标准上未必是最好的，但无疑是极其敏感的。这是一位叫作徐乡愁的“垃圾派”诗人的一首《我的垃圾人生》，如果按照通常的诗歌标准，那么这首诗确乎可以看作“垃圾”，但如果按照我们所描述的上述背景看，它就不见得一文不值，并且我们还会感到它极具现实及物性，因为它真实地写出了在我们时代的“精英”人群之外的另一群人的生活和境遇：

①朱迪丝·劳德·牛顿：《历史一如既往？女性主义和新历史主义》，见张京媛主编《新历史主义与文学批评》，北京，北京大学出版社，1993年，第203页。

我的理想就是考不上大学
即使考上了也拿不到毕业证
即使拿到了也找不到好工作
即使找到了也会得罪领导
我的理想就是被单位开除
我的理想就是到街上去流浪

这当然不能算是“理想”，而是主人公对于自己和我们社会的边缘与底层人群境遇的一种无奈反讽与反抗——“且不洗脸不刷牙不理发 /精神猥琐目光呆滞 /招干的来了不去应聘/招兵的来了不去应征/我一无所有家徒四壁/过了而立还讨不上老婆/我的理想就是不给祖国繁衍后代/我的理想就是把自己的腿整瘸/一颠一拐地走过时代广场/我的理想就是天生一副对眼/看问题总向鼻梁的中央集中/我的理想就是能患上羊痫风/你们把我送去救护/我却向你们口吐泡沫……”它确乎不是传统意义上的“美的文本”，没有去关注美善的事物，甚至也没有理想和信念，更没有精神高度，但它达到了我们这个时代关于文学的最低标准，那就是“真”——它写出了“经验的真实性”，而不是相反。

类似的作品有很多，我再举出同样标举“低诗歌写作”的一位诗人丁友星，他的一首《词语的起诉》，似乎更有点“文化的高度”。它以农民、同志、小姐三个词语的名义，诉说它们曾经负载的价值与意义被颠覆的过程与“受辱的历史”，也让人深深地惊异于历史的巨变，使人对如今的现实生出“不知今夕何夕”的悲情与怅惘：“我们实在忍无可忍自己愤慨的发自心底了/农民、同志、小姐三个词语的屈辱站立起来，把/社会歧视的同时告上了词语偏见的法庭//为什么落后、愚昧、自私成为农民的代名词/农民曾经以自己的牺牲养育过一个时代的城乡差别/现在又在以自己的打工垫起工业化的机器轰鸣/为什么同性恋的性别失常成为同志的同义语/同志曾经激起过亿万民众奋勇杀敌争取民族独立/而今还留在党内领导和坚持改革开放/为什么色情服务的淫秽成为小姐的别称/小姐曾经大家闺秀过三纲五常三从四德/如今正在宾馆酒店、商业网点迎来送往着礼仪文明”——

农民、同志、小姐是民族国家词语的脊梁
如果我们胜诉，说明
我们民族国家的公平正义还没有泯灭历史的全部积淀
如果我们败北，说明
我们的民族国家历史已经卸下了五千年的文化沉重
词语的起诉，只是一种词格的自由

它甚至还非常有反讽意味地宽释了这场“诉讼”的失败，即便是失败了也给予一个正面的解释。可恰恰是这样一种解释，生发出了丰富的历史意蕴与强烈的现实批判性，使这首诗成为当下中国人刻骨铭心的现实经验的生动写照。

很明显，这也不是一首“美得不得了”的诗歌，但它确乎达到了一首诗歌的“最低伦理”，那就是相对于眼下中国的现实来说，它是真实的不虚伪的诗歌，而且也还有一点文化的含量。它或许能够成为我们这个时代中国人“文化记忆”的一个载体，或至少是一个佐证。

能够举出的还有一位真实的“流浪诗人”，叫作曾德旷。我在很多地方都表示过对他诗歌的推崇，因为他的作品中有一种动人的哀伤或者悲情，不是造作的，而是与他自己真实的境遇相见证的悲情。无业，流浪，无依靠，常常食不果腹、流落街头。当然他也一样“不求上进，形似人渣”，网上可以搜到他吃垃圾、吃蛆虫的题为“我有罪，我写诗”的行为艺术照片。但我们反过来仔细想一想，难道他这样的生活纯然是“另一种作秀”吗？没有现实的依据和代表性吗？即使他真的不求上进，这不也是他生存的权利吗？只要不危害社会，他不也一样应该有生命起码的尊严吗？何况他还真的写出了动人的、手艺很好的，甚至非常“正统”的诗歌，写出了属于我们时代的另一种现实和经验的哀歌。这是他的一首《我生下来就是为了歌唱》：

我生下来就是为了歌唱

我生下来就是为了像一个流氓无产者
在祖国的大地上四处游荡
我生下来就是为了把令人揪心的哭泣
变成动人的歌唱着的黄金
或者把从未去过的远方
当成老人们传说中的天堂

“我歌唱希望，也歌唱绝望/我歌唱欲望，也歌唱从未降临到自己身上的爱情/我歌唱如花似玉的少女，也歌唱年老色衰的妓女/我歌唱寒风中颤抖的乞丐，也歌唱坐在街口补鞋的鞋匠/我歌唱从一个煤矿退休后去广东打工的父亲/也歌唱他那一条在一次工厂事故中受伤致残的腿/我歌唱挑着粪桶去屋后菜地淋菜的母亲/也歌唱她那曾经给我生命如今日益枯萎的阴户/我歌唱进入我脑海中让我感动的一切/我歌唱自己，也歌唱身边让我痛苦的世界//我生下来就是为了歌唱/我歌唱赶集的农民，也歌唱上学的孩子/我歌唱胆小的花蛇，也歌唱鲁莽的牛犊/我歌唱新生的婴儿，也歌唱垂死的老人/我歌唱进入我脑海中让我感动的一切/歌唱祖国，也歌唱印度和非洲”——

但我的歌啊，你为什么总是这样喑哑
为什么我总是觉得有一双看不见的手
一直在封锁着我歌唱着的喉咙
为什么我总觉得自己一直走在童年的泥泞中
我的歌啊，你飞吧
飞到我的足迹无法到达的远方去
飞到那些最需要你的穷苦人的身边去
飞到那没有欺骗没有贫穷也没有暴利的地方去
飞到你可以自由自在地飞翔的地方去
我的歌啊，你飞吧，你飞吧

平心而论，我们得说这首诗感动了我们，它以最边缘的角色，传达了最卑微的歌唱，以及对于歌唱权利的吁请。找遍全世界也找不到这样的诗人和这样的诗歌，但这些确乎在我们这里存在着，让我们战栗着，感动着。

最为贴切和综合的例子还不是这些。下面我要举出的是一个同题的双重文本，叫作《凤凰》，它的“装置艺术”的作者是中央美术学院的雕塑家徐冰，它的诗歌文本的作者是欧阳江河。四年前，在迎奥运和世博会的热闹氛围中，这个巨大的装置在北京东三环的一座楼宇前落成，一年后，欧阳江河为它写出了同题诗歌。这会使我们首先想到上个世纪初期，中国新文化运动时期一个关于未来中国的想象——在郭沫若的诗歌《凤凰涅槃》中，那个象征着再生的中国的形象，也是一只巨大的凤凰。一个世纪以后，在“崛起”的中国，在中国首都CBD建筑最为集中的地方，真的矗立起了两只巨大的“凤凰”。这当然是非常具有文化意义的事件。但有意思的是，徐冰的“凤凰”是用什么做成的呢？是用大量废旧金属、塑料、玻璃、建筑垃圾等杂物拼接而成的，在夜色中的灯火映照下，它高悬夜空，璀璨绚丽，景象宏大，令人震撼；但在白昼近距离地审视，则会发现它竟然是由垃圾和杂物堆成。其材质和效果、虚拟和真实之间如此巨大的反差，恰好影射出了我们这个复杂的时代，我们的带着重重问题的“发展”和“崛起”，折射出这个时代巨大的“文明的悖谬”。

但仅有徐冰的《凤凰》是不够的，没有欧阳江河的《凤凰》，它不会获得如此丰厚的意义诠释，而欧阳江河也正是以这首诗，实践了他关于当代诗歌的意义与经验的“异质混成”①的观念，将“中国经验”的内与外、显与隐，以互为悖反的思考和审视，进行了集中的追问和探寻。这首诗据说迄今还在修改中，我没有见到全本，只见到了节选，让我举出其中的一两节：

> 人类从凤凰身上看见的
> 是人自己的形象。
> 收藏家买鸟，因为自己成不了鸟儿。

①“异质混成”的说法，是欧阳江河在世纪之交反复谈到的一种写作观念，指面对现实经验的复杂性与异质混合性，诗歌写作无法维持单向度的抒情，而要强调思想与思辨上的奇崛复杂，特别是在语言上的异质混成。参见欧阳江河：《站在虚构这边》，“序”，北京，生活·读书·新知三联书店，2001年。

艺术家造鸟，因为鸟即非鸟。
鸟群从字典缓缓飞起，从甲骨文
飞入印刷体，飞出了生物学的领域。
……
几个临时工，因为童年的恐高症
把管道一直铺设到银河系。
几个乡下人，想飞，但没机票，
他们像登机一样登上百鸟之王，
给新月镀烙，给晚霞上釉。
几个城管，目送他们一步登天，
把造假的暂住证扔出天外。
证件照：一个集体面孔。
签名：一个无人称。
法律能鉴别凤凰的笔迹吗?
为什么凤凰如此优美地重生，
以回文体，拖曳一部流水韵?
转世之善，像衬衣一样可以水洗，
它穿在身上就像沥青做的外套，
而原罪则是隐身的
或变身的：变整体为部分，
变贫穷为暴富。词，被迫成为物
……

迄今为止，也许这是欧阳江河最重要的一首诗了，但我在这里不能不因为篇幅所限而有所节制。欧阳江河用他特有的思辨精神，将这个巨大的虚构之物，同现今中国现实的每一个维度都作了充满隐喻性与影射力的连接，诠释出真与幻、形与质、词与物、现实与虚拟等等之间互为悖反和纠结的状态，隐喻出我们时代全部不可言喻的复杂性，其文化、文明与价值的“结构性的困境”。

以上是诗歌中的例证，在小说中则有形象和典型的例证。我相信，正像我们每每会从《金瓶梅》等小说中去了解晚明社会的状况，从《红楼梦》里求解清中叶的中国社会与文化一样，将来有一天，人们也会从中国当代的小说中，去感知这个时代最真实和最隐秘的景致与影像。而从这个意义上看，我以为中国作家并非无所作为，他们还是善于寻找“中国经验”的敏感载体，创造最为形象的隐喻的。比如，阎连科的《受活》中的例子，耙耧山人令人匪夷所思的“后革命奇想”：听说剧变后的俄罗斯要处理掉红场上的列宁遗体，他们忽发灵感，想把列宁遗体买过来，安放在耙耧山，以体现他们对于“革命事业”的维护与传承，当然主要还是以此发展经济，搞“红色旅游”项目……这样的“后革命喜剧”是否真的发生过，也许还待考，但每一个中国人都会真切地感受到它逻辑的真实，它经验的真实性。在格非的《春尽江南》中，最早忧虑人群精神状况的王元庆（端午的同母异父哥哥）出于人性关怀与社会责任感，用全部的积蓄修造了一座“精神卫生中心”，结果最先住进去的病人竟是他本人。经不住商场的倾轧和人世冷暖的刺激，他终于先于他人而成为时代的牺牲品。这样的故事同样也让人狐疑它的“现实”的真实性，但是没有人会否认它精神上的真实，它确乎生动地映照出了我们时代的文明病：物质越多，精神越是畸形；造的房屋越大，灵魂越是无处安置。同样一部小说中，还有另外的喜剧性景观：一群试图“担当”什么的诗人和知识分子，在一场学术讨论会上的生动表演——白天在会上装腔作势，振振有词，忧怀天下，似乎拯救众生舍我其谁；可一到晚上，就倾巢出动，到娱乐场寻欢作乐去了，俨然一群混世小丑。这样的情境，相信“知识分子”读者会心知肚明。这就是眼下的中国，知识界的一种生存的秘密。这样的故事当然很难写进历史，但是在小说中，它足以隐喻当代中国人的精神状况，闪现当代知识分子的灵魂造影。

同样的例子还有莫言，他的《蛙》中所描写的中国“计划生育”的诸多秘密，可能永远不会有一部历史著作来予以真实记述。作为世界上人口最多的国家，中国的计划生育国策当然对全人类的生存发展都是功不可没的，但是这不得已的国策在实施过程中，有多少伦理的冲突、情感的悲剧、灵与肉的撕裂、罪与罚的纠结，以及买卖交换的秘密？这还要看《蛙》中的描写，听那位为数以万计的妇女做过流产和引产手术的姑姑的倾诉。世界上没有其他地方有这样的经验，也没有其他的写作者会记录下中国人在这个历史过程中所经受、所遭遇和所付出的一切。这难道不是一个作家，一个要忠实地记录历史的知识分子的分内之事吗？反过来，如果他真的漠视这样的历史，而去矫情地书写一只苹果，还要花上100页的篇幅，那便不啻一种道德和精神上的犯罪。我深感震惊的是2012年人大、政协两会上最“雷人”的一项提案：广东某代表提出“让富人花钱购买穷人的生育指标”，认为这样可以促进社会公平。然而殊不知，这样的“社会公平”只是一种交易罢了，是金钱对于权益的僭越和替代，而不是对人的平等权益的实现和尊重。而这就是某些人的观念的现实状况，是他们“参政议政”的水平。这样的现实同莫言小说中所揭示的有钱人通过各种方式来达到超生目的的种种故事，是何等相似。

当然还有更多更早先的例子：莫言的《四十一炮》中乡村屠宰场让人惊心动魄的给肉注水的情景；余华的《兄弟》所写的一对在“文革”那样残酷的环境中结下了生死之谊与手足之情的异姓兄弟，在我们这个所谓进步了的、物质极大丰富了的时代自相残杀的故事；《许三观卖血记》中的主人公一生靠卖血生存，连卖血都要贿赂血头，最后连卖血资格都没有了，便在大街上一路走一路哭泣的情景；贾平凹的《废都》中通过庄之蝶的生活所隐喻的中国文化的全面溃败、中国知识分子的精神溃败……这些无不是中国当代历史的精神写照，是这个时代永远无法入史，却最为真实的“秘史”。

而这样的“中国经验”，就必然在道德上占据了“劣势”——它们不能成为在精神价值方面、在文化气象方面、在伦理情操方面、在灵魂质地方面占据高地的东西。但是有一点，它们绝对是真实的，拒绝虚伪的书写，而这正是它的“命”，是当代中国文学的一种应然和必然的文化属性。也许有更好的方法和道路——像有的批评家所标举的那样，可以既书写出人世的黑暗和人性的残酷，同时又能够展现“道德的力量”与“灵魂的高度”，但他们所提供的方法，似乎并不比我们在这些被批评的小说作品中读到的更有效。比如有人批评余华的《兄弟》语言与笔法粗俗，但我们也要追问，他的小说中所表现的暴力和粗俗难道是虚构的吗？当代中国现实的暴力和粗俗，同余华小说中的暴力与粗俗相较，谁更有过之而无不及？我们会追问，“以粗俗表现粗俗”是否也是一种必要？如果不是，那么应该如何处理？是直面 “中国经验”的暴力和粗俗，还是用其他的方式来表现？即使还有别的处理方式，是否就意味着《兄弟》的方式一定是错误的？难道作家不能用喜剧和反讽的方式来处理现实、传达中国人最刻骨铭心的历史记忆与现实经验吗？难道在美学趣味上我们只能容忍和接受悲剧与崇高，而不能接受滑稽和反讽吗？还有莫言的《檀香刑》，之前这部小说也遭到批评，认为其对暴力的渲染是令人无法容忍的，但是中国历史和“中国经验”中的暴力难道不比这更甚更残酷吗？面对这样的历史和文化，这样的民族记忆，一个作家不去秉笔直书，难道还要加以装点和粉饰吗？如果那样的话，还何以谈“敢于直面惨淡的人生，敢于正视淋漓的鲜血”的“勇士精神”？

四、“中国经验”的文学宿命与主体危机

最后一个问题自然是如何评价的问题——中国当代文学到底成就几何，能否“走向世界”？我认为它正面临自己的宿命。前面的讨论未免过于“正面”和“乐观”了，在最后我仍然要坚持这种乐观和正面，但同时，我也有由来已久的担忧，那就是它的创造性和人文主义的批判性，正在遭受釜底抽薪的主体危机。

为什么要作出这样的判断？这个宿命究竟是什么样的前景？

首先，它必然会固执地按照“中国经验”的道路走下去。这是正面的一个判断。在我看来，中国作家当然要有决心“为全人类写作”，但为全人类写作的前提是能够成为“中国经验”的有效叙述者，一个逃避民族历史与文化记忆的写作者肯定不会被留下来。当然，这种书写也一定是批判性的，但批判性建立的前提是正面描写出现实的复杂与残酷。我认为中

国当代最优秀的作家，正在沿着这条道路走下去，并尽可能地以“异质混合”的属性来予以书写。但正是这一点，会导致一个很难被世界理解和认可的境地，并且会陷入德里达所说的“非传统文本”[①]的陷阱——自然也会遭受顾彬教授那样的偏见和鄙视。所谓“非传统文本”，是指在文本面貌上更加极端，在道德限度上更加模糊，在伦理色调上更加刺眼，在形式风格上更加不拘一格的文本。今天，这样的文本正成为我们所司空见惯，也正遭受着更多质疑与指摘的东西。因为显然，在今天世界上的任何一个地方，都不会有我们这样奇怪和微妙的经验与现实，所以当我们的作家认真地关注和书写这样的东西的时候，他们也会很自然地被扣上粗俗粗鄙的帽子，在美学上陷入粗糙粗鄙的尴尬境地。这使写作者很难成为“在美学上占有优势”的作家，并且非常容易遭到误解和攻讦。至少，这些作品已很难或无法抵达传统文学观所坚持的那种美学之境了。

其二，越来越热衷于书写“中国经验”的作家，很可能会越来越多地陷入一种“不可译”的境地。像莫言的《檀香刑》、《生死疲劳》，还有阎连科的《受活》，贾平凹的《秦腔》等等，这类作品虽然已有，或可能会有不同语种的翻译，但其语言的地方性、形式上的某些传统外壳，其所暗藏的本土性的文化隐喻与语言机锋，其反讽情境与美学意味，都很容易在翻译之后荡然无存。如果说在90年代以前，中国的作家们还更倾向于采取西化风格的叙事的话，那么到世纪之交以后，他们确乎更倾向于寻找中国化的叙事外壳。包括上述作品，还有格非的《人面桃花》、《山河入梦》、《春尽江南》三部曲，以及阎连科的《风雅颂》、《四书》等，也都倾心于传统的外壳或形式。有的作家则采取中国传统小说的“丛谈”、“杂记”、“笔记体”的手法或风格，在形式上比较松弛或散漫，也具有很强的“非常规文本”色彩，比如贾平凹的《古炉》、张炜的《刺猬歌》和《你在高原》系列等，这些小说都有很明显的“去翻译化”的特点。即

①“非传统文本”的说法，见德里达在1989年4月的一篇访谈《访谈：称作文学的奇怪建制》。他首先说，“我们所说的文学（并非是美文学或诗歌）”；随后又说：“那些‘20世纪现代主义的，或至少是非传统的文本’，都具有一个共同点，即它们都写于文学的一种危机的经验之中。”见雅克·德里达：《文学行动》，赵兴国等译，北京，中国社会科学出版社，1998年，第5~8页。

便是余华的《兄弟》这样不具有明显中国传统风格的小说，似乎也只在法国才大受欢迎，而在其他地方则反应寥落。这些现象都表明，中国当代文学很可能在一个“世界性”的评价体系中，会更加边缘化。因为文学的对话终究需要依据文化的对话，虽然在它有时也是文化对话的一部分，但是“中国文化的宿命”也许就是“中国经验和中国文学的宿命”。看看我们近些年在国际上的处境就知道，虽然经济上被人说道称许，但在文化上却是频遭诟病和白眼。

说到这一点，我们需要作一个对照，即不要轻易地将中国文学的处境同拉美文学或苏联与东欧的文学相比，因为那些文学同欧洲、同文化意义上的西方之间并无鸿沟，而中国文学与文化同西方之间，则很难找到广泛有效的对话通道。我的例子是出生于捷克的米兰·昆德拉，他在80年代前往以色列领取一个文学奖时，曾这样赞美以色列的知识分子来获取认同和“自况”，他说，“正是那些伟大的犹太人，超越于民族主义激情之上”，一直表现出了对于作为“文化的欧洲”的敏感和重视，虽然他们在历史上曾饱受欧洲人的欺凌，但是仍然“忠诚于这个国际性的欧洲”，并且也因此获得了自身的重要性。昆德拉说：“以色列……在我眼中俨然成了欧洲真正的心脏，一颗奇特的、处于身体之外的心脏。”[①]这番话当然不排除特殊的“现场效应”，但刨除“人情”因素，昆德拉确实说出了一个奇异的文化关系：以色列，这个自罗马帝国时期以来便被欧洲强权不断毁灭和驱散的民族，历经磨难，但在文化上依然固执地认同欧洲，认同这块与它既血肉相连又恩怨纠缠的土地，并且在这样一种关系中延续和创造着它的文明，创造出共属于整个西方世界的许多“核心价值”。而这样的关系并不属于我们，对我们这个有着4000年历史文化传统的民族来说，作为“其他文化的一个部分”是不可想象的，所以也能够想见，中国文学同西方文学之间的对话绝非想象中那样容易，尤其是当它出现了某种“经验的自觉”与“形式的回归”之后。这正是我所说的“渐行渐远”的一个内在原因。

---

①米兰·昆德拉：《小说的艺术》，董强译，上海译文出版社，2004年，第197页。

当然，这番话也同样隐喻着昆德拉自身的文化身份与命运：作为一位前社会主义阵营的捷克籍作家，他在留居法国并最终成为一个“世界公民”之后，似乎在刻意显示他对于自己的国籍与民族身份的“不在意”。然而事实上他的这种权利和荣耀的获得，背后除了他文学创作的成就，难道就没有背景和出身、民族与政治的潜在作用吗?

这也启示我们思考中国作家的“身份问题”。显然，就整体而言，中国作家同样热爱西方的文学与文化，甚至中国新文学的诞生、中国当代文学的变革，也都是以对西方文学的学习和模仿为契机的。但是很奇怪，这种热爱并非像昆德拉所赞美的以色列的知识分子那样“专一”，而是很容易就被国内的启蒙主义和人文主义，或是民族主义的思潮所左右。我们对精英文学的评判尺度也会随之激烈摆动。之所以会这样，原因恐怕很多，但根本原因是我们和欧美文化之间有完全不同的历史与传统。犹太文明自公元前后就开始与西方文化相融合了，而中国文化直到黑格尔的时代，“还在世界历史的局外”，当然，他所说的“世界”只是西方中心主义的世界，而非全人类的世界。黑格尔说，在这个“最古的、同时又是最新的帝国”中，“一种终古如此的固定的东西代替了一种真正的历史的东西”。[①]正因为这样一种亘古流传的传统，中国与西方观念的对话便如此艰难。在业已跨入新文化百年后，中国的文学仍然在“西方”和“本土”两个庞然大物之间摇摆，中国作家的文化身份依然不明——是昆德拉式的“世界公民”呢，还是索尔仁尼琴式的不肯离开本土的“异见人士”？还是当下中国的“民族文化的代言人”？

显然，文化之间的不平等关系，仍然是西方知识界中的许多人评价中国作家与中国文学的依据。这样说并非没有根据，欧美知识界对于“第三世界”和“集权国家”的文学的看法，从来不纯然是依据“经验的异质性”和“美学上的独异性”——这种评判尺度名义上是一个所谓“越是民族的就越是世界的”的定理，但从来就不能完全落实，而常常都是首先出于价值观的衡量和比照，是否是本国文化的批判者和政治上的异见人士，

①参见黑格尔：《历史哲学》，王造时译，上海书店出版社，1999 年，第 117 页。

是他们取舍的首要依据，将诺贝尔文学奖评给法籍华裔的高行健便是一个明证。事实是，假如以高行健的文学成就为标准的话，那么中国至少有十位以上的作家应该获得该奖。这一点我并不想多加谈论，我要说的是，眼下中国文学正由于这样一个原因，而更加“远离”西方中心主义的那个“世界文学”。其原因正是“文化身份”的一个微妙变化。可以为此佐证的是，少量能够在国际上获得承认的中国作家和诗人——以诗人居多——常常必须靠维持其“准流亡者”的身份，才能够获得持续关注。而事实上这些人在文学上的贡献，已经远远落在了居于国内的作家之后，同国内急剧变迁的现实情境相对照，他们所提供的经验、思想与美学财富，已经非常有限。

还有一个可以提到的例子是西川，最近他在美国曾遇到一个尴尬的提问：“你为什么不流亡？”这个问题让他除了报以苦笑，而难于回答。显然，西方人所希望看到的中国当代文学中类似苏联那样的作家和文学创作，正在变得越来越不可能；中国作家希望以自己对于“本土经验”的丰富书写，还有带着民族或者个体属性的“美学上的独特贡献”来进军西方的愿望，也终究很难得到认真的面对、理解和承认。这就是我们的宿命。

而且问题还不只是在外部，还有来自内部的危机。我们反过来看一下，国内的精英文学市场也呈萎缩和弥散之态。这是一个奇怪的对比：中国当代文学在空前成长，但影响力和市场占有率却在空前下滑；中国作家的成就和技艺正前所未有地成熟，但离读者的认同和趣味日渐遥远。

这当然有来自其他方面的干扰，比如网络大众文化的急剧蔓延，消费趣味与娱乐精神对于精英文学所生成的“阻断效应”，使受众与传统的严肃文学和精英作家之间形成了无法穿透的屏蔽。这种情形带来了中国当下文学价值观念的调整，比如最近几年中“悬疑”或“谍战”元素的侵入，类似麦家一类作家的走红，便表明了这种价值的微妙转换。虽然出生于五六十年代的业已经典化的作家们，似乎还坚持着精英主义的写作，但那是因为他们业已拥有一批与他们年龄相仿的固定读者，他们暂时还不必担心被挤出图书市场；但是出生于七八十年代及以后的更年轻的作家们，则无法不面对市场的严酷挑战。这些问题当然也是世界性的，西方的作家同样面临这样的挑战。但对我们来说，收获的时节还遥遥在望，而一场遮天蔽日的蝗灾却不期降临了。

还有一个问题，便是暗藏在精英作家中的“主体身份危机”。即，除了在东西方文化关系中的尴尬地位，中国最优秀的作家们也面临来自自身的身份考验。在最近的若干年中，这些业已成名的作家，大都成为有广泛影响的“公共人士”——这样说是因为他们只是在公共领域频频“露面”，而并非意味着他们都成为“公共知识分子”；相反，他们身上的“知识分子性”比起他们身上的“中产阶级趣味”甚至“富豪化的气味”来，可能正越来越趋于稀薄。原因是，在一些作家那里，早期的人文主义情怀如今正更多地被一种“职业意识”所取代。我现在从作家那里听到的最多的，是他们海外版权的获益情况，在哪里又得了个什么奖，政府或单位又给了什么待遇，等等；而另一方面，则是看到他们和眼下的“现实”正如胶似漆如鱼得水打得火热。虽然他们的技艺确乎更加纯熟了，也不能说他们作品中的现实感与经验含量就变得比过去稀少，但是其作品总体的感染力却处于下降的趋势。假如我们按照中国古老的“道德文章”或“知人论世”的要求来看，他们作品中的人格力量，确有越来越稀薄的危险。

如果从内部看，这便是目下中国文学的最大危机了。光从外部找原因是没有用的，我们必须着眼于自身的问题。“皮之不存，毛将焉附”，如果作家作为人文知识分子的身份变了，其作品的人文价值和世界意义也必然变得可疑。假如这个问题不是西方世界的意识形态强加给我们的话，那么认真地追问一下是确有必要的。

第二辑 | 小说诗学简编

寓　言

——当代小说诗学关键词之一

范例　伊索、普拉努得斯（整理）：《伊索寓言》——福克纳：《寓言》——张炜：《九月寓言》……

一、“寓言”一词的出处、寓言性

汉语中“寓言”一词，最早见于《庄子·寓言》，其中庄子将“言”分为“寓言”、“重言”、“卮言”三种，寓言即寄寓之言、借喻之言，意为借用他人之说，来阐述道理。这也可用《庄子》中的另一篇《天下》中的说法——“以寓言为广”来解释，即以寓言之说来拓展事理、引申寓意。但庄子在这里表达的意思是对“寓言”这种言说方式的警惕，尽管他喜欢和善于使用寓言来说理，但他还是认为所有借用他人之言（寓言）或者长者之言（重言）的表达都有局限性，应该更注重“卮言”——无心而发、不执定见、天天更新、随遇而变的话，这是日常之说，万物之天赋的语言。

但这并未妨碍庄子使用寓言的方式，来传达他丰富的思想。某种程度上，《庄子》文体的魅力正是来源于他大量使用了寓言。亦如司马迁在《史记·老子韩非子列传》中所说，“故其著书十余万言，大抵率寓言也”。庄子创造了一种古代的寓言文体——寓哲学之理于寓言故事之中。

神话和寓言是中国“前小说”时代的主要文体。鲁迅在《中国小说史略》第二篇中即以“神话与传说”为题，探讨了早期中国小说的源流与形态：“志怪之作，庄子谓有齐谐，列子则称夷坚，然皆寓言，不足征信。……探其本根，则亦犹他民族然，在于神话与传说。”[①]这里鲁迅似乎有否认寓言与小说的血缘关系的意思，但事实上寓言在叙述方式、文类特征方面，比之神话和传说要更接近小说。

明代小说家冯梦龙的一段话，或许可以看作古人对“寓言性”和“寓言化小说”的最到位的理解。他在讨论小说作为“野史”的“真”与“赝”的问题时指出，小说不应以所谓“真赝”而论成废，“其真者可以补金匮石室之遗，而赝者亦必有一番激扬劝诱、悲歌感慨之意……事真而理不赝，即事赝而理亦真……其可废乎？”[②]这个“事赝而理亦真”就是一个对现代意义上的“寓言”和“寓言性小说”的最恰切的解释。它既符合庄子所说的“以寓言为广”的原意，也符合寓言性小说的现代含义。

在西方，“寓言”作为一种文类出现很早，古希腊即有寓言故事集《伊索寓言》和《利比亚寓言》，亚里士多德在《修辞学》中将“寓言”看作 “举例”的两种形式之一：“例子分为两类，一类是从前发生的事情，另一类是演说者虚构的事情，后者又分为比喻和寓言……”修辞学范畴显然将寓言“矮化”了。亚里士多德说：“寓言最宜用于政治演说，历史上的类似例子很难找，寓言却容易编，只要像编比喻那样，能看出事物的相似之点就行了，这个不难从哲学里学习。”[③]他还举了很多出自《伊索寓言》的例子，来说明寓言对于政治演说的作用。亚里士多德虽然也比较“轻视”寓言，但从他的言谈中，至少可以看出两个关键的意思：一是寓言的虚构性，二是它与哲学寓意及政治论辩有关。这和先秦时代中国的思想家喜欢用寓言来讲述哲理是近似的，同时也包含了庄子式的“不信任感”。

①鲁迅：《中国小说史略》，《鲁迅全集》，第9卷，北京，人民文学出版社，1981年，第17页。
②冯梦龙：《警世通言 · 叙》。
③亚理斯多德（通译亚里士多德）：《修辞学》，罗念生译，北京，生活 · 读书 · 新知三联书店，1991年，第109~110页。

中世纪到文艺复兴时期，寓言也是小说的基本文体，薄伽丘在其《十日谈》的“绪言”中说：“这部书里讲了一百个故事——或者是讲了一百个‘寓言’，一百篇‘醒世小说’，一百部‘野史’，你们怎么说都成。”[①]他关于小说的基本观念几乎与此时期中国冯梦龙的小说观念相同。

二、现代意义上的寓言、寓言性

现代以来对寓言的理解也同样与哲学有关。某种意义上，也正是因为20世纪小说的哲学化趋势，使之普遍地寓言化或寓意化了。加缪在他的哲学随笔《西西弗斯神话》中曾专门用一节文字来讨论“哲学和小说”的关系，他说，“人们不应该过分地强调艺术和哲学之间古老对立的专断性”，艺术家应该以少言多，“伟大的小说家是一些伟大的哲学家。巴尔扎克，萨德，麦尔维尔，斯丹达尔，陀思妥耶夫斯基，普鲁斯特，马尔罗，卡夫卡就是如此，姑且只举这些吧……”加缪并没有直接说，现代以来好的小说家的作品都是一些带有“哲学寓言性”的小说，但我们可以这样来理解他这番话的意思。而且事实上他本人的《鼠疫》、《局外人》等，就可以看成典范的“哲学寓言”，或者是“寓言性的小说”。

博尔赫斯的一段话，似乎可以与冯梦龙“事赝而理亦真”的说法互相印证。他说：“一件虚假的事可能本质上是实在的。”“在熙熙攘攘的市集或者在云烟氤氲、可能有森林之神的山麓，他听人们讲扑朔迷离的故事，把它们当作真人真事，从不追究真假。”[②]他事实上是把“可能性”看成了比“真实性”更重要的因素，这一点同样可以从他自己的作品中得到印证。在另一篇他为《聊斋志异》的译本所作的序言中，他这样称赞这部经典的中国笔记小说：“蒲松龄并不以其所叙述的神奇而令人叫绝，他更让人想起斯威夫特，这不仅由于其寓言故事的怪诞，更由于其叙述风格的

①卜伽丘（通译薄伽丘）：《十日谈》，方平、王科一译，上海译文出版社，1981年。

②博尔赫斯：《博尔赫斯文集》，文论自述卷，王永年、陈众议等译，海口，海南国际新闻出版中心，1996年，第3页。

简洁、客观和他的讽刺意图。”[①]

综上，我们归结一下前人关于寓言的论述，大约包含了这几层意思：一是虚构性，其叙事的虚假性是暴露在外的；二是哲学与寓意性，其叙事的目的在于表达作者的观念；其三，在叙事方面具有怪诞或非现实性，其魅力和内涵的扩展也由此而产生。

西方的文化批评家们是如此频繁地使用着“寓言”一词，本雅明、杰姆逊、丹尼尔·贝尔，他们扩展了寓言作为一种文类的现代意义。本雅明称颂道，“寓言是波德莱尔的天才”，“他的诗不是地方民谣，这位寓言诗人以异化了的人的目光凝视着巴黎城”，使它“第一次成为抒情诗的题材”。[②]本雅明的说法显然已经超出了“文体”意义，而是强调了它作为一种现代性的书写和文本所具有的更深远的哲学与隐喻意义。某种程度上，这也是我们在今天谈论“寓言”作为“小说诗学”或作为一种“文化诗学”之概念的出发点和意义归宿。

1989年，还算是初出茅庐的余华，在他的一篇著名的随笔《虚伪的作品》中，非常富有辩证色彩地描述了他对自己写作的定位——也是对于一种理想的小说诗学的解释和辩护。他说自己兴奋于1986年写出的《十八岁出门远行》，因为通过这篇小说，他找到了一个写作的门径，他说：

> 那时候我感到这篇小说十分真实，同时我也意识到其形式的虚伪。所谓的虚伪，是针对人们被日常生活围困的经验而言。这种经验使人们沦陷在缺乏想象的环境里，使人们对事物的判断总是实事求是地进行着。

其实余华并没有说出“寓言”这个很关键的词——或许他是故意回避了，要使用更直观和朴素的说法——“虚伪的形式”和“真实的经验”

①博尔赫斯：《博尔赫斯文集》，文论自述卷，王永年、陈众议等译，海口，海南国际新闻出版中心，1996年，第91页。

②参见本雅明：《发达资本主义时代的抒情诗人》，张旭东、魏文生译，北京，生活·读书·新知三联书店，1989年，第189页。

结合，构成的是什么呢？正是寓言。他接下来的一段话更表明了他对19世纪的作家们写法的不满，这种写法实际就是追求表面“真实”的“现实主义”，他说，“十九世纪文学经过了辉煌的长途跋涉之后”，已经“把文学的想象力送上了医院的病床”；而“二十世纪文学的成就”则是使“文学的想象力重新获得自由”。[①]这段话表明，当代作家对小说的性质有了新的认识，对于小说的寓言性叙述有了更久远和本质的理解。

而另一位批评家却针对余华的小说提出了“寓言”的概念——1989年，戴锦华在一篇批评文章中写道：

> 余华的本文是关于中国历史的本文，也是关于历史死亡的本文。历史真实——或曰被权力结构所压抑的历史无意识，在余华的叙事话语中并不是一组组清晰可辨的文化、内涵或象征符码。历史与其说是作为一个完整的、可确认的、时空连续体的呈现，不如说是在能指的弥散、缺失中完成的对经典历史本文——“胜利者的战利品清单”的消解。然而也正是在这种反历史的意义上，余华的本文序列成了本雅明所谓的历史寓言。[②]

这是比较早地在当代小说研究与批评中，在小说诗学与历史诗学的语境中使用“寓言”这一概念的例子。兹后，当代小说批评中，“寓言”一词的使用渐为广泛。

三、“镜”与“灯”：相关的概念

要想说清寓言的概念，还要深入探讨一些小说诗学的理论。这里需要借用的是“镜”与“灯”这两个概念。这两个概念出自美国批评家M.H.艾

①参见余华：《虚伪的作品》，《上海文论》，1989年第5期。
②戴锦华：《裂谷的另一侧畔——初读余华》，《北京文学》，1989年第7期。

布拉姆斯的著作，他在其《镜与灯——浪漫主义文论及批评传统》一书中，以这两个概念对19世纪浪漫主义文论及批评传统进行了梳理与探讨。两个概念分别对应着“模仿”与“表现”两种写作传统。他说：

> 从模仿到表现，从镜到泉，到灯，到其他有关的比喻，这种变化并不是孤立的现象，而是一般的认识论上所产生的相应变化的一个组成部分。这个认识论就是浪漫主义诗人和批评家关于心灵在感知过程中的作用的流行看法。①

艾布拉姆斯认为，18世纪的作家对心灵和认知的理解主要是“镜子式”的，而19世纪的作家对此的理解，则近乎于更具主体精神与发现作用的“智慧之灯”。他还引述一位批评家纳撒内尔·卡尔弗维尔的话说：“‘人的精神乃是主的蜡烛’，因为创造者本身即是‘光之源泉’，他用‘智慧之灯’装饰美化了下界……”②从“镜”到“灯”，表明了人的主体智慧与心灵力量的愈益强大。但是细究之，艾布拉姆斯所说的“灯”，在很大程度上又是所谓“上帝的精神”、“主的蜡烛”，虽然具有19世纪作家特有的神秘主义倾向，但相对于余华对19世纪作家的看法，其实更接近于“镜子”而不是“灯”了。真正称得上 “灯”的，还要数20世纪的作家们，他们的作品才更体现了人的主动发现精神，体现了洞烛存在、勘探人生的精神向度与哲学深度的意义。19世纪的所谓精神之“灯”，和他们比起来未免要机械得多了。

其实，关于“镜”或类似于“灯”的经典论述，在中国古典作家那里也不鲜见，中国人的文学理念与想象中也有类似的理论意象。清人黄摩西即说：“小说之描写人物，当如镜中取影，妍媸好丑令观者自知，最忌掺入作者论断……夫镜，无我者也。”③这里的“镜”显然是取“纯客观”之

①艾布拉姆斯：《镜与灯——浪漫主义文论及批评传统》，郦稚牛等译，北京，北京大学出版社，1989年，第81页。

②同上，第85页。

③黄摩西：《小说小话》。

意，是不以个人好恶来作取舍判断的“无我之境”，是力求客观呈现的真实追求。关于“灯”之说，虽无这样明确的象喻，但关于“虚构”、“意有所托”、“借他事以导其忧幽之怀”[①]等等近乎寓言、寓意的说法，也都与之相近。

事实上，寓言传统非但不是无足轻重的，而且还是最古老和最重要的。早在中国古代的“前小说”文体中，寓言就占据了重要的位置和很大的比例，在《庄子》、《韩非子》、《吕氏春秋》，甚至在《论语》和更早的《周易》中就有了大量的寓言，这为后世寓言小说文体的繁兴埋下了久远的伏笔。在中国古代小说的三个主要类型“讲史小说”、“世情小说”、“神魔（志怪）小说”中，神魔小说基本上是寓言式的，如《西游记》堪称中国式寓言小说的经典；世情小说稍稍偏重于写真，但也带有很强的讽喻寓言的意味，如《金瓶梅》、《红楼梦》、《儒林外史》等。《红楼梦》在细节上可谓“实录其事”，但在整体上又是一个寓言，是“满纸荒唐言”，是一个“因空见色，由色生情，传情入色，自色悟空”（见《红楼梦》第一回）的佛学理念的形象化。《金瓶梅》中的佛教思想也是“消解”和折中其“财”、“色”主题，赋予一个“欲望叙事”以合法性的必不可少的因素，与《红楼梦》类似的理念也非常明显。《儒林外史》不无夸诞的笔法也充满着“启示录”式和讽喻式的色调。只有讲史小说中“写真”的成分占了主导，如《三国演义》、《水浒传》等，但在《水浒传》中明显地夹进了一些虚拟的荒诞情节，比如开头的“张天师祈禳瘟疫，洪太尉误走妖魔”，与最后的“梁山泊英雄魂聚蓼儿洼”的结局互为呼应，将水浒故事最终予以神化和宿命化，也产生了寓言性的意味。至于《封神演义》一类历史与神魔交杂混合的小说，荒诞与寓言的色彩就更浓一些，只是格调和主题品位相对较低。除此，大量的文言笔记野史散记式的作品，从干宝的《搜神记》到蒲松龄的《聊斋志异》，几乎都可以看作寓言体小说。前面所提到的拉美作家博尔赫斯，甚至把韩愈的一则寓

①周克达：《唐人说荟·序》。

言《获麟解》，看成卡夫卡作品的“先驱者”与“传统”。[①]不唯如此，从宋元话本到明代的拟话本，大量的白话小说在细腻地写真的同时，在其表面的世相描写的背后，由于融入了过多的人伦教化、佛道思想、轮回之说等等观念，也具有相当浓厚的寓言意味。

四、当代中国小说中的寓言类型

如果广义地理解，人类迄今为止的所有书写和叙事，或许都具有某种修辞与表意的寓言性；但狭义地理解——从“现代性”的意义上看，只有20世纪以来的小说才称得上真正的“寓言化的小说”。从中国当代小说的历史看，假如从“文化研究”的角度，固然也可以把一个时期的“红色叙事”理解为“革命寓言”，但从写法上，他们却无论如何都是“现实主义”的，这最终遮蔽了它们通向哲学的可能。

从1985年前后的“新潮小说”开始，寓言性或寓言化的小说开始弥漫扩展。这场一直持续到80年代末期的“新潮—先锋小说运动”，也许就可以看作一场“寓言化小说的运动”，或“寓言性文体的运动”。小说家们渐渐学会了用“虚伪的形式”来表现“更为真实的内容”。不过需要以细分的方式，来分析其中的差别。

首先是一种相对简单的“社会寓言”。在王蒙、宗璞、谌容等一批当时的中年作家那里，所热衷的是一种比较直观和接近于“标准的寓言”的写法，也就是符合“作为儿童文体的寓言”特性的写法，或者稍复杂一点的“社会讽喻式”的写法。谌容的《减去十岁》、《大公鸡悲喜剧》是至为典型的例子，它们直接采用了反讽或诙谐的笔法来讲述故事，甚至“以鸡借喻”，取得了戏剧性和喜剧性的社会讽刺效果。王蒙相对复杂一点，他的《冬天的话题》、《选择的历程》等小说，对于中国人观念中的诸多

①参见博尔赫斯：《博尔赫斯文集》，文论自述卷，王永年、陈众议等译，海口，海南国际新闻出版中心，1996年，第92页。

痼疾，诸如热衷假的研究命题、文化的虚蹈等现象，都作了契诃夫式的讥刺。但遗憾的是，在小说的写法、小说诗学方面，这些作品的贡献是比较稀薄的，甚至不如五四新文学的第一篇白话小说——鲁迅的《狂人日记》提供给我们的更多。因为那其中精神分裂的话语，充满黑暗和深渊性的隐喻情境，都使小说的语义通向了更为复杂的“精神现象学”世界。而这些小说，充其量只是社会问题小说，或现实讽喻小说而已。

其二，同时期的“寻根小说家”提供了一种更有意义的寓言形式，我将之称作“文化寓言”。其中韩少功和李杭育的小说较为单质，可以称作“简单文化寓言”，比如《爸爸爸》、《最后一个渔佬儿》，故事和寓意都相对简单。前者传达的无非是文化的结构性悖论，原始巫卜文化中包含着最古老的智慧，也同时孕育了丙崽式的老化与愚昧。作者所承诺要寻找的湘西文化，并不能为当代中国的文化重建提供有价值的资源。至于后者，便只是说出了对于工业文明危机的一个预言而已，而这样的预言，早在半个多世纪前，在沈从文的小说《长河》中出现过了。

所以，早期的一些“标志性”的寻根小说作品，反而是比较概念化和直露的。倒是一直没有被认真关注过的藏族作家扎西达娃的小说，更具有“复杂文化寓言”的意味。他发表于1985年的小说《西藏，隐秘岁月》和《西藏，系在皮绳扣上的魂》，能够把神秘主义的宗教思想，藏族文化中因果轮回的生命观、时间观、世界观，同其“暴露虚构”的叙述策略、魔幻现实主义的写作手法融于一体，生发出丰富的文化启示。因此在80年代中期热闹的文化寓言的写作中，我以为扎西达娃具有格外的重要性。

第三种情形是以莫言和残雪为代表的“精神与人性的寓言”。莫言1985年发表的《透明的红萝卜》，稍后陆续问世的《红高粱》系列，在深入揭示历史情境中的人性状况之余，也深入发掘了农业文明内部的结构性的文化问题，比如未被规训的野性、生命的原始力量等对于保持一个民族的文化活力的重要性。他从人类学或生物学的角度，对人性的复杂与文明的悖论性进行了生动的诠释。另一位残雪，则是如同女性主义的写作一样，在小说中“剔除了历史”，而将人的无意识世界展现于笔端，用萨特或者加缪式的眼光，尖锐地揭示出人性与个体无意识世界的黑暗与偏执、排他与自私。所以从某种意义上，残雪的小说既可以看作一种关于现代人的病态的“精神寓言”，同时也可以认为是接近了一种“哲学的寓言”。

第四种便是先锋小说中至为综合和复杂的“混合的寓言”。在人性、文化、文明和哲学的层面上都富含寓意和影射力量。比如苏童，其作品中既有关于“性恶论”的人性寓言，又有关于传统文化结构的颓败式寓言。前者之中，长篇小说《米》是一个例子；后者方面，《妻妾成群》和长篇《我的帝王生涯》是代表。余华的小说中也有关于人性黑暗的寓言，如《现实一种》，不过他笔下更多的是关于当代中国的“历史寓言”，如《一九八六年》、《往事与刑罚》、《两个人的历史》、《古典爱情》，以及长篇《活着》、《许三观卖血记》等等；还有一些是关于“人的成长的寓言”，如《十八岁出门远行》、《鲜血梅花》等。特别应该指出的是，类似《活着》和《许三观卖血记》一类作品，并非如同某些人说的那样，是“回归现实主义的作品”，它们表层叙事中的写实手法，并不能抹杀其整体上鲜明强烈的寓言性质。还有格非，他的小说中除了历史寓言、人性寓言，还有更多关于“历史哲学”本身的寓言，他的《迷舟》一类小说中，关于历史、记忆、叙事、文本之间的不对等的关系的讨论和揭示，可以说已将小说提升到了类似于历史诗学与叙事诗学的“学术探讨”的高度。

张炜在1993年出版的长篇小说《九月寓言》，可以看作当代“寓言性写作”所结出的一个硕果。这部小说既可以理解为一个关于农业文明遭受毁灭的历史寓言和文明寓言，同时也可以理解为一个人性与生存的哲学寓言。它的诗意的笔触使小说氤氲着浓郁的哲学意味，使之在文化、民俗、文明与哲学的广阔地带上穿梭自如，生发出丰富的意蕴。某种意义上，这部作品的思想与美学气度，为当代长篇小说创作的提升赋予了强劲的动力。此后的优秀的长篇小说，可以说无不带有浓厚的寓意或寓言色彩。

在“新生代”与“70后”作家的作品中，寓言意味显著减少，写实趣味进一步增强，这当然有文学演化的大势在起作用，但也使人们不无失落和失望地看到，小说正在一步步走向地面，昔日它强大的思想载力和精神含量，正在由于这种变化而日渐稀少。

虚构·元虚构

——当代小说诗学关键词之二

范例 马原：《虚构》——王安忆：《纪实与虚构》……

就在叙事学家们开始探讨诸如“假叙述”——报道故事世界里没有发生但本来可能发生的事件——之类的现象时，我们看到了大量涌现的先锋派叙事作品。

——戴卫·赫尔曼：《新叙事学》

一、“虚构”及“元虚构”的概念

“虚构”一词语出东晋葛洪的《抱朴子·擢才》：“是以高誉美行，抑而不扬；虚构之谤，先形生影。”大意是，赞誉有德行的人应该是低调而不事张扬的；而要刻意毁谤一个人才会捕风捉影夸大其词。可见，就原始含义而言，“虚构”并不是个好词。

“虚构”在西方的理论著作里可以查到很早的出处，亚里士多德的《修辞学》的第20章在谈论比喻和寓言的时候，谈到了虚构的问题。他说：“例子分为两类，一类是从前发生的事情，另一类是演说者虚构的事情，后者又分为比喻和寓言，例如伊索寓言和利比亚寓言。”[①]在古希腊的哲人看来，虚构虽然不是一种修辞格，却说明了修辞的性质或是实现修辞的方法。

在英语世界中，“虚构”所对应的词语“fiction”，也是文类意义上的“小说”之意。或者也可以说，英语中“fiction”这个词有两个词义，一个是“虚构”，一个是“小说”。这与中国人对于“小说”的理解有重合之处，也有更宽泛的意思。汉语中“小说”一词，众所周知是语出《庄子·外物》：“饰小说以干县令，其于大达亦远矣。”意思是操着世俗的小道理去干大事是说不通的，不靠谱的。显见得这里“小说”一词还不是“文学”和“文类”意义上的名称，而是辞令、说辞意义上的一个比喻。东汉史家班固在其《汉书·艺文志》中列出了“小说”一类文体，并专就“小说家”的概念作了阐述：“小说家者流，盖出于稗官。街谈巷语，道听途说者之所造也。……闾里小知者之所及，亦使缀而不忘。”他还引用孔子的话加以补充说明：“虽小道，必有可观者焉，致远恐泥，是以君子弗为也。”（《论语·子张》）下层官吏所记载整理的那些“闾里小知”、“街谈巷语，道听途说”，与朝廷钦命的史官的著述相比，就成了“稗史”和“小说”。“小说”多陷于奇谈怪论、荒诞不经之事，所以“君子弗为”。

可见“小说”作为“虚构”之物，在汉语中含有限制性的意义：是有价值但又不可信，不可信却又有“可观之处”的。而在英语中，“fiction”直接表明了其“虚构”性质，同时也定义了其作为“小说”的“文学属性”。在中国传统的语义中，小说作为“野史”有两面性：一是与“历史”沾边但又不可当作“信史”，二是虽为“小道”，又有不可忽视的认识价值。所以“小说家”只是一些小人物，由地位不高的“稗官”来充当。

中国历来是“诗的国度”，但显然也是小说的母土。在由今人朱一玄等辑录的《中国古代小说总目提要》一书中，上起《山海经》、《穆天子传》，下至清末宣统三年（1911）的《吴三桂演义》等，所收录的

①亚理斯多德（通译亚里士多德）：《修辞学》，罗念生译，北京，生活·读书·新知三联书店，1991年，第109页。

中国古代小说杂记，文言和白话两部分共计正名3581种、异名1109种，合计4690种。[①]这还不包括民国以来的各种新旧文学著述中的小说作品。不过，中国传统的“小说”概念类似于稗史杂记，与西方近代以来的小说概念相比，含义更为复杂、含混和丰富。仅“小说”的各种类型和别称就有数十种，诸如“纪”、“说”、“经”、“传”、“志”、“记”、“录”、“集”、“赞”、“论”、“语”、“言”、“事”、“钞”、“纂”、“书”、“图”、“林”、“苑”，更有“稗史”、“野史”、“杂记”、“琐语”、“故事”、“志怪”、“笔记“、“别传”、“谈薮”、“通记”、“拾遗”、“演义”、“笔谈”、“杂纂”、“志异”、“闲话”、“史话”、“漫笔”、“杂志”、“丛谈”、“撮书”、“旧事”、“札记”、“赘语”、“随笔”、“偶记”……可以说，没有哪个民族的小说概念能够像中国这样丰富，具有近乎“无边界”的边缘性。这概源于中国人“文史一家”的传统，中国人对于“诗”与“史”的最高赞美是“互为修辞”——把杜甫的诗歌叫作“诗史”，把司马迁的《史记》叫作“无韵之离骚”。当然，反过来这也不尽然是优势，小说的概念与历史之间始终难以分家，使得古代小说的发育也稍微晚了些，迟至明代，才因为白话和世情小说的发育，而趋于专门化和专业化。

历史上的小说家很少能够直接披露其作品的“虚构性”，更多是喜欢强调其“真实性”。所以他们在叙事中，不知不觉地都采取了“全知全能的上帝视角”，即假定作家是无所不知的，而无所不知的结果便是作家是在讲述“事实”或“真实”，读者和批评家也就稀里糊涂或一厢情愿地强调小说的真实性。因此，“现实主义”、“写实性”在作为小说的写法的同时，也几乎成为小说的标准和写作伦理，人们把小说当作“史诗”，当作（历史、现实和人性的）“镜子”，包括恩格斯说巴尔扎克所叙述的“1830年代的法国历史”，使读者从中得到的东西“比所有专门的历史学家、经济学家和统计学家所提供的总和还要多”，列宁称赞托尔斯泰是“俄国革命的一面镜子”，都是单面地强调了小说的真实性与历史品质，

①参见朱一玄、宁稼雨、陈桂声编著《中国古代小说总目提要》，北京，人民文学出版社。2005年。

而小说家却经常狡猾地声称他们并非是有意为之。“偶然是世上最伟大的小说家。”[①]现实主义的代表性作家巴尔扎克曾言不由衷地这样说。

不过也有伟大的作家，不惮于把自己作品的虚构性向读者坦白敞开。《红楼梦》开篇第一回，曹雪芹就声称他的小说是源自一个虚构的流传。“作者自云：因曾历过一番梦幻之后，故将真事隐去，而借‘通灵’之说，撰此《石头记》一书也。故曰‘甄士隐’云云。”“虽我未学，下笔无文，又何妨用假语村言，敷演出一段故事来，亦可使闺阁昭传，复可悦世之目，破人愁闷，不亦宜乎？故曰‘贾雨村’云云。此回中凡用‘梦’用‘幻’等字，是提醒阅者眼目，亦是此书立意本旨。”言之凿凿地声明自己的小说是“真事隐去”、“假语村言”的“梦幻”之笔，不只是一种可赞佩的勇气，当然也是一种堪称“前卫”的“解构主义”小说立场——曹雪芹似乎在西方人发明“暴露虚构”这个词三百多年前就已经深谙此道了。他在交代一部《石头记》的来历的时候，句句都贯穿了“虚构”的意图：先是“茫茫大士”和“渺渺真人”将那块被女娲遗落的石头带入人世，化其为通灵宝玉，经过了“几世几劫”之后，这块石头又回到了“大荒山无稽崖青埂峰”下，幻化成了一块刻着文字的石头。再后来，才由一位“空空道人”发现并且抄录下来，流传人世：

> 空空道人……方从头至尾抄录回来，问世传奇。从此空空道人因空见色，由色生情，传情入色，自色悟空，遂易名为情僧，改《石头记》为《情僧录》。东鲁孔梅溪则题曰《风月宝鉴》。后因曹雪芹于悼红轩中披阅十载，增删五次，纂成目录，分出章回，则题曰《金陵十二钗》。

曹公雪芹倒不怕有人与他争著作权，或者自己犯“剽窃他人”的侵权罪过，硬是把自己的手笔弄得来历不明，身世搞得扑朔迷离。但惟其如此，人们在读《红楼梦》时才会时时品咂回味其梦幻性质的滋味。

①巴尔扎克：《〈人间喜剧〉前言》，见伍蠡甫主编《西方文论选》，下卷，上海译文出版社，1979 年，第 168 页。

多年后，一位叫作威廉·加斯的美国作家在1970年的一篇题为《小说和生活中的人物》的文章中，提出了一个对应的概念“metafiction”，也就是所谓“元小说”或故意“暴露虚构”的修辞策略。之后，另一位英国作家戴维·洛奇在其《小说的艺术》中进一步阐述了这一概念，认为它是“关于小说的虚构身份及创作过程的小说”。①在美国著名的叙事学理论家华莱士·马丁那里，这一概念得到了更为周延的解释：“元虚构（metafiction）以另一种方式悬置正常意义。像反讽和滑稽模仿一样，前缀“meta”指的是语言的种种非文学性用法中所见到的种种现象……当作者在一篇叙事之内谈论这篇叙事时，他（她）就可以说是已经将它放入了引号之中，从而越出了这篇叙事的边界。于是这位作者立刻变成了一位理论家，正常情况下处于叙事之外的一切就在它之内复制出来。”②这个解释无疑是周延的，然而也是啰唆的。简单地说，元小说或者元虚构，可以说是向读者敞开了其虚构性质的小说，因为它在叙述中讨论了关于叙事和虚构的问题，致使读者对这一叙述保持了警觉。

二、作为认识论哲学的“虚构”

“虚构”作为一种精神现象学，作为一种认识论哲学，其合法性被充分认可是非常晚近的事情。在信奉理性和“逻各斯”的古典哲学家那里，当然不会认真讨论作为认识论意义上的“虚构”的问题；甚至在专事讨论“存在”与“虚无”的存在主义者那里，也很难见到对于作为认识论议题的“虚构”的讨论；只有在解构主义理论家的著作中，“虚构”才成为一种普遍的存在与认知现象，并且彻底改变了以往认识论的哲学基础，颠覆了认知的对象世界以及主体根基。

在号称耶鲁学派的保罗·德曼、希利斯·米勒，还有哈罗德·布鲁姆

①参见王先霈、王又平主编《文学理论批评术语汇释》，北京，高等教育出版社，2006年。
②华莱士·马丁：《当代叙事学》，伍晓明译，北京，北京大学出版社，2005年，第181页。

等人的著作中，出现了种种几近惊世骇俗的颠覆性理论，他们对于种种叙事与文体的构成机制，都进行了致命的戳穿。比如德曼认为，以往人们深信不疑的“自传”文体中，其实充满了根本就不可信的“虚构”；即便是对所谓“真实”的表述，也由于种种修辞作用而变成了“隐喻”。所以，“小说和自传之间的区分，似乎就不是非此即彼的两极，而是无法确定的了”。[①]据此，德曼对于黑格尔式的“符号与象征”、尼采的“转义修辞学”、卢梭的《忏悔录》都投以质疑的目光。尤其他对于卢梭的自传式著作中的“辩解”实质的揭示，更充满振聋发聩的力量。

显然，在德曼这里，虚构或者虚构性已不仅是从“文体”意义上来谈论的，更是在对写作者进行精神分析的基础上，对于语言与叙述的“本体论质疑”。这就开启了从哲学角度研究叙事与虚构问题的重要途径。对同时期的“新历史主义”与稍后的“新叙事学”理论而言，德曼的思想是极富启示意义的。

另一位法国的解构主义大师德里达，也同样富有启示地对各种不同的文学叙事进行了解构性的分析，比如对于“作为奇怪的文学建制”的“访谈”，对于在文本中或之后所作的“危险的增补”以及“不合时宜的格言”等等，他都认为它们是对于意义的改变和对于事实的虚构。他的名言是“文学的空间不仅是一种建制的虚构，而且也是一种虚构的建制，它原则上允许人们讲述一切”。[②]为了强调虚构并不仅限于小说，他还意味深长地说：

> 虚构的可能性、虚构性引起了我的兴趣。但我必须承认，除了从分析写作技巧或某些单纯的鉴别活动中得到乐趣外，我在内心深处大概从未从虚构——比如阅读小说——中得到过快乐。我喜欢一种虚构，比如说，有一种明显的假象或混乱侵入到哲学领域中来了……[③]

显然德里达是试图强调式地告诉人们，他是从哲学认识论或精神现象

①保罗·德曼：《解构之图》，李自修等译，北京，中国社会科学出版社，1998年，第192页。

②③雅克·德里达：《文学行动》，赵兴国等译，北京，中国社会科学出版社，1998年，第3页、7页。

学的意义，而非一般的文学与文体意义上来谈论虚构的。而正是因为他意识到了这些，他才又说，自己从“文学经验”（阅读和写作）中获得了一种“哲学经验”。

另一种哲学认识论意义上关于此的谈论，是“新历史主义”者的观点。这种历史领域中的新思想运动，其实也是解构主义理论介入其中的结果，正是解构主义对于文本与认识的本体论的怀疑主义立场，启发了人们对于“历史叙述”的疑问。比如海登·怀特便一直认为，一切“历史”都是源于“叙事”，并且是“作为文本”的一种存在，即是说，没有依存于叙述和文本之外的历史。因此，历史本质上也是一种“类似于文学叙述的虚构”。他援引克罗齐的名言“没有虚构，就没有历史”，在对历史上的大部分历史哲学观点作了评述之后，他这样说：

> ……历史修撰是在明显的“文学”（或“虚构”）的话语背景下产生的，这种话语本身也产生于更古老的“神话”话语。在根源上，历史话语就题材而言有别于文学话语，它是“真实”的而非“想象”的，但在形式上却不然。不过形式在这里是模糊的，不仅指历史话语的表面现象（作为故事），而且指意义产生系统（情节编排模式），这是历史修撰与“文学”和“神话”之间的共性。……叙事性历史提供的知识原本产生于神话，经过虚构表达的假设模式提炼的产物。①

海登·怀特直接打破了“历史”文类与“文学”作品、“虚构”叙事与“事实”讲述之间的界限，由此构造了一种经典的“历史诗学”理论。

作为一种哲学认识，“虚构”理论在当代西方广为流行。有人甚至把“时间”本身也看作一种“虚构”。在英国学者弗兰克·克默德的著述中，时间要素变成了一种由钟表的“滴答”这样的声音“虚拟”出来的东西。由此他认为一个叙事之所以能够成为一个叙事，取决于时间的参与，或它对于时间的运用——如何结尾，在什么时间结束其叙事。他援引了宗

①海登·怀特：《后现代历史叙事学》，陈永国、张万娟译，北京，中国社会科学出版社，2003年，第127页、152页。

教史上的“末日叙事”来对宗教的认识论哲学及其所发生的精神力量进行分析，认为《圣经》中关于人类历史的叙述，其对于时间的处理，十分类似并且深刻地影响了文学叙事。而文学叙事中的各种构形，均是源于对于时间因素的各种不同的设置和处理。①

克默德的理论头绪纷繁，但最重要的一个启示是，时间不但会决定一部作品的长短，而且会决定其美学。显然，在一个虚构的叙事中，假如我们在主人公青春成长完成、事业获得成功、与心爱的人终成眷属之时结束，那么这个叙事一定是一个喜剧、一首“青春之歌”；如果讲到了主人公“上穷碧落下黄泉，两处茫茫皆不见”，或者“一朝春尽红颜老，花落人亡两不知”，那么这个叙事一定是一个悲剧，一首“长恨歌”。

关于虚构理论的历史源流的讨论，在戴卫·赫尔曼和华莱士·马丁的著作中都有十分相近的讨论，限于篇幅，这里不一一详述了。

三、当代小说中虚构意识的自觉

当代小说中关于“虚构”问题的自觉，大约是在20世纪80年代的中期。1984年到1985年前后，在扎西达娃、马原等人的新潮小说中，开始出现了“暴露虚构”的端倪与叙述策略。这不是偶然的，如同我一开始引述的戴卫·赫尔曼的话：“就在叙事学家们开始探讨诸如‘假叙述’——报道故事世界里没有发生但本来可能发生的事件——之类的现象时，我们看到了大量涌现的先锋派叙事作品。”②也就是说，“暴露虚构”的意识出现之时，也就是“先锋小说”的兴盛之日。反之亦然。两者之间存在着某种必然的依存关系。赫尔曼同样预言了中国当代文学中的情形。

不过，最早的例子还可以前推。在1980年王蒙的一篇叫作《蝴蝶》的小说中，便可以看出他关于“叙事与话语的虚伪性”的某种自觉与警

①参见弗兰克·克默德：《结尾的意义：虚构理论研究》，刘建华译，沈阳，辽宁教育出版社，2000年。
②戴卫·赫尔曼主编《新叙事学》，马海良译，北京，北京大学出版社，2002年，第17页。

惕——这堪称最早的自觉和警惕了。在这部小说中，作者关于“革命话语的虚构性”的几段描述都是至为精彩的，比如张思远作为一个“演讲者”出现在共青团员集会上的时候，首先是共青团员们以热烈的大合唱（《解放区的天是明朗的天》）对他进行“造神式”的迎接，而这场热烈之极的分声部的歌唱，其歌词抄录下来，却是令人莫名其妙的“词语的空壳”：“呀呼嗨！呀呼咳！咳咳，咳咳，咳咳，呀呼咳嗨噫呼呀嗨！”“全礼堂都在‘咳咳咳咳咳咳’，好像在抬木头，好像在砸石头，好像在打开山，好像在打铁，是的，打铁……”接下来，就是张思远充满了华丽而空洞的“能指重复”的演讲词——

> “共青团员们！”鼓掌。“同学们，向你们问好！向你们致以革命的、战斗的敬礼！”鼓掌。“你们是新社会的主人，你们是新生活的主人，先烈的鲜血冲开了光辉而宽阔的道路，你们将在这条道路上，从胜利走向胜利！”……频繁地鼓掌。“中国的历史，人类的历史，开始了崭新的篇章，我们再不是奴隶，再不是任凭命运摆布的可怜虫，我们再不用悲叹，再不用流泪……我们要用我们自己的双手来铸造我们的未来……”

通篇都是这华丽的、美好的、看似气壮山河却又空洞无物的辞藻，然后是巨大的掌声与之共同虚构出来的神圣而合法的力量。作为20世纪80年代初期的作品，《蝴蝶》能够如此生动和真切地表达对于革命文化的虚构性的警惕和揶揄，无法不令人肃然起敬。

最早的“暴露虚构”手法的经典运用，应该归于一位藏族作家扎西达娃。尽管他的名声远没有马原大，但就文本来看，他的运用似乎更加纯熟自如。他早在1985年的一个短篇小说《西藏，系在皮绳扣上的魂》中，就非常精妙地书写了一个“文明寓言”，即藏族文明与藏传佛教同现代文明之间的悲剧性冲突。生活于“结绳记事”的文明状态中的塔贝与婛，因为与现代人的生活相遇而受到伤害，塔贝被行驶的拖拉机砸伤，奄奄一息。而这时小说的叙事人“我”，按照扎妥寺里将死的活佛桑杰达普的预言，走入了自己的小说之中去寻找两个虚构的人物。“我”按照莲花生大师的手掌纹指示的道路，翻越雪山追寻两个人的足迹，结果不慎从山坡上摔下，掉入了另一个时空——当“我”醒来，发现自己刚好跌落在塔贝和婛的身边。这时塔贝告诉“我”：“香巴拉，战争开始了。”他所感知到的人类历史开始了又一场千年循环的战争，而此刻“我”所听见的，却是透过空气传来的1984年洛杉矶奥运会开幕式的电波。最后，塔贝死去，“我”把婛带回了现实世界，并相信“可以把他改造成一个新人”。

此篇小说的处理方式至为复杂，它向读者敞开其虚构性质的方式，是在小说的开始便告知我们。他是在扎妥寺即将死去的桑杰达普活佛那里听到了一个预言，而桑杰达普所讲述的，正是“我”自己在1984年“虚构”的一个短篇小说，这个小说自从写出来，一直躺在自己的箱子底里，从未发表，也没有人看到它，现在却被活佛讲述出来，这表明，“神性的预言”与“随意虚构的叙述”之间会有神秘的耦合。而作者走入了自己虚构的小说，并且与小说中的人物不期而遇。这确属一个混淆现实与虚构世界的“阴谋”。

另一个典范，而且常被人提到的例子就是马原的《虚构》，但这部小说的发表要稍迟一些，是在1986年。它讲述了马原自己为了“虚构”一部关于麻风病人生活的小说，“把脑袋掖在腰里钻了七天玛曲村”的见闻和经历。其中他的主要交往场景有两个，一是看到裸体的女人，并且与其中一位女麻风病患者发生了肉体关系；二是注意到村子里唯一说汉话的人是个“哑巴”，“我”在他的抽屉里发现了20响的盒子枪，还有一枚青天白日徽章。最后，“我”因为担心与麻风病人发生关系会被传染，便逃了出来。但随后得知，玛曲村在昨夜的一场泥石流中被夷为平地了。

小说“暴露虚构”的策略有两个：一是在时间上打了埋伏，一开始是交代自己在玛曲村待了“七天”，但随后他在一个陌生的房间里醒来的时候，时间却不对，“记得我是过了‘五一’从拉萨出来的……路上走了两天应该是五月三日”，而醒来时听到广播里所说的时间却是“五月四日青年节”，前面叙事中发生故事的时间被取消了；另一个策略是，小说开始一方面大肆吹嘘自己作为小说家的出色，同时又闪烁其词地说自己是住在北京的“安定医院”，即一家精神病院中，暗示自己是一个精神病人，因此后面所讲的或许纯然就是精神病人的狂想，故小说取名“虚构”。

显然，马原的这篇小说所写的是一个典型的经过改装的“色情梦”，为了使其更显丰富，又加入了这一代人独有的“政治梦”，一种“获得性政治强迫症”（关于哑巴的枪和青天白日徽章）的经验。不过限于本文的目的并不在于意义分析，所以这一话题暂不展开。

和马原比，稍微年轻几岁的先锋小说家们也经常使用“暴露虚构”的方式，余华的《死亡叙事》、格非的《褐色鸟群》、苏童的《稻草人》等都很典型。尤其是《褐色鸟群》，小说不但将“虚构”的过程完全裸露在外，而且还富有哲学性地讨论了“历史—记忆—叙述—文本”之间不对位的关系，即文本是“叙述的剩余”，叙述无法反映记忆本身，记忆和历史之间几乎不可能建立真实的关系。其中“我”与“棋”之间的两番对话，一是现场虚构了“我”与一个女人之间的莫须有的关系，二是虚构了“她”和其“丈夫”的死亡。整个讲述就如黄昏时刻天空浮动的褐色鸟群一样，让人感到疑惑和不可信。小说中不断出现类似“你的记忆已经让你的小说给毁了”之类的启示性对话，还有棋身上背着的一会儿是画夹、一会儿又变成了镜子的夹子，也带给人哲学认识论意味上的困惑。

使用刻意敞开虚构性质的叙事策略的作家还有很多，甚至在莫言等作家笔下也经常整体或部分地使用，他的《四十一炮》、《生死疲劳》等都很有类似的味道，在《丰乳肥臀》中则有至为精彩的局部。在所谓“新生代”作家笔下，此种叙事也非常多见，如90年代张旻的小说中对此就有十分精妙的运用。

从理论的意义上说，很少有作家直接谈论这种手法，但我们会意识到，这不是个别的策略问题，而是一场叙事的变革，一场认识论和小说诗学的革命。也许这些小说本身并不一定是让人喜欢和可以传世的作品，但它们表达了作家对于“真实”、对于写作、对于现实和历史、对于认知和表达的哲学和精神现象学的自觉思考。只有他们对于小说的认识论属性有了这样的警惕性的自觉，当代文学才可能走出一个时代性的“哲学的困顿”。这一点，我们应该给予足够的认识。正如余华在他的一篇随笔中指出的，这代作家对于“虚构”的承认，恰恰表明了他们对于“真实”的更高层级的认识。“形式的虚伪……是针对人们被日常生活围困的经验而言。”“这种经验只对实际的事物负责，它越来越疏远精神的本质，于是真实的含义被曲解也就在所难免。” “事实的价值并不只是局限于事实本身，任何一个事实一旦进入作品都可能象征一个世界。”①这些说法都从一个方面证明了“对于虚构的方法自觉”对当代中国作家的意义，他们因此而摆脱了“真实”、“事实”、“写实”这些概念长期对写作的困扰，使他们对于思考和呈现世界，有了更多的方法和途径，有了更加辩证的理解和认识。

①余华：《虚伪的作品》，《上海文论》，1989 年第 5 期。

传　奇

——当代小说诗学关键词之三

范例 裴铏（唐）：《传奇》——张爱玲：《传奇》——鲁彦周：《天云山传奇》；注册洗碗师：《我们是传奇》——紫火赤焰：《酒神传奇》——gqcctv：《传奇》……

空空道人遂向石头说道："石兄，你这一段故事，据你自己说有些趣味，故编写在此，意欲问世传奇……"

——曹雪芹：《红楼梦》第一回

传奇者流，源盖出于志怪，然施之藻绘，扩其波澜，故所成就乃特异，其间虽亦或托讽喻以纾牢愁，谈祸福以寓惩劝，而大归则究在文采与意想，与昔之传鬼神明因果而外无他意者，甚异其趣矣。

——鲁迅：《中国小说史略·唐之传奇文（上）》

古希腊罗马的第一种小说类型，我们姑且叫它"传奇教谕小说"……它形成于公元二至六世纪。

在这些小说里，我们发现了一种运用得巧妙精细的传奇时间……这一传奇时间的把握，以及在小说中运用的技巧，已经达到了如此高超和全面的程度。

——巴赫金：《小说的时间形式和时空体形式》

一、"传奇"及"传奇性"的概念

汉语中"传奇"一词，最早大约见于唐代小说家裴铏所辑录的小说集《传奇》。明胡应麟说："传奇之名，不知起自何代……唐所谓传奇，自是小说书名，裴铏所撰。"（见《少室山房笔丛》）裴铏为中唐人，官至成都节度副使加御史大夫，所编撰的小说作品甚多。《新唐书·艺文志》载有裴铏所编《传奇》三卷。这一称谓后成为中国传统文人小说和其他艺术作品的一种泛指或者别称。

认为"传奇"即"小说"，也是胡应麟的说法："变异之谈，盛于六朝，然多是传录舛讹，未必尽幻设语。至唐人乃作意好奇，假小说以寄笔端。"在《少室山房笔丛》二十八中，胡应麟将小说类型分为六大类，即"志怪"、"传奇"、"杂录"、"丛谈"、"辩订"、"箴规"。这大约也是"传奇"之所以成为文人小说之别称的一个重要原因。鲁迅的《中国小说史略》在讨论唐代小说时，所采用的称谓也即是"唐之传奇文"，并认为"留存于《太平广记》中者，实唐代特绝之作也"。同时他还对传奇文体及源流作了精当评点："幻设为文，晋世固已盛……然咸以寓言为本，文词为末……而无涉于传奇。"又说："小说亦如诗，至唐代而一变，虽尚不离于搜奇记逸，然叙述宛转，文辞华艳，与六朝之粗陈梗概者较，演进之迹甚明，而尤显者乃在是时则始有意为小说……此类文字，当时或为丛集，或为单篇，大率篇幅曼长，记叙委曲，时亦近于俳谐，故论者每訾其卑下，贬之曰'传奇'，以别于韩柳辈之高文。"[①]可见，"传奇"与很多文学史上的命名一样，起始也含有贬抑之意，但这并不妨碍它

①鲁迅：《中国小说史略·唐之传奇文（上）》，《鲁迅全集》，第9卷，北京，人民文学出版社，1981年，第70页。

在作为一个小说体式或类型术语的同时，也逐渐成为一个美学术语。不但宋元戏文、诸宫调、元人杂剧等也有称为传奇的，明代的南曲脚本也称为“传奇”，明代中国典范的长篇小说亦称为“奇书”。“奇”可见是中国小说乃至文学的一个核心特质与要素。

在西方，一种“传奇型”的小说早在古希腊时就已经出现了，“古希腊罗马的第一种小说类型，我们姑且叫它‘传奇教谕小说’。”[①]巴赫金在其小说诗学理论中，关于传奇叙事结构有精细的探讨，他甚至以此为例分析了叙事中一种“传奇时间”模型的构成方式。

中世纪欧洲小说中传奇性的文体类型十分丰富，流行于南欧的西班牙和法国的骑士小说中的“罗曼司”（romance），所含也有浪漫传奇之意。在英语中“传奇”一词的对应词语“saga”，起源于北欧文学中的一个种类，可能与“萨迦”意近，《牛津英汉双解词典》对“saga”的解释有三个：一是来自古挪威语，意思为“英雄故事”，常特指北欧的英雄传奇；二是有关家族历史的故事，尤指长篇的“家世（族）小说”；其三是“有重要经历的记叙”。此外，“传奇”对应的英语词还有“legend”，也常用于指不同寻常的冒险与浪漫故事。

《中国大百科全书》之“外国文学卷”在解释“北欧传说”词条时说：

> “萨迦”一词，源出德语，本意为“短故事”。它是13世纪前后冰岛和挪威人用文字记载的古代居民的口头创作，包括神话和英雄传奇，具有浓厚的浪漫主义色彩。……“萨迦”反映了氏族社会的生活习俗、宗教信仰和精神面貌，兼有人物传记、族谱和地方志的特点，同时也表现出作者进行文字加工的艺术技巧。它在故事题材和创作风格上对北欧文学的影响颇深，因而是具有历史价值的文学著作。
>
> 流传至今的“萨迦”不下于150种，大致分为“史传萨迦”和“神话萨迦”两大类。[②]

①巴赫金：《小说理论》，白春仁、晓河译，石家庄，河北教育出版社，1998年，第276页。
②《中国大百科全书》，外国文学 Ⅰ，北京，中国大百科全书出版社，1982年，第122页。

二、“传奇”的结构属性与类型

显然，北欧的“传奇”叙事同希腊小说中更加世俗化的故事有很大差异。不过作为文学传统，来自南欧和东方的古希腊罗马小说，以及中世纪的骑士文学与“罗曼司”，无疑影响更为深远。巴赫金在关于欧洲小说传统中的“时间形式与时空体形式”的研究中，所采用的例证即来自希腊罗马的小说。他发现这些小说中有大量共同的结构要素，特别是在叙事的“时间修辞”中有一种刻意的含混：

> 一对婚龄男女，出身不详，带点神秘（不总是如此，如塔提俄斯作品中就没有这一点）。两个人都美貌异常，又纯洁异常。他们不期而遇，一般是在喜庆佳节。两人一见钟情，势不可遏，如同命运，如同不治之症。可是他们不能马上完婚。男青年遇到了障碍，只得延缓婚期。一对恋人各自东西，互相寻找，终于重逢。而后又失散，再相聚。恋人们常见的障碍和奇遇有：结婚前夜新娘被抢；双亲（如果有的话）不同意婚事，而给相爱之人另择配偶（虚设的对偶），恋人双双出逃。他们启程旅行。海上起浪，船舶遇险。人奇迹般得救，复遇海盗，被虏关入囚室。男女主人公的童贞遭到侵犯。女主角经受战争和战斗作为赎罪的牺牲。被卖作奴隶。假死。换装。认出或认不出……横加罪名。法庭审理。法庭查验恋人的纯洁和忠诚。主人公们找到自己的亲人（如果他们还未出场）。同突如其来的朋友或敌人相遇、占卜、预言、梦魇、预感、催眠草药。小说以恋人完婚的圆满结局告终。①

巴赫金随后颇为风趣地指出了这些小说的一个共同特点：主人公是在年轻貌美的时候一见钟情的，又是在同样年轻貌美的时候终成眷属的，中间经过的无数磨难，在时间上是没有计算的。对照这些分析不难看出，

①巴赫金：《小说理论》，白春仁、晓河译，石家庄，河北教育出版社，1998年，第277~278页。

古希腊罗马的小说其实与中国晚明时代开始流行的“才子佳人”小说有惊人的相似之处，可惜巴赫金没有读它们，假如他像歌德一样也读到了《玉娇梨》或者《好逑传》，他的例子定然要多出数倍。然而奇怪的是，他的看法与歌德读到《玉娇梨》或者《好逑传》时给予的很高评价不同[①]。历来中国的作家和研究者对这类作品很少给予重视，在谈到它们的时候总是抱以一种轻蔑或者戏谑的态度。不过，即便如此，在这些批判性的谈论中，我们仍可以从“结构主义叙事学”的意义上看出它们与巴赫金谈论的希腊小说之间惊人的相似性。比如鲁迅是这样说的：“至所叙述，则大率才子佳人之事，而以文雅风流缀其间，功名遇合为之主，始或乖违，终多如意，故当时或亦称为‘佳话’。”中间要经历诸多的磨难，或“途次遇盗”、“避祸远徙”（《玉娇梨》），或“被怨”获“诬”，遭到“拘讯”（《平山冷燕》），或因“骾直得祸”，而遭权贵“逼婚”（《好逑传》），或遇天灾离乱，“中途舟破”（《铁花仙史》）……但结局却无不皆大欢喜，奉旨“成婚之日，凡事无不美满”。至于小说的题旨，则无非门当户对、郎才女貌，有的或也“显扬女子，颂其异能”，只是又套路化地设计成“凡求偶必经考试，成婚待于诏旨”，更有甚者，“事状纷繁，又混入战争及神仙妖异事……”[②]虽然鲁迅从未在思想和艺术的意义上给这些“才子佳人”小说以正面评价，但可以看出，他对其叙事元素与基本构造的谈论，同巴赫金式的“结构主义”分析是十分近似的。

无独有偶，曹雪芹在《红楼梦》第一回中，关于“才子佳人”一类小说的精彩而戏谑的批评，也同样可以见出这类小说的“结构要素”与特点：

①歌德关于“世界文学的时代已不远”的说法即与他读到中国的小说有关。1827 年 1 月 31 日歌德在谈到一部中国小说（应指清初张匀的《玉娇梨》，当时有德文译本的中国小说还有署名“名教中人编次”的《好逑传》）时，曾以十分激赏的口气谈到：“中国人的思维、行动、感觉，和我们几乎完全一样……在他们那里，一切都是平易而质朴的，没有强烈的热情和诗意的激昂，因此和我的《赫尔曼与窦绿苔》以及和理查逊的英国小说有许多相似之处……”随后他感慨地说：“民族文学在今天毋宁说是一个没有意义的名词；世界文学的时代已不远了。”见《歌德和爱克曼的谈话》，引自伍蠡甫主编《西方文论选》，上卷，上海译文出版社，1979 年，第 468~469 页。

②参见鲁迅：《中国小说史略 · 明之人情小说（下）》，《鲁迅全集》，第 9 卷，北京，人民文学出版社，1981 年，第 189~196 页。

> 你这一段故事……据我看来，第一件，无朝代年纪可考；第二件，并无大贤大忠理朝廷治风俗的善政，其中只不过几个异样女子，或情或痴，或小才微善……历来野史，皆蹈一辙……或讪谤君相，或贬人妻女，奸淫凶恶，不可胜数。更有一种风月笔墨，其淫秽污臭，屠毒笔墨，坏人子弟，又不可胜数。至若佳人才子等书，则又千部共出一套，且其中终不能不涉于淫滥，以致满纸潘安，子建，西子，文君，不过作者要写出自己的那两首情诗艳赋来，故假拟出男女二人名姓，又必旁出一小人其间拨乱，亦如剧中之小丑然。且鬟婢开口即者也之乎，非文即理。故逐一看去，悉皆自相矛盾，大不近情理之话……离合悲欢，兴衰际遇……胡牵乱扯，忽离忽遇，满纸才人淑女，子建文君红娘小玉等通共熟套……

或许从严肃文学的角度，我们可以完全赞同曹雪芹和鲁迅的判断，他们对这类作品的各种叙事元素与特性的分析，也显示了非凡的透视力，他们几乎可以看作"结构主义叙事学之中国学派"的鼻祖了。不过从另一方面看，结构主义叙事学也完全可以是一门"中性的学问"，它的核心并不在于对作品的优劣作出判断，而是要寻找叙事中的各种规律所在。归纳上述讨论我们可以得出的结论是，无论是在西方还是在中国古代，都大量地存在着一种近似"传奇"的叙事，它们在故事内容、结构特性、叙事要素以及美感风格上，有着高度的类型化特点。首先，在内容方面，多是青年男女的爱情婚姻故事；其次，这些故事的叙述结构大都有着近似的规律可循，即男女主人公正处于美妙的情窦初开的年龄，不期而遇，一见钟情，相约终身，随后又突遭变故，意外离散，或有小人拨乱其间，不得相见，或者因误会而生仇恨，最后终于因为某个关键契机，拨云见日或冰释前嫌，于是皆大欢喜，有情人终成眷属；第三，结构的要素，用巴赫金的说法，无非是"命运的'马大哈'"、"突然间"、"无巧不成书"等等续接或陡转的因素，帮助作者刻意延宕或者拉长了离散的过程，由此造就悬念，吸引读者；第四，由于最后结局的皆大欢喜，所以在美感风格上也就形成了鲜明的喜剧性特征。这同戏剧与电影艺术中大量类型化的作品一样，虽然“俗”了一些，却是可以“重复制作”且“最具消费价值”的，因为它不只是由意图牟利的写作者决定的，同时也是由一般读者和受众的接受心理所决定的。

由此我们也大致可以划定“传奇小说”的边界了，综合古代的各种传奇叙事传统，可以认定它主要的几种类型，即，除了中国式的具有寓意色彩的神魔志怪、西方式的古代英雄叙事与中世纪的冒险与浪漫叙事，还包括了中外皆有的历史小说、世情与家族题材的小说，包括了某些世俗与消费性明显的男女爱情故事等等。假如从基本的“美学属性”上看，它们大致也可以这样划分：一是具有刺激与消费趣味的鬼怪与冒险叙事，这类小说以惊悚和猎奇为基本特点；二是作为“喜剧”的“才子佳人”小说与浪漫爱情小说，这类以终成眷属皆大欢喜为结局，带有很强的娱乐与消费性；三是作为“悲剧”的中国式“奇书”叙事，这类作品因为描写了盛极而衰、分久必合、色欲而空等等有“完整时间长度”的故事，而常常最具沧海桑田、物是人非、天上人间的悲剧震撼力。

从这个角度上说，传奇小说实际在内容和形式上都是十分芜杂、近乎无所不包的。

此外，歌德对“中国式才子佳人小说”的“过高评价”，也可以得到合理的解释了：他看得还少，只是读了一部，因而觉得新鲜，还没有意识到其“千人一面、千部一腔”的毛病；假如他读了三部以上，可能结论就全然变了。不过，果真如此的话，“世界文学”这个词语的发明，就不知要等到何年何月了。

三、“传奇”叙事的美学边界与现代变迁

对于“传奇叙事”的类型边界与美学属性，我们似乎还要从更为宽泛和深入的意义上来予以探讨。因为无论从中外小说史的角度，还是从现代小说诗学与美学的角度看，“传奇”或“传奇性”几乎随处可见。从中国小说历史看，尽管“传奇”一词的出现晚至唐代，但早在汉魏六

朝时的小说雏形中就已经有了《神异经》（汉・东方朔）、《神仙传》（汉・佚名）、《列异传》（汉・传为曹丕撰）、《神异传》（三国・佚名）、《神异记》（晋・王浮）、《神仙传》（晋・葛洪）、《搜神记》（晋・干宝）、《志怪记》（晋・殖氏）、《志怪集》（晋・佚名）、《怪异志》（晋・佚名）、《录异传》（东晋至南朝・佚名）、《世说新语》（南朝宋・刘义庆）、《幽明录》（南朝宋・刘义庆）、《述异记》（南朝齐・祖冲之）、《梦记》（南朝齐・陶弘景）等著作。[①]在这些早期的志怪小说名称中，充斥了"神异"、"怪异"、"神仙"、"志怪"、"世说"、"梦"等说法，这既表明了此类作品的内容是充满奇闻异录的，同时也表明了它们在风格属性上的幻异与奇诡。这些"幻"、"奇"、"怪"、"异"的特点，深远地影响了后世中国小说在内容与艺术上的倾向。

源于这种传统，中国历代小说常用超越于世俗常规和世俗伦理的传奇事件、传奇人物来构想世俗生活中所不能得的景观；或是以讽喻寓言式的手法，来传达世俗生活中的各种令人警醒或感慨的命运逻辑。所以，无论是六朝"志怪"，唐代"传奇"，还是出自明清的大量笔记小说中的"异史"与"志异"，其内容与写法都是一脉相承的，即以怪诞奇幻和诡异惊悚等为特征，以警世劝喻与闲暇消遣为宗旨。不止文言小说传统，明代的长篇白话叙事也不叫"长篇小说"，而叫作"奇书"；同时期的话本白话小说则称作"拍案惊奇"或"今古奇观"，并且标明其"警世"、"醒世"、"喻世"等等之功能。从这个意义上说，尽管"传奇"在小说史中有专指和特指之意，但同时也可以认为是整个中国传统小说的泛指与总称，是其美学特征中最核心的一面。

传奇叙事也有很强的"寓言性"，即便是《三国演义》这样的讲史小说，《水浒传》式的绿林传奇，《西游记》式的神魔故事，《金瓶梅》式的市井奇谈，都同时被汇称为"四大奇书"。这表明，"奇书"叙事既是在内容上无所不包的，历史、侠盗、神鬼、世情都可以成为传奇对象；同时在美学上也是形态各异的，无论是实还是虚，真还是幻，赞誉还是讽

①参见朱一玄、宁稼雨、陈桂声编著《中国古代小说总目提要》，北京，人民文学出版社，2005 年。

喻，激扬还是劝诱，都可以当作“寓言”，即寄寓人心、寓世道情理于故事之中的“警醒之言”来读。如同《张竹坡批评第一奇书·金瓶梅》开头一段话所说：

> 稗官者，寓言也。其假捏一人，幻造一事，虽为风影之谈，亦必依山点石，借海扬波。故《金瓶》一部，有名人物不下百数，为之寻端竟委，大半皆属寓言。①

这段话不只可以作为解读《金瓶梅》这部书的钥匙，同时也可以看作理解中国古典小说的入口。它说明在中国古代的小说观念中，“传奇”总是带有很强的“寓言”与“寓意性”的，而“寓言”也常常是通过“传奇性”的故事来实现的。

这就给我们理解“传奇”叙事的基本功能与美学属性提供了更宽的理路：第一，从内容上说，传奇不只是“谈神论鬼”与写“英雄侠客”的专利，更有对历史沧桑与世态人情的真实演绎；第二，在写法上，不论是何种风格与手段的叙事，都可以作为讽喻现实与寄寓人心的寓言来读——基于这两点，它几乎涵盖了中国古典小说的所有叙事类型；第三，在美学上，它既包含了“才子佳人”式的喜剧形态，也包含了“奇书”叙事的悲剧形态，因此也可以说是关于中国古典小说美学风格与神韵的一个总称。

显然，新文学的诞生几乎终结了中国古典小说的这些属性。自梁启超把小说当作“改良群治”和“新民”工具始，小说的社会认识、思想启蒙功能被前所未有地凸显出来。五四以后现代中国的小说叙事，大都采用了西方近代以来的小说模式，而对中国传统的“笔记”小说、“奇书”叙事、“话本”白话小说的要素，则几乎逐一清除干净。不要说“异闻野史”的功能被取消，连“浮生笔记”的俗趣也洗刷殆尽。想在现代小说中寻找具有传统气息与中国神韵的范例，除了张爱玲这样的作家的作品，几乎再难找出别的例子。虽然40年代“延安文艺”兴起后，传统和民间的东

①张竹坡：《〈金瓶梅〉寓意说》，见《张竹坡批评第一奇书·金瓶梅》，齐鲁书社，1987年。

西曾被重新定义为应该汲取的资源，但从实际的创作看，40年代到60年代的“革命文学”与中国传统叙事在美学上几乎是背道而驰的。

不过，传统叙事在许多时候作为一种“潜文本”或者“集体无意识结构”，也支持了新文学和革命文学的文学性。比如巴金的“激流三部曲”，虽然笔法稍嫌粗糙，主题也只在于传达社会变革、历史进步的激进信息，但无意中中国传统式的家族叙事结构却在暗中支持了它，使之在大量粗糙的新文学作品中能够赫然而立。某种意义上也可以说，《家》便是“《红楼梦》式的叙事”，是中国式的传奇确立了它在结构上的美感与深度。显然，这部小说的感人之处并不在于描写了觉慧式的“新人”，以及透示出了时代风云的激变，而在于真实地书写了觉新这样的“旧人”的命运，并且传达出了封建家族衰败中的悲情与伤怀。

然而即便是这样的作品在新文学中也是不多见的，由于中断了与中国小说传统之间的血脉联系，缺少成熟的叙事构造、美感范型的支持，所以拉开距离来看，新文学中真正具有美学的经典意味的作品并不多见。

从这样一个角度看，张爱玲一类作家的意义就得以更强烈地显现出来，说她在某种程度上“修复”了中国小说的叙事与美感神韵也不过分。很明显，她使得小说再度偏离了“新文学”的道路与方向，找回了通向古老叙事传统的隐秘路径；她使小说与主流的社会生活拉开了距离，而与传统意义上的民间情态恢复了关系；她使小说再度变成了世俗与人心的镜子，变成了尘世与浮生的古老“传奇”——她之所以将自己的小说集命名为“传奇”，并非只是一个偶得，而是一个意味深长的标记，标明了她小说的一种根基与血脉、气息与类型。她在小说的名字下面写下“题记”：“书名叫传奇，目的是在传奇里面寻找普通人，在普通人里寻找传奇。”这或许显得含混和低调，但恰好显现了她与中国传统世情小说相似的趣味。细读她在《传奇》增订本里的短文《有几句话同读者说》，还有作为“跋”的随记《中国的日夜》，就会看到她存心对这个年代进行“鬼魂”般的“窥探”[①]，而这正是她小说中“既新且旧”的一个颇具神韵的描述。

①参见张爱玲：《传奇》，北京，中国青年出版社，2000年。

她以一种合适的距离，找到了一个观照现代中国的社会生活的角度，仿佛是看“隔世”的景象，它们散发着历史的古旧与熟稔，作者以深沉的悲情发着节制的伤怀与慨叹。总之正是某种“传统的鬼魂”在她身上的“附体”，才使她的小说在历史的局外获得了长久的重生。

作为仅有的孤例、现代中国小说史上一个罕见的存在，张爱玲的意义也许应该是在这里——她从另一方面反证了整个新文学质地粗糙与美感匮乏的原因，正是在于其对古典传统的偏离和废弃，在于其作为“浮生传奇”的品质的丧失。小说毕竟是小说，不是社会斗争的工具。虽然张爱玲出于这样那样的原因，被看作“旧”的甚至是有问题的小说家，但她却是新文学的激流之下暗自通向中国传统气脉的一个关键的纽带。仅就这点而言，她也比许多“新”的小说家更具有传之久远的可能。

四、当代传奇性小说的踪迹与特征

从另一个角度看，“传奇”的某些要素是以“潜文本”的形式，借助当代中国的“革命文艺”环境，更充分地展现了出来。由于对创造历史、书写英雄谱系与传奇事迹的需要，早在20世纪40年代的“解放区文艺”中，就显示出了对“传奇性”小说传统的借重。比张爱玲的小说稍晚，即在解放区出现了袁静、孔厥的《新儿女英雄传》，马烽、西戎的《吕梁英雄传》等小说，这些作品借鉴了中国传统的“讲史”和“侠义”小说的写法，人物比较接近类型化的“扁平人物”，故事有一定的传奇色彩，也受到读者的欢迎。但是也正因为如此，它们和革命文艺的要求有不合拍处，所以得到的评价大都不高。

出于同样的原因，至50年代，又出现了一批更具有传奇意味的长篇小说，如知侠的《铁道游击队》、曲波的《林海雪原》、刘流的《烈火金钢》、冯志的《敌后武工队》，甚至梁斌的《红旗谱》的前半部，等等。这些作品如果要给它们一个共同名称的话，我以为可以称之为“类传奇叙事”[①]。它们的共同特点是与传统的绿林侠义小说有着近似的叙事风格，故事离奇曲折，情节跌宕引人，人物类型化和传奇意味浓厚，叙述风格鲜明夸张。从大众接受的角度看，这些作品远比主流的《创业史》一类小说受欢迎，虽然它们中的多数同样没有得到较高的评价，但“革命历史主题”本身却使它们获得了先在的合法性，因而也就难以给予压制和过分的贬抑。

这涉及了一个关于当代革命文学的整体评价的问题，即如何看待革命文学的文学性的问题。从叙事的基本构造看，上述作品因为有意无意地传承了中国古典小说中的某些叙述手法，所以形成了许多复杂的“潜结构”，诸如《林海雪原》中少剑波与白茹之间类似“才子佳人”与“英雄美人”的叙事，《铁道游击队》中酷似林冲、鲁智深等人物的林忠、鲁汉，《烈火金钢》中同样具有传奇色彩的史更新、肖飞等人物，还有它们通常采用的“评书式”和“单元化”的叙事结构。这些都增加了这些作品的传统色调，因而也就使之增加了“文学性”的含量，而有别于一般的“革命历史斗争故事”。简言之，它们是由于对古典小说的学习而变成了具有一定“文学性”、“传奇色彩”和“美学意味”的作品。否则，以这些作品笔法的粗糙与幼稚、技术的简陋与拙劣，只能沦为垃圾。而事实上，它们却得以成为一个匮乏时代特殊的文学经典。其中的奥妙，不能不说是“传统文本结构”作为一个“无意识系统”支持的结果。

在另一些较为主流的作品中也有类似情形：《青春之歌》中假如没有林道静与余永泽之间的“才子佳人”式的故事，没有林道静与卢嘉川之间类似“英雄美人”和“婚外情”式的故事，也会索然无味；《红岩》中假如没有对“中美合作所”的“魔窟”与“匪类世界”的夸诞式描写，也不会使这部小说一度占据当代小说销售榜的顶端；甚至《红旗谱》，这部作品之所以在“革命历史题材”的小说中占据最高地位，是因为它书写了“半部传奇”。显然，前半部中朱老忠这个人物是按照“传奇”笔法书写的——他几乎已是一个“完人”，出身农民英雄之家，苦大仇深，有闯荡江湖三十余年的履历，成熟而老练，富有斗争智慧，是锁井镇百姓的主心

①参见张清华：《“类史诗”·“类成长”·“类传奇”——中国当代革命历史叙事的三种模式及其叙事美学》，《陕西师范大学学报》（哲学社会科学版），2008年第3期。

骨。作为一个“完成性”的“性格化人物”，他差不多就是一个古代民间英雄和侠客的化身了，正是这个人物使得小说前半部的叙事相当成功。然而在遇到党之后，他不得不变成了一个必须要“成长”的人物，地位尴尬的“被领导者”。也因为这个原因，他的性格魅力尽行丧失，小说不得不将主人公置换为了下一代人，尽管这是作品在政治上的需要，但是很明显。它也毁掉了作品在结构上的统一性，削弱了它的文学性。

总体上，在当代的革命文学中，“传奇性”成为一个重要的参与因素。没有稀薄的传奇性的支持，就不可能有大量“潜文本”的存在；没有“潜文本”的存在，也就不可能使这些作品保有一定的“文学性”。

传奇性在当代的“复活”还有更新的例证，80年代后期出现的新潮与先锋小说中可以看到这种复活的迹象。不过，由于这些作品在艺术上明显的西化倾向，它们在美学上也更为复杂，因此这一点似乎很难厘清。从基本经验上来说，莫言早期的《红高粱家族》，稍后的许多“新历史叙事”，都接近于一种新式的历史传奇，因为它们大都以嵌入或交杂的形式加入了许多民间文化与民俗元素，加入了常态下很难见到的“既杀人放火又精忠报国”的传奇人格。到90年代，英雄式的叙事逐渐被世俗讽喻的主题所取代，比如贾平凹的《废都》便是以寓言的方式预示了当代中国的文化颓败，以及读书人全面的精神溃败，带有强烈的类似《金瓶梅》的寓意色彩。还有王安忆的《长恨歌》，更是从叙事与美感神韵上承续了古典白话小说的传统，用了张爱玲式的世俗传奇和浮生笔记的方式，展现了现代中国城市的悲剧故事和一个美丽女性的命运传奇。

可以举出的近似的例子还有很多，但这些主要是靠体味与直觉，而很难从理论上说清它们的传奇性质。比如余华的《活着》和《许三观卖血记》一类，也可以看作“当代中国底层社会或小人物的传奇”；莫言世纪之交以来的多部长篇，如《檀香刑》与《生死疲劳》等，也都可以看作富有传奇意味的现代历史寓言；不止这两位，在阎连科、刘震云、张炜等作家的笔下，也有类似的历史寓言，如《受活》、《一句顶一万句》、《丑行或浪漫》等，也都有夸诞或传奇性的人物与故事。限于篇幅，这里不拟详细展开了。

总体上可以说，当代中国小说的复兴，小说艺术在某种程度上的成熟，其文化含量与美学神韵的日益凸显，都与古典小说的“传奇传统”的恢复有密切的关系。这一点还需要我们进行更加深入细致的研究。

成长·“类成长小说”

——当代小说诗学关键词之四

范例 胡可：《战斗里成长》——王海鸰：《成长》——猫猫：《成长》（网络职场小说）……

歌德：《威廉·迈斯特的学习时代》——狄更斯：《大卫·科波菲尔》——罗曼·罗兰：《约翰·克利斯朵夫》——杨沫：《青春之歌》 ——余华：《在细雨中呼喊》——林白：《一个人的战争》——韩寒：《三重门》……

> 将谓成长，以兴吾家，如何不祥，未冠而夭……
>
> ——韩愈：《祭滂文》

> 犹如母亲在长期怀胎……生出来一个小孩那样，成长着的精神也是慢慢地静悄悄地向着它的新形态发展，一块一块地拆除了它旧有的世界的结构。
>
> ——黑格尔：《精神现象学》

大部分小说只掌握定型的主人公形象……除了这一占统治地位的、数量众多的小说类型之外，还存在着另一种鲜为人见的小说类型，它塑造的是成长中的人物形象。这里主人公的形象，不是静态的统一体，而是动态的统一体。主人公本身，他的性格，在这一小说的公式中成了变数……时间进入了人的内部，进入了人物形象本身……这一小说类型从最普遍的意义上说，可称为人的成长小说。

——巴赫金：《教育小说及其在现实主义历史中的意义》

一、“成长”、“成长小说”及“类成长小说”的概念

汉语中“成长”一词出现得非常之早，北齐时颜之推在其《颜氏家训》中关于“教子”即有名言：“骄慢已习，方复制之，捶挞至死而无威，忿怒日隆而增怨，逮于成长，终为败德。”意思是，如果等到小孩子的诸多恶习已经养成，再对其实施压制教训，则不但难以体现长者的权威，而且还会使父子之间积聚怨恨，如此终将导致其成长中的失败，以及道德的缺失。不过，这些关于人生的教训，通常与文学的书写不太容易发生关系。

中国古代当然也不缺乏类似巴赫金所说的这种“教谕小说”。明代冯梦龙编纂的“三言”中，所谓“警世”、“醒世”、“喻世”，无不带有训喻和教谕之意；就是《金瓶梅》这样的“奇书”叙事，也在很大程度上带有“惩戒”、“劝喻”的意思。但研究这些小说，却很难找到真正的“成长性叙事”的范例。

这是颇为值得追问的，为什么中国人很早就有关于“成长”的伦理和概念，也尤为重视成长教育，也有相当专门的“教育（教谕、训喻）小说”，却缺少相应的“成长文学”叙事？细究之，原因恐有三个。一是从叙事传统看，中国小说的基本范型是“传奇”，而传奇小说的特点，是人物都高度类型化和定型化，出场和结尾时的性格一般不会出现明显变化。英国人福斯特曾将这样的人物称为“扁平人物”，而用中国式的解释则可以认为是“脸谱化的人物”，比如孙悟空、猪八戒、李逵、林冲、鲁智深、武松、曹操、刘备、关羽、张飞、潘金莲、西门庆……这些人物都是高度类型化、性格化的，因此在戏剧中他们几乎都有特殊而固定的脸谱。福斯特的说法是：“扁平人物在17世纪叫‘性格’人物，现在他们有时被

称为类型或漫画人物。”出于传奇叙事的需要，他们一般都非比常人，有其“英雄的”、“圣人的”、“妖魅的”或“魔鬼的”性格特征，“在最纯粹的形式中，他们依循着一个单纯的理念或性质而被创造出来”。[①]第二，中国古代的小说叙事常常在“时间性”要素的处理上较为暧昧，小说家多喜欢处置“空间性”的素材或命题，这导致了人物“性格特征”的极为鲜明，而“年龄特征”则暧昧不明，也就淡化了任何“成长”的可能。在《水浒传》、《西游记》中，主人公从甲地到乙地的历险或遭遇，通常会掩盖或替代人物年龄和时间的延迁。后者中直到结尾也未曾看到人物“老去”或“成熟”的迹象——猪八戒到底都保留了他那冥顽贪懒的性格，孙悟空也终究还是一个顽皮好斗的猴王。这种处置当然与唐僧师徒四人的特殊身份有关，他们最终都成为“佛”、“使者”或“罗汉”，而并没有老去或死亡。《水浒传》中，虽然小说最后交代了每一个人物的结局，非为战死即被加害，极少善终，但这些悲剧性的交代虽然赋予了人物某种“命运感”，却并未强化叙事中的时间要素，小说最为核心的内容仍然是“空间式的历险记”故事。《三国演义》也一样，作为“历史叙事”，它的时间性本身看起来十分重要，但叙事中人物的年龄通常并不具体，在历史的演化方面，作者采用的是“详略处理法”，在刻画主要人物的性格与故事时采用的是“细描”，在交代历史大事与大势的延迁时则是“粗笔”，所以人物虽然客观呈现了生老病死的过程，却同样没有性格和精神意义上的“成长”。第三，归根结底最重要的一点，还是源于中国传统文化中没有“进化论”的思想，不止古代没有“发展”、“进步”的概念，在近代也没有发育出黑格尔式的“把历史当作一种在时间中发展的逻辑过程”[②]的思想，更没有使这“时间进入了人的内部”（巴赫金语）。所谓“成长主题”或“成长人物”，追根溯源是人物的性格变化与时间和历史的某种“进步”之间发生了不可分割的关系，人物的成长和历史的进步是互为影响和互为“镜像”的关系。这种关系只有在近代的西方，在黑格尔的历史哲学和达尔文的进化论科学占据了牢固的地位之后，才会得以真

①参见佛斯特（通译福斯特）：《小说面面观》，广州，花城出版社，1981年，第56页。
②柯林伍德：《历史的观念》，何兆武、张文杰译，北京，商务印书馆，1997年，第177页。

正确立。因此，成长小说在中国确乎没有原发性，其诞生应该是新文学产生之后的事情，是西方文学传统影响的产物。

“成长小说”概念的提出，似乎有某种“偶然性”，但这种文学类型的出现本身却并非偶然，而是进化论思想和革命理论的必然产物。巴赫金在讨论欧洲近代的“教育小说”时忽然意识到了这种“主题”或小说类别的重要，他十分准确地阐释出这类小说的根本特征，指出，这种“鲜为人见的小说类型，它塑造的是成长中的人物形象。这里主人公的形象，不是静态的统一体，而是动态的统一体。主人公本身，他的性格，在这一小说的公式中成了变数……时间进入了人的内部，进入了人物形象本身”。

理解这一阐释的最重要的一点，是人物的“动态”性，“时间进入了人的内部”，而这个时间正如科林伍德所说，是一种“历史的时间”，即人物本身的成长与历史的某种变化之间，发生了一种互为阐释的关系。简言之，“时代”或“历史”所发生的“进步”，会促使人物的性格产生变化和“成长”；反过来，人物的成长和变化，也一定是历史和时代进步的产物，他反映并标志着时代的这些变化，并且有可能反过来对其产生某种推动作用。

这些思想究竟是哪里来的呢？追根溯源，可以从黑格尔那里找到出处，因为时间性的叙事在他那里被前所未有地强化了，“时代”、“历史”这些词语被他赋予了强烈的“运动”、“改造”的动态性内涵。对照一下他对所谓“新的时代”的理解和预期，可以看出丝毫也不亚于后来革命文艺家的表述。如同哈贝马斯所描述的：“时代精神（Zeitgeist）这个新词曾令黑格尔心醉神迷，他把现在（Gegenwart）说成是过渡时代，在此期间，我们既希望现在早些过去，又盼望未来快点降临……”[①]在黑格尔的笔下，我们甚至还会看到与当代革命叙事酷似的修辞——

> 我们的这个时代是一个新时期的降临和过渡的时代。人的精神已经跟他旧日的生活与观念世界决裂，正使旧日的一切葬入于过去而着

①哈贝马斯：《现代性的哲学话语》，曹卫东等译，南京，译林出版社，2004年，第7页。

手进行他的自我改造。事实上，精神从来没有停止不动，它永远是在前进和运动着……只有通过个别的征象才预示着旧世界行将倒塌。现存的世界里充满了那种粗率和无聊……可是这种逐渐的、并未改变整个面貌的颓毁败坏，突然为日出所中断，升起的太阳就如闪电般一下子建立起了新世界的形相……①

这种关于时间的诗意的、神话般的、断裂的理解方式，带来了一种“历史的终结和新的开始”的修辞效果，假如作品中的人物恰好反映或介入了这个时间进程，那么这种成长便不只具有个人性的意义，而是变成了历史进步甚至革命的见证，或者是它的一部分了。

这便是近代以来，文学中大量出现成长型人物的一个哲学认识论背景。其中关于18、19世纪的教育小说、成长小说，巴赫金已经有非常详尽和深入的论述，他根据小说中的时间观念，将成长分为五类：第一种是在自然的“田园诗的时间里”，“展示出人从童年开始通过青年、成年步入老年的历程，同时揭示出人物性格及观点随着年龄而发生的重要的内在变化”的成长小说，它“带有循环的性质，在每一生命中重复出现”；第二种是“勾勒出某种典型的重复出现的人的成长道路，从青年时的理想和幻想转变到成熟时的清醒和实用主义”的“循环型成长小说”；第三种是类似狄更斯的《大卫·科波菲尔》式的“传记（以及自传）型小说”，“人的成长发生在传记时间里”，是一些“不可重复的纯属个人的”故事；第四类是类似卢梭的《爱弥儿》式的“训谕教育小说”，“以某一类教育思想为基础，所描绘的是严格意义上的教育过程”；在这四类之外的“现实主义的成长小说”，则是巴赫金论述的重点，从中我们可以看出他与黑格尔的历史观之间的密切的传承关系：

第五类成长小说是最为重要的一类，在这类小说中，人的成长与历史的形成不可分割地联系在一起。人的成长是在真实的历史时间

①黑格尔：《精神现象学》，上卷，北京，商务印书馆，1979年，第7页。

> 中实现的，与历史时间的必然性、圆满性，它的未来，它的深刻的时空体性质紧紧结合在一起。……他与世界一同成长，他自身反映着世界本身的历史成长。他已不在一个时代的内部，而处在两个时代的交叉处，处在一个时代向另一个时代的转折点上。这一转折是寓于他身上，通过他完成的。他不得不成为前所未有的新型的人。……成长中的人的形象开始克服自身的私人性质，并进入完全另一种十分广阔的历史存在的领域。①

在这些阐述中，我们不但可以看出其与黑格尔在《精神现象学》中对于时间和历史的描述的高度相似性，也可以看出其与19世纪现实主义文学、与苏联时期的“社会主义现实主义文学”之间的密切关系，而且几乎完全适合用来阐释中国现代以来文学中的成长主题和成长人物，特别是当代的大量革命主题的成长叙事。

不过，关于革命文学中的成长主题和成长人物叙事，我主张将其称为“类成长小说”，主要原因是，这些作品中的主题常有人为拔高的嫌疑，人物常有“被成长”的毛病。比如《红旗谱》中的朱老忠，在前半部中很明显是一个“完成性”的传奇人物，与中国传统小说中的英雄人物有相似之处，但当遇到“党的化身”——县委书记贾湘农以后，就又被强行地改变了性格逻辑，变成了一个“需要成长”的人物，因为从概念上说他还是一个“旧式的农民英雄”，要想成长为一个“成熟的无产阶级革命战士”，就需要接受党的教育。这样，他很明显地“被矮化”了。之后的朱老忠虽然对他仍着墨很多，但是人物却陡然萎缩和逊色。虽然作者的主旨得以贯彻，但小说本身却被改变了叙事与美学逻辑，在叙事上出现了前后分裂的局面。某种意义上这也是人们通常认为《红旗谱》只有“半部好书”的一个原因。

因此，“类成长小说”实际上也可以理解为是有先天限定和缺陷的、以革命主题为宗旨和诉求的成长小说。不过这类作品虽有缺陷，但作为一

①巴赫金：《小说理论》，白春仁、晓河译，石家庄，河北教育出版社，1998年，第230~233页。

种叙事学研究的对象，是独特的和很有意味的。

二、中国传统中的“逆成长”主题与新文学中的成长叙事

如前所述，中国古代也有类似于训喻、教育与成长主题的叙事。作为“纪传体文学”的原发地，从《史记》开始，中国古代关于人物的纪传性叙事就已非常发达，这些叙事通常都有一个或多个重要人物，关于他们的描写，当然也就不可避免地会涉及有关成长、遭遇和命运的内容。特别是在《金瓶梅》、《红楼梦》等与世俗生活、世俗时间有密切关系的作品中，这种内容就更为突出。但是，对照近代以来的西方小说，尽管这些中国式的叙事中也写了人物有长度的故事，甚至是一生，其中也有劝善惩恶的教谕题旨，但却难以看出人物的性格命运与外部历史发展之间的呼应关系。如果有，也是表现了历史的衰败，一种“没有不散的筵席”的、“花落人亡两不知”的衰变逻辑，或者是一种“中性”的循环状况——“分久必合，合久必分”、“好便是了，了便是好”的轮回逻辑。

显然，中国传统的训喻与成长主题，同进步论、现代性价值引领下的新式的成长主题有明显的差异：前者是单纯的人物命运的发展变化，只与人性与生命经验有关，孔子说 “吾三十而立，四十而不惑，五十而知天命，六十耳顺……”是一种个体生命的自动老化，人生经验的自然成熟，同社会历史的发展变迁之间，并无互为表征与影响的关系。西门庆最终的纵欲暴亡，或许也可以放大解释为明代社会的某种危机，但这种危机并非明代所独有，也不会在以后消失，它是一种永恒的人性、道德与文化困境的循环。《红楼梦》也一样，贾宝玉从家族的衰亡中悟出了人生之困与存在之空，似乎有“精神境界的陡转”——由一个拒绝成长的撒娇少年，到遁入佛门的觉悟者的大彻大悟的精神升华。但这种彻悟不是一种“正面的成长”的体现，至少不是儒家所倡扬的积极进取、“修身齐家治国平天下”的成长，而是一种佛家思想与道家哲学，甚至是倾覆式的精神寂灭，从中难以解释出任何“积极”和正面的东西。

因此，“逆成长”或“衰败论”的叙事，是中国文学传统中的一种常态，同时也是一种东方式的美学。这种“叙事时态”和“叙事美学”，是中国文学中独有的东西，源于我们这个民族受到佛道思想影响而形成的基本的世界观。

那么，中国什么时候才有了进化论的思想？追根溯源，应从魏源19世纪40年代整理出版《海国图志》开始。正如黑格尔所解释的进化论思想是源于近代的“地理大发现”一样，“世界的新与旧，新世界这个名称之所以发生，是因为美洲和澳洲都是在晚近才给我们知道的。”①也就是说，是因为一些“落后”的地理文明的发现，才有了所谓文明的“先进”与“落后”的性质之分。正是这类理论对于世界空间形态的重新叙述，才打破了我们自古以来“中央帝国”的观念，知道了世界上原来还有更为“先进”和“强大”的文明。但直到1895年严复发表《原强》一文，才标志着中国真正产生了“现代性的话语”，表明中国人知道了何者为“强”，如何变“强”，即须“宗天演之术，以大阐人伦治化之事”，以进化论的视野和思想来解释一切社会政治问题。再至1903年邹容发表《革命军》，则标志着进化论思想演化为了“革命”理论。邹容开宗明义即说：“革命者，天演之公例也。”这与西方从黑格尔的理论中诞生了马克思主义一样，现代中国的革命话语也是现代性话语的派生物，革命即是进化论理论的延伸。有了这些思想，文学中才有了“成长观”，“成长叙事”才有了认识论基础。

作为新文学的开篇，鲁迅在《狂人日记》中即书写了一个“成长的悲剧”。狂人意识到5000年的历史只有两个字——“吃人”，这表明了他试图通过对世界和历史的重新认识，来确立自己叛逆与进步的世界观的努力。但是不幸，他的认知遭到了几乎所有人的反对，随后他不得不陷入了精神困顿与危机，疯掉了。在族人和社会的共同干预下，他最终“被治疗”痊愈，也完成了与世俗立场的认同，并终于“赴某地候补”。虽然鲁迅并没有将狂人写成一个少年人物，但在这个小说中我们明显可以看出一个典型的“成长主题”，即，一个秉持了现代思想的“新人”出现之时，

①黑格尔：《历史哲学》，王造时译，上海书店出版社，1999年，第83页。

他与整个世界所构成的是一个叛逆关系，并且因为这种力量对比的悬殊，他无法不被定义为“病人”。只有当他放弃这种叛逆和对峙，他才能够得以“痊愈”。而从人性固有的弱点和这个世界的根本逻辑出发，这种对峙一定会以“新人”的失败而告结束。但是，鲁迅非常辩证地告诉我们，所有的“成长”中都隐含了无法挽回的衰变，这是历史的逻辑和人性的弱点所共同决定的，进化论也无法最终挽救这种衰变和悲剧。

显然，现代新文学中的成长叙事兼有现代性和传统性两种特点，它既催动了进步论和启蒙主义思想的传播，同时又告知了人们进步的限度，人性对于成长所给出的限定。

巴金的《家》是另一个例子，它叙述了一个巴赫金所说的“两个时代的交叉处”的成长故事。新文化运动之后中国历史的大势，赋予了“时代”新旧交替、如“激流”般汹涌的生长逻辑，一个旧式的大家族，按照中国传统的历史逻辑展现出衰变覆亡的迹象。在这一过程中，三个从旧家族中生长起来的“新人”，因为不同的选择而获得了不同命运。其中年长的觉新，因为有太多的情感责任与道德负累，虽对两个弟弟的叛逆选择心向往之，却无法挣脱羁绊，最终陷于精神的沉沦；而觉民和觉慧两个，则由于义无反顾地走出了家庭伦理的拘囿，投入“时代的激流”，而获得了新生。这是一个典型的由早期新文学的成长主题向着革命文学的成长主题前进的例子，小说家把社会历史的外部环境，同人物的内心生活与性格命运紧紧联系起来，揭示出“顺应历史的个人成长”的意义，以及“拒绝与历史一同进步”的性格的悲剧渊源。

但小说在美学效力上却呈现出相反的格局。从价值选择上看，作家是站在觉民和觉慧这一边的，对觉新的性格寄寓了批判和怜悯；然而在叙事的深度和美学的厚度上，小说却是更多地盘桓驻笔并且受惠于觉新这一人物，如果没有对他的性格困境和成长悲剧的精细描写，小说的艺术含量和感人程度都将大打折扣。同样的道理，如果小说中没有传统家族小说的结构与底色的支持，其粗糙的语言与稚拙的叙事也将会使之减色很多。这是一个特别值得注意的矛盾。

三、当代革命文学中的成长叙事

延安文艺座谈会以后，革命文学中的成长主题被赋予了某种明显的强制性，因为它可以凸显“党的作用”，体现“历史的进步”。不过，在这种成长中，人物本身的合法性又常常成为问题，因为关于个人的故事在革命叙事中会有各种禁忌和限制，个人中心、夸大个人作用等等都是必须避免的。所以，尽管大部分红色叙事中的人物都具有“成长性”，但是真正典型和纯粹的“成长小说”，只有寥寥可数的几部，高云览的《小城春秋》、杨沫的《青春之歌》、欧阳山的《三家巷》可谓有代表性的三部；另外，周立波的《暴风骤雨》、梁斌的《红旗谱》、柳青的《创业史》、浩然的《艳阳天》和《金光大道》等也相类似，因为其中的主要人物都有性格的成长性，所以也可以视为有限制的或局部的成长小说。

假如我们从价值判断的意义上去看上述作品，问题当然会很多，但是如果作为小说诗学和叙事学研究的范例，它们却很有意思，有其内部的规则秘密和一套完整的叙事逻辑。而且如果结合黑格尔、科林伍德、巴赫金的历史哲学与历史诗学来观察，它们与之前的成长叙事也是一脉相承的，比如，“时间进入了人的内部”，人物会“跟他旧日的生活与观念世界决裂”，他是“处在一个时代向另一个时代的转折点上”，他终将“成为前所未有的新型的人”，他“开始克服自身的私人性质，并进入完全另一种十分广阔的历史存在的领域”，等等，这些作品无不是对上述逻辑的体现与实现。

假如要在革命文学中选择一部最为典型和成功的“成长小说”，无疑应选《青春之歌》。因为它按照既成的当代政治观念，形象地书写了一个青年知识女性精神成长的历程。写知识分子的成长主题，一方面会增强关于知识分子的叙事的合法性，同时又可以突出党在这一过程中的作用。一般的说法是，知识分子由于其阶级属性先天的“软弱”和“不足”，比较容易摇摆，必须要接受党的领导、工农群众的再教育，经过长期锻炼，才能有所作为。所以，以知识分子为主人公来讲述故事，首先就面临着如何解决合法性的问题。《青春之歌》的定位是准确的，所以获得了承认。按照巴赫金的说法，它既是“自传型”的，又是“在历史中成长型”的，同时又不无“训喻”意味，几种因素混合得相当成功。

先从通常的意识形态角度看，小说所试图表现的主题是：以从1931年“九一八”事变到1935年“一二·九”运动之间的社会政治风云为背景，通过林道静的成长道路，表明这样一个道理——知识分子只有把对个人自由和幸福的追求，同共产党领导的民族解放和阶级解放的崇高事业结合起来，才能找到正确的出路，从而真正实现个人的价值。一曲“青春之歌”，就是把个人的一切投入到民族和阶级的事业之中的歌。主人公的“成长”表现在：她的原始动机只是追求个人的幸福，与许多五四青年一样，最初不过是一个反抗旧婚姻的个性自由主义者，但随着这一过程的加深，她渐渐发现个人化的幸福幻想是行不通的。于是她开始接触共产党人，并且先后接受了卢嘉川、林红、江华等人的指引和教育，经过监狱生活的考验，她开始由一个民主主义者蜕变为一个共产主义者。之后，党又把她派往农村，在那里她又接受了工农群众的再教育，经受了革命斗争的锻炼，最后终于成长为一个成熟的革命者，并成功地领导了北大的反帝爱国的学生运动。这样一个过程，是典型的“与历史一同进步”、与时代一并前行的成长过程。

但上述解释又未免简单和表层。实际上，《青春之歌》之所以成功，还因为它在红色意识形态的油彩下，成功地包藏了各种不同的传统叙事因素，它不但内部有丰富的“隐形结构”，有林道静余永泽之间的“才子佳人”式恋爱、林道静卢嘉川之间秘密的“英雄美人”式恋爱等旧套路的派生物，而且成功地在其中掩藏了现代以来的“知识分子叙事”的若干主题：女性主义的“娜拉出走”的主题；知识分子自愿接受磨难、为改造社会而斗争的启蒙主义主题；小资产阶级知识分子日常生活的主题；个人私密感情的主题；甚至另类的“出轨”爱情体验的主题等等。这些都丰富了小说的内容和底蕴，使之成为当代文学中一个罕见的复杂多重的叙事现象，成为长期常读常新的一个奇特的文本。这些因素也极大地满足了那个年代读者的无意识的心理期待。没有上述复合性的主题与叙事，小说不会如此一波三折高潮迭起，人物的成长和进步也就没有合适的依托。反过来，也正是这些经过包装处理的爱情故事，使得小说的叙事变得丰富和有趣，在革命文学的局限下获得了更多的文学性。

显然，如果我们用巴赫金的理论来对其加以分析，可以看出，小说的底色本是一个“循环式的成长故事”，即每个人、每个女性，其成长的经历大致都会包含类似的内容：叛逆、逃婚、自主恋爱、挫折、再恋爱、再挫折、最后成熟……但是作者将这些个人性的、某种意义上可以称为“一个女人和多个男人的悲欢离合”的世俗故事，同上世纪30年代中国社会的危亡、民族的反抗事业这样的大事结合起来，使之在“真实的历史时间”里生发出更为广大的意义，变成了一个“人在历史中成长”的典范的“现实主义成长小说”。

《青春之歌》这样的例子在当代文学中是不可多得的，它的复杂性使之在当代小说文本中保有了最为丰厚的解读可能，甚至它所遭受的批评也体现了它作为成长小说的性质。比如有文章说，“书里充满了小资产阶级情调”，作者“是把自己的作品当作小资产阶级的自我表现来进行创作的”；林道静这一人物“从未进行过深刻的思想斗争，她的思想感情没有经历从一个阶级到另一个阶级的转变，到书的最末她也只是一个较进步的小资产阶级知识分子”①。公允地说，如果这个批评不带“打棍子”的意识形态色彩，倒是准确的。它至少说明，小说在主人公的“成长”问题上有人为拔高的嫌疑。为了应对这些批评，作者杨沫又对小说进行了修改，增加了林道静在深泽县与工农结合的七章和参加领导北大学生运动的三章。作者自称意图在于“围绕林道静这个主要人物，要使她的成长更加合情合理、脉络清楚”、“更加令人信服，更有坚实的基础”。②不过实在说，这些概念化的修改对小说的基本属性并没有起到改变作用，虽然在政治上更为稳妥，但于小说的艺术性和人物的魅力而言，并没有什么帮助。

①郭开：《略谈对林道静的描写中的缺点——评杨沫的小说〈青春之歌〉》，《中国青年》，1959年第2期。
②参见杨沫：《青春之歌》，“再版后记”，北京，人民文学出版社，1960年。

四、80 年代以来文学中的成长主题

在革命文学成为历史之后，成长小说又逐步恢复了原貌，且出现了前所未有的兴盛局面，限于篇幅，这里只简述一下其特征与状况。

首先是广义的成长叙事空前丰富，在各个时期的不同文学现象与潮流中，都产生了大量此类作品。比如，“伤痕”、“反思”与“改革”文学中的大部分作品，都具有成长叙事的性质，从卢新华的《伤痕》，刘心武的《班主任》，到王蒙的《蝴蝶》，冯骥才的《啊！》，张贤亮的《灵与肉》、《绿化树》、《男人的一半是女人》，从蒋子龙的《乔厂长上任记》，到柯云路的《新星》、《夜与昼》等，这些最为主流和典范的作品，都属于典型的关于主人公“苦难历程”的成长叙事。稍后，属于“知青文学”的许多作品，如梁晓声的《这是一片神奇的土地》、叶辛的《蹉跎岁月》、老鬼的《血色黄昏》，以及许多类型稍显模糊的小说，如路遥的《人生》、《平凡的世界》，张承志的《黑骏马》、《北方的河》等，也都可以列入成长主题的叙事。总体上看，在写作者将“真实的历史时间”作为写作背景的情况下，只要涉及人物经历的叙事，都会体现出明显的成长性。在之后的80年代中期，由于“风俗文化小说”与“寻根小说”的兴起，时间坐标被复杂化（寓言化和传奇化），成长叙事出现了暂时的衰减，但在部分“新潮小说”与“先锋小说”作家笔下，成长性的叙事又经过改装而显露出来，比如莫言的《红高粱家族》，虽然被刻意强化了“传奇时间”的属性，但其中关于“父亲”和“我”的叙事，也都有很强的“传记时间”性质，人物也显现出一定的成长性。在先锋小说中，余华的《十八岁出门远行》，甚至可以看作与鲁迅的《狂人日记》相类似的成长主题的叙事，作为“少年的成长悲剧”故事，它揭示了成人世界对于一个少年的道德原则的压抑与毁灭，使“成长中的创伤”或“创伤中的成长”的主题得以更哲学化地体现出来。至于余华更晚近一些的作品，如《在细雨中呼喊》、《兄弟》等，都可以视为成长小说的变体。除此，许多女性作家的作品，如铁凝的《麦秸垛》、《玫瑰门》，王安忆早期的“三恋”——《小城之恋》、《荒山之恋》、《锦绣谷之恋》，稍后的

《叔叔的故事》、《兄弟们》、《长恨歌》，林白的《一个人的战争》，陈染的《私人生活》等等，就更是充溢着成长人物与成长主题了。

其次，还须指出，在上述成长小说中，中国传统叙事中的“逆成长性”或“反进步论”的传统再度得以显现，这是一个至为珍贵的特性。一方面它体现了生命和成长的更为整体和真实的属性，另一方面也使这些作品本身获得了更加深沉和内在的思想与美感。比如在《红高粱家族》中，历史并不呈现为逐次进步的特性，人物的代际关系也并不呈现为必然的“进化”，相反，从“爷爷奶奶”惊天动地的英雄业绩，到“父亲”和“我”这一辈的平凡人生，时间和历史反而呈现了“降幂排列”的逻辑。在王安忆的《长恨歌》中，历史的世事沧桑和主人公的饱经忧患达成了戏剧性的应和关系，“传记时间”本身的封闭性和“历史时间”本身的开放性，两者的悲喜交融，构成了主人公历经繁华而终于走向衰亡的命运逻辑，读之令人感慨万端。贾平凹的《废都》，余华的《兄弟》，铁凝的《玫瑰门》，莫言的《丰乳肥臀》，格非的《人面桃花》、《山河入梦》、《春尽江南》三部曲，等等，也都大致如此，历史时间与人物的生命时间互相纠结，产生出了比个人成长经验更为广阔丰厚的历史内涵。当多年悲欢离合的际遇中结成了手足之情的一双兄弟，终于因为贫富的差距和欲望的驱使而自相残杀的时候，《兄弟》所生发出的戏剧性的历史意蕴，便不是一个个体的成长故事所能够含纳的了。显然，80年代以来的成长叙事，比之以往的成长小说，显得更为丰富和深刻，在思想与艺术含量上也更为丰饶和厚重。

最后，在大量的青春写作和商业性写作中，成长叙事也构成了最主要的载体。限于篇幅和作者的视野，这里就不拟展开了。

“发现唯有小说才能发现的东西”

——《2008中国最佳短篇小说》序

当我读完这部短篇小说的年度选本，必须要将纷杂的感受提炼成某种说法的时候，我最终想起了米兰·昆德拉的一句话：“发现唯有小说才能发现的东西。”这句看起来并不惊人的话，其实赋予了小说独有的使命，也赋予这些作品以意义。它意味着，在这个世界上有非小说不能发现的东西，没有了小说，有些东西将永远封存于黑暗之中。也就是说，当我们追问为什么要有小说，为什么必须要有小说的时候，回答应该是——因为它能够发现并书写出那些用别的方式不能发现的东西。这就是它的使命、意义和伦理，它必须要存在的理由。现在，对于读者将读到的这些小说而言，该说法同样适用。在我看来，它们各自从生活的某一隅、某一点上，揭示了我们所置身的但又所知寥寥的时代的秘密、各种命运与遭遇。这样的秘密，用任何其他的文字都是无法记录和复原的。

昆德拉写道：

> 从现代的初期开始，小说就一直忠诚地陪伴着人类。它也受到“认识激情”（被胡塞尔看作欧洲精神之精髓）的驱使，去探索人的具体生活，保护这一具体生活逃过“对存在的遗忘”，让小说永恒地照亮“生活的世界”。正是从这个意义上，我理解并同意赫尔曼·布洛赫一直顽固强调的：发现唯有小说才能发现的东西，乃是小说唯一存在的理由。一部小说，若不发现在它当时还未知的存在，那它就是

一部不道德的小说。知识是小说的唯一道德。[①]

对抗遗忘，照亮生活，发现当时还未知的存在，都可谓至理箴言了。但如果要让我接上昆德拉的话再加一句，并且把它变成“广告语”，那就是：你应该阅读这些小说，否则关于这时代的某些秘密、某些人的遭遇与命运，你将永远不会知晓。

而你愿意做蒙在鼓里的人吗？

一、短篇小说：合法性会成为问题吗？

这问题看起来有点多余，文学的合法性自然永远不会成为问题，前面所引的话已证明了这一点。但小说应该关注和发现什么、应该成为什么样的艺术、应该如何在变中不变或不变中变，却是问题。“知识是小说的唯一道德”这样的话之所以有道理，在于它对“发现未知”的强调，但小说的类似19世纪的那种“认识论意义”，如今已被20世纪以来的“勘探”与“烛照”功能所代替。因为很明显，20世纪以来资讯文化的空前发达，矮化了其他文体包括小说在内的认识论功能，因而这“知识”的内容本身也变了，不再是艾布拉姆斯所说的“镜”与“泉”，即“模仿”与“表达”，而是变成了“灯”——精神的发现与烛照之“灯”。在现今，唯有这一点无法被代替。当我的同行或朋友们说，他已经不读小说——理由是现今读小说还不如去读《南方周末》呢，“文学”已不在作家和文学期刊那里，而是在报纸的新闻里，今天的生活要远比文学生动离奇——的时候，我确实同意他们的说法，但我还要问，在今天，有什么样的资讯能够像文学一样发现心灵的秘密，发现人性深处无法言喻的隐秘与复杂？他们还是找不出替代品，谁也找不出替代品。没有任何一种文字能够深入人的无意识世界，深入命运的底部——被包裹在“现实”内部的令人瞠目的

①米兰·昆德拉：《小说的艺术》，董强译，上海译文出版社，2004年，第6页。

“真实之核”，并且将这一切戏剧化地和盘托出。这就是小说“永恒的合法性”之所在。

但这也只是事实的一面，事实的另一面则是，今天的人们确实已经失去了对于文学这种反映方式的耐心和兴趣。是的，今天的文学和作家确实有能力揭示出生存与生活的全部尖锐性，但今天的生活与生存本身的残酷与离奇性，却又确实远远超过了文学虚构，许多时候像《南方周末》所登出的那些新闻报道，确比小说更有震撼力。这是一个矛盾。小说家怎么写才能够重新召唤回读者？这是个难题，因为写作者也同样无权指责读者的懒惰和堕落，去命令他们读文学。当年老巴尔扎克为小说吸引读者所开出的秘方是“研究偶然”，他说“若想文思不竭，只要研究偶然就行”，因为“偶然是世上最伟大的小说家”。[①]这个说法似乎为上面的观点找到了理由——新闻比小说更具有认识和震撼价值。但不要忘记，文学是通过心灵，通过有血有肉的生命经验与内心感受来揭示这一切的，新闻能够呈现事件本身，却不能像小说那样直接进入人物的心灵世界，这就是它们的差别。因此巴尔扎克说：“我比历史学家做得更好些，因为我更自由。”[②]

但许多人拥有“自由”却失去了使用自由的兴趣。和巴尔扎克面对无尽的债务去写作一样，如今的小说家也同样考虑写作的“回报”问题。这就变成了俗气而非常现实的问题：对小说家而言，书写的呕心耗神必须与所得的回报成正比，在今天，写作短篇小说几乎成了回报最不成比例的事。所以好的作家、成名的作家很少有耐心去写短篇小说了，因为他付出心血，却很难从中获利——如果不是侥幸被选中拍成电影，或注水后扩编成电视剧，他（她）很可能就只是一次性地得个几百块钱的稿费而已。小说家也是人，凭什么要写低回报的短篇小说呢？这使我想起2006年冬作家苏童在北师大的一次谈话，大家在苏童的演讲之后有一番讨论，话题不觉集中到了他短篇小说的成就上，而那时正值他刚刚出版了长篇小说《碧奴》，应该有时新的话可谈，但作为读者，人们却冷落了他的长篇，而津

①参见巴尔扎克：《〈人间喜剧〉前言》，见伍蠡甫主编《西方文论选》，下卷，上海译文出版社，1979年，第163页。

②同上，第172页。

津乐道于他早年的“枫杨树故乡”、“香椿树街”和“妇女生活”系列的中短篇小说。当人们“鼓励”苏童要继续发扬所长，最终成为当代短篇小说的大师时，苏童很幽默地抵挡说：“你们千万不要害我，我一家人还要吃饭哦。”

这例子确乎已表明了如今短篇小说写作的“逆势”和“逆市”。本来长于写中短篇小说的作家变成了偶尔为之，把短篇写作看成了“应急”或处理“边角料”的方式。而批评家也很少愿意去为一个小说家的中短篇写作而耗费评论笔墨，因为评论长篇或某个文化现象其实更具规模效益，看起来也更像是一篇“论文”。笔者也曾询问过几家刊物的主编或编辑，知道现在约到一个名作家的短篇非常不易，从成长中的青年作家那里选到一个好的短篇也不易，对自然来稿则根本就不抱指望。固然如今一个青年作家要想成名，还要靠十个八个的上了名刊的中短篇来支撑，只有那样才会有权威批评家出来为之说话，将之放入一个“新锐”名单的序列中。然而这也只是“成名”而已，真正要“成家”，最终还要靠长篇。没有有分量的长篇怎么也称不上“著名作家”。还有，长篇即便再不景气，一般来说发行量也会好些，那些尚未炙手可热的作家的长篇也总能发个万把册，但是短篇小说集出版起来就特别难。

所有这些信息似乎都是不利的，但这些说到底，与眼下短篇小说的质量与水准并不对位——当我真正沉浸于阅读这个选本的时候，所获得的信息基本上是正面的，我强烈地感知到了小说家们的才能和责任感，它们使我确信，短篇小说不仅是作为“小说”来说，同时作为一个特殊而独立的文体来说仍然是充满活力的。它们饱满的戏剧性特征、浓郁的传奇意味，还有精微细腻的精神勘探、烛照灵魂的力量，都表明它们所包含的为昆德拉所说的那种发现和揭示存在的“知识”的信息是充裕的。它们使我从虚假的“现实”中逃逸出来，在虚拟然而“真实”的世界里穿行了数日。我的感受是：至少出现了一个短暂的“记忆的恢复”，它反衬了我日常生活的虚幻与“失忆”状态——虽置身现实却全无感受的麻痹状态。我想，这便是它们的意义与价值所在了。它担负起了记录和提供有关我们刚刚经历和正在经历的时代的“知识”的职责，也就意味着它用“小说的道德”的方式，矫正了我们“不道德的生活”——空心化和没有记忆的生活。

二、关键词：挽歌或传奇

如果要给出一两个关键词来概括这些小说，最合适的也许是“挽歌”。挽歌所表达的或许并不首先是眼下的情状或“知识”，但它同样是一种“反证”时代之痒或者现实之痛的“发现”，它属于过去，目的却指向现在。因为这样一个特点，挽歌又大都具有“传奇”的性质。正如“短篇小说”在汉语中的本名叫作“志怪”（六朝）、“传奇”（唐）、“话本”（明）、“笔记”（明清）一样，英语 short story 也有“传奇”、“史话”、“鬼故事”的意思。短篇小说的本意也许就像巴尔扎克所说的“研究偶然”，并且将之记录下来。从这点看，迟子建的《一坛猪油》也许是一个范例。她小说中惯有的神奇当然与地域的偏僻有关，但与人的心气和信仰更有缘分，它们以淳朴之心坚韧地伫立着，不管世事如何变化，世风怎样延迁，依旧闪耀着道德的色泽，以及悠远苍凉中安详宁静的诗意。说来该篇小说还是整本集子中我唯一早先读过的一篇，是缘于老父的推荐，年逾七旬的他春夏时来我处小住，闲来无事翻读杂志，读到了这篇《一坛猪油》，他按捺不住欷歔良久，嘱我一定要抽空看看。我知道，通常为老人所感动的东西一定包藏了时间性的主题，岁月沧桑，人世更迭，他一定是从中读到了自己记忆的影子。我的阅读验证了这个判断，它确实容量巨大，这容量来源于小说家对时间的处理能力。故事讲得很细，但三十余年的漫长时光却在其中悄然流走，生生死死间，一件细小的宝物失而复得，小善或微恶，终有因果还报，这样的故事读之如何能不令人欷歔？

小说开头讲述的是“一只坛子的旅行”，这是很带戏剧性的笔法。三十几岁的家庭主妇“我”将要携带几个孩子，离乡去遥远的林场，与在那里做伐木工人的丈夫团聚，匆忙中将仅有的房产变卖，只换得了一坛猪油。这决断草率之下，也有一个比较质朴的动机，就是那只坛子实在是十分精致好看。然而那屠户见了这位主妇的单纯和慷慨，也并不落忍，悄悄在猪油里放了一枚镶有绿宝石的戒指作为还报。这一节是作为一个伏笔，前面的叙述中并未交代。随后辗转千里的旅行，实在是充满了艰辛和风险，最终坛子还是不慎摔碎了，女主人沮丧之余也只好认命，收拾起散落的猪油继续上路。而就在此间，那只无人知晓的戒指被前来迎接的一位年轻人崔大林捡起，昧为己有，并且后来以此为聘礼娶得一位上海媳妇。但仿佛是上天有报，他年轻娇美的妻子后来在江边洗衣时又将戒指遗落水中，从此抑郁失色，生活不顺，伤心而死。多年后女主人最小的儿子蚂蚁在江边打到了一条鱼，竟从鱼腹中剖出了那枚亮灿灿的戒指，女主人当然并不知晓它的真正归属，还是出于一片天真，拿去送与崔大林，以安慰他丧失爱妻的不幸。但崔大林此时也终于明白了，凡事都有定数，不属于自己的东西，得之无益。他将戒指的来由原委讲与女主人，让“我”也不由叹息这天意的神奇。

这故事简直称得上《蒋兴哥重会珍珠衫》的现代版，或许可以改名为“一枚戒指的传奇”了。后半部分，作者刻意简化处理，省却了繁杂的描写和交代，让时空大跨度辗转挪移，使故事在一个不大的篇幅中生发出世事沧桑、物是人非的诗意。其中无论是屠户的暗中酬谢，还是女主人公的慷慨赠物，都带有“时代挽歌”的性质，它让人担心，这样的美德还能存在多久？

称得上“挽歌”的还有一位叫作葛亮的作者的《大暑》，平心而论，这是整部集子中最精彩的篇章之一。和迟子建的小说一样，它所表达的是对宽良与质朴的人性的怀念，其实也就是对现实的另一种烛照与反衬。这篇小说写得如此饱满酣畅和细腻绵密，人物简直让人过目难忘。南京城里居然住着一个从乡下搬来的家庭，他们是前来继承祖上房产的一家，因为保留了乡村的生活习惯，所以在城里显得格格不入。大院出身的孩子毛果偶然串门，来到了这个与寻常迥异的家庭，见到了同学成洪才的父母亲和阿婆，见到了他们家院子里小小的然而是神奇丰饶的庄稼和菜园，品尝了他们家自做的风味点心，从此与这个家庭结下了不解之缘。成洪才一家用乡下人的热诚和质朴，给了他许多的意想不到的关怀与呵护，特别是阿婆那质朴而不容拒绝的慈爱，让孤独的毛果深感温暖。在随后的交往中，毛果也见证了这个家庭的清贫与富有、欢乐与愁苦，目睹了他们诸多子女间的纷争与矛盾。小说中关于这些生活情景的描写，甚至让人想起方方的《风景》中那样经典的笔法。最后，由于城市拆迁改造的缘故，这家人不得不再度迁回乡下，毛果也从此失去了这温暖的、充满着浓厚乡情的小小家园。

《大暑》一篇可以说除了题目不好，几乎是一篇无可挑剔的完美之作。之所以说题目不好，是因为它与整个作品的故事还有题旨关系都不大，起得过于随意了，它或许应该取名“城里的乡情”，或者“菜园的悲伤”之类。但小说实在是一曲动人而抒情的挽歌，因为对城市里依稀残留的乡村文化的书写，充满了动人的诗意与悠远的感伤。

如果说葛亮的小说是写了城市文化对残存状态的乡村情感的逼挤与驱逐，那么金仁顺的《松树镇》，则是写了城市文化延伸进乡村世界所带来的污染。一个“地下电影”拍摄小组来到一个有煤窑的山村，这些貌似“前卫”的人的举止行为，让那里的男孩女孩再也无法安分地生活，一个叫作孙甜的内向腼腆的女孩也做起了明星梦。数年后，她终于成为一名电视台的主持人，但为了有利升迁，她与台长关系暧昧，后被男友发现并揭发，为了保住名誉，她杀死了男友，最终锒铛入狱。这个悲剧追根溯源，也许就是源于当初那个剧组对女孩的许诺，他们引发了女孩的梦想，虚构了她的未来，并最终害了她。如果没有这类“现代”的生活方式与价值观的侵扰，也许这个女孩选择的将完全是另一种人生。

王安忆的《积木》属于另一种“记忆的挽歌”，尽管她的叙述很有漫不经心的意味，小说也没有设置复杂的故事，但有关童年玩积木的记忆，让她叙述的慢火渐渐燃烧，变得撩人起来。一副以“中苏友好大厦”为造型的特殊的积木，也勾出了一段历史的隐隐的沧桑怀想，这大概也算她“寻找上海”的一部分吧。这是一个上海人的记忆，至于说哪一部分是历史，哪一部分是童年，全部绞缠于一起，不好分拆了。岁月如风，人生易老，最后留下的是一番淡淡的失意与惆怅。

阿来《小说二题》中的《秤砣》、刘庆邦的《抓胎》、储福金的《棋语·枷》、鲁敏的《离歌》也都是不同类型和风格的挽歌。前三位作者都可谓名家老手，作品自然各具特色，小说叙事的手段也非比寻常，但这里我想多说几句的还是鲁敏的《离歌》。“离歌”这个词我在词典里没有查到，但按小说里的意思，大概也就是“挽歌”了。这是一曲生命如草，或者生死如纸的苍凉之调。两个乡间的老者，三爷和彭老人，一个是活在打发死人的活计里，一个是活在自己行将就木的恐惧中，两个人都在为草芥般的生命落幕而费心思。三爷做了一辈子的“纸扎”，即为人送葬用的纸幡花圈之类，因为做此等营生，一辈子未曾婚娶，也无子嗣，一人孤独地居住在河的对岸（这也许有点“彼岸”的隐喻意味吧），连他与河的此岸之间的木桥也因老朽而被河水冲垮；而彭老人自愿为三爷架桥，其实是为他自己的后事作些准备——他与三爷说，搭桥其实是以免他自己死后经过时不便。他们之间还发生了持久的交谈，而这些都关乎他对自己死后的安排。“存在是提前到来的死亡。”——海德格尔如是说。虽然两个老人无所谓是否“存在主义者”，但小说还是弥漫了浓重的黑色气息以及死亡与存在相依相存的哲理意味。能够深入两个乡村老人生命与内心机密的深处，鲁敏的注意力和小说旨趣令我吃惊，毕竟一个“70后”城市身份的作家，有这样悉心洞察的心思，真的不易。

“挽歌”构成了一部小说集的主调，这大概很正常，没有哪个时代的小说不是以“挽歌”为主调的。但每个时代的挽歌中所透出的具体的担忧与焦虑、悲伤与困惑的内容大概是不尽相同的，它们在隐约间真切地证实着我们周边即将消失的一切。

三、发现应该发现的一切

1941年的时候，巴赫金曾预言了“文学的小说化”[①]趋势，他的意思应该是说，在各种文类中，小说大约是最富前景的。那时当然还没有发生资讯文化的爆炸，也没有上世纪中叶以后，在发达国家出现的后工业时代

①巴赫金：《小说理论》，白春仁、晓河译，石家庄，河北教育出版社，1998年，第544页。

“娱乐至死”的消费文化的膨胀。在这种情况下，他的预言是基于小说对日常生活的传达功能提出的，现代小说“艺术描写的对象降低到了现代生活的未完结的日常现实”，而且“小说依据的基础，是个人的体验和自由的创作虚构”。[①]这使它在表现方式上获得了最真实和最复杂精微的属性，因而也就塑造了文学的未来。而当现代资讯与娱乐消费文化日益发达之后，小说原有的认识价值已经被矮化，变得越来越无足轻重，在这时，它的心理性就变得重要起来。还是那句话，一则新闻可以耸人听闻，但无法抵达和解释人的内心，更无法抵达人的无意识经验世界的深处。在这个意义上，巴赫金的话并未过时，在矮化了认识作用的文学中，小说仍然居于最主要的地位，因为它可以用来揭示其他方式永远无法表现的心灵秘密。

因此，我坚信有这样一类小说：它对某些秘密的揭示，是这个世界上我们了解那些事物或心理活动的唯一方式，以及唯一可能的通道。没有它们，我们便对之浑然不知。照昆德拉的说法，它们是我们“照亮‘生活的世界’”和发现“未知的存在”的凭借。从这个意义上，我认为叶弥的《“崔记”火车》几乎是一个杰作，如果要我在这本集子中选出一篇杰作，那么非它莫属。

这是很难用某个概念来涵盖和描述的一个故事，却是最见心理深度、笔法也最为细腻的一篇。表面上，它是写了街头缝补摊上的两个小人物——一对贫贱夫妻间的恩怨纠葛，但她落笔的重心，是要抵达那些我们一生也不曾想过要抵达、也不可能抵达的人物的内心深处。这是一个挑战。如果试图进入一个“知识分子”或者“中产阶级妇女”的内心世界，也许并不难，有很多概念化的模式可以参照，但进入一个底层妇女的无意识世界，却近乎天方夜谭。我相信这种难度也许是促使叶弥写这个小说的一个因素，一针兴奋剂。这样的一个镜头可能许多次出现在我们的视野里，但谁也不曾认真地瞟过他们一眼——两个蹲在街边的缝补匠，他们像河边的两块石头，蹲坐在滚滚的人流之中，一动不动，这构成了他们的命运。然而这个叫作秋媛的女人，这个一直沉默着的缝补匠，却也渴望着远

①参见巴赫金：《小说理论》，白春仁、晓河译，石家庄，河北教育出版社，1998年，第544页。

方，渴望着一列火车驶进她的生活并将她带走。所以，当遭到心情糟糕的丈夫砍来的一板凳的时候，她就萌发了强烈的“找一个人”的冲动。她找到女伴珍玲，要她陪她去找先前曾有过一次约会的邮电局长，然而这个人对她已没有了热情；然后她又执拗地去找白天那个装扮粗蛮，又颇为“羞涩”怪异的光头男子，结果那个人因为马上要坐火车离开了，匆忙间也没有什么心情与她纠缠，她只好作罢。这时她的丈夫老崔也在雨中到处找她，扫兴之间，一对夫妻只好怏怏而归。第二天，女伴还在担心着秋媛，但她在大街边见到他们夫妇时，则看到晴朗的光线下，他们仍旧安之若素地埋头在那里干活，仿佛什么也不曾发生。

平心而论，小说写到这个关节点上也足够了，我想此处作“没来由”式的处理也许是最好的——一个微贱而无奈的底层妇女，偶尔产生了一次“出轨”的冲动，她渴望奇遇，但命里却没有这份缘，最后只好认命。这是一个在几乎无戏可写的地方，“无端”地产生出奇妙的戏剧性元素的安排，最妙的地方就是这火车的隐喻，以及这一夜里秋媛的莫名然而合理的情欲冲动——她毕竟是一个活体生命啊！可惜，叶弥在这里似乎多多少少有点气短，她想让她的主人公的行为更“符合逻辑”些，就又设计了她丈夫老崔的“病”——满街上的好事者都猜测他大概是患上了“性无能”之类的病，他因此成为一个无处藏身的“被窥视者”，一个没有任何隐私的人，连他的第几个脚趾上得了灰指甲都瞒不过别人的眼睛。而秋媛也就同时成为另一个被窥视者。他们共同活在别人的流言和讥嘲里，也就难免老崔会偶尔发泄一次无名之火，而他失手打了秋媛之后，秋媛的这一次虚幻的“出轨”也就有了理由。在我看来，这就有点多余了，不作这些设计也许更好些，那样小说的心理意味反而更浓。

不过，我还是很推崇叶弥的笔法，她对于人物心理的交代，简直是夜行秋雨无形有声，是神来之笔，无字风流。那么自然地就穿行于一个底层妇女的内心隐秘之中，无法不令人称奇。

值得称奇的还有韩少功的《西江月》，这篇小说写的是一桩具有某种“时代色彩”的堪称惨烈的奇案。它展现出的作家对时代的抨击义愤，显然要超过对人物精神世界的好奇。这符合男性作家的习惯。如果说叶弥执意探寻的是这个时代人物内心的承受，那么韩少功所要着力关怀的，是被欺辱和被剥夺者的命运，同时他还要尽可能地呈现出一幅惨烈的画面。一个被称作“暴牙仔”的无名无姓的小叫花子，在一个叫作花桥镇的地方沿街乞讨，常以垃圾为食，到处受人欺凌。他每日都向人打听一个叫作“龙贵”的人，没有人知道他的目的是什么，这个龙贵又是何许人也。直到有一天他问到一个“戴太阳镜的”“卷发的中年男人”，且恰好他就是龙贵的时候，他死死地抱紧了他，与他双双跌到桥下的河里。几天后有人捞起了死者的尸首，发现那个叫龙贵的人的面孔已经被小叫花子咬烂了，而小叫花子的嘴里则塞满了肉泥。人们方才明白，暴牙仔忍辱偷生多年，为的就是等这一天，与糟践了他姐姐的这个人同归于尽。

这应该是我们时代无数的暴力复仇事件的一个缩影，除非告知无门，不会作这样决死的选择。有谁会去关注这样一个卑贱的生命呢？不要说他内心是否悲愤或荒凉，那或许奢侈造作，但这样的悲剧实在就在我们周边，而且早被我们习而不察，对之安之若素，甚或视为茶余饭后的笑料谈资而津津乐道。然而仔细想想，如果没有这个绝望的弃儿惊世骇俗之一举，这世界也许就彻底沉沦了。因此，这归根结底是具有拯救意味的复仇，他用决死的仇恨所咬噬的，绝不仅仅是龙贵的一张脸，而是一个时代暧昧而无道的世道和人心。

相似的命题也不尽然如此严峻，在另一些作家的笔下就显得轻巧和戏谑了许多，徐则臣的《镜子与刀》、王手的《照片》，还有劳马的《新闻线索（三题）》，就各有各的轻巧细密的戏谑。《镜子与刀》是从儿童的视角写了一个水乡小镇里传统文化的解体。九果的父亲既是一个憨厚精明的渔人，同时又经常暗中光顾“花街”上的各色暗娼，为此他也经常粗暴地打骂老婆，终于有一天他的行为被儿童穆鱼（“我”）和九果发现，九果愤怒地将他的父亲刺伤，并且与母亲一起摇船逃走。这个过程中作者刻意使用了“语言屏蔽”式的叙述——儿童穆鱼因为出疹子而失声，找了神婆驱邪，神婆安排穆鱼的父母把他封闭在阁楼上不得下地，否则身上的“魔鬼”落地就会让孩子真的变成哑巴。幽居阁楼上的穆鱼终日无所事事，就用镜子反射阳光在大街上照来照去，结果一是用“光语”交上了九果这个朋友，再是发现了街道上的许多秘密。但作为儿童，他对这些事情既不甚明白，同时又无法用语言说出，只能通过“光语”与九果交谈。这一情节寓言化地影射出成人社会风俗的败坏，以及其对儿童世界的侵扰和逼挤。最后，当九果与母亲逃走，穆鱼跑下阁楼拼命追赶之时，他才在急切的喊叫中“恢复”了说话能力。

劳马是一位擅长用讽刺手法书写社会流弊的“体制外作家”，他的小说文体类似于中国古代的“笔记体”，短小，不加描写，只用叙述，每个故事大都有一个漫画式的人物，或戏剧性的“小包袱”，单看每一篇也许并无惊人之处，但汇集在一起便成了一幅今日众生世相的图画，一幅浮世绘式的连环长卷，所以我将他的文体称为“新笔记体小说”。《新闻线索》中分别叙述了三个故事：为了得到双份的新闻线索报酬，就对消防中心纵火，第一遍举报失火消息得了五百块钱的奖励，第二遍举报纵火嫌犯被抓，还要五百，结果还未说完就已被警察抓捕，原来纵火犯就是举报人自己；第二个讲述的是一位退休老干部“在位”与“不在位”时的差别，原来是何等威严傲慢，现在又变得如此谦卑和蔼，其中在任的领导对此有一个至为形象生动的比喻——前后的差别好比是“有电的电线”和“没电的电线”之别；第三个故事讲的是无论中医还是西医，都各有医疗腐败和不作为的招数，而病人看病便无所适从，任凭欺诈和耍弄。这些讥讽故事虽然并不刻意追求辛辣尖锐，但读之往往会检验并且唤起人们的良知，对素常习而不察的诸般“潜规则”产生追问和思考，令各色人性的隐蔽弱点昭然于道德的光照之下。

四、戏剧性、试验与写真及其他

戏剧性曾是古典时代短篇小说的核心要素，中国古代的白话小说在这一点上尤其明显，“三言二拍”中的故事，每一篇都充满曲折跌宕的戏剧因素。在西方也同样如此，文艺复兴时期的《十日谈》和《坎特伯雷故事集》都是以戏剧性的故事作为叙述的核心要素。近代短篇小说公认的“三大家”莫泊桑、契诃夫、欧·亨利的小说中，也将古典小说中的戏剧性元素发挥到了丰富多变的艺术至境。从某种意义上说，戏剧性是短篇小说艺术的生命所在，没有戏剧性也就没有结构，也就没有诱人的矛盾冲突、自动生长性的故事、性格鲜明的人物，当然也就没有吸引读者的魅力。如果说现代以来短篇小说出现了危机的话，我以为首先是戏剧性的衰减所致。小说家误以为小说叙述可以完全由写作者的意志所驱遣，而故事仅是观念的载体或抒情的工具，但如果这样，小说的魅力，尤其是短篇小说特有的强烈而集中的戏剧性元素便大打折扣了。这是尤为值得反思的。

不过选本中的大部分篇章还是可以让我们重温戏剧性情节的魔力的。《一坛猪油》、《“崔记”火车》、《松树镇》、《西江月》、《大暑》、《照片》、《杀人》诸篇，都是很富有戏剧性的作品，它们都有跌宕起伏、曲折抓人的情节与故事，人物也多戏剧化的性格因素。有的甚至近乎于某种传奇。不过我要特别指出的一点是，对戏剧性的强调，并不意味着刻意求之和巧合做作，相反，好的戏剧性是经过了隐含性处理的——用昆德拉的话说，就是“超越于因果关系之上”。他举出了托尔斯泰的《安娜·卡列尼娜》的一个情节：一对男女在小树林里相遇了，他们各自钟情对方，只要捅破一层窗户纸就万事大吉了。但鬼使神差阴差阳错，他们见面时却是一味王顾左右而言他地“谈起了蘑菇”，就这样他们一直被这该死的话题攫持着，错过了他们的爱情……昆德拉写道：“这段非常美的小片段便是《安娜·卡列尼娜》最伟大的成就的一个缩影，即表现人类行动无因果关系的、不可预知的，甚至神秘的一面。”[①]说得多么妙，它不由得又让我想起了叶弥的《“崔记”火车》，它几乎就是一篇完美之作了，但如果那个叫作秋媛的女人，那个缝补匠，并不是因为丈夫的“性无能”这样的“过于充分的理由”，而生出了火车的幻想和出轨的愿望，那么可能会更具有一种深层的合理性，仅仅是每天重复的困顿劳作，就足以让她产生厌倦与渴望刺激的冲动了，为什么还要加上一个过于显眼的缘由呢？

相比之下王手的《照片》对类似问题可能处理得更轻巧些。它写了

①米兰·昆德拉：《小说的艺术》，董强译，上海译文出版社，2004年，第73~74页。

日常生活中的两个为无意识所支配的女人之间的交往故事。两个女人，一个聪明，叫李回真，一个蠢笨，叫柯依娜，两人既有友情，又暗暗较劲。柯给人介绍对象，还憨傻地陪同去旅游，结果同行的人很杂，生出些小尴尬，拍的合影照片无法向老公解释。结果还是李回真为之摆平了，她的智慧仿佛无所不能，这让柯感到自卑和沮丧。然而最后，并不服气的柯依娜发现，在外面自信神气的李回真其实早已被丈夫"离掉了"，她从这个秘密中找回了一丝自尊和满足。这个小说从题旨看，似乎并无更大寓意，但枝蔓丛生的叙述，饶有生趣地将两个女人之间戏剧性的心理较量呈现了出来，令人暗自钦佩，真是手段不俗。

麦家的《杀人》在如今一片"写实"的风气中显得有点孤独，这孤独也有点令人惊喜。这篇小说在细节以及叙述逻辑上也刻意求真，但整体看有点强调虚构意味与形式感，颇有些先锋小说的遗韵。它写了一个连环的杀人与复仇的故事。源自"文革"的一段无端之仇，一直延续在后人中间，由于"文革"中父亲被邻村人打死，两个儿子也即"我"的两个哥哥便以牙还牙，杀了对方并潜逃失踪。多年后，居住在城里的"我"试图忘记这一切恩怨，但在偶然回乡为父母扫墓之时，冤家路窄，偏偏与仇家的后人相遇，对方通过语言羞辱与挑衅激怒他，但在搏斗中那对夫妇却失手自伤，"我"虽然没有直接杀人的罪过，但因为参与斗殴也被判入狱。小说突出了"偶然"与某种宿命因素，在叙述上非常有戏剧形式和试验意味，但在人性探查或哲学寓意的深度上，比之余华早期的《现实一种》或《鲜血梅花》等作品似乎要稀薄或暧昧些。这也许就是如今小说试验的某种追求吧，"超越因果"与"含混处理"，既标明小说试验的新趣味与超越的努力，也显示了这探求试验本身的迷失与弱化。

徐则臣的《镜子与刀》也是具有试验色彩的叙事，它通过童年视角与语言屏蔽（暂时失语），营造出了不同寻常的陌生感与超现实意味，使叙事充满空白与悬疑，这在如今"写实"潮流几乎遮覆一切的背景下也显得多少有点孤独。平心说，我还是更期待小说中的超现实因素，琐细的写真与具体的问题关怀，如今虽说拉近了小说与现实的距离，却使小说的技艺停滞不前，使小说家越来越流于平面化的重复书写。我当然赞赏小说家对日常生活细节的描摹能力，甚至认为小说家能够把小说写得枝蔓丛生、琐细逼真还是了不得的硬功夫，但过于拘泥细节的仿真、物质环境的客观再现，在某种意义上也是倒退。还是前面那句话，小说的认识论功能已经发生了根本变化，巴尔扎克式的细节真实性固然重要，卡夫卡、博尔赫斯式的寓言深度，川端康成与沃尔夫式的心理与无意识书写，甚至纳博科夫、库切式的私密欲望与情感的揭秘，更是我们的小说家应该奋力掘进和勘探的方向。否则小说的力量还是要淹没在资讯的离奇与尖锐之下，淹没在时尚的虚浮与问题化写作的泡沫里。

建法兄用他温暖然而尖锐的眼光选取了这些小说，但就像研讨会上他通常的姿态一样，他选择了沉默，让别人去聒噪。他是聪明的，也是令人恐惧的，天知道在他温暖的、深不可测的、隔了玻璃镜片的目光背后隐藏的是什么。我架不住他的谆谆嘱托与仁厚兄长般的催促，聒噪了这些，不知与他的旨意相去多远。我知道替别人说话总是愚蠢的，但没有办法，后悔已经来不及了。

不过无论如何，阅读总是愉快和受用的，而读者的愉悦和享受，也反过来印证了他那一贯正确的眼光。

戏剧的凸显或形式的诞生

——《兄弟》及余华小说中的叙事诗学问题

《兄弟》出版以后，因为其表层的“道德状况”而招致了许多的指摘与诟病。这使得余华自20世纪90年代以来在国内读者中积攒下的“美名”，以及作为“先锋作家”的某种“神秘感”被“祛魅”了，失望之声哗然一片。的确，这部小说在某些细节上的疏漏或“不真实”值得商榷，然而犹如1993年贾平凹的《废都》所面临的指斥，人们对它外表的“污秽”和“粗陋”情趣的批评，并没有深入小说的寓意以及美学上的考虑，而作出有针对性的讨论，致使一个很好的批评例证被浅尝辄止地搁浅了。人们并没有根据时代的微妙变化，对它更大的符号意义作出有效的解释。其结果是，在十几年过去之后，人们发现《废都》所寓言的一切——当代文化的溃败，知识分子精神的集体性堕落，早已有过之而无不及地变成了现实。过上多少年以后，后世的人们再来研究我们这个时代的文化与思想的话，很可能会把《废都》当成一个全息的活例予以研究，犹如我们会从《金瓶梅》一类小说中来观察晚明中国的社会与文化一样。那时《废都》将重新复活，成为一部在思想上具有丰富载力、在美学上也熠熠闪光的作品。

假如是那样的话，这便是当代批评家的耻辱了——当然，多年以后《废都》也仍有可能是一部了无趣味的小说，那就最终证明了作家的粗鄙和批评家的高明。但是经验告诉我们，判断一部作品水准的高下，并非是一个简单的道德命题，因为一部作品的道德境界不是取决于它表层的格调，而是取决于它的故事与人物命运中所呈现出来的道德力量。换言之，作家是否以道德家的面孔出现给读者以说教并不重要，重要的是在故事背后所呈现出来的批判精神与道德拷问。托尔斯泰小说中的道德力量的获得，不只是因为其小说叙事中的道德洁癖和作家突出前台的夸夸其谈，更是因为它对人性与灵魂的深入挖掘与自我审判；同时，拉伯雷的小说也不会因为大量使用了戏谑的和“下半身”语言，而丧失了讽喻力量与道德价值；即使是《金瓶梅》，也不会因为露骨的性描写以及夸诞的“欲望叙事”而失去了存在的意义。只注重表面美善的欣赏趣味，对现代艺术而言并不总是合适和有效的，因为成熟的艺术总是尽可能多地传达出人类社会的困境，以及人性经验的复杂性，包括书写出它令人惊骇和恐惧的黑暗部分。这一切就像波德莱尔、卡夫卡、萨特和加缪们所揭示的一样。在这个意义上，《兄弟》或许会和《废都》一样，在人们的指责和批评声中渐渐“成长”，成为对当代历史有所担承和批判的作品，成为从另一面介入精神命题，并且生发出道德力量的作品。

还有一点，长期里批评家们过多地谈到了余华小说中的某些“主题性”的元素，比如“苦难”、“救赎”、“死亡”、“暴力”、“狂欢”等等，但我认为这些东西对于余华来说也许并不是最重要的，因为它们在其他作家那里也同样存在。因此，要想使谈论有效，必须以“让余华之所以成为余华”的独有的特质和属性为话题——这些东西确实存在，只是我们未加仔细甄别。同时，这也正是“余华不仅仅是余华”，而成为“一个小说诗学的样本或范本”的原因。只有谈及这些东西，我们的谈论才能与余华作为一个作家的意义和价值相匹配。将近十年前，笔者曾试图寻找这种特殊性，并以“文学的减法”[①]为题，就其形式感与形而上学意义的生成、其叙述的辩证法，即“极简叙事”中的意义增值等问题进行过探讨，此文有幸获得了一些同行的回应与认可。这里，笔者试图循着同样的思路再谈谈另外的几个问题，以就教于各位方家。

①参见拙作《文学的减法——论余华》，《南方文坛》，2002 年第 4 期。

一、“极简”的效用与形式的生成

“极简主义”的叙事在历史上并不乏例证，中国古代的笔记小说大都具有简练或简短的特征，如六朝志怪、唐传奇和明清笔记，都可归于“极简叙事”的范畴。因为这种简练，这些小说具有显在的“寓言”性质。另一种“话本”白话小说虽然在篇幅上较长，但在内容和风格上具有另一种简练——明白易懂，训诫意味浓厚，故事内容有“套路化”的倾向。在当代的外国小说中，卡夫卡式、博尔赫斯式的写法，都有一种形式上的简练；而另一种则是卡佛式的内容和风格上的平易与朴素，一种“通体的极简主义”——用卡佛自己的话说，就是“用普通但准确的语言，去写普通的事物，并赋予这些普通的事物……以广阔而惊人的力量”①。极简化带来的叙事效果至少有两个，即形式感与寓言性。毫无疑问，“寓言”在叙事上是简单的，而“简单”之所以能够成为一个艺术范畴的基础，在于富有形式意味，否则简单便成了浅薄。鲁迅小说的叙事与其他现代作家的叙事相比是“简单”的，从笔法到情节都至为简练和透明，甚至充满“重复”的细节，但恰恰是这种风格，使他获得了鲜明的形式感与戏剧性，以及深远的寓言意味。

显然，早期的余华就显示了对于极简性叙事的迷恋，成名作《十八岁出门远行》便是一个例证。与鲁迅早年的小说一样，余华善于在极短的篇幅中完成对于故事的演绎和人物命运的戏剧性呈现，他们的不同仅仅在于，余华是把重心放到了对于人物无意识世界的细节与景象的发现与营造上。当然鲁迅也这样做过，在《狂人日记》、《阿Q正传》、《肥皂》诸篇中也有相当活跃的无意识活动，但余华则几乎是将无意识活动作为了主导性的内容来表现。同时，他还致力于将故事的背景简化和删削，这使他的作品给读者带来“陌生化”的体验，使人们实实在在地感到了他的“难度”，甚至“晦涩”。但这“难度”和“晦涩”恰恰与他的极简追求有关。在《死亡叙述》、《现实一种》、《古典爱情》、《鲜血梅花》、

①雷蒙德·卡佛：《卡佛自话》，见卡佛：《大教堂》，肖铁译，南京，译林出版社，2009年，第238页。

《往事与刑罚》等经典性篇章中我们不难发现，叙述的极其简化和简短，不是使这些作品变得单薄和浅白，而是使它们变得更加抽象和难懂了，这几乎成了早期余华的一个偏执的嗜好。

以《现实一种》为例，这个小说所讲述的，是在一个家庭里发生的“连环谋杀”的故事，起因则是阴郁的气氛与家庭环境诱发了男孩原始的人性之恶。五岁的皮皮虐待并“无意识”地摔死了叔叔家的婴儿，这是《圣经》故事里著名的“该隐杀约伯”的兄弟相残故事的延伸（这个故事与《兄弟》中手足相残的故事也可以说同出于一个原型）；之后，叔叔山峰在妻子的怂恿之下愤怒地踢死了侄子皮皮，而皮皮的父亲山岗则在妻子的怂恿下，用了一个计谋兵不血刃地杀了弟弟山峰（他将山峰诱绑在树上，让一只小狗不断地舔舐其脚心使其大笑不止，最终气尽力绝而死）；而后，山峰的妻子又将山岗告发，山岗以谋杀罪被处以极刑，而山峰的妻子又冒充山岗的妻子将他的尸体捐献了出去。山岗的身体被大卸八块，分别归了医院、研究所和博物馆，他的几个重要器官分别被移植到不同的病人身上。小说最终交代，最成功的一个移植手术，是让一个在车祸中失去了睾丸的青年，在结婚一年之后使妻子生下了一个儿子。这个小说的故事有“极度完整”、一定要“把故事进行到底”的戏谑倾向，通过人物之间一个戏剧性的传递关系，完成了一个连环谋杀的叙事。显然，这个故事是不真实的，现实中几乎不可能有这样一个残酷的家庭，余华只是极尽能事地描写出了“人性之恶”的某种“可怕的可能”——在人性深处的黑暗里，在无意识的世界里，这样的残杀可能时常会发生。因此他将小说命名为“现实一种”，这是“无数的现实可能性中的一种”，它的启示性和寓言性因此而得以实现。

小说中并没有对人物心理的细腻交代，包括生活在“关于死亡的恐惧”里的母亲，作者也未予以稍多笔墨，她只关注自我的阴郁心理可能是一个莫须有的悲剧起点。一切都是“按照逻辑”进行的，没有内心场景的描写，所以讲述简单迅捷，直奔结局，毫无驻笔盘桓的意味。但这一切都没有妨碍小说高度的形式感的生成。为了说明形式的的内部结构，我们可用如下的图示，其中七口之家刚好构成了一座对称的“房屋”图案，而虚线则构成了“连环谋杀”的关系图：

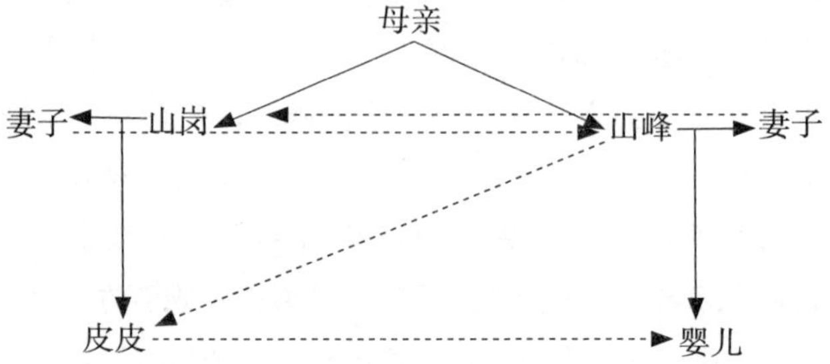

我疑心余华的每篇小说都有一个带有数学意味的结构形式图。《现实一种》只是一个比较容易画出的“对称性”图案，而《鲜血梅花》、《往事与刑罚》、《死亡叙述》等小说中则稍微复杂一点，但都可以作类似的提炼。

还有一个例子是《两个人的历史》。这篇一向被研究者忽略的小说，在我看来是一个非常有形式意味的作品。它很像一个“长篇小说的结构提纲”，但事实上它不过表明了作家试图“用很短的叙事来处理很长的时间”的一种试验，这种极简的处理使它成为一篇卓尔不群的小说。一对青梅竹马的男孩女孩，因为身份的差异而经历了完全不同的人生。男孩谭博是富家少爷，女孩兰花则是佣人的女儿，童年的他们两小无猜，曾经偷偷交流过“在梦中尿床”的经验，但谭博随后被卷入了中国现代“历史的洪流”，女孩则依然过着平静的“民间日常生活”，从此他们经历了渐行渐远，但最终又重合在一起的人生道路。

小说选择了五个时间点：1930年8月，男孩谭博和女孩兰花在交流他们相似的梦境；1939年11月，17岁的谭博穿着黑色学生装，手里拿着鲁迅的小说和胡适的诗，梦想着去延安，16岁的兰花则在帮妈妈做活；1950年4月，作为文工团团长的谭博一身戎装英气勃勃地回到上海的家中，而兰花已经儿女成群不再年轻美丽，他们的交流是彼此都在对方的梦中出现过；1972年12月，作为反革命分子的谭博因为母亲的去世回家探视，他看到兰花依然平静地生活着，这一次没有梦可以交流；1985年，作为离休干部的谭博回到了老家，他的身体已经日渐衰朽，时常有死亡降临的噩梦，而兰花依然身体健壮。半个多世纪的时间与两个人的历史与命运，余华只花费了约三千字的篇幅，然而历史本身的戏剧性、人物命运的荒谬性已然完全呈现出来。

如果用一个直观的图示，应该是这样的：

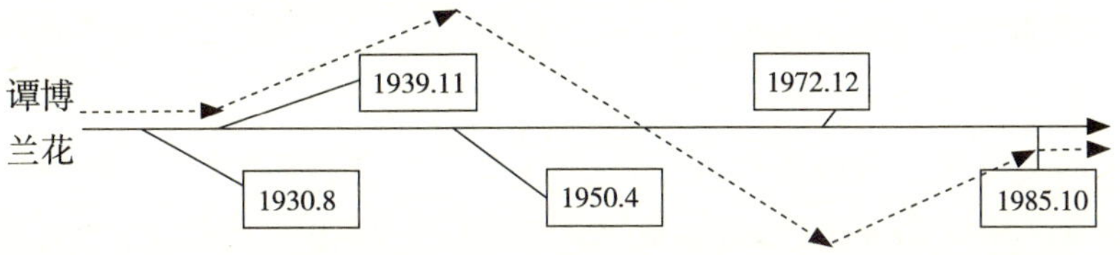

置身于民间日常生活的兰花的命运几乎是笔直的，而谭博则因为与“革命”之间的关系而浮沉坎坷，这一简练而富有形式感的处理，使现代中国的历史与知识分子命运的轨迹跃然纸上。

《活着》是另一个相似的例子。迄今为止，批评家们热衷阐释的是这部小说中的“苦难”与“救赎”的主题，对于这部小说中最深层的主题却未予解读。在我看来，这部小说除了写出了“历史背面”的故事，即“富人的败落”，写出了当代中国农人的普遍性遭遇（余华因此也欣慰地自称“写下了高尚的作品”），同时也写出了人性的永恒困境，写出了宗教意义上的“财富原罪——苦难救赎”的永恒命题。同时，它的最重要的特点还在于使用了最为简练和朴素的叙事，讲述了小人物的历史与命运；或者也可以说，作为一部当代中国的长篇小说，《活着》是一个罕见的极简主义例证，而正是这样一个极其简练和平白的叙事，却取得了意外丰富和多义的效果。其中关于人性、道德与财富状况的关系的寓意，可以用这样一个图案来显示：

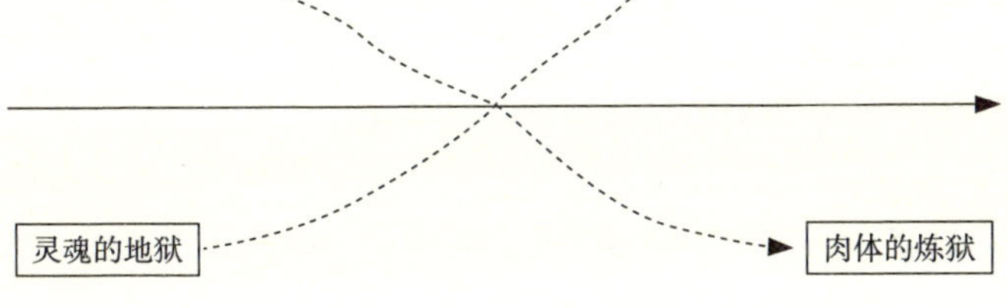

在《活着》中，财富与世俗生命的变化曲线，同灵魂与道德的变化曲线恰好是相反的：福贵年轻时因为家财万贯而恶行昭彰，显见是一个“恶少”，但随着他输光了家产，他变得可怜兮兮，成了一个穷困卑微的劳作者，这时他的“道德状况”也开始上升，至少不再是一个坏人；随后，命运的逻辑持续展开，他开始承受地狱般的苦难、剥夺和丧失，他在中年以后不但饱受生活的困顿，还先后遭逢了失去儿子有庆、妻子家珍、女儿凤霞、女婿二喜、外孙苦根的不幸，人世的一切苦难都在福贵的命运中浮现。而这时人们再也不会计较他年轻时的无德和荒唐，而是对他投去深深的怜悯。当我们读到他晚年劳作在田间，与他唯一的“亲人”——那头老牛相依为命时（他称老牛为“福贵”），我们仿佛感到福贵的灵魂已经升上了天堂，他变成了一个至为质朴和纯洁的生命，一个令人尊敬和感动的生命。

这就是生命本质的呈现，也是最原始、最高的宗教命题的出现。《活着》的简单中蕴涵了这样的复杂和深奥，不能不说是一个叙事的奇迹。

形式在余华的小说中起着如此神奇和重要的作用，但这个形式不是简单的“外部结构”，而是与小说的寓意、主题、戏剧性与美学紧密联系在一起的。这一点在《兄弟》中也同样明显。为什么小说以“兄弟”命名？显然是它的结构决定的，它描写了两个时代的巨大变迁中一双异姓兄弟的情感与命运：在“本能压抑、命运惨烈”、“相当于欧洲中世纪”的“文革”时期，一对来自两个破碎家庭的异姓男孩结下了手足之情，成为异姓的兄弟；而在接下来的这个物质财富获得了前所未有的增长、历史发生了所谓巨大进步的时代，还是这对兄弟，却最终手足相残。这是一个巨大的“对称性”的戏剧逻辑，余华用了一个古老的故事原型，用了他一贯的“降低高度”删削枝蔓的寓言化叙事，甚至用了刻意粗鄙的“下半身语言”，极其简练地浓缩出了跨越40年时间的当代历史。尽管小说很“长”——长达五十余万字，但它风格的简练和简单仍然是当代小说中所罕见的。这个简单中的复杂或复杂中的简单，与余华对形式的迷恋是有着密切的关系的。

二、在历史、哲学和戏剧之间：如何处理真实

“‘事实’和‘命运’都要比‘看法’宽广得多。”余华在他的一篇名叫《我能否相信自己》的随笔中这样写道。这也就意味着，在表现“事实”的时候，余华并不总是信任自己的认知，因为“看法总是要陈旧过时，而事实永远不会陈旧过时”——他引用艾萨克·辛格，一位美国当代作家与其哥哥的对话中的一句经典，来说明他处理小说的内容，也就是现实与历史的时候所采取的一种原则。①

因此，需要谈谈余华对于当代中国的历史与现实的处理方式与态度，这是一个具有普遍意义的问题。在他那里，我们看到了一种业已经典化了的、合理且适度的处理：有直面的勇敢与犀利，也有艺术的提炼与提升；是人文性质的处理，也是完成了改造和生成了艺术性的处理。简单地说，它们尽可能多地保持了历史的原貌、现场性、原始和多面性、个人的经验性，而不是用各种概念性的改造来完成叙述。他呈现出了人物乃至历史的“命运”，并且使这命运最终成为大多数人的寓言。也正是如此，他在保持了小说叙事的朴素简洁的同时，完成了对于复杂历史内容的寄托或影射。当代中国所发生的一切，底层民众所承受的一切，都可以在他的小说里找到影子。一如一双年逾七旬粗通文墨的老人从《活着》和《许三观卖血记》中读到了让他们震撼的“真实”，普通人都在对他的小说的“无障碍阅读”中获得了很多，我的父母正是因此而喜欢上了余华，他们唯一的理由是两个字——“真实”。他们从福贵和许三观们的命运中读出了自己，读出了一代人的遭遇，他们刻骨铭心的经验。

显然，对于当代中国的精英作家群体来说，人文主义的，或者至少是批判性的历史立场当然不是问题。在20世纪80年代中期以后，对于中国近代以来历史的处理，早已显示出强烈的反思性与批判性。但从某些方面看，直面“当代”的历史仍然是相对困难的，在叙事中处理切近当下的历史内容，作家常常不得不采取变形的、寓言和夸张的、喜剧或反讽的方

①参见余华：《我能否相信自己》，北京，人民日报出版社，1998年，第3页。

式，否则在一些关键问题上就会触礁。然而当作家采取上述变形策略的时候，又会面临一个“道德与美学的双重困境”，前面所提到的《废都》就是例子，作家的写作格调被小说表层的道德状况拉下了水，不但人物、故事与情节都面临着“不洁”的指摘，而且整个作品的美学品质也遭到质疑。同样的例子还有莫言的《丰乳肥臀》，在我看来，这部伟大的小说对当代历史和20世纪中国历史的正面处理，可以说是显示了一位真正的人文主义作家的勇毅和智慧，但它的下部也面临同样的问题——不得不使用了更为粗陋的笔墨和故事，以及更带有荒诞与喜剧色彩的风格，来描写当代中国的社会历史。迄今为止，《丰乳肥臀》所遭到的指摘以及漠视莫不与此有关。某种程度上也可以说，是这样一种处置方式所带来的表面上的“美学瑕疵”，使普遍患上了“历史白内障”的当代批评家们对它们视而不见。

然而在《兄弟》之前的余华却可以说是“完美”的，他既没有回避历史的残酷，也比较聪明地运用了“侧面迂回”的方式，通过“对历史的个人境遇化处理”，而避免了与历史的正面遭遇。《活着》、《许三观卖血记》的经典化过程中，人们对于其中的社会历史内容大约并未给予认真关注，而真正使他们不能忘怀的，是两三个或更多“小人物”的个人遭遇，“历史”已被他虚化成了人物命运的背景。

我不能说余华建立了一种成功的处置当代历史的经典方式，但是《兄弟》之前的余华因为没有过度渲染当代社会生活的细节，而避免了当代作家普遍经历过的“美学挫折”。这是非常有意思，并且值得追问和分析的。

假如我们要追问这种成功的秘密，那么我认为“彻底的寓言化”处理是一个诀窍。尽管《废都》和《丰乳肥臀》也可以说是一种寓言化的写法，但“细节的写实”在这些作品中占据了更多的比重。而余华的寓言化处理则因为他对于大量细节、背景与逻辑的省略而显得更为彻底。这种“减法”的使用使他几乎“将历史哲学化”了。事实上，前面所谈到的“形式感”与这里的“哲学性”与“寓言化”都是紧密联系的，它们是一个问题的几个侧面，或者说是互为因果和前提的。这一点要从理论上说清楚至为复杂，但如果在文本中来理解和观察就清晰多了：恰恰是《活着》

或者《许三观卖血记》中“极简主义”式的处理，小说中“历史的具体性”升华为了“哲学的普遍性”，这就使他免于遭到“道德与美学的双重审查”。更极端的例子是他早期的《一九八六年》、《往事与刑罚》一类小说，其中我们既可以看到他对中国当代血的历史的隐秘记述，又强烈地感到他的这种处理的哲学态度，即对于具体的历史暴力与刑罚的抽象化。他自己“谦称”，那一时期他写下了“虚伪的作品”——所谓“虚伪”，他的意思其实是告诉读者，不要用“现实主义的眼光”来理解它，而是要看到其中卡夫卡式的变形，悟到其中的寓言与荒诞性和因之产生的哲学性。不过事实上，对于当代中国的历史与现实而言，余华的小说并非是怯懦和虚与委蛇的，相反他是将这些容易在概念中固化的、被“教科书化”了的历史，还原为具体的实物——刑罚、刑具、可怕的美景、惨烈的血痕，以及神经的战栗。在《活着》和《许三观卖血记》那里则进而还原为普通人的记忆与个体生命的经验。这是余华小说至为关键的一点，也是他的作品能够历久而愈见生命力的原因。

当然，形式的提炼与哲学化的处理，并未消除早期余华小说的历史品格，这一点我先前也作过讨论。《活着》和《许三观卖血记》两部小说对历史的书写，同样是秉笔直书的，它们写出了“历史背面”的故事，这同样是对于历史的一种清理和小心翼翼的弥合——因为我们曾经欢天喜地地写出了“穷人的翻身”，而完全忘记了“富人的败落”，悲剧就是在这中间被遗忘和埋没的。余华现在重新将它们打捞出来，擦洗那些眼泪和伤痕，并且书写出财富转换与命运交替中的全部的悲欢离合。这也是一种人文主义的处理——关怀一切人的苦难和人的一切不幸，包括被历史车轮碾压过的卑微和粗陋的生命。“文学中的历史”应该就是这样来叙述的。另外，他的“人文主义历史观”的不同凡响之处还在于，他可以轻易地在哲学的升华与个体经验的细微关怀之间自由穿行，每个人都是福贵和许三观，因为每一个人都会从他们的命运中读出自己，这是余华叙事中独有的感人魅力所在。虽然作为个体所经验的人生千差万别，每个人又似乎都曾像卖血的许三观那样，用透支生命来维持生存，像先作恶而后赎罪的福贵那样，用一生来支付欠债。每个人和每代人出卖生命的方式各不相同，但基本经验又是那样地一致，从年轻气盛到生命衰败，碌碌劳作，无谓地挣扎，那些卑微的甚至屈辱的、粗鄙的又恶作剧的、充满日常性的悲欢离合与纷扰打闹的记忆，都与许三观所经历的漫长而又短暂、丰富而又简单的人生没有什么差别，而且最终也还要经历像福贵那样的丧失——失去一切财富、亲人、世界，慢慢变得苍老和无助，承受时间的凌迟。从欲望强盛作恶多端的年轻时代，到"其言也善"、"德牟天地"的老年，福贵是一个极致和典范，一个幅度略大，但很具有普遍共性的生命化身……

这就是余华小说中"历史被有效浓缩"的奥秘：历史经由个体经验的普遍性，即"命运的显现"，而最终通向了哲学之境。这是一个写作的本体性问题，也是一个重要的诗学问题。余华所处理的历史是感人的，不但因为他所设置的"历史主体"是"小人物"，更重要的是因为他对于这些人物的充满历史感的凭吊，充满宗教关怀的悲悯。所有的弱点都被宽宥和原谅了，历史留下了它的血痕，人性却留住了它的温暖，世界和生命因此美好和令人眷恋。余华是用了最不像诗的方式写出了诗意的历史，以最没有抒情的笔调写出了令人留恋的人性温情。这是他的小说历久弥新、不断被重新理解，甚至被"魅化"的一个原因。

显然，假如不是《兄弟》打破了这样一个"定势"，余华几乎被圣化了。我在2002年的那篇文章的结尾处甚至满怀敬佩和无奈地说："以《许三观卖血记》为结尾，也未尝不是一个好的结尾了。"那意思是说，在《活着》和《许三观卖血记》两部小说之后，余华几乎再无回旋余地了，有点"无限风光在险峰"了。这也无怪乎他在历经了十年的间歇之后，才冒险推出了一反常规的《兄弟》，一个拉开得很"长"的叙事，一个仍然保有了寓言笔法但又混合着更多细节写真的叙事，一个语境更接近"当下"而不得不采取戏剧性和喜剧性处置方式的叙事，一个以"正面强攻"的批判为指归但又不得不大肆张扬欲望与身体的叙事，一个一直粗鄙并且"将粗鄙进行到底"的叙事……这部作品使人们对于余华小说的理解中渐渐闭合了的思想与美学空间被重新打开了，原有的精致被打碎，几近圣化的作家形象也被降解。显然，几乎出现了这样一个得不偿失的尴尬：没有《兄弟》之前的余华已经近乎完美，而写出了《兄弟》的余华却被证明问题多多。

如何处理历史？《兄弟》再一次提出了这个陈旧而又新鲜的问题。在《活着》、《许三观卖血记》，甚至《在细雨中呼喊》之外，还有没有一个更“好”的，既具有现实及物性、人文批判性，同时又有“美感”、能够被多数人的道德观念所接受的写法？显见得人们在这个问题上是犹豫的，他们尚不能接受《兄弟》这种方式，特别是不能接受围绕“偷窥”、“粪坑”、“屁股”、“处女膜”、“结扎”、“处美人大赛”、“硅胶乳房”等等与身体器官有关的“下半身”符号与语言所生成的叙述，这是余华的困境，也是读者与批评家的困境。而问题在于，确实不存在一个既能够“深刻地批判”，又能够被现实的写作环境所允许的处理方式。我们应该注意到，近些年，凡涉及当下现实和近距离历史的作品，无不是采用了喜剧性或荒诞与怪诞的笔法来处置的，莫言的新作《四十一炮》、《生死疲劳》，阎连科的《受活》，东西的《后悔录》，甚至李洱的《花腔》等，都与《废都》、《丰乳肥臀》一样是采用了夸诞和戏剧性（甚至喜剧性）的处理手法。对于这一“历史性的难度”，我们是否有必要给予一种“美学的宽容”？难道要求我们的作家要么去直面叙述的险境，要么去闭眼虚构纯洁无瑕花枝招展的美善？只有这样才是符合理想与道德的选择吗？

我这里无意专门为《兄弟》作辩护，理解这部小说的意义也许还需要时间，接受它所重构的小说美学则更有风险——如果最终人们仍然认为它在美学上是失败的，那么作为一部小说它就是失败的，我们不可能接受一部只有主题意义而没有美学价值的作品。但现在我强烈地感觉到，作家正在与我们时代的健忘症作斗争，那些粗鄙的事物和人性并非与我们相去遥远，它的夸诞感其实并不比我们周边日常所发生的一切更为出格，它所揭示出的人性的黑暗也并不比现实中发生的一切更令人惊悚和震撼。而且它喜剧性的处理方式，对于真正保有思考能力的读者而言，并不意味着助纣为虐地与邪恶和黑暗和解，并是对现实作出合法解释，它恰恰是惊心动魄地写出了历史与现实中的残酷，写出了物质进步中的人性失落与人心的败坏。这种书写并不是单独将“意识形态”或者概念意义上的“现实”拎出来予以鞭笞，而是将之还原为一种个体与时代共谋的氛围——难道我们不是这“伦理颠覆、浮躁纵欲、众生万象”的一部分吗？被批判者与主体之间并不是截然的道德对峙关系，相反，主体既是反思与批判者，同时也是被反思和审判的对象，因为他们共同参与制造了历史。这才是一个当代性的历史观。如果我们这样来确立我们的道德和美学立场的话，或许对《兄弟》的看法会有所改变。

三、小说的戏剧性及其实现形式

问题仍要从《兄弟》说起。在2005年《兄弟》的上部已出版、下部还未问世的时候，笔者与在北师大的同事和博士生们一起举行了一个小型的研讨活动，我当时曾大胆地“预言”，在下部中李光头一定把林红“搞了”。后来2006年读到《兄弟》下部的时候，果然看到了李光头在宋钢外出打工谋生的日子里，将穷困落魄但风韵仍在的林红弄到了自己的床头，他们疯狂地纵欲做爱，仿佛是一种“末日清算”——对过去林红的高傲的报复，对他与宋钢的手足之情、林红与宋钢的缠绵之爱的讽刺，也仿佛是对他自己那“受伤的自尊”的找回与自暴自弃的亵渎。回想上部懵懂中对林红的偷窥和被抓后游街的耻辱，还有厚着脸皮追求林红时遭拒的尴尬，前后呼应颠倒，恰好凸显出我们这时代的翻天覆地。显然，这个反转被笔者不幸言中，并不表明在下的直觉和判断力有多么高明，而是小说本身强烈的戏剧性逻辑使之必然如此。一切在开始的时候仿佛就已经设定，所有的故事与人物的命运都在按照既定的轨道，按照当代中国社会历史的大逻辑，与时间的浊流一起奔涌向前。一个小说诗学的问题就这样显现了：“戏剧性”或者戏剧元素在小说的叙事中作用几何？在现代小说中是否还足够重要？遍查关于小说史与小说文体的论述，“戏剧性”的问题竟然极少被谈及。但我注意到，巴赫金在对托尔斯泰的戏剧创作进行讨论时，对此给予了非常低的评价，认为即使是他遭受了“托尔斯泰危机之后”的那些戏剧作品，“它们的艺术价值也微乎其微”，“它们构思粗率……成为艺术上的败笔”。[1]在另一篇对《复活》的评论中，巴赫金的态度显然也有所保留，认为它“对现实的批判，也像他的十八世纪的伟大前驱卢梭一样……这种批判缺乏真正的历史性”。又说，“他那抽象的思想体系”与“历史及其辩证法”之间是“完全格格不入的”。[2]显然，巴赫金对托尔斯泰的并不由衷的肯定，与他对陀思妥耶夫斯基的赞美之间构成了鲜明的对比，其原因何在？我想应该是基于巴赫金对于长篇小说的文体与话语方式的基本理解——“长篇小说……是一个多语体、杂语类和多声部的现象。”[3]所谓“多语体”、“多声部”，还有巴赫金在讨论陀思妥耶夫斯基小说时所使用的“复调”的说法，究其根本我认为便是“戏剧性”。显然，现代意义上的长篇小说的文体渊源之一是戏剧，在文艺复兴时期戏剧的伟大繁荣和中国元杂剧的陡然兴盛之后，近代意义上的小说（白话）才逐渐兴起，这表明，小说的兴起与戏剧所提供的艺术经验以及戏剧本身的失落都有关系。戏剧文体的诸多优点都融化到了“艺术成本”更为低廉的小说之中。因为戏剧需要演出，要受到舞台时间与空间条件的限制，而小说则因为叙事的线性化和对上述限制的突破而后来居上。尽管小说在一定程度上取代了戏剧，但它在文体与艺术上却传承了戏剧的诸多特性：情节结构的重要性，人物的性格化与语言的角色化，还有不能缺少的故事的戏剧化冲突、性格逻辑与人物命运感的显现等等，这些其实都是戏剧的遗传。巴赫金所说的“复调小说”——“人物不服从于作家的个人意志与声音”，不就是“戏剧性”吗？虽然巴赫金也认为长篇小说应该有一个统一的话语整体，但它的内部又应该充满了“对话性”。所以，事实上，“对话性”、“复调”、“杂语”、“多声部”……无论哪一种表述，根本上都是戏剧性的元素。巴赫金之所以不喜欢托尔斯泰的戏剧和小说，与作者意志的过于强大和外化有关。显然在他看来，如果作者的声音和意志压抑了人物，那么作为戏剧便必然是失败的，作为小说也是无趣的。

显然，我们涉及了当代小说中一个重要却长期未被讨论的诗学问

①巴赫金：《小说理论》，白春仁、晓河译，石家庄，河北教育出版社，第1页，1998年。

②同上，第21页、23页。

③同上，第39页。

题——如何写小说，特别是如何写长篇小说。米兰·昆德拉在一篇对话中梳理了西方近代以来小说的另一种类型，即“心理小说”。他说，“理查森将小说推上了探究人的内心生活之路”，然后是他那些继承者——歌德、拉克洛、司汤达……“这一演变的最高峰在我看来是普鲁斯特和乔伊斯”；然而，“对自我的探索又一次以悖论而告终”，因为“观察自我的显微镜倍数越大，自我以及他的唯一性就离我们越远”。“我没有用失败这个词”，但小说显然需要“开辟新的方向”，这便是昆德拉所说的：“小说不是作者的忏悔，而是对于陷入尘世陷阱的人生的探索。”①在《关于小说结构艺术的谈话》中，昆德拉也认可了对话者萨尔蒙对他的小说结构艺术类型的概括：“一是将异质的元素统一在建立于数字七之上的建筑中的复调结构；二是滑稽剧式的、同质的、戏剧化的、让人感到不合情理的结构。”②这可以旁证，昆德拉本人是不认同“心理小说”，而认同戏剧化地处置外部历史与生活的“尘世经验”与“人生探索”式的写法的。

与昆德拉所说的“心理小说”相对应的，应该就是“戏剧性的小说”了——我们绕了这么大一个圈子，终于找到了谈论的起点。我当然不能像昆德拉那样自信满满地讨论两者的优劣成废，但我认为，至少我们应该给“戏剧化的长篇小说”一个合法地位。从这个角度看，90年代以来长篇小说文体的成长和成熟，恰好可以找到一个内部的视角和理由。如果说我们的小说有什么进步的话，那么一方面是具备了更大的“心理深度”，另一方面则是在结构方面的艺术自觉——具备了戏剧化的意识与能力。那些经典化程度较高的作品，大都具有比较明显的戏剧性特质。《活着》和《许三观卖血记》便是这样：人物具有极强的类型化特征与命运感，故事具有鲜明的历史逻辑意味，他们沿着小人物的个性弱点和早已被历史设定的卑微命运径直向前，人物之间的戏剧性关系也因此得以充分展开。余华几乎删除了这些人物的“心理价值”——让他们变成了没有思想、没有判断力的“弱智者”、事实上的“儿童”；然而这样的处理策略，却使这两部小

①参见米兰·昆德拉：《小说的艺术》，董强译，上海译文出版社，2004年，第31~34页。

②同上，第119页。

说中的人物有了“自己的意志与声音”，并且取代了作者的意志与声音而走到了命运的前台，成为经验的活体。这样便使得他既在叙事上消除了“阅读难度”与障碍，获得了故事本身的流畅而令人喜悦的叙述动力，同时，还获得了更大的历史载力、哲学启示与寓言意味。如果说在当代中国的长篇小说中出现了一种新的经典叙事类型的话，那么这种戏剧化的、充满形式感与感染力的“余华式的叙事”便可谓其中的一种。

戏剧性叙事的范例当然不限于余华小说，莫言、王安忆、贾平凹、刘震云、李洱、东西等作家也展现了这方面的能力与特点，只是这里不能将他们予以展开讨论。像莫言的《丰乳肥臀》，不但具有强烈的戏剧性，还有宽阔的复调性（即巴赫金所说的严格意义上的“共时性叙述中的复调”）。他的《檀香刑》更是以戏剧化的方式来展开其叙述，其中“凤头”与“豹尾”部分，完全是以“戏剧独白”的方式进行的——叙述中没有“作者”，只有人物；换言之，“作者”已经完全隐去，化身为了不同的人物角色。从故事的结构模式看也是高度戏剧化的，剧情则可以概括为“一个女人和她的三个爹的恩怨情仇”。另一个例子是王安忆，她本来也许并不是戏剧性很强的小说家，但《长恨歌》却使她创造和复活了一个典型的“中国式的悲剧结构”，作品具有不同寻常的戏剧意味，主人公王琦瑶也因为这样的一种叙事轨道而获得了强烈的命运感。

例证还有很多，但这里我想重点谈的还是《兄弟》。在我看来，《兄弟》的戏剧性笔法是分析和看待这部作品的一个必要角度与主要因素，如果不从这方面看，那么很多安排便不合情理，而一旦从戏剧性结构与“喜剧美学”的视角去看，一切就似乎有迎刃而解的豁然。《兄弟》中的戏剧与喜剧因素在我看来至少有这样几点：

首先是结构上的“对称性”。上部讲的是“文革”时代极端的精神狂热，下部讲的是最近三十年里极端的物质崇拜；上部中物质匮乏生活困顿，但还有美好人性的一息尚存，下部财富充斥社会发展，但人心败坏兄弟相残——用余华自己的话说就是：“一个西方人活四百年才能经历这样两个天壤之别的时代，一个中国人只需四十年就经历了。四百年间的动荡万变浓缩在了四十年之中……连接这两个时代的纽带就是这兄弟两人，他们的生活在裂变中裂变，他们的悲喜在爆发中爆发，他们的命运和这两个时代一样天翻地覆，最终他们必须恩怨交集地自食其果。”[①]正是这种对称中的颠覆和命运的交错，个人与历史之间的戏剧冲突，道德与命运之间的巨大反差，使它获得了强烈的历史感与现场性。而小说中某种夸诞与巧合、反讽与嘲弄的风格与意图也因此而获得了语境与基础。

其次是叙事的情景化和人物性格的戏剧化。小说一开始即以重合的形式，写到了14岁的李光头偷窥女人如厕而被抓现行，这一粗鄙和猥琐的行为，刚好与他父亲当年同样的行为发生“戏剧性的重合”。他的父亲刘山峰正是因为在公共厕所偷窥被宋凡平发现，受到惊吓掉入粪坑而淹死的。李光头继承了他父亲的衣钵，小小年纪就干出了同样的丑事。被抓后他遭到当众责罚和游街示众。这两个前后照应轰动一时的情境，宛如拉伯雷的《巨人传》或雨果的《巴黎圣母院》中的某个场景，也很像巴赫金在《拉伯雷小说中民间节日的形式与形象》等著述中所描述的，完全是一个喜剧性和狂欢化的景象。让我们列举一段小说中的描写和巴赫金对拉伯雷小说的分析：

> ……当初的情景比后来李光头游街时还要轰动，一个浑身粪便的活人背着一个浑身粪便的死人，他们身上的粪便一路往下掉，阵阵臭气飘过了两条大街和一条小巷。差不多有两千多人前来观赏，有一百多个人叫嚷着他们的鞋子被踩掉了，有十多个女人叫嚷着被下流男人摸了屁股，还有几个男人一路上破口大骂，他们口袋里的香烟被人偷走了。

> 狂欢节没有演员和观众的分工……它是全民的，在狂欢节进行当中，除了狂欢节的生活，没有另一种生活。

> 在拉伯雷的作品中，生活的物质和肉体因素——身体本身、饮

①余华：《兄弟》，“后记”，上海文艺出版社，2005年。

食、排泄和性生活——的形象占了绝对压倒的地位。而且，这些形象还以非常夸大的、夸张化的方式出现。……这是典型的为肉体恢复名誉，对中世纪禁欲主义的反动。[①]

“总之，在这段故事的描写中，一切都风格化了，都按照民间节日诙谐形式的精神风格化了。”[②]如果我引用巴赫金的这句话来肯定《兄弟》中的寓言与夸诞的、戏剧与喜剧化的笔法，一定是合适的。巴赫金仿佛提前半个多世纪在等待着余华的这场戏，他们完全可以互相阐释。《兄弟》中无论是写李光头父子偷窥的丑行，写“文革”中街头与看守所中的械斗，还是写李光头对林红无赖式的穷追不舍，以及他靠收破烂发迹的过程，无不是场景化和风格化的，在下部中所写的“处美人大赛”等巡游式欢谑式的场景，也都出于同样的笔法和意图。没有这种对于社会生活以及世俗价值正面讽喻的意图，是不会这样处理的。它既不是简单的否定，也不是“精神祛魅”意义上的肯定，而是一种至为复杂的经验与态度。用拉伯雷所说的“怪诞现实主义”来形容《兄弟》的笔法和美学，可以解读出其中深厚的历史意图，以及由一部简版的“世俗恶作剧”始、一部巨型的“人性荒诞剧”与“历史悲喜剧”终的意义。

最后，细节与场景的重复也是戏剧性得以实现的修辞手段。这一点在余华早期的小说中就至为普遍，《许三观卖血记》中写“卖血的程序”，便是采用了鲁迅式的细节重复，而且更为夸张。在《祝福》和《孔乙己》中，细节处理采用了“重复中的细小变化”的手法，它导致了小说“对时间的戏剧性跳跃”——时间迅速地消耗，而人物的命运与逻辑则迅速显现。祥林嫂三次肖像的描写，孔乙己三次出现在咸亨酒店中的神态与情境，就在这种重复中的微妙差异中昭然毕现了。同样，许三观是在“十二次卖血”的叙事修辞中，完成了他卑微而荒凉的一生：每一次他都是不停地喝水、憋尿，一直喝到几乎撑破肚子的极限，然后再贿赂“血头”，然

①巴赫金：《巴赫金文论选》，佟景韩译，北京，中国社会科学文献出版社，1996年，第102~103页，第116页。

②同上，第175页。

后是到人民饭店，点上一盘炒肝尖、二两黄酒，黄酒要温一温……可是很快，根龙的身体就败掉了，许三观也不再感到卖血的有趣和兴奋。随着生活的困境一点点压来，他卖血的频率也越来越快，他迈向衰败与死亡的脚步自然也越来越快。同样的处理还有许玉兰在生下三个儿子时的修辞，每一次她躺上产床都要大骂许三观，因为这生育的痛苦与欢乐都是许三观给她带来的，然而这程序也由于余华在重复叙事中的简化处理而迅速衰减了——她的骂声和叫喊越来越短促，这是生命的衰减，也是时光和诗意的衰减。余华在不经意中意味深长地融入了他对于人物命运的理解与悲悯。这种“重复中的差别”构成了人物性格的戏剧性，也生成了整个叙事的戏剧性。在《兄弟》中，类似的笔法也到处可见，李光头父子的重复，宋钢与他的父亲宋凡平命运的重复，都不但闪现着叙事的机巧与机智，同时也生发着深长的人性意味。这一点，限于篇幅，就不展开分析了。

总体上，戏剧性作为一个小说诗学问题，我们只是揭开了它的冰山一角，对于余华小说中的戏剧性与喜剧性特质及其与当代小说潮流之间的关系的分析，本文也仅仅是提出了问题，还有待于更系统和更具理论深度的探讨。

对一个重要作家的理解和审视，要注意两种情况。一是他的作品既具有艺术的自足性，同时又具有与历史的“隐秘汇合性”。也就是说，它在问世之初就一定有不同寻常之处，有尖锐的艺术个性；但同时也会有另一种可能，它在诞生之初也许是被责骂或被冷落的，因为它超越了公众经验的某种限度，因此它需要时间的证明，而历史会在某个很远或不远的角落里等待与它的会面，那时它会重新复活和归来，放射出本有的光彩，这种例子在历史上可谓比比皆是。另一点是，对一个好的作家的讨论必定是包含了全部艺术与诗学问题的讨论，因为他不会只证明或打开它自己的世界，他所打开的是全部的艺术命题。在这个意义上，我以为余华带给了我们很多，尽管他也许真的还有很多问题，也许《兄弟》这样的作品真的还有不可原谅的瑕疵，但是它对于当代中国的小说艺术来说，绝不是可有可无的。一旦我们把时间的坐标拉长，从小说艺术的历史和当代中国社会的大逻辑上去打量，新的感受和经验也许会如疯长的杂草涌入我们的视野。我意识到，即便这不能预告小说艺术的春天，那也一定不是寂寥荒芜的严冬。

2010年11月4日晨，北京清河居

第三辑 | 看莫言的几个侧面

介入、见证、一路同行

——莫言与中国当代小说的变革

我并不想预言小说未来的道路。其实我对此一无所知。我想要说的只是：假如小说真的应该消失，那并非是因为它已精疲力竭，而是因为它处于一个不再属于它的世界中。

——米兰·昆德拉

在20世纪70 年代至80年代初期，米兰·昆德拉正审慎地预言着小说的末路，并且为这种伟大的艺术作辩解和最后挽歌的时候，在欧洲这块想象的世界中心之外，在遥远东方的土地上其实正在展开一场小说的复兴运动。从那时到现在，中国出现了一个小说变革的潮头。如果像昆德拉那样诗意地去看，这也许就是人类小说历史上“最后的辉煌”了。但这样说有自大的嫌疑，中国当代小说在繁盛的同时，也确实存在着诸多的局限与问题，而且即便事实上如此，它也还远未得到充分承认。不过，我们自己回过头来检视这段历史，也会足以自慰，它确实发生了翻天覆地的变化，确实出现了数量可观的重要作品。

然而现在这样一个过程也许正在“终结”，“个人历史终结论”当然是荒唐的，但文学确实正在失去“它的世界”，至少它不再拥有那么多渴望和等待的心灵，那么多可以感奋和回应的热忱，这世界确实已不再属于它。

哈，且住罢，这诗意的开头不是一个好兆头。我的意思是说，在经历了将近二十年的上升之后，确如昆德拉的断言，我们的小说复兴也正在

“世界性地”走入下坡路。这个宏观的判断不一定是最终的预言，但它也会提醒我们，一是我们的小说现状确实面临衰败，二是我们真的经历了一个业已终结的辉煌的收获期。任何人回首这段历史，都应该客观地，以及带着深深的惋惜来作悉心的审视。

能够见证中国当代小说变革的作家当然不止一位，但莫言的参与和介入之深确属罕见，他几乎完整地参与了当代小说变革与行进的轨迹，生动地映现着它的每一个脚印与节奏。我当然无力在这样一篇短文中，对这个默契的参与和见证的过程作出完整的分析，但蜻蜓点水，也同样可以提出一些问题。

一、《透明的红萝卜》与1985年的新潮小说

1985年是当代小说最具有标志性的年份之一。这一年中马原、扎西达娃、残雪、莫言、徐星、刘索拉的一举成名，构成了新潮小说的第一个潮头和第一拨异样的风景。他们带来的博尔赫斯式的魔幻叙事、加缪与萨特式的存在主义观念、弗洛伊德式的对无意识世界的精神分析，还有准嬉皮士式的反讽与玩世情绪，使得此前当代小说在社会学意义上的变革与现实主义美学上的累积，变得脆弱稀松，轻而易举地被废了功夫，当代小说的格局陡然发生了变异。

关于这个变局，无法一下子在这里说清楚，但无疑“爆炸”成了这一年最刺目耀眼的景致：马原让我们一下子发现了“怎么写”的意义大于“写什么”；扎西达娃让我们看见了一种古老的文化与一种魔幻般的叙述之间是怎样一种神秘的契合关系；残雪让我们见识了什么是噩梦和呓语，见识了什么是黏稠和阴郁的无意识场景；莫言则告诉我们如何将灵异奇幻的想象参与到叙事之中，如何使超验神妙的感觉派生出鲜活的语言和形式……总之各种新招都找到了展示的通道。正是在这个背景下，《透明的红萝卜》使莫言一炮打响，使他此前就十分突出的生命哲学意识，民间精神取向，还有超现实的、神秘主义的、儿童式通灵与感觉变形的、性幻想

与无意识冲动的特点，都得到了集中展现和放大，并引起强烈的关注和反响。

但《透明的红萝卜》究竟是一部什么样的小说？它书写了一个什么样的故事？所有的读者和评论家都在夸赞它，它究竟好在哪里，又终究无人说清。1986年上海的批评家吴亮和程德培在编选《探索小说集》（上海文艺出版社，1986年）时，曾对它有个解释，在肯定了作品的“感觉”与“魔幻”的色调与意味的同时，对小说的内容作了若干含混笼统的提示，比如“对以往消逝岁月的忧郁和留恋”、“贫困和饥饿的阴影、荒漠土地的色调”、“难以抹去的童年记忆”云云，都止于闪烁其词。还有的批评家也曾对其“构思方式的变化”、“超现实的想象”、“东方式的魔幻色彩”等等作了描述，但也终究语焉不详。“红萝卜”究竟是什么东西？又何以会“透明”？没有人给出具体可信的细读与解释。

因了这个缘由，这里我要借机对这个问世二十多年的小说作一个分析：我以为它所写的是一个有“非法”色彩的“牛犊恋的故事”，或一个“儿童性意识”的曲折表达；形象一点，可以说是一场“少年的爱情悲剧”，或一个“未成年人的性的白日梦”。正是这样一个隐秘的内容，支持了它丰富的心理意蕴，使之生发出微妙和多解的意义与内涵。

儿童会有性意识吗？这个命题的“非法”性质在1985年肯定会使一个写作者感到犹疑胆怯，但莫言大胆而智慧地触及了它，将之转化为一个朦胧甚至凄美的故事，作了一个隐喻式的传达：十来岁的少年黑孩，因为长期忍受继母的虐待，变成了一个近乎哑巴的沉默男孩。他弃儿和幽灵般地存活着，弱小、沉默、诡异、喑哑。在公社的水利工地上，他认识了美丽的村姑菊子，菊子对他的关心和爱护唤醒了他内心沉睡的情感，对母爱的渴望，对成年异性朦胧的爱欲，成为隐藏在他内心中的秘密，两种情感混合在一起，使他对菊子产生了强烈的情感。但随后他发现，与自己同村的青年“小石匠”与菊子之间发生了恋情，这一事实使他感到很受伤，他不得不用“自虐”的方式——砸坏和烫伤手指、划破肚皮等，来吸引菊子对他的关注，他甚至还在菊子前来看望他的时候抓住她的胳膊狠狠地咬了一口，以此来表达对她的爱慕和怨愤。所有这些异常的行为方式，都是他内心隐秘爱欲的曲折反映。最后，当另一个暗恋菊子的青年小铁匠与小石匠之间发生“决斗”式的冲突的时候，黑孩居然不是偏向同村的小石匠，而是偏向了常常粗暴虐待和打骂他的小铁匠，致使小铁匠在劣势中反败为胜，并且盲目地抓起一把沙石打了出去。正是这一把沙石中的一粒石子，飞进了闻讯赶来的菊子的眼睛，打瞎了她那美丽的眼睛的一只。第二天，菊子和小石匠便从工地上消失了，小铁匠则疯癫了。小说在这样的悲情与遗憾中结束。

有关“红萝卜”的描写是小说中最具有超现实色彩的一幕：在秋日的夜晚，小铁匠让黑孩到田地里挖了一些萝卜、地瓜，准备夜晚在铁匠炉上烧烤后充饥。那时恰巧菊子和小石匠一起来看望他，菊子替他将萝卜、地瓜洗净，放到了炉火之上。但是她无意中忽略了那个最小的萝卜——注意，正是这个动作表明了她对黑孩的“下意识的忽略”。此时，老铁匠看到被炉火映红的村姑的脸庞，忘情地唱起了一段古老苍凉的爱情戏，他的唱词也感染了一对情侣，他们在半明半暗中相拥亲昵。这又反过来刺激了小铁匠和黑孩，小铁匠如坐针毡，黑孩则在失落中陷入了幻觉——他看见那个被忽略的萝卜突然通体透亮，发出了光芒。毫无疑问，这透明的红萝卜是黑孩的幻觉，是他无意识中一个“小阳物”的隐喻：

> 他看到了一幅奇特美丽的图画：光滑的铁砧子……有一个金色的红萝卜。红萝卜的形状和大小都像一个大个阳梨，还拖着一条长尾巴，尾巴上的根根须须像金色的羊毛。红萝卜晶莹透明，玲珑剔透。透明的、金色的外壳里苞孕着活泼的银色液体。红萝卜的线条流畅优美，从美丽的弧线上泛出一圈金色的光芒……

不难看出，黑孩本能地希望自己有成年人一样的身体和器官，这样他就能真正参与到这场爱情竞争的游戏中，不愿意自己被当作一个孩子来关爱，而幻想自己能够得到菊子“专一”的情感。但是这一愿望面临着成人世界里两个强壮男子的压制：小石匠英俊善良，与菊子是天生的一对；小铁匠粗壮有力，正对菊子害着狂躁的单相思，对菊子给予黑孩的任何关心爱护都怀着强烈的妒忌，常常借故打骂虐待黑孩。黑孩正是因为受虐的习惯和自虐的需要而适应了这种欺辱和打骂——面对成人的竞争，他只有以更加强烈的自虐来引起菊子的关注。当那个萝卜发出了“金色的光芒”的时候，黑孩兴奋地跃起，要将它拿到手里，但不想小铁匠却本能地抢先一步拿到了它，当黑孩拼命争夺、所有人都斥责他欺负孩子的时候，他恼羞成怒地将红萝卜扔向了夜空，萝卜飞行了很远，坠入了远处的小河，并被埋进了沙里。黑孩从此失魂落魄，再也没有找回那美妙神奇的幻觉。

或许可以这样来解释小石匠与小铁匠对于黑孩所产生的压抑关系：小石匠的优势夺走了黑孩的所爱；小铁匠的暴力则构成了对黑孩的虐待，他抢走透明的红萝卜意味着对黑孩构成了“阉割”。这两个成年男子在小说中对黑孩构成了真正的“去势”威胁和压制，而美丽贤淑的成年村姑菊子则构成了唯一的温暖和爱的力量。“两害相权取其轻”，黑孩在小铁匠和小石匠的争斗之间，最后居然倒向了小铁匠，这也说明他宁愿忍受虐待，甚至可以忍受“阉割”的屈辱，但无法容忍他所爱的人被抢走。

儿童会具有性意识吗？——回到我们开头的问题。弗洛伊德根据其研究非常肯定地说：“婴儿由三岁起，即显然无疑地有了性生活。那时生殖器已开始有兴奋的表现。”①“常常发生这样的事，一个年轻人第一次认真地爱上了一个成熟的女人，或者一个女孩爱上了一个具有权威的年长的男人……因为他们爱上的人可以使他们的母亲或者父亲的形象重新生动起来。”②生活中几乎人人都深藏着类似的童年经验，只是按照弗氏的说法它们通常会因为其“不合法”的性质而被压抑到了潜意识之中。《透明的红萝卜》这个小说正是揭示了这样的童年情结和无意识内容而产生了丰富的心理意蕴，得到了隐秘而感人、强烈而广泛的经验的回应。还有，黑孩的心理过程也是一个复杂而具有内在逻辑的过程，梳理这个过程，可以获得如下的归纳：

弃儿——得到关爱（母爱与女性爱的混合）——自虐（为了维

---

①弗洛伊德：《精神分析引论》，高觉敷译，北京，商务印书馆，1984年，第258页。

②弗洛伊德：《性欲三论》，北京，国际文化出版公司，2007年，第87页。

系这种爱）——妒恨（与小石匠竞争）——模拟的“高潮”（看见透明的红萝卜）——被“去势”（红萝卜被小铁匠夺走扔掉）——愤怒和焦虑（试图找回力量，以烫伤手掌来更强烈地自虐）——阉割确认（拔出所有萝卜仍不见那一个）——回到弃儿。

这个过程中微妙的无意识活动可以说至为丰富。另外，小说中除了“红萝卜”的性隐喻可以作为一个明显标志，敲石头的“铁钻”也是一个有字眼意义的隐喻性事物，黑孩的手被烧红的铁钻烧焦，小石匠讽刺小铁匠打制的铁钻“淬火”不行、不经用，等等，也暗藏着黑孩与两个成年男性之间微妙的心理与生理的较量。另外还有其他的许多幻觉中的景象，都可以从弗洛伊德的精神分析学中得到解释。

还有来自作家本人的“个体动机”：据莫言自己说，《透明的红萝卜》的写作源于他的一个梦，不过这个梦已经有了一个背景，那就是那时他“已经听老师讲过很多课”，后来我们知道这些课中有精神分析学和弗洛伊德学说一类的内容。他说，那是他在一天凌晨做的一个梦，他“梦见一块红萝卜地，阳光灿烂，照着萝卜地里一个弯腰劳动的老头；又来了一个手持渔叉的姑娘，她叉出一个红萝卜，举起来，迎着阳光走去。红萝卜在阳光下闪烁着奇异的光彩。我觉得这个场面特别美，很像一段电影。那种色彩，那种神秘的情调，使我感到很振奋”。[①]显然，这是经过了“掩饰”和“修改”之后的描述，它的全部内容也许就是一个隐秘的“春梦”。这个春梦勾起了作家童年的一些记忆，并驱使他写了这个小说。

《透明的红萝卜》打开了当代小说的一扇窄门，一扇隐秘而路径深远的心理之门，它使1985年的小说爆炸具有更为感性和有深度的方向、更为灵动和诡异的色彩、更为遥远的文本生命力，在“写什么”和“怎么写”之间也建立了更为有机、内在的统一关系。如果我们在这个年份除了要选择那些“符号性的文本”，还要选择真正的“好小说”的话，那么《透明的红萝卜》无疑是首选。

①莫言：《有追求才有特色——关于〈透明的红萝卜〉的对话》，《中国作家》，1985 年第 2 期。

二、长篇小说的三个界碑或峰值

以中短篇起步，莫言从1987年起开始了长篇创作。迄今为止已出版长篇十余部，计有《红高粱家族》（1987）、《愤怒的蒜薹》（1988，原名《天堂蒜薹之歌》）、《十三步》（1989）、《酒国》（1992）、《丰乳肥臀》（1995）、《红树林》（1999）、《食草家族》（2000）、《檀香刑》（2001）、《四十一炮》（2003）、《生死疲劳》（2006）等。这些作品中的多数问世之初都有巨大反响，不过总体看来，其中最不可低估的是《红高粱家族》、《丰乳肥臀》和《檀香刑》三部。如果说一个作家的整个创作历程中必然有起伏的话，那么这些无疑是标志着高点或峰值的三部；如果说莫言确实深入地参与了当代小说的变革进程的话，那么这三部便是最富深度和影响力的作品。我注意到，莫言自己曾经多次提到《酒国》，并且相信它也是非常有价值的一部，但从当代文学的总体格局来看，上述三部无疑是最具代表性的。

1.《红高粱家族》：形式的胀破

关于《红高粱家族》似乎无须多说，它横亘在对于长篇而言有些荒凉的20世纪80年代，其文体、形式和风格等等方面的意义不言自明。1987年以前，长篇小说的数量也不少，其中不少都是获得各种奖项的有重大影响之作，但时过境迁，到现在能够留下来的已寥寥无几，无论是伤痕、反思、改革的主题，还是表现乡村社会的历史变迁、表现知识分子精神状况的长篇，都迅速地褪色了，大量作品在形式和技艺上几乎没有什么可取之处。即便其具有某种经典性意义，也只能作为文学史的符号，而不具有真正的艺术质地。稍微苛刻一点地看，截至《红高粱家族》问世，能够具有持久可靠的思想价值与一定艺术质地的长篇大概只有《活动变人形》（1985）、《古船》（1986）等寥寥两三部，这两部小说可以说具有比较独立的人文品质，以及形式突破的征兆。但要说形式试验的胀破，则明显是从《红高粱家族》开始的，这一点对于当代中国文学来说具有非同寻常的意义。

如果要“罗列”一下《红高粱家族》的意义的话，我想至少可以有这样两点。其一是人类学与历史二元主题与双重视界的展开，这使小说获得了超出社会学语义与政治化历史范畴的思想动力与方法，而这正是桎梏文学多年的锁链和囚笼。尼采式生命哲学思想的注入，红高粱大地作为生存竞争的象征世界这一整体形象的确立，反伦理和反道德本体论的“生命本体论”思想的宣示，还有洋溢着民间文化精神的“东方式酒神精神”的张扬，特别是还有对“进步论历史观”的捐弃与反拨……都使小说彻底胀破了统治当代小说近四十年的“现实主义”规范，而具备了与20世纪现代小说对应和对话的质地。毫无疑问，这些突破是历史性的，如果说在当代小说领域里真的发生过“新潮”或者“先锋”运动的话，那么《红高粱家族》显然是不能排除在外的，而且在长篇领域里，它还是一个起点。

这里有必要强调一点，《红高粱家族》中暗含的一个“传统/反现代”的二元命题，使小说获得了复杂多义的文化内涵。这当然首先是“寻根”运动带来的启示，但是在此前主要的寻根小说中，概念化文化意识的简单植入是最常见的办法，故事与人物的审美形态则是单薄和孱弱的。而《红高粱家族》真正把问题复杂化了。首先，它暗合了“寻根”文学思潮中的新的民族主义情绪，从中国文化的结构中挖掘出了另一个完全不同的东西，一个与儒家正统完全对立的、充满生命活力与感性意味的“东方式酒神精神”或生命哲学的传统，这使“重构中国文化”的诉求找到了自信和资源；其次，小说所表现的“反进化论”的历史观对于长期统治文学的意识形态来说，是一个有效的更正和超越，因为它是伴随着一种标明的“文化民族主义”而出现的，所以倒也获得了合法性；最后，在此基础上，它还对当代的文化状况提出了尖锐的抨击和反思，以“我”为符号的萎缩的当代文化，与以“爷爷”和“奶奶”、“二奶奶”为代表的原生的传统文化之间，构成了强烈的对照，这不是一个所谓的进步过程，而是一个“降幂排列”的衰颓过程，由此它又矫正了容易流于浅薄和盲目的文化民族主义情绪。

其二，在叙事和形式上，《红高粱家族》也大有值得称道之处。照莫言自己所说，他本无意写作一个长篇，原只是计划写几个系列化的中篇，但写着写着，竟然将之连缀成了一个整体。然而正是这“不经意”，使它在结构上获得了始料未及的自由与变化，使之获得了一个“多维”的叙述时空，从而脱离了现实仿真时空对叙述的限制，不再“绑定”在一段外部的客观历史段落中。这样，莫言得以不断“穿梭”在各个不同的历史与时间段落中，将历史完全“心灵化”，使之成为个体的经验与记忆，而不再是假以“全知的上帝视角”来讲述人所共知的“宏大叙事”。

另一方面，从技术上说，小说在由“我父亲”这一主要叙事人所设定的过去时空关系中，不断嵌入对更早时空的“爷爷”、“奶奶”的心理和见闻的直接叙述，并时时辅以后来者“我”出场议论和抒情，形成了对“过去”的不断交错返回，以及“现在与过去对话”的奇妙情境。在这个关系上，可以说“时间被空间化了”，置身于不同历史与时间之中的人，犹如墨水河两岸的对话者一样，不断进行着自由的交谈、理解和互证。这是小说在叙事效果上空前丰富、立体和自由的一个主要原因，作者得以举重若轻，甚至可以啰里啰唆、无节制地加入各种议论、说明、猜度、饶舌……这样一个“对话”关系，不只是使历史的讲述中出现了“复调”的声音，更直接地启示人们，历史原来并不是那样简单和泾渭分明，历史的叙事还存在着如此多的可能性。这就不仅仅是叙事的技术问题，更是哲学和美学的启示了。

总体上，《红高粱家族》对当代长篇小说的文体变革具有首创性的意义，这一点随着时间的流逝，人们会看得越来越清楚。

但是，如果与《丰乳肥臀》相比，《红高粱家族》不过是莫言青年时代的牛刀小试了。那些形式的“意外”胀破或溢出，在《丰乳肥臀》中变成了处心积虑、匠心独运；那种松散跳脱的“穿梭叙事”，变成了整一而宏伟的“星座式结构”；对历史的抽象颠覆与批判，也变成了具体的总结、清理和清算。

2.《丰乳肥臀》：气象、结构、伦理的典范

我始终没有搞明白：为什么在《丰乳肥臀》问世以后的十余年中，它

一直没有得到学界和批评家的认真关注，对于这样一部重要的作品，为什么很少能够听到人们认真的追问和深究？细酌原因，最重要的一点恐怕是“道德的误解”，是它外表上刻意惊世骇俗的“反道德式的叙事”，激起了人们的一种常见的“道德紧张症”，这种本能的反应阻遏了对小说的深入阅读。这和《废都》、《兄弟》问世之初所引来的非议与骂名恐有一致之处。对于一般的读者来说，这种情形当然是可以理解的，但对于专业性的读者而言，则是匪夷所思。难道一部作品的好坏是叙事的道德表象所决定的吗？真正的道德应该是隐含在叙事背后的，是不言自明的，而不是作家自己跳出来所表达的道德态度。一部具有道德力量的小说，不一定看起来是一尘不染的，小说的道德力量与小说家的道德洁癖并不是一个概念。书写20世纪里一个民间母亲饱经磨难和凌辱的一生，书写这个世纪里外部社会对民间社会的侵犯与毁灭的历史，难道不是道德力量的显现吗？批评家如果仅仅以“道德外观”来评价一部作品的高下，那未免太有些不求甚解、沉不住气了。

限于篇幅，这里不能完全展开我对《丰乳肥臀》的分析，关于它的评论我在以往的文字里曾经比较充分地涉及，这里只是概括地谈一谈看法。

首先是小说的立意。在我的阅读视野里，当代小说中不乏宏伟的构思，但以一位出生于1900年、谢世于1995年（该小说发表出版的年份）的母亲贯穿一个世纪的一生，来作为结构的线索，以她饱经苦难与凌辱而生养的众多儿女的同样的命运作为纬线，来展示这一个世纪里民间世界被各种外部势力侵犯乃至毁灭的历史，实属罕见。这样的一个立意，体现了一个值得尊崇的“写作伦理”——超乎一切集团或政治立场的历史眼光与道德良心，他必须有 “将历史交还人民”的勇气。关于20世纪的历史，有许多既成的叙述模型，斗争的，进步的，成长的，由被压迫被奴役的半封建半殖民地的悲剧命运转向独立和解放的……不一而足，但在《丰乳肥臀》中，这一切都还原为原生的民间世界遭受外部力量侵犯的历史，母亲上官鲁氏是这样一部历史的见证者、亲历人，她是一切侵犯的忍受者、对象和母体，一切苦难的最终收容者，所有的“解放”、“进步”、“胜利”对她来说都没有意义，她所经历和忍受的，就是一部被剥夺、凌辱和侵犯的历史。这就是对历史的最道德的解释，最能够体现知识分子的历史伦理的解释。

其次，宏伟的空间结构与所表现的精神伦理的完美统一，是《丰乳肥臀》最值得推崇的艺术境界。能够将结构与立意完美统一的小说，毫无疑问是经得起检验的小说。先来说结构。在时间上，《丰乳肥臀》所采取的是循环的叙述顺序，本来第一章应该从1900年母亲（鲁璇儿）出生、德国人进占胶东开始写起，但小说家富有匠心地将之置于最后，变成了第七章，而将1937年日寇打进村庄、母亲临产将要生下第八胎（即上官金童和上官玉女）的戏剧性时刻作为第一章的开端，在书写了她饱经沧桑的后半生之后，将她幼年与青年时期的悲欢离合，在被夫权、兵痞、匪盗欺压凌辱的过程中生养众多女儿的经历，放在最后来交代，以此形成一个历史与命运的循环感。另外“七章加七补”，这个数字结构也符合基督教的观念，小说中无论是母亲还是上官金童，最终都在精神上皈依了基督，这是一个立意与结构上融合的暗线。从空间上，《丰乳肥臀》最具独创性的是它的“星空”或“星座式”的结构模式。母亲是整个空间结构的核心，她历经苦难所生养的九个孩子，其中八个女儿，除了玉女，都与20世纪中国（包括外来的）各种政治势力发生了千丝万缕的联系，并且最终都死于其间的争斗与残杀，所有的外部力量走马灯似的出现在上官家族的生活之中，铸就这些女儿们的悲惨命运，国民党、共产党、美国人、汉奸、江湖术士、民间武装，他们以各种不同的名义，侵入她们的生活与命运之中，以此来构成20世纪中国社会与历史的丰富内涵。而这些繁复的经历和她们各自的悲剧命运，又生成了一个个不同的故事，环绕在母亲的周围，她们的所有不幸与苦难最终都由母亲来接纳、收容与承受，上官家族以此呈现了20世纪中国历史空间结构上的完整图景。这一结构所生成的主题，显然就是一个由母亲所代表的民间社会的原生状态，在众多外部势力的侵犯与介入之下持守、抗争、再生和毁灭的过程。它放射形的星空般的壮丽结构，完全契合了它宽阔宏伟、深邃辽阔的悲剧主题。

不止如此，这个星座式的结构空间还有一个要素和补充，那就是在它之中伸展出的部分——由上官金童的命运所构成的另一个“子结构”。

从整体来看，它无疑较小，但却是必要补充。设想，如果小说只有以母亲为核心的结构空间，那么虽也足以称得上壮丽，却稍显单一了，只是一部“民间之书”，一部民间对抗外力侵犯的书；如果只是以上官金童为主角，来书写一个落魄书生“生错了时代”的一生，那么它的结构就变成了更为单一的模式，即一部单纯的“知识分子之书”。当然，这样的一部书也足以感人和获得它相应的深度，但却不如与前者结合在一起，生成一部如此完整和有机统一的大书，来得更令人感奋和震撼。它们彼此水乳交融互相映照，更体现了现代中国知识分子的命运与其母体之间的骨肉关系。

显然，上官金童是一个经过了若干改装的现代知识分子的化身。他是由中西方两种血缘“杂交”而生，这一身份符合中国现代知识分子的身份：有一个来自西方文化的“父本”，一个来自本土文化的“母本”。但正是这一带有“非法”性质的混血身份，使之在现代中国的民族主义革命中不免要遭到怀疑与挫折。这当然并不是现代中国知识分子悲剧性命运的全部原因，但至少是致命的一个，有无数的例证可以说明这一点。上官金童由此注定了他类似“多余人”的一生，经历了政治狂热时代戏剧性的起伏与磨难，在他中年以后又遭受了市场与物化时代的专制，他在被反复地利用、玩弄之后最终被弃，落了个潦倒终生、连母亲的一块葬身之地都无法找到的结局。这也是对20世纪中国历史的一个真实和饱含血泪的书写，它有力地补充了前者的结构主体，使以母亲为核心的叙事显得更为丰富和完整。

最后，我之所以坚持认为《丰乳肥臀》是一部重要的，甚至具有“伟大”气象的小说，主要是因为它成功地塑造了一位伟大母亲的形象。有人曾依据小说中的若干细节描写，认为它亵渎了母亲的神圣，其实这是天大的误解，那些恰恰表明莫言没有概念化地处理这一形象。不错，母亲的一生中确实充满了被凌辱、被侵犯的经历，她甚至曾经自贱于打狗卖肉的高大膘子，但这些对她一生所经历的苦难是必要的补充，绝无轻薄之处，相反与那些有道德洁癖趣味的人比起来，莫言所塑造的母亲形象更为生动感人。且不说小说中刻意采用了人类学视角对社会学伦理的反拨，即便是作为真实来理解，我以为母亲的一生也可歌可泣、可悲可叹，可以感动天地，更何况她的经历和行为还充满了象征的意味。作为一位民间的母亲，她的一生都持守了天地所赋予的正气与自然的母性，她反对的是一切外来的暴力，所持守的是民间原始的生活法则。她对于男权和族权的忍受与反抗，可以说充满了个人的自发与本能意味，但她对于政治的厌恶与反抗，却似乎是代表了民间社会的永恒意志。莫言非常合理地描写了她身上的两极性：作为生育的母体的感性力量和作为神性的母体的道德力量。她养育众多儿女的过程，似乎充满了偷情、通奸、被强暴的“非法”性质，但这本身所体现的是一个女性、一个母亲所无法抗拒和回避的生存现实，是“母亲”所承受和承担的一切苦难内涵中的应有之义。另一方面，在历经伟大而痛苦的创造与丧失之后，母亲对一切命运的收容又使她升华为充满神性的圣洁化身。《说文》说：“德，升也。”母亲正是因为她的奉献、忍受、牺牲和衰败而上升，而显现出她那固有的神性光辉。某种意义上，是这样一个汉语新文学中罕见的伟大母亲的形象，提升了《丰乳肥臀》这部小说的品质和境地，使之具有别的小说所很难比拟的伟大气象。随着时间的流逝，我越来越坚信这一点。

3.《檀香刑》：戏剧化叙事、美学的自信与文体试验

与《丰乳肥臀》相似，《檀香刑》问世之初同样遭受了非议，理由主要是过于“露骨地宣扬暴力”。好在还有批评家给予了正面肯定，甚至还冠以“伟大的小说”的赞誉，因此我觉得倒没有必要，也轮不到我为之“辩护”。我想说的一点是，“露骨地宣扬暴力”究竟是出于什么理由？究竟是以怎样的态度来宣扬暴力，这是值得推敲的事情。如果是出于事实，是出于对历史上真实的黑暗和暴力的秉笔直书的话，那么这种露骨就有它的必要性，并且无可指摘。

《檀香刑》仍然取材于中国近现代的历史，我想这是莫言对中国文化的深究和书写越来越走向尖锐和直接的一个表现。它所写的故事的背景是义和拳运动，是这场盲目但实出无奈的运动所引出的一场屠杀。中国人面对洋枪洋炮所武装的西方现代强势文化，内部出现了悲剧性的文化分裂：统治者不得不用它残酷的刑罚、刑罚的艺术来维持它的所谓“文明”，而

它的人民则不得不靠着农业文明的反抗方式来保护自己的家国与尊严，这样便出现了孙丙式的人物，他不得不靠装神弄鬼，声称“岳大将军神灵附体”的方式来对付西方人的洋枪洋炮，并且在失败的时候承担被杀戮和受惩罚的悲剧命运。

显然，《檀香刑》所思考的近代历史某种程度上已超越了历史学家所思考的范围，它所带给我们的启示确实非常丰富。在中国文化的内部，从来就存在着残忍和卑鄙的结构性元素，无论是刽子手赵甲，还是热衷围观的民众，他们都是专制者的共谋，鲁迅反复描写过的“人血馒头”的主题、围观与杀戮的主题，在这里似乎再次被传承和放大了。某种程度上，是孙丙自己充满蒙昧与荒谬色彩的反抗，赵甲这样可以把刑罚变成艺术的职业刽子手，还有具有“嗜血之癖”、把别人的苦难当作观赏机会的“人民”，一同上演了这场轰轰烈烈的檀香刑大戏。而在这一点上，莫言戏剧性地安排了“一个女人和她的三个爹”的叙事结构，在行刑者公爹赵甲、被杀戮者亲爹孙丙、监刑者“干爹兼情人”钱丁（他的弟弟反清英雄钱雄飞也曾经被赵甲行刑残忍杀害）之间，完全是血肉相连的亲情关系，是他们默契地亲密配合，演出了这场惨剧和闹剧。

从艺术上说，《檀香刑》可谓“炫技之作”，随着艺术技法的日益纯熟，莫言在这部小说中使用了典型的戏剧性结构与语言形式，使叙事成为一个高度形式化和艺术化的表演。单从技艺层面看，《檀香刑》确实超过了此前莫言的所有小说，它“戏中戏”式的结构方式、舞台独白式的戏剧化的叙述语言，它的“杂语共生”、珠玉齐响的复调世界，还有对狂欢闹剧式的围观场景的描画，在90年代以来急剧变化和技艺日益纯熟的长篇文本中，都属于绝无仅有之作。

另一点不能不提及的，是《檀香刑》传统的叙事风格。莫言自己说是“大踏步后退”的方式，即完全采用了中国传统的白话小说、戏曲和民间小调中的语言方式，这在新文学诞生以来也是独一无二的。它在继承五四新文学批判主题的同时，在语言与结构形式上却回归于传统，这是一个大胆的尝试。虽说90年代以来长篇小说的写作总体上已显现了某种回归传统的迹象，如贾平凹的《废都》、王安忆的《长恨歌》等都显示了对于传统的“奇书”结构与母题的有意仿照，但像《檀香刑》这样来得彻底和仿得极致的还属首例。在结构上，它还创造性地采用了话本小说与戏剧道白相结合的方式，用“凤头”、“豹尾”来展开戏剧化的人物表演。在这两部分中，叙事通过人物的独白与心理活动式的旁白来展开，叙事功能完全由人物自己来实现，因此叙述完全是戏剧性、表演化和动作化的。中间需要由“作者”充当叙事人的部分，则叫作“猪肚篇”，夹进了需要交代、描写和叙述的内容。但小说的主调则被头尾两部分改造为戏剧性的叙事。

《檀香刑》再一次表明莫言是一个文体试验家，他的每一部作品都在追求形式的变化，这对当代小说的发展产生了深远影响。如果说《红高粱家族》是开启了当代长篇小说文体变革的进程的话，那么《丰乳肥臀》是构造了成熟并且具有“伟大”气象与结构的长篇小说艺术典范。或许在篇幅上《丰乳肥臀》并不是最大的，但在结构的容量和叙事的气象上却是难有匹敌的。而《檀香刑》在叙事上彻头彻尾地中国化，可谓又标立了一个转折，它表明新文学叙事在经过一个世纪的西向探求与借鉴之后的一次“返回”。这个返回是富有象征意味的。我不想说这是“终结性”、进步论意义上的事件，毕竟新文学是开放的，但它也是一种象征，象征着汉语新小说在形式上的某种自信和成熟，象征着新文学的某种成熟。因为无论如何，一个民族的叙事传统与美感经验都是最珍贵的东西。结构主义理论家早就说过，故事可以千变万化，但故事的结构就是那样寥寥的几种。古往今来小说一直在变，但又万变不离其宗，从基本的功能与叙述模型上、从其相应的美学属性上都有永恒不变的东西。类似《檀香刑》这样的叙事的出现，在新文学的历史上确应是标志性的事件。

上述对莫言三部最重要的长篇小说的分析未免过于简略，但没办法，它们引出的话题太多，无法在这里一一展开。在最近的20年里，虽有种种争议，但汉语新文学确是经历了它诞生以来最富收获的一个时期，其最明显的标志就是出现了重要甚至杰出的长篇小说。这个观点可能迄今尚很难被接受，但我相信在不远的未来人们将怀念这个时代——它至少出现了《丰乳肥臀》、《活着》、《许三观卖血记》、《长恨歌》、《九月寓言》、《檀香刑》、《人面桃花》，甚至包括《白鹿原》、《废都》等一批具有成熟气质和非凡美学品质的小说，这些作品所达到的思想和艺术的高度，实为整个汉语新文学诞生以来所仅见，它们标志着历经一个世纪的积累与磨炼之后新文学的成熟。这个判断当然不应该出现在这里，应该另文专述，但我以为，在这里也有必要作一个提醒：我们没有理由继续忽视和刻意贬抑这个年代文学的成就。在某种意义上，我们也许正在经历和已经经历了一个可遇而不可求的时代——不是因为它的完美，而是因为它的丰富与适宜，甚至它的压抑和带有悲剧氛围的时代气息也是不可缺少的一部分，它正好为作家的创造力的爆发提供了适宜的条件：世纪末的情绪，百年里文学探求的经验，转折时代的语境，历经沧桑翻覆的社会氛围与种族记忆，对西方文学历经十余年的追赶模仿之后的综合与消化，传统的属于本土的独一无二的艺术经验的复活……所有这些条件都出现了。而且还有一个很重要的条件，便是市场化进程的开始和事实上的并未完全实现，这也是一个适时的环境。进入新世纪之后文学局面的颓势，恰恰与市场化的接近完成有深刻的关系。所以我说这个年代是“可遇而不可求”的，它或许正在迅速地终结，而且将在未来很长的时间里不会再出现了。在这个过程中，莫言为我们提供的三部重要的作品，它们对于这个变革的进程所产生的意义，可谓是不可多得的。

三、《生死疲劳》与当代小说的“疲劳”

行文至此，也许才可以回应开头所引的米兰·昆德拉的预言了。如果当代中国的小说注定要成为“世界文学的一部分”的话，那么小说的命运也同样会降临到它的头上。

这转折似乎过于急骤了些，但很明显，进入到“新世纪”，文学迎来的并不只是时间的曙光，还有文学环境的迅速娱乐化。文学受众正迅速地被网络与电子媒介所俘获，传统的文学期待也随之被蒸发。这不是危言，我们所看到的文学的“外形”也许还在，但它的结构已面目全非了。以往以“文学性”为价值主导的文学结构——金字塔式的主体已经不存在，浮在面上的是早已经典化的成名作家，但隐在他们下面的一个本应庞大的写作群体，已是稀稀拉拉。如今“70后”的作家只有少量还在按照接近“纯文学”的尺度写作，而“80后”却是整体地按照市场和网络时代的规则去规划自己，他们不再接受经典的文学性规则的“规训”，不再按照有精神难度的方式来进行写作。

因此，小说正迅速地迎来它的末路。这并不在于它本身思想和技术的衰竭，相反，也可能是技术的迅速生长和繁复，同急速生长和繁复的现代社会一起毁了它。如昆德拉所说：“小说的道路就像是跟现代齐头并进的历史。假如我回过头去，去看这整条道路，它让我觉得惊人的短暂而封闭。”①如果这预言不幸言中，那我们二十多年的小说的黄金时代，也许就这样一下子结束了。

某些迹象正在证实类似的判断，《四十一炮》和《生死疲劳》的遭遇就是例子。它们问世之后的反响明显比《檀香刑》要寥落。这其中固然有作品成色的差别，这两部小说思想的震撼力和艺术上的含量，确实略逊于前者。但真正从单个文本的角度认真对比，这两部作品也都有独到的优长与特色。《四十一炮》可以说是对我们充满着原始积累色彩的时代的猛烈炮轰，就批判的尖锐和直接的程度来说，还没有几个能与它相比的；《生死疲劳》可以说是对当代中国农民“被折腾”的苦难历史的生动再现，是一部当代农民的生存史，几乎是翻云覆雨生死轮回的历史，就揭示的勇气和深度而言，也堪称无出其右者。再说技艺，《四十一炮》使用的也是高度戏剧化的语言，狂欢的叙述笔法，寓言化的人物故事与起伏跌宕的叙事结构，其酣畅淋漓充满神奇幻感的叙事令人叹为观止；《生死疲劳》则将佛家“六道轮回”之说作为主人公身份变换的巧妙之“壳”，将一个西门闹分解为“六度投胎转世”的多个角色，由此将一部当代农民的悲怆、悲惨而荒谬的历史整合起来，这样的构思可谓奇妙之极，从小说的叙事技法看，则可谓达到了炉火纯青、出神入化之境，在许多地方简直是华美的表

①米兰·昆德拉：《小说的艺术》，董强译，上海译文出版社，2004年，第11页。

演、炫耀和挥霍。然而，为什么读者和批评界的反应也是如此稀少和“疲劳”呢？

我一直在思考：作品技艺上的成熟和读者反应的下滑之间，究竟是怎样一种关系？这种逆向的反应究竟是出于什么原因？

首先要考察的是外部。显然，当代文学经过了堪称波澜壮阔的二十多年的先锋运动，在中国社会整体地完成了市场化进程之时，也陷入了自身的疲惫和停顿。这个过程中曾有许多参与因素，首先是来自政治的压力，从上个时代延续过来的意识形态压力，对于这个时代的文学来说绝对是在场的因素，是这样一个压力，激发了文学作为人文思想载体的作用和力量，这如同苏联所出现的情况一样。在这个压力出现松弛和缓解的过程中，上述力量得以释放，并成为文学内部的强大动力，80年代到90年代初期的文学激情可谓与此有密切的关系。而当这个压力接近于释放完毕的时候，真正的考验来了，写作者思想力量的源泉、他所代表的伦理精神，都出现了弱化和枯竭的迹象，这就像苏联解体之后的俄罗斯文学大不如前一样。与此相应的另一个原因，就是市场规则正在生成另一种更为可怕的专制，它改变了文学本身的规则和制度，小说的趣味不再由纯文学的经验来主导，而变成了由市场的利益所控制。这种情况对于小说的先锋运动来说，只有一个短暂的蜜月期，在90年代，社会的松动与转型曾经给予了文学进一步试验和解放的动力，但很快这种局面就消失了，市场不再是艺术的同盟，而变成了压迫者和敌人。

在上述外力的影响与压迫下，写作者的心态难免不会出现失衡。我在想，作家的个人经验与技艺当然会是一个不断增值和提升的过程，但当其社会期待发生变化，被某种非文学的力量所诱惑时，他的心态会不会失衡？而一旦出现这种情形，其作品的思想与艺术之间就会出现某种裂隙和不平衡，也就是说，其技艺会溢出内容和思想的要求，而出现“过剩”——简单地说，形式会成为功利化和表演性的东西。一旦这样，一部作品的质地和水准就会大打折扣。当然，也许有另外的因素，一个作家写得久了，技法和经验就有可能会出现“僭越”，就会出现“收不住手”的情况，而莫言尤其如此，他一直把文体的变化当作写作的目标来追求，使每一部作品都不重复自我，这样也难免出现“单独表演手艺”的倾向。但这同样会给读者带来“疲劳感”，因为如果这技艺与内容相比不是完全必要，那么就会变成一种华丽但终不免疲惫的演示。

如果上面的判断是有道理的，“形式溢出内容”的具体原因也要作出分析。在我看来，《生死疲劳》之所以没有充分调动起读者的胃口，首先是因为莫言在处理“集体记忆”和“私人经验”的关系时出现了失衡。比如在《檀香刑》中，莫言的成功在于他所有细节经验的描写，都是为了使小说要表达的“集体记忆”、公共主题表现得更真实和丰富；而在《四十一炮》和《生死疲劳》中，则是过于流连于私己的“无意识经验”的渲染。虽然它们整体上也以表现当代社会历史的公共记忆与重大主题为目标，但叙事却过于迷恋局部和细节，盘桓和自得于叙事本身的滑行和快感，这就不免与读者的阅读趣味发生错位，因为作家往往信任自己的手艺，而读者关心的则是公共经验和集体记忆的多寡，以及唤起共鸣的程度。类似《生死疲劳》中“猪撒欢”、“狗精神”一类场景，其叙述称得上繁花似锦，可以说是奔涌、喷发、漫游、随心所欲，可另一方面，类似《丰乳肥臀》中那种当代的血色历史和苦难也不见了，代之上升为主体的，是动物本能的狂欢和叙事本身的“惯性”——角色已然忘记了自己的使命，变得不受作者支配、“不听使唤”而“独自狂欢”了。就像莫言自己在《四十一炮》的后记中所说的，“叙述一旦开始，就获得了一种惯性”，并且越来越“成为一种亦真亦幻的随机创作”。而这随机的结果，一方面是使小说显得大合大开、细节饱满、汁液丰富、叙述酣畅，在细部绽放出绚丽奇崛的景观；另一方面却是使小说的主旨不可避免地被搁置、“稀释”和忘却了。说得直白一点，在这两部作品中，莫言的个人想象与经验世界的“天马”，伴随着他日渐膨胀和不受约束的叙事能力，出现了某种“失控”的迹象。

显然，莫言遇到了与余华同样的问题。莫言在《四十一炮》的后记中说“叙述就是一切”，这个说法与余华在《兄弟》的后记中所说的“叙述统治了我的写作”简直如出一辙。单从叙事的规律看，能够产生“叙述的惯性”、被叙述的力量所驱动，当然是一种常人难求的境界，是技艺炉火纯青的表现，但这个叙述如果不受节制，并反过来变得很“自大”，那也即意味着它的过剩和僭越。

这也许牵扯到另一个带有共性的问题：对当代作家而言，在“文学的使命”和“写作的规律”之间，是否正在发生难以平衡的矛盾？如今我们要是再去要求一个作家“承担”什么“使命”，当然会被视为陈腐，写作是精细复杂的个体精神劳动，但人们评价一个作家或一个时期的文学，却总喜欢用很大的尺度。勃兰兑斯曾说，“一个国家的文学，只要它是完整的，便可以表现这个国家的思想和感情的一般历史，如英国和法国那样伟大的文学，便保存了无数的证据，可以用来推断这个国家在各个历史的时期里如何思想和如何感觉”，而“其他的文学……因为它是不完整的，便引不起太大的兴趣”。[①]在勃兰兑斯看来，伟大的文学，即是为自己的国家和民族在某个时期的思想“保存了证据”的文学；我们据此推断的话，伟大的作家，自然也是表现了自己民族的集体经验和共同文化记忆的作家。对照以往莫言的作品，也会使我们相信这个标准的正确，《红高粱家族》、《丰乳肥臀》，甚至包括《愤怒的蒜薹》那样的作品，都为我们复活了某些至关重要的历史想象和民间记忆。可以说，如果没有《红高粱家族》，人们不会想到，在我们民族的历史中还可以复制出这样具有酒神意志和狂放生命力的文化精神与想象；如果没有《丰乳肥臀》，人们不会这样强烈地意识到20世纪历史的荒谬与宿命性，不会这样强烈地唤起民间社会被主流政治所侵犯的屈辱记忆；如果没有《愤怒的蒜薹》，谁会为底层那些“沉默的人民”见证他们绝望的内心？如果没有《檀香刑》，谁会被再度唤起对国民灵魂的认识和理解？当然，这一切都离不开莫言一直感性丰盈的叙事才华，离不开他个人意识与潜意识世界的极度活跃所带来的想象力和细节经验的感受力。但我们仍有理由相信，一个作家之于民族集体记忆的依赖，有如希腊神话中的英雄安泰对大地的依赖，两者必须是时时紧靠的，他所描写的所有人物，都既是活的生灵，又同时是他所扮演的角色的代言者，他们不能在自己的意志中产生出游离的惯性，变成跑下了舞

①参见勃兰兑斯：《〈十九世纪文学主流〉序言》，见伍蠡甫主编《西方文论选》，下卷，上海译文出版社，1979年，第472页。

台的个体狂欢者。如果从这个意义上看，《四十一炮》和《生死疲劳》中的人物也许有了某种游离出舞台的嫌疑，好似跑出了圈栏，复萌了野性，又半路学了雷锋的“猪十六”一样，虽然好玩，却也有点只流于好玩的境界，而不似《红高粱家族·狗道》中的野狗，和此前莫言所写的无数可爱的动物一样，是人性的映射和叙事的必要补充。

历史被饱胀的叙述稀释了，这是我读《生死疲劳》的一个感觉。在我曾给予激赏的《丰乳肥臀》中，一个世纪的血色历史，曾被莫言那样浓缩而波澜壮阔地展现出来，写得那样烟云舒卷、风雨如磐，令人激奋不已、掩卷长叹。而在篇幅相当、时间却被“减半”了的《生死疲劳》中，历史的内容则稀薄了许多。这个缺憾当然不是单独的个例，它所昭示的象征意义令人深思，我们曾经给予无限期待的小说的先锋运动，确实进入了一个疲倦的胶着期，一个形式过剩、溢出了内容的虚浮期。虽然我们不愿意看到，但它确确实实、无法拒绝地来到了我们面前。

2009年1月15日，北京清河居

诺奖之于莫言，莫言之于中国当代文学

莫言能够得诺贝尔文学奖，似乎让很多人感到吃惊。这个神话般的奖一下子离中国人这么近，让很多人一时难以置信。因为我们长期里的一个“世界想象”，是按照一个充满矛盾纠结的心态来构造的。我们很理想主义，同时又很“西方主义”地去臆测西方人，会过于意识形态化地思考问题，总觉得人家不会在很少考虑政治因素的前提下，这么轻易地就把奖授予了中国作家。因为很简单，莫言既不是西方人所认知的“异见人士”，也不是一个在国内处境困难的符号化的“自由作家”，他甚至还有一个“体制性的身份”。显然，欧洲人将这个奖授予他，并未像以往那样过于注重意识形态的因素，而是显示了一种前所未有的包容态度。在我看来，其主要的理由也许可以解释为这样两点：一是对于拥有不止14亿使用者的汉语的不可回避的重视，二是对于莫言小说的文化载力与艺术水准的一个认可。舍此，很难解释为其他因素了。

国人之所以感到吃惊，原因大概还有一点，就是许多人，包括一些学者和批评家，通常是在不读，或很少读作品的情况下，单凭“逻辑推论”来评价中国文学的——理由很简单，中国什么都是坏的，文化是粗鄙的，道德是堕落的，文学是越来越边缘化的，怎么会有好的作家和作品呢?

我自然也偶尔会被问到，莫言是什么样的作家？为什么获奖的是莫言而不是别人？媒体提出了各种各样的问题，有明晰干脆的，也有幼稚发昏的。但不管怎样，这些都促使我认真地想了一下，究竟他是否配得上这个奖？他为什么会在众多中国当代作家中独占鳌头？理由是什么，究竟应该作何解释？

我意识到，单纯从眼下诸多的偶然因素出发是难以作出有说服力的解释的。确实，诺奖有很多偶然因素，比如它要考虑地域、民族、语种、文化等因素，甚至要考虑人种与肤色，要避免“西方中心论”嫌疑等等，这都是西方式“政治正确”的需要。它就这么在全世界转来转去，今年花落中国，也许今后十年二十年之内就很难再次眷顾中国作家了。对其他国家也一样，比如日本，从1968年川端康成获奖，到1994年大江健三郎得奖，中间经过了26年的时间；从泰戈尔1931年获奖至今，还没有另一位印度籍的作家再次折桂（2001年得奖的奈保尔虽属印度裔，却是特立尼达和多巴哥人）。可是文学的发生与演变却并非遵循这样的规律，什么时候出现好的作品、好的作家，都不会是按照评奖的速率与政治来安排的，那么这也就意味着会有另一些好的作家，将长时间地，甚至是永远地与它错过。历史上这样的作家太多了。

但是我们又必须看到另一种“必然性”。这种必然性的显现，基于对百年汉语新文学历史的整体观察。自上世纪初汉语新文学诞生，经过了将近一百年的发育与探索，确乎在上世纪90年代进入了它的成熟期。有人不断地使用这样的比喻——中国“现代文学”是好的，是“五粮液”；而“当代文学”则是差的，是“二锅头”。这种看起来合乎逻辑的说法实际是幼稚和昏聩的。文学的进变有自己的规律，它与政治之间，甚至与文化思想之间存在着并不平衡的关系，这是常识。即便是“末世”和“乱世”也一样会出现伟大的作家与作品，不然就不会有所谓“诗穷而后工”、“国家不幸诗家幸”的说法了。汉语新文学正是在经历了50年代的压抑、六七十年代的低谷、80年代的开放与风云激荡的新思潮的冲击，在相对黯淡和沉闷的90年代出现了前所未有的成熟。在我看来，90年代的这种成熟的标志是出现了新文学诞生以来最复杂、最富有思想与艺术含量、最具文本的“难度系数”，也最具有传统神韵或“中国性”的一批长篇小说，比如《长恨歌》、《废都》、《九月寓言》、《丰乳肥臀》、《活着》、《许三观卖血记》……在进入世纪之交以后，则又有《檀香刑》、《花腔》、《兄弟》、《生死疲劳》、《人面桃花》、《春尽江南》等等，这些作品与中国现代文学中出现的作品相比，不只传承了思想方面的批判性，在结构、语言、人物塑造以及技巧方面则更为成熟。这一点，只要认真阅读文本是不难体味的。虽然从“精神人格”的角度看，当代作家或许有更多的局限性——更直接一些说，莫言或许没有鲁迅那样的综合性的素养，包括国学、外文以及理论方面的造诣；但人格化地看待他们之间的差异，同历史地考察文学的进变又不能等同起来。虽然从精神人格的角度看，鲁迅称得上伟大作家，但从文本上看，莫言则更为丰富。这是一个非常奇怪的关系，也构成了中国新文学的一个整体性的景观和逻辑：不承认当代作家精神人格力量的趋弱和萎缩是不对的，但不承认当代文学比现代文学更为复杂和成熟也是不客观的。这就是“从鲁迅到莫言”这个时间叙事中所包含的最核心的意思。

但对这个关系的认知也不能绝对化，即便鲁迅是中国现代作家精神人格的楷模和典范，他也不是白璧无瑕；即便莫言和当代作家们在精神上有矮化的倾向，但也不是一无是处。近距离地看任何人、任何作家，都会有“做人”方面的弱点或缺陷，鲁迅也不例外。就像梁实秋所揶揄的，“假如隔壁住着一个诗人”——任何自命正常的人都会有不寒而栗甚或毛骨悚然的感觉。然而拉开了时间距离再看就完全不一样了，“生活中的人格化”和“传奇中的人格化”以及“文本中的人格化”会完全不同。我们如今所理解的鲁迅的人格已然是被传奇化和文本化了，而我们对包括莫言在内的当代作家的审度，则无疑是一种“生活的人格化”视角，由此也必然显现出更多的缺陷。实际上，福柯所说的“人死了”，某种意义上也是暗示文学之中、暗示知识分子“人格化的主体性”的丧失，即“作者死了”，文学只剩下“文本”，而不再具有“人格化意义的作者”。从这一点上说，即便中国当代的作家们有成为“文化英雄”的雄心，也很难再变成现实了，不但像鲁迅那样的改革社会意义上的启蒙主义文化英雄已经不复存在，连海子那样的纯粹哲学意义上的文化英雄也已经成为神话了。因此，以鲁迅为标高要求当代作家，恐怕只是一个勉为其难的幻想。

然而同时我们又要看到，即便当代作家们在主体性和人格构成方面不复有耀眼的光环，但细读其文本，我们仍会看到他们对于鲁迅等现代作家的精神接力与人格传承。读一读《檀香刑》就会意识到，莫言不但重现了鲁迅在《阿Q正传》、《药》、《祝福》、《风波》等小说中所揭示的国民劣根性的主题，重现了“围观”与“嗜血”的主题——“用他人的不幸来医治自己的病”的主题，同时还深刻地揭示了中国近代的文明冲突，甚至在对中国文化内部结构的分析方面，他比鲁迅更具有精细和传神的表达。比如《檀香刑》中关于孙丙的描写。在封闭自足的文化状态下，孙丙原本是一个正面的符号，一个美男子，一个茂腔戏名角，长着一副美髯，唱得一口好戏，他分明就是古老的东方式“田园牧歌”的标志。但是当外来的文明以钢铁般的、强势的、侵犯性的方式出现，且在中国人的生存和中国文化内部引发了巨大危机的时候，他就变“丑”了，变成了谎称“岳大将军神灵附体”的装神弄鬼者。他注定会反抗，但结局自然也就只有两个——要么变成洋枪洋炮之下的牺牲品，要么变成失败的内部统治者的替罪羊和替死鬼。这就是中国文化内部的裂变，孙丙的死和阿Q的死是如出一辙的，但与鲁迅相比，莫言将这一出戏演到了极致。

莫言的好处当然不只这一点，他的优点还有很多。比如他对于中国传统文化的看法就不只采取了鲁迅的视角，而且还获得了一个“反进化论”的视野；比如他对于更早先的中国文化的理解就不止是“吃人”，而认为是有充沛的生命力、有“结构性活力”的一种文化。在《红高粱家族》中，他所展现的“爷爷奶奶”的生活就是如此，他们出入于红高粱大地，“既杀人放火，又精忠报国”的性格，便是在被主流与正统文化规训之前的状态，而这种对历史的想象，其实就是对“将来好过现在，现在好于过去”的简单进化论的历史观的一种反对，这是他更“现代”的地方。从“爷爷奶奶”，到“父亲母亲”，再到“我”，历史不是呈现了我们习以为常的“进步”，而是一种可怕的倒退，一种生命的衰变和文化的颓圮。这一点，虽不能说是莫言的独创，却是他对中国当代的革命作家们所描写的“进步论神话”的一个反拨与补正，同时也是对那些优秀作家所表现出的反思精神的一个深化与承续。

有人说，莫言和很多当代中国的作家有对“暴力”的嗜好。乍看起来确乎存在这类问题，但与此相连的另一个问题就是：是莫言凭空捏造了这些暴力的叙事吗？如果不是，那么一个作家面对历史上和现实中屡见不鲜的暴力，是如同鲁迅所说，“敢于直面惨淡的人生，敢于正视淋漓的鲜血”呢，还是无视暴力的存在，去作装饰与美化？答案当然不言自明。还有人说，暴力可以写，但作家一定要“有态度”。这也对。但是作家的“态度”既可以自己站出来表达，自然也可以以隐含的方式让读者自己去感受。我相信读者在读了《檀香刑》之后，不会对暴力产生迷恋和喜好，而会有深深的恶心和恐惧。如果是这样的话，直接书写暴力又有何不可？

还有，莫言的小说中呈现了强烈的伦理倾向——对于民间伦理的托举和对于政治概念的压抑。我之所以坚持认为他的《丰乳肥臀》是“一部伟大的汉语小说”[①]，就是因为他在这部作品中张扬了传统民间社会的美好与诗意。如果用最简单的话语来概括，这部小说所表现的题旨，就是记录了中国传统民间社会在20世纪被侵犯和被毁灭的过程，母亲所代表的人民与民间世界，在一切外来的政治与权力因素的合谋下，在一切外来势力的侵犯下，最终陷于从肉体到精神的毁灭。仅就他所刻画的人物看，我也认为，说他写出了伟大的小说绝不是夸张。

假如从这样一个“整体观”来看，莫言确乎传承了中国新文学的优秀传统，并且还是一个发扬光大者。如果我们将心态放平，应该承认这个事实。也就是说，在莫言获奖之后，如果说会衍生出一个“重大意义”的话，那么我以为其就是，它会推动我们改变以往将“现代”和“当代”文学相割裂的看法，将整个新文学看成一个真正的整体——从思想到形式，从内容到艺术，从文体到语言是一个自然发育的过程，那么莫言获奖，自然也是有了100年历史的汉语新文学的一个成果，一个发育成熟的标志。如果是这样的话，我们这些研究汉语新文学的人，也就应该以整体的和谱系学的眼光来观察和观照中国的新文学、认知和评价汉语新文学；如果是这样的话，莫言获奖也无疑提升了所有中国当代作家的地位，让我们得以在汉语新文学的谱系中来审视他们，在观察和分析他们人格蜕化与文本进变的同时，承认他们对于新文学伟大人文主义传统的勉力传承；如果是这样

①参见拙作《叙述的极限——论莫言》，《当代作家评论》，2003 年第 2 期。

的话，那么我们也应该坦然地承认，诺奖对莫言的承认，毫无疑问也是对于整个汉语新文学、对于中国当代文学的一个肯定，在历经了100年的探索与成长之后，新文学从未像今天这样更接近于“中国经验”与“中国美学”本身，也从未像今天这样更接近“世界”，具有与世界文学对话的资格与能力。显然，莫言获奖表明，中国当代文学可以凭借其艺术品质与文化载力单独面对世界，面对读者的评判。

自然，在强调莫言获奖对于中国当代文学的深远影响的同时，也要看到，这个传承也正面临着真实的和真正的断裂。在我看来，中国当代的作家也许经得起意识形态的重压，但很难经得起权力、财富和资本的裹挟。上世纪五六十年代出生的作家们，虽然在八九十年代勉力展现了他们对于鲁迅和五四文学传统的致意与传接，也留下了足以让他们载入史册的艺术作品，但在最近的这些年中，他们身上的批判性与知识分子性，却无疑呈现了渐至稀薄的趋势。在更年轻的一代作家身上，消费符号的包装与绑架、写作身份日益严重的“去知识分子化”，更成为一个无法挽回的趋势。这才是真正值得我们忧虑的。因此，即便我们是一群乐观主义者，即便我们可以如数家珍地说出一串新文学诞生以来最为重要和杰出的作家的名字，可以罗列出一堆最接近“中国经验”和“本土美学”的文本，也无法回避这个大好的局面正面临瓦解和消失的尴尬。从这个意义上说，莫言的获奖就尤其显得珍贵和“危险”：珍贵的是它在中国当代文学面临下滑趋势的时候，为国人和无数文学创作者打了一针“强心剂”，使我们的文学界兴奋了一下，有些许扬眉吐气之感；但危险的是，它也许会掩盖上述危机应带给我们的警觉。

假如我们试图将莫言获奖的意义扩展至最大，而又不至于变得“危险”和负面，还应该清楚地意识到：第一，莫言的获奖是由于其对于中国历史与现实的丰富书写与批判性的审视与刻画，由于其深厚的民族文化载力与鲜明的人文主义立场，同“经济崛起”、“国家强盛”之间并无对应性的关系；第二，莫言的得奖可以让我们更好地正视中国当代文学的实绩及其与历史之间的谱系学的关系，可以给文学阅读和消费带来短暂的“加热”效应，但难以扭转整个时代的文化与文学氛围。但愿这一代作家能不负众望，将新文学所开创的伟大的人文主义传统创造性地发挥与传接下去，将他们所创造和展现的“本土美学”化为催生后进、化育后来者的力量，而不是成为转瞬湮灭和黯淡下去的“无后的一代”。

莫言的吊诡与狂狷

蒲松龄在《聊斋志异》中给自己取了个别称，叫“异史氏”。异史氏就是那个专事记录“披萝带荔”之“牛鬼蛇神”的人，用今天的话说，就是专门搜罗那些来自民间的诡异故事的人。用蒲老先生自己的话说，是“自鸣天籁，不择好音，有由然矣”①，用乡野民间的各种说法，不事加工与选择，留下的反而是最自然和最有风韵、别致的文字。所以，在开篇的《自志》中，老爷子颇为悲情和自傲地慨叹道：“嗟乎，惊霜寒雀，抱树无温；吊月秋虫，偎阑自热。知我者，其在青林黑塞间乎！”大意是：哎呀，我就像这山野林间的秋虫寒雀一样，自己给自己找乐子。难道我的知音就是这些山间的野物吗？

齐地自古多有吊诡狂狷之人。庄子很早就提到了一个名字：“齐谐者，志怪者也。”这个“齐谐”已不知是一个人，还是一本书，但十有八九与齐地有关。齐文化孕育的智谋鬼才之士，可能是中国历史上最多的，管仲晏婴，孙武孙膑，更兼鬼谷子东方朔这类异秉之人，所以出蒲松龄这样的野史怪才、大小说家是必然的，不出才叫奇怪呢。

从这样一个背景去看莫言，也许是一个必须具备的角度，因为他也是一个从齐国故地走出来的诡异的“异史氏”，一个来自“高密东北乡”的喜欢谈神论鬼、不拘幻异的讲述者。他的小说总是带着民间的原始野性，将故事附着于自然与神异之物，小说中总是有太多“牛鬼蛇神”与“花妖

①蒲松龄：《聊斋自志》。

狐魅”，太多游荡于“青林黑塞”的“秋虫寒雀”，太多难登大雅之堂的乡野故事与民间传奇，而这也是他所以能够“自鸣天籁”、“有由然矣”的原因。

莫言迄今为止发表的作品，少说也有六七百万字，早期有大量的中短篇小说，自20世纪80年代中期以后则陆续有十余部长篇小说，还有其他的文论随笔等文字。这么大的写作规模，要想说清楚他自是不易，因此这里也只能是粗线条地说个大概。如果按照他作为一个作家成长的时间顺序来说，或许更能说明问题。

早年莫言的小说似乎并无与常人殊异之处，主要以讲述故乡乡土生活为内容，然而他的小说中有一种不同凡响的灵动之气，这灵动来自于他对土地的感动和理解、对自然的热爱与通灵。他喜欢用童年的视角、孩提的眼光，来写神奇幻异的人或动物，喜欢写乡间民俗与传说中的故事，人与物都有一种古灵精怪的味道。《大风》、《枯河》、《秋水》、《民间音乐》、《球状闪电》等等，都不例外，美丽的村妇、机灵的孩童、丰饶的乡野、怪异的自然，都给人留下了难忘的印象。

这一切特点，最为集中和典范地体现在了他最早的一部长篇《红高粱家族》（1987）中。这部长篇严格说来是一个意外的产物，最初莫言的构想只是一个系列中篇，但当他写到一定规模之后，发现它们居然可以连缀起来变成一部长篇。其中“爷爷奶奶”的抗日故事和他们在红高粱野地里自由自在的爱情生活，构成了小说的主干，而“父亲母亲”的故事则是一个辅助的线索。在时间链条上，这部小说意外地构成了一个不断返回过去和不断来回跳跃的“穿梭结构”，三代人之间构成了一个时空交叉的对话关系，“爷爷奶奶”的故事成为“父亲”和“我”不断予以见证、重述和议论的对象。这样，小说便形成了一个全新的叙事时空，彻底打破了持续几十年的“现实主义”的“线性”叙事的控制，使长篇小说的文体获得了空前的解放。

《红高粱家族》是一部对于现代历史进行重新解释的小说。它叙述了民间社会被遗忘和被压抑的历史，复活了那些原始而生动的人物与故事情境，展示了“人民才是历史的真正主体”的世界观。在这部历史书写中，一切被修改和被装饰过的宏大叙事都被颠覆和改写。比如，是一帮被称作“土匪”的民间英雄成为抗日的主角，他们不但活出了生命的自由与壮丽，也活出了真正属于民族和天地正气的精神与性格。它试图向我们解释出我们民族的另一种精神，类似尼采所阐释过的“酒神精神”，是一种未受到儒家正统思想与宗法伦理道德桎梏的原始与野性的民间精神。是这种精神而不是其他，支持着我们民族顽强不屈的生命意志，支持着人们走过漫漫黑夜，穿越历史的荆棘与苦难。

这明显是解构正统历史观的叙事，附和着这种叙事的，是一个野性十足生气勃勃的民间世界，这里有“既杀人放火、又精忠报国”的英雄匪气，更有通灵和泛神主义的神奇的自然生命。“八月深秋，红高粱红成了一片恍惚的血海，高粱高密辉煌，高粱凄婉可人，高粱爱情激荡。”这里有通灵的牛马、黑骡，有诡异的狐狸和野物，有充满了大地的广博与诗意的一切。在这样的环境与氛围中，人可以死而复生（如二奶奶的诈尸），或虽死犹生（如奶奶葬后遗体久不腐烂的神话）；动物可以比人还要社会化（如饥荒时家狗因食死尸而“异化”，变成了野狗，并且分别由“红狗”、“绿狗”和“蓝狗”组成了不同的队伍，与人类展开殊死搏斗）；还有，狐狸可以医治人的创伤（如猎人老耿被日本兵刺了几十刀，居然被一只狐狸舔舐而痊愈）……这些通灵而诡异的描写，似乎都可以看出《聊斋志异》的影子。

《红高粱家族》为莫言赢得了巨大的声誉，由于据此改编的电影《红高粱》在1988年获得了柏林电影节的金熊奖，莫言这个名字也迅速走到了国外，成为有国际影响的中国作家。

发表于1995年的长篇小说《丰乳肥臀》，可以说是90年代莫言最重要的作品，也是迄今为止莫言最具代表性的作品。和历史上许多杰出作品一样，这部小说问世之初，曾经遭到了包括大多数专业读者在内的舆论的批评，认为有“伤风败俗”或“刻意媚俗”的嫌疑。但在笔者看来，它恰恰是新文学诞生以来最具思想与艺术含量、最超凡脱俗和最令人惊心动魄的作品之一。它书写了一位民间母亲苦难的一生，她一生所经历的时间是从1900年德国殖民主义者进占胶州开始，到1995年辞世，也即这部小说出版的年代为止。显然，饱经沧桑的母亲上官鲁氏所经历的，是一部20世纪中国的完整历史，这是血与火、血与泪、歌与哭、悲与欣交织的一段历史，是波澜壮阔和风雨如的一段历史。它用了更为长远的眼光来看取这个百年中的人世变迁，把一部主流历史中描绘的所谓革命和进步的画卷，还原为民间社会在百年剧变中不断遭受外力侵犯、最终崩毁的过程。从这个意义上说，《丰乳肥臀》所表现的历史，是最具有人文思想精髓，也最为感人的一部悲剧历史。

小说中的母亲上官鲁氏一生生下了八胎共九个孩子，其中前七个分别是来弟、招弟、领弟、想弟、盼弟、念弟、求弟，七个女儿分别是她通奸、乱伦、被强暴的产物，最后一胎则是她与瑞典籍的牧师马洛亚私通所产下的一双混血的双胞胎——上官金童和上官玉女。之所以不断地逾越妇道，是因为她所嫁的丈夫铁匠上官寿禧是一个男权主义的暴君，他自身有病，却总是把不能生育的怨气撒向妻子，动辄拳脚相加。忍无可忍之下，她听从了姑姑的主意，先与姑父乱伦，随后又与流浪的江湖术士来往，被杀狗卖肉的屠户高大膘子糟践，与天齐庙里的和尚私通，被路过的败兵轮奸……相继生下了众多的女儿。这个过程看似混乱甚至轻佻，其实是充满血泪与苦难隐忍的，是夫权压迫和世道昏暗造就了她不断遭受凌辱和侵犯的命运。而随后，这些苦难的结晶——众多的女儿，又分别遭受不幸，其中除了领弟“鸟仙”是出于“现代文明”的诱惑（模仿司马库和美国飞行员滑翔跳伞），而从悬崖上跃下摔死，其余都是被各种政治势力侵害和绞杀的。这恰好表明，由母亲和她的众多女儿所象征的中国传统的民间社会的破坏和瓦解，不是因由别的，正是现代中国政治的动荡与变迁所致。

《丰乳肥臀》刻画了一个人类学意义上的母亲形象，她的被刻意放大的生殖与博爱的禀赋与能力表明，她是一个民间和大地意义上的母亲，一个作为“生殖之母”的化身的母亲，她和自己的众多儿女所构成的，是中国原始的乡村民间社会的一个象喻。由于这一点，她也就变成了一个圣洁的“东方圣母”的形象，也就超越了世俗意义上的道德，而具有更为博大的历史内涵与道德诗意。她的饱经磨难和含垢忍辱，她的逆来顺受与不屈不挠，都更增加了其光彩与魅力。可以说，这一人物是新文学诞生以来最为伟大的文学形象之一。

在笔者看来，《丰乳肥臀》这部小说的意义还来自另一个重要的形象，即上官金童。这一人物可以说是20世纪中国知识分子的化身，他有一个西方血缘的“非法”意义上的父亲，这注定了他人生中多舛的命运——他是一个有原罪的、“生错了时代的”或“走错了房间”的人，一生中永远无法自决，找不到自己的位置，只能是一个孱弱的恋母者和终生无法长大的偏执症与精神分裂症患者。这个人物与母亲，构成了民间和知识分子这两个主体的化身，他们的悲剧也隐喻了这样两个主体共同的命运。

这无论如何也不是一个小的命题，而是一个长歌当哭和高瞻远瞩的命题。莫言对于现代中国历史的认知，可以说已经达到了五四以来中国作家认知的一个新的制高点。而且从艺术上说，这部小说所具备的磅礴开阔的气象，在叙述上所具备的强烈的戏剧性，在手法上大开大合的故事处理，在人物性格和心理刻画上所达到的深度，都是十分罕见的。我个人把它的结构称为 “星座式的结构”：以母亲为核心，拱卫着她的众多的儿女，而众多的儿女又与20世纪中国所有的政治势力、现代中国的一切政治遭遇之间建立了千丝万缕的联系。所有这一切构成了一个巨大的网状构造，形成了一个星座式的格局。它持续整整一个世纪的长度，又赋予了它深远的历史感。

按照中国传统的小说观念看，《丰乳肥臀》是一部“奇书”。首先，它奇在其所描写的历史是一个悲剧的循环。如同中国传统小说《水浒传》所传达的“由聚到散”、《三国演义》所书写的“由合到分”或“由分到合”、《金瓶梅》所传达的“由色到空”，还有《红楼梦》所书写的“由盛到衰”，它所描写的是20世纪中国历史的悲剧性的大宿命。其次，它的奇还表现为其中人物的怪异。母亲的形象是反世俗伦理的；上官金童的形象也是非常态的，他是一个中国式的堂吉诃德或者哈姆莱特，一个中国式的奥勃洛莫夫，一个当代的贾宝玉，一个延续了鲁迅式主题的“狂人”，因此他的怪诞可以说是兼容了中西方文学的两种传统。

90年代莫言还有许多作品，如《酒国》、《红树林》、《食草家族》等。总体上看，这是莫言的一个艺术上的成熟期。不过，要论作品的稠密还要数进入新世纪之后的几年。2001年，莫言推出了长篇小说《檀香刑》，2003年又发表了《四十一炮》，2006年推出了《生死疲劳》，之后，又在2009年推出了《蛙》。十年间莫言已经发表了四部长篇小说。这还不包括他的大量的演讲与札记作品。其中，如果要论叙事的华丽与诡异，可能要首推《生死疲劳》，这部带有过分"炫技"意味的小说，以佛教和民俗文化中的"六道轮回"为"壳"，叙述了一个叫作"西门闹"的农民，在当代中国的历史变迁中不断被折腾得死去活来的过程。他在被无端枪决后，依次化身为驴、牛、猪、狗、新千年的世纪婴儿，不断死去又复生。这番折腾的经历，将命运的悲剧幻化为生死癫狂的喜剧和闹剧，以充满揶揄和反讽意味的故事，隐喻了当代中国历史的巨大翻覆。

但也有迹象表明，这部小说中，莫言极尽能事的华丽笔法以及喜剧性的处理方式，反过来稀释或颠覆了小说的悲剧意蕴，所谓"犹则不及"。相比之下，《檀香刑》则显得更为适度。它同样采用了喜剧性的笔法，甚至是把地方"猫腔戏"的元素融入了小说之中，采用了大量人物独白式的戏剧语言来完成叙事，在"凤头"和"豹尾"部分均采用了这种叙事法，所以艺术含量和戏剧性程度都是极高的，只是在"猪肚"部分插入了第三人称的叙事语言。小说以极诙谐的笔法与极紧张的剧情，十分富有张力地描写了一个悲剧故事——"一个女人和她的三个爹的故事"。主人公孙眉娘是一个丰腴美丽的乡村妇女，她的父亲孙丙是一个猫腔戏的名角，一个在民间受人尊重的赫赫有名的美男子。但当面临列强的外侮，他就不得不变成了一个谎称"岳大将军神灵附体"的妖魔化的人物，靠装神弄鬼来号召民众反抗列强屠杀，结果惨遭失败，被腐败的清政府出卖，要将其杀害来取悦洋人。而负责行刑的人恰好就是孙眉娘的公爹赵甲，一个从刑部大堂"退役"后又被重新启用的老牌刽子手；负责监刑的则是本地的县令，孙眉娘的"干爹"兼情人钱丁。这样一个戏剧性的关系，使小说的主题跃然纸上，即在被杀者与刽子手、监刑者之间，原本是千丝万缕的亲缘关系；也就是说，在中国近代历史中，是这个有着复杂的血缘亲情的民族内部共同合作、集体合谋上演了一出屠杀自己亲人的檀香刑大戏。

值得一提的还有莫言晚近推出的长篇《蛙》，这部小说以当代中国的

“计划生育”为素材，描写了一个助产医生“我姑姑”的一生。它显示了莫言处理“重大题材”一贯的出色的能力，把一个典型的社会问题，处理成了一个个体生命伦理与民族国家伦理，以及人类生存的大伦理之间的错综复杂的冲突，使一个显而易见的社会命题，变成了一个意义广远的文化命题和伦理命题。尽管小说在笔法上一反此前莫言的习惯，写得异常松弛和散淡，但仍然不失为一部有道德震撼力的小说，凭此荣获第八届茅盾文学奖也属于理所当然——虽然它并非莫言最重要的作品，却也是近年来一部不可忽视的作品。

莫言是一个永远不会让人感到枯竭的作家，他的想象力和创造力总是令人感到有意外的“胀破”和“溢出”。他总能在邪中出正，在嬉戏中得庄严，在寻常中显吊诡，在低调中露狂狷。这使我们总会对他抱着新的期待。

2011年10月7日夜，北京清河居

应该在鲁迅与五四文学以来的谱系中认识莫言

——答《新华月报》记者问

“孩子向前跑了。有跑的动作，没有跑的速度，两只细胳膊使劲甩动着，像谷地里被风吹动着的稻草人。” “他的头很大，脖子细长，挑着这样一个大脑袋显得随时都有压折的危险……”这是莫言的成名作《透明的红萝卜》中所塑造的一个整日不说一句话，名字叫作“黑孩”的经典的孤独形象，据说这一形象的塑造与莫言自己同样孤独的童年有关。之后，这具有生命与岁月特质的孤独，使莫言创作出了一个个更加丰富的文学形象，创造出一个汪洋恣肆的文学世界。山东的“高密东北乡”，也像福克纳的“约克纳帕他法小镇”一样愈来愈为世界所知。北京时间2012年10月11日晚7点，瑞典文学院常任秘书彼得·恩格隆德宣布中国作家莫言获得2012年度的诺贝尔文学奖。莫言所创造的精神世界和他曾赖以存身并使其写出几百万字的文字世界，立刻被人们以高密度的方式高速传播。一个星期左右，莫言旧居里的红萝卜和树苗等被来自世界各地的人们洗劫一空，甚至连一个多年前被无意注册的和莫言无关的商标——“莫言醉”，也被炒到比莫言的诺贝尔文学奖奖金还要高的数额。

“十年前在课堂上经常讲到莫言的作品，讲着讲着讲兴奋了，脱口而出。”著名文学评论家、北京师范大学文学院副院长、博士生导师张清华教授堪称莫言研究专家，十年前曾在讲述莫言作品的课堂上预言“莫言很有可能会在不远的将来获得诺贝尔文学奖”。莫言获奖的消息传来，张清华教授当年的学生们纷纷打电话、发短信表示祝贺，而他则把第二天的文学课临时改为莫言作品专题，“讲了一天的莫言”。自1993年起，张清华发表有关莫言作品的评论和对话达十多万字。近年，张清华教授一直提议以人才引进的方式把莫言请进北京师范大学，说“如果不赶紧请进来，瑞典文学院哪天忽然宣布莫言获得了诺贝尔文学奖，再请就来不及了”。

张清华强调，讲解和理解莫言的正确的方式，是把莫言放在从鲁迅与五四文学运动以来中国现代文学所创造的“文学谱系”中来讨论，如此才会得出有历史感的认识。

有责任花更多的时间和精力去讲解莫言

新华月报：十年前您曾说莫言是中国当代作家获诺贝尔文学奖的最佳人选之一，您成功预言莫言成为诺贝尔奖获得者的文学依据是什么？

张清华：十年前在课堂上经常讲到莫言的作品，讲着讲着讲兴奋了，脱口而出。因为最近经常把这十几年的诺贝尔文学奖获奖作家加以对照，一个很简单的道理是，高行健能够得奖，像莫言、余华这样的作家就更应该得奖。大江健三郎的东西我也看过不少，我也觉得大江的写作所表现的人性深度是耸人和深刻的，但是中国当代作家的作品不光“人性深度”深，而且“历史深度”表现得更明显。在他们的作品中，我们民族现代以来的重要的公共经验和历史记忆的复杂性得到了有力的呈现。总的来讲，莫言的小说，所呈现的历史、传统、民间文化以及思想的庞大信息，还有艺术上的难度系数，可以说在当今世界的优秀作家中也是十分罕见的。我认为诺贝尔文学奖的评委也充分意识到了这一点。诺奖评委主席特别提到莫言作品里的魔幻现实主义，不是指的拉美的，而是独属于莫言的。莫言式的魔幻实际上具有很强、很鲜明的民族性，他可以说为世界文学贡献了独特的东西。早在十几年前，我确实在这些方面有一个基本的认知。那时年轻，胆子大，敢乱说，所以说了也就说了，而且在课堂上经常说。很多老学生至今记忆犹新，来电话或者短信祝贺我，说我的预言实现了。我也曾经从引进人才这个角度跟我们学校的领导们谈起过，我们学校应该

“养”几个作家，我说莫言是首屈一指应该引进的作家，因为我觉得他是有可能要得诺奖的。这些话都公开在学校里说过。总之，我个人对莫言的获奖，是觉得在情理之中，虽然有一点点“意料之外”——因为我觉得某种意义上，中国人常常是有“悲情”思想的，总觉得尽管我们够了，我们也很想得，但是可能人家不会如此痛快和及时地给我们。中国人下意识里总觉得这个奖不可能来得太快，虽然我们希望它尽快地到来。

新华月报：10月11日，瑞典文学院宣布莫言获2012年诺贝尔文学奖。据说第二天您在北师大文学课堂上临时改换主题，讲了一天莫言的作品，主要给学生讲了哪些文本信息？

张清华：我平时讲课的内容就有莫言。其实当时也是进了课堂之后忽然想起来的，觉得不应该仅仅谈一下莫言获奖这件事，还要把后面要讲的莫言作品的内容提上来。我是11号晚上得到的消息，接着就电话不断，一直到深夜12点以后还有好友来电，诉说激动的心情。我第二天上午刚好有本科的课，下午有研究生的课。早上到了课堂，本来是准备讲一下莫言获奖的感想，头天深夜还专门做了一个“PPT”，关于莫言获奖的一些影像，但是我讲完那些感想以后，突然就决定要讲一下莫言的作品，因为他的作品我非常熟悉，就在课堂上细读了他的中篇小说《透明的红萝卜》。下午研究生的课上，则集中讲了一下莫言的整体风格和长篇写作的一些特点。这是很正常的反应，莫言本来就是当代作家中重要的一个，他得奖以后就意味着他作品的“经典化”程度会得到空前加强，因此我们有责任花更多的时间和精力去讲解莫言。“经典化”是一个很奇怪的事情，它也是一种选择和放大，某种意义上，他已经因此进入了伟大作家的谱系了，不管你承认与否，这都很难改变了。

新华月报：您跟莫言有哪些文学方面的交往？

张清华：“交往”就不太好说了——要避免“攀结富贵”的嫌疑。不过，我跟他确有过一个很长的对话，收在我的一本叫作《存在之镜与智慧之灯——中国当代小说叙事及美学研究》的书里，有将近两万字，主要是谈对莫言作品的理解，对小说本身一些艺术因素方面的认识，以及我们关于当代文学的一些看法。我写过将近3万字的一篇论莫言的文章——

《叙述的极限——论莫言》，还有另外三四篇关于莫言的文章：1993年发表的一篇《莫言文体多重结构中的传统因素》中，我就讨论过他小说中的传统因素，这已是将近二十年前的事了；另一篇《天马的缰绳——论新世纪以来的莫言》，也是一篇长文；还有一篇《〈红高粱家族〉与长篇小说的文体变革》是专门谈《红高粱家族》对于80年代文学的推动意义的；另外，在我的另一本书《境外谈文》中，还专门论述过“莫言的新历史主义叙事”。这些大块文章加起来有十几万字。另外还有一些短论和作品解析等文字。2000年，莫言在台湾“两岸作家大会”上的一个演讲，叫《我与新历史主义文学思潮》，便摘引了我在《钟山》上发表的一篇很长的文章——《10年新历史主义文学思潮回顾》，其中有三四千字讨论了他和《丰乳肥臀》。在那次会上，他即摘引了我这篇文章写他的那一部分，还戏谑地说“既然张清华把我放到他的文章里讨论没有跟我商量，那么我抄他的这些话也就不商量了”。

乡村经验是莫言与生俱来的基本经验

新华月报：在评论莫言的《红高粱家族》时，您描述它是一部使莫言从一个民间歌手变成一个现代作家的“点石成金”的作品，其实他的其他作品普遍存在这种效果，您觉得是什么使莫言具有这种“点石成金”的能力？

张清华：还是20世纪80年代中期中国的文化自觉。这种自觉表现在：一是重新认知本土文化，“寻根文学”即是一个标志；再一个，是通过拉美作家的成功看到中国文学走向世界的一个路径。在那个年代最核心的思想是启蒙主义，启蒙主义思想成为作家写作中人文主义精神的引领，这使得作家获得了对于民间文化和中国历史，包括当代历史的认知和反思能力。早期的莫言小说，侧重于表现他的童年记忆、原始乡村与自然的浪漫和美丽，这些作品从整体上还看不到作家对于历史的那种批判性认知。而在《红高粱家族》里面，首次出现了对于现代文明的反思，以及对于当代历史的一种批判。它是中国当代小说中第一部“反进化论叙事”的小说，就是从“爷爷”到“父亲”到“我”，不是一个“进化”的谱系，而是一个颓败和蜕变的“降幂排列”的关系，这就给当代小说注入了一种极大的叛逆性，以及思想动力，还有艺术格局的根本性的改变。所以我说他是“点石成金”。

新华月报：莫言的作品具有浓郁、纯粹的乡土性，但莫言对其进行语言表达时却十分生猛和先锋，具有强烈的现代意识，怎样看待其作品里乡土性和先锋性这一对看似矛盾的概念?

张清华：他的乡村经验是骨子里的，而他的童年经验和乡村经验是生长在一起的，这是莫言与生俱来的基本经验，也是本身最具有“文学性”的元素。或者说，它是莫言小说文学性的一个基本载体。这是他的作品世界之所以带有野蛮的、原始的、混沌的、庞然大物式的、泥沙俱下的、江河横溢的、莽莽苍苍的、生机勃勃的属性的一个根本原因。另外，是莫言所获得的后天的认知高度。后天的认知高度，我认为最核心的是他的“生命哲学”与“人类学视野”。之前作家的认知能力，仅限于“社会学”和“伦理学”的范畴，人是分为“好”与“坏”的，历史是有“进步”和“倒退”的，文学本身是有“真善美”和“假恶丑”的对立的……以往的作家都是在这样一种“二元对立”的格局里生成他的价值与诗意，这种诗意看起来就是比较有局限的思维方式，有时是比较呆板、僵化和无趣的。但是莫言却大胆地超越了社会学与伦理学的界限，用生命哲学和人类学的眼光，来打量这个生机勃勃的世界，来还原作为生命、个体、有血有肉的生存者的一个“人”，这个人身上的全部属性，都生发出让我们全身心感动的一种蓬勃的天然的诗意。莫言的小说为什么让当代文学为之一变，让读者为之耳目一新，而且真正呈现出了属于文学的诗意？我觉得这是一个根本的原因。他的生命哲学和他的原始乡村和童年经验融为一体，形成了他作品的生机勃勃的面貌和风格。

新华月报：莫言的很多作品一上来就能立刻进入表达的高速通道，把内容、语言、结构等文学元素和个体生命体验结合和表达得浑然一体而又淋漓尽致，您怎么看莫言的这种文学加速度式的表达能力?

张清华：这主要源于几个方面。一个是他的“戏剧性”的天才。一个作家有没有戏剧性的才华，是决定他能否构建出伟大的叙事格局，构建出荡人心魄、引人入胜的故事的一个基本条件。莫言的戏剧性能力很强，他的作品总是有特别集中、紧张的人物关系及矛盾冲突，这使他进入叙述的速度非常之快，而且进入之后，整个故事始终处于紧张、饱和的状态。二是他的“语势”是特别充沛的，我把他的叙事叫作“饱和性的叙事”，极端饱和而且不加节制，这正是他的一种特色。如果过于节制、精致就不是莫言了。他所具有的是一种包含了毛细血管、神经末梢的，灵敏而未加修饰的感觉，这种灵敏的感觉特别迅猛、饱满、丰富、多样，所形成的信息流、语言流就特别充沛，所以他的“叙述动力”很强。首先是故事悬念和戏剧性的结构所带来的势能，其次是他的语言和感觉带来的强烈势能，使他的整个故事推进具有荡涤、冲击心灵的酣畅、激情澎湃的速度和力量，这就是他的风格之所在。一旦加以“节制”就不是莫言了——《蛙》就比较节制，但是《蛙》就不是莫言特别成功的有代表性的作品；《生死疲劳》中叙述的洪流，加上华丽的技术性的东西，《檀香刑》、《丰乳肥臀》中叙述的激情和戏剧性的紧张，都是莫言的典型风格。《丰乳肥臀》是迄今为止，我认为莫言最伟大的一部作品，那种历史的波澜壮阔和叙述的激情达到了完美的融合。

新华月报：莫言作品有着丰富奇特的想象力和语言表达能力，给人一种意料不到的动感，但其作品的选材和结构，却往往具有一种“超稳定”的特点，使其直接指向一以贯之的人性、社会、历史等维度，您觉得这种动静分明的表达从文学原理上来说，莫言想指向怎样的表达效果?

张清华：莫言善于寻找一种叙事的“壳”。这个“壳”在《生死疲劳》里面所采用的是一个经典的中国式的文化经验，即人们所相信的佛学里的一个轮回说——“六道轮回”。借了这样一个文化经验的“壳”，确实构成了“稳定的结构”，这种东西本身具有“塑形”的力量，借用它来控制“叙事的洪流”，就达到一个效果：内在的创造激情和外在的文化经验使他的塑形达到一个非常有机和美妙的平衡状态，既有利于传达他创作的才能和内在饱满的情感，同时又能在表达的时候获得一个公共性、经验化的叙事载体。这就是他的一个高明之处。比如《檀香刑》，他结合了高密东北乡流行的一种民间戏曲——“茂腔”，借助这个“壳”，他所传达的是什么呢？就是中国民间文化本身的诸种特性。一个是审美的，就是说我们的民间文化虽然是粗糙的，但它也是审美的，贫瘠的乡野也有它的艺术，这就是中国文化的一个内在结构性的特点。在世界已经进入了火车、铁路、蒸汽机的文明时代时，我们的民族还唱着小曲，唱着茂腔，行走在自己古老的田野上，这就是两种文明之间的对照。还有一个，比如他在整体上采取了“凤头”、“猪肚”和“豹尾”这种叙事的格局。“凤头”和“豹尾”部分都属于“戏剧独白”的叙事，就是每个人物都用自己的口，用角色化的语言来完成内心化的故事讲叙，但是它又要高度戏剧化，它既是高度内心化又是高度戏剧化，这是非常难的。中间“猪肚”这部分，是作家的角色在叙述。这样的一个“叙述体”也是得自传统的一个“壳”。

这种结构形式，使得他的叙事和中国的民间文化、传统文化发生了密切的关系，这就是一个作家使自己的个人叙事“公共化”了，这是非常重要的一点。所有的作家，其所有的创作，其实就其奥秘而言都是这样的。《红楼梦》其实就是曹雪芹把他的个人经历通过一种中国式的家族叙事讲述出来，显现一个“长恨歌”式的由盛而衰的、充满“春梦”般的悲欢离合的故事，把一种个体记忆、个人记忆，变成我们整个民族的悲剧经验。所以它成为一部百科全书式的小说。也就是说，个人性如何通向公共性？必须借助一个民族文化经验中的“壳”。这些是莫言所擅长的。

整个当代文学思潮和运动的一个最有说服力的体现者

新华月报： 莫言作品对于民间哲学和乡村伦理的运用可谓烂熟于心，请谈一下乡村元素及农业文明元素对莫言作品的影响。

张清华： 莫言迄今为止全部的文学想象的基本载体是“高密东北乡”。高密东北乡的基本载体是自然世界和农业世界。农业世界其实就是人类进入文明以后唯一的自然世界，就是说我们已经没有原始的自然了，我们所拥有的自然只剩下农业自然。农业自然是人类文明和大自然保持的一种共生关系，它不是对立关系。而工业文明就不一样了，比如我们开一个矿，搞一个化工厂，对地球是有化学性的破坏的。农业时代对于自然没有这种破坏，可以周而复始，种庄稼不会毁坏土地，锄地以及在土地上生存，不会污染这块土地，即便是把粪便拉在大地上，它也不会“污染”大地，这就是说农业自然本身的诗意是“自足”的。人类现在所有的“怀乡病”，所有“文明的怀乡病”，其疗愈的希望都是寄托于乡土自然、农业自然。莫言小说全部诗意的根基来自这里。

新华月报：乡村经验在文学的普遍意义上具有怎样的文学价值？

张清华：乡村经验、乡村社会是新文学诞生以来最重要的文学温床，或者说是一个母体。迄今为止，最成熟的文学叙事，都是关于农业文明的。从鲁迅等文学研究会作家，到沈从文，到新中国成立以后的乡土作家赵树理、孙犁等，到20世纪80年代以来最有诗意的作家，包括莫言、张炜、张承志、贾平凹、阎连科等，甚至像韩少功、李锐这样的在城市里长大的“知青”身份的作家，他们的作品基本上也都是以农业自然作为核心场域的。迄今为止最成熟的叙事样态，就是这种乡村叙事。莫言给乡村叙事带来的是，他超越了历史进步论，超越了社会学与伦理学的价值范畴，恢复了乡村的原始诗意，而且在原始诗意上又增加了哲学性的东西，比如说海德格尔式的关于“大地”的基本想象或者基本概念。他还原了乡村和土地意义上的自然，也给我们带来了一种终极的“存在”意义上的哲学的自然，这是莫言的一大贡献。他的红高粱大地既是原始意义上的大地，又是一个哲学意义上的大地。这是莫言的才华高于同时代某些作家的很重要的一个标志。

新华月报：与当下普遍的文学表达相比，莫言的表达有一种反方向性，不和文学潮流一个方向，比如现在的文学表达追求一种形式感、形制化，甚至是西方的表达样式或以文害意的过度雕饰，但是他是反方向的，他回到自己的个人经验作简约化处理，好像跟这个时代的整体表达不同。您怎么看这个问题？

张清华：不能简单地说他是“赶潮流”的或“反潮流”的，莫言的独特性在于他和整个时代的文明思潮、文化思潮有一种“间离”而又“共生”的关系。比如他的《红高粱家族》，就没有赶上1985年的寻根思潮，它们是1986年陆续发表的，可是它又是寻根文学真正的总结性的成果，或者说是它使得那些概念性的寻根文学作品获得了一个具有更多文学性的成果。很多作家的寻根小说常常观念大于形象，思想大于作品，但在莫言的小说里面，形象和思想达到了一种饱和性的统一。这是说莫言和整个时代文学思潮之间的关系，不是完全同步的，他有自己的游离性，但是他却真正体现了文学运动和文学思潮的实绩。20世纪90年代，当新历史小说、先锋文学显得有点式微的时候，他推出了《丰乳肥臀》，稍后又在世纪之初推出了《檀香刑》，这两部小说在我看来都是新历史小说的总结性成果。他稍慢了半拍，但这没关系。这些作品的诞生，你可以看到文学生产和文化思潮、文学运动之间某种“不平衡性”，或者微妙的一种间离性。总的来讲，莫言还是整个当代文学思潮和运动的一个最有说服力的体现者。

新华月报：是不是可以说莫言的这些个性吸引了诺贝尔文学奖评委？

张清华：莫言受到诺奖评委的青睐，我猜想有如下原因。第一，他作品中丰富的中国文化、东方文化、民间文化、土地文化、农业文化的含量。就这一点来讲，他特别符合“越是民族的就越是世界的”这条规则。莫言的小说无比生动和丰富地传达了我们这个农业民族的历史、记忆、伤痛与创伤，使他成为可以与世界文学对话的作家。第二，他的人文主义的价值立场。现在有种观点，就是把现代文学看成优越的文学，而把当代文学看成卑微的、粗鄙的文学，这种看法我觉得是非常幼稚的。现代文学和当代文学本身是一个整体，是一个谱系。从鲁迅和五四文学运动的伟大传统，到20世纪80年代以后波澜壮阔的文学运动和文学解放，这是一个血肉相连的整体，是20世纪汉语新文学运动的两个波澜。莫言和一批当代优秀作家传承了五四文学的伟大人文主义传统，在他们的作品里也同样充满了批判性。莫言的每部小说中几乎都充盈着这种人文主义精神，他对于历史和现实的反思，对农民文化的分析性认知，对于当代中国社会的忧患，都在他的作品里得到了生动体现。《红高粱家族》是反思现代文明的。《丰乳丰臀》是反思整个20世纪历史的，它书写了外部社会与政治力量之间的争斗最终对民间世界的侵犯和摧毁，这不就是人文主义的书写吗？《檀香刑》更是一部鲁迅式的国民性批判的作品，它讨论了我们这个民族是如何集体合谋演出了一场“围观”与杀戮的喜剧与悲剧的，这里面的围观主题、嗜血主题，不都是鲁迅式主题的光大和延续吗？《生死疲劳》是对当代历史中农民这个最大的人群，在历次政治风潮、政治运动中“被折腾”的历史的书写……你说莫言哪一点没有传承鲁迅和五四文学的伟大传统？我觉得这就是他的普世性价值所在，他的人文主义精神显然是一种普世价值的体现，这是他能获得西方读者和知识界认可的一个原因。第三，就是他在文体方面卓越的创造力。他的每一部长篇小说几乎都创造了一个特殊的文体。这就是他获得承认，得到诺奖桂冠的原因。

莫言在20世纪80年代给我们提供了最有代表性的作品

新华月报：在对莫言作品的讨论中，经常提到的以1982年诺贝尔文学奖获得者哥伦比亚作家马尔克斯为代表的拉美“魔幻现实主义”和诺贝尔文学院形容莫言作品时所使用的“迷幻现实主义”，两者之间的区别您觉得是什么？

张清华：我觉得莫言的魔幻现实主义也好，迷幻现实主义也好，神幻现实主义也好，都有两个资源，或者具有双重性。一个资源肯定是拉美作家的启示，这是毫无疑问的。莫言走向文坛，刚好是拉美魔幻现实主义文学旋风刮进中国、产生一连串神奇影响的时刻，说他不受其影响肯定是胡扯。他早期的一篇文章也提到了马尔克斯、福克纳是“两座高炉”，具有灼热的融化力、召唤力，但他要躲着这两座高炉，以防丧失自我。这里面包含了对话性、致敬、“影响的焦虑”，这是很复杂的，也是非常真实的一种心态，这证明早期的莫言小说确实受到了来自拉美魔幻现实主义的濡染、启示和影响。但在他之后二十多年的创作中，支持他作品当中神奇想象的，不止是来自拉美的魔幻现实主义，更多的是来自中国传统和民间的想象方式、审美传统和叙事方法。因为在中国文学里面，有着一个最久远古老的“魔幻”传统，就是从六朝志怪到唐传奇，到明清笔记的中国小说传统。所谓“四大奇书”，实际上也分别代表了中国小说的四大类型——《金瓶梅》代表的是“世情叙事”、市井小说，《水浒传》代表的是“侠义叙事”，《三国演义》是“史传叙事”、讲史小说，《西游记》则是“神魔叙事”。这四大传统无不具有魔幻色彩，到集大成者《红楼梦》，也有非常多的魔幻因素。甚至拉美作家也曾经受到中国魔幻叙事的启示，博尔赫斯就曾专门研究过蒲松龄的《聊斋志异》，还为《聊斋志异》的阿根廷版写过序言，这些都是明证。莫言的魔幻与神话色彩的叙事，同中国传统文化之间有着更多的关系。你不觉得《生死疲劳》完全是一本“中国性”的魔幻小说吗？人“转世”为驴、牛、猪、狗、猴子，这种“轮回”完全是中国式的想象。然后还跟他童年在家乡所获得的一些民间叙事因素有关联。实际上，高密东北乡离蒲松龄的故乡淄川直线距离也就一百多公里，两者都属于齐文化的范畴。我们家离蒲松龄的故乡也很近，我们这一代对民间神幻的、鬼怪的故事感同身受，这种想象方式、叙事方式是普遍存在的。莫言的神幻叙事能力，更多的是来自民间和中国传统资源。拉美魔幻现实主义激活、引燃、引爆了他的这种叙事能力和叙事风格。

新华月报：以拉美文学和福克纳为代表的魔幻现实主义的确曾给中国和世界文学带来强烈影响，您觉得莫言的迷幻现实主义会对世界文学产生影响吗？

张清华：从更大的视野来看，现代文明是一种“祛魅”的文化，但这种祛魅的文化恰恰是“反文学”的。历史上凡是文学比较繁荣的时代，都具有一种“魅性”的想象或者文化呈现。以赛亚·伯林的《浪漫主义的根源》即重新回顾了浪漫主义文学的历史。实际上，浪漫主义文学是19世纪文学的真正动力，在这之前欧洲经历了上百年的启蒙主义运动，启蒙主义运动时期恰恰是文学上一个特别乏味、成就特别低的时期。浪漫主义的魅性，对于“中世纪”和“东方”的追索与迷恋，突出的就是对于原始之魅、民间文明与文化魅力的一种推崇。正是因为在德国出现了收集中世纪传说，在意大利、南欧出现了对东方文化的迷恋的思潮，才推动了浪漫主义文学的兴起。其实20世纪80年代中国文学的复兴，很大程度上出于对于传统和民间文化的一种“重新发现”。传统与民间表现出极大的“魅性”，这种魅性和现代文明、和当代中国的启蒙主义运动之间有一种互补的关系，也有人称之为“审美现代性”。

莫言在20世纪80年代给我们提供了最有代表性的这样的作品，从长远来看，这也许就是一个小小的“文艺复兴”的标志，或者昭示了一场属于中国20世纪80年代的“浪漫主义”的文学运动，或者叫作“现代主义和浪漫主义结合”的一种文学运动。我觉得20世纪90年代以来，文学之所以出现了某种让人担心的衰退局面，就是因为这样一种魅性的淡化和丧失。现在大家侧重于表现都市里的个体、个体生存中的繁冗和荒谬，这些叙事的诗意是相对匮乏的。但是这样一个趋势是很难挽回的，这也是我对文学的未来抱着某种悲观和忧虑的一个原因。

新华月报：怎样解读莫言作品里纯粹的民间文化元素？是否可以说莫言向世界文学贡献了中国文化样本？

张清华：如果说出现一个比较好的局面，那么就是莫言的作品重新召唤了我们对于传统的认知和对于民间文化、民间记忆的一种热忱。如果能“召唤”回的话，也许会推动文学的再次上升。

说莫言向世界文学贡献了中国文化元素，这似乎也符合西方人的“东方主义”，或者是西方中心主义的一种东方视角。在西方人的想象里，东方是一个古老的世界，是一个落后然而神奇、贫穷然而浪漫的世界。莫言的小说在某种意义上“不经意地迎合了”西方中心主义所影响下的东方认知，或许说这是不谋而合的。比如张艺谋拍的《红高粱》为什么得到柏林电影节的推崇，获得金熊奖？无非是西方人看到了在东方有一群光着膀子的汉子，用了奇怪的醉姿抬着一顶花轿，花轿里面有个新娘子在慌张惶恐，他们行走在红高粱地的田野小路上，然后遇到了土匪……这是一种“关于东方的叙事”和“西方人关于东方的想象”之间的不期而遇。但是这又要两面来看，其实这和眼下的“中国经验”相比，已经显得非常邈远了。但是不要忘了，莫言还有《四十一炮》、《蛙》，这些都是表现中国当下经验的小说。他也成功书写了在城市化的进程中，中国人在伦理、道德、生命、精神、灵魂方面所付出的代价。

20世纪90年代中国文学曾迎来一个不大不小的黄金时代

新华月报：北师大文学院有一个对外交流项目——北京师范大学中国文学海外传播研究中心，作为该项目的参与者，您认为随着世界一体化进程，类似莫言笔下的中国文化在世界文化舞台上将会扮演怎样的角色？

张清华：我们经常会读到19世纪法国、俄罗斯、英国的文学，这些文学都是批判性的。巴尔扎克笔下的19世纪30年代的法国，雨果笔下19世纪上半叶的法国，都是充满罪恶的、黑暗的，但是我们并不会因为读了他们的小说，就会对法国、对欧洲产生恐惧和厌恶感，相反你会对这些地方充满神往和迷恋。你不会因为看到托尔斯泰和陀思妥耶夫斯基对于俄国现实的批判而憎恨俄罗斯，相反你会对这个民族产生由衷的敬意。莫言全部的表达，包括对传统文化的批判，对当下经验的揭示，对农业文明的悲悯，都会激起更多人对中国的向往和去理解、了解的热情，对中国文化方面地位的上升完全是起正面作用的，我们不必担心会有任何“负面”作用。

新华月报：截至莫言获诺贝尔文学奖之前，中国社会一直处于诺贝尔文学奖焦虑症或综合征状态，正如一些评论者所说现在该症状终于可以有所缓解了。您认为诺贝尔奖焦虑症或综合征的主要原因是什么？

张清华：就中国当代文学本身的水准而言，应该早就得到承认。因为文学生产、艺术生产和文化、政治以及其他方面的社会状况之间，有一种奇妙的“不平衡性”。马克思、恩格斯都专门讨论过艺术生产与社会发展的不平衡性。即便我们在文化上或者其他方面还有很多不尽人意的地方，但是中国当代社会所提供的复杂经验，却是这个时期全人类当中最复杂的经验。就像余华在《兄弟》后记里所说的，一个中国人活了四十年相当于一个西方人活了四百年，就是说，在我们这个四十年里集中了人类在最近的几个世纪里所经历的一切，一切经验都在中国当代社会产生了，这必然会成为这一代作家最宝贵的资源。也就是说，这一代作家注定是幸运的、生逢其时的，只要他们认真地记录和传达这些经验，其文学就是最了不起的。之前我们没有得到西方知识界的标志性的认可，但其实中国作家的作品翻译出去的已经有一些了，像莫言、余华、苏童在海外已经有较大的影响。这次莫言得到诺奖，我认为对于缓解中国人的焦虑确实有很大帮助，但最重要的是，中国当代的作家们应该充分认识到他们所面临的千载难逢的机遇。

今天的欧洲也会有很多的文学作品产生，但是激荡人心的、酣畅淋漓的文学时代一去不复返了。顾彬推崇一个瑞士籍的德语作家，说是写得“美得不得了”，因为“他写一个苹果写了100页”，“写他母亲注视一个苹果写了150页”——美得不得了。这就是欧洲，安静而发达的欧洲的文学资源吗？而我们中国的文学资源，你看一下，血与火的，波澜壮阔的，红尘万丈、浊流滚滚的，哪里的文学经验能像中国如今的现实经验这样生动、丰富？我们的作家应该抓住这个机遇，我们的读者应该认识到当代文学在有很多问题、困难、困惑的情况下，也确实出现了一批杰出的作家和作品，你必须承认这个事实。你不能从逻辑上推论，中国好像什么都是坏的，文学能好吗？这些年对于中国文学不看好，对中国文学有过多指摘和责备的人，他的发言的理由，大都是“从逻辑上说”，因为他根本不看作品。

新华月报：2006年曾出现过知识界和思想界炮轰文学界的事件，其中很明显的一个原因在于界别之间的间离状态和隔膜，您觉得它们之间怎样才能做到相互融合，找到一个平衡点？

张清华：在我看来，中国作家的现实认知、历史认知，远远超过了中国的思想界。如果他们认真地读这些作品，比如好好读一下莫言的《丰乳肥臀》、《檀香刑》，会对中国的近代史、现代史有新的认知，会意识到莫言对于历史与现实的认知深度是惊人的。其他作家如余华、格非等也一样。我觉得中国知识界、思想界应该借鉴文学界所写下的充满勇气和批判精神的作品所承载的丰富思想。至少，他们应该好好看一看格非最近几年出版的《人面桃花》、《山河入梦》、《春尽江南》三部曲，应该会有新的看法。

新华月报：在物质主义和经济主义背景下，当代文学受到冷遇已二十多年，甚至因此陷入一种深度迷惘期，您觉得莫言获诺贝尔文学奖对当代文学形势会有哪些影响？

张清华：我觉得影响肯定是正面的，也是深远的，但我无法在近期予以预期。他的这种影响可能会在很长一段时间之后次第释放或者爆发，但很难预料在近期就会改变什么。

其实，不看作品的人还是不看作品。在这个高度物质主义和功利主义的时代，能够耐下心来阅读作品的人确乎是越来越少了，眼下的热闹更多是一种新闻效应，这也符合我们中国人的民族性格和心态，不是我们长远要期待的一个局面。万众瞩目，洛阳纸贵，只是一种新闻效应。莫言对中国人的文化和精神产生的深远影响可能需要假以时日才能逐渐显现。我觉得他有可能深远地影响到中国人关于新文学史的基本认知、关于这30年文学的基本认知、关于文学到底应该走什么样的道路的一个基本认知，甚至也会影响到知识界的心态和价值立场。这样，他所产生的影响之深远也就是不可预计的了。

2012年11月5日

第四辑 | 历史的回返

重审“80年代文学”：一个宏观的文学史考察[①]

在缺少“及物性”和“问题意识”的前提下，贸然来进行一个关于“80年代文学”的“整体性”的讨论可能意义不大，因为近年许多学者关于“重返80年代”的研究已经成果累累。之所以起意重新进行宏观性的考察，主要是考虑“历史研究”和“知识考古”的方法可能会在重返历史的同时，失路于历史的迷津。所以，在作微观历史研究的同时重新考虑一下历史的大逻辑，也许是一种补充。我知道在整体性消失的时代，这种宏观的考察是多么危险和不明智，但中国当代社会与历史的演进道路又是这样地富于戏剧性，这样地充满诗意的逻辑，如果离开了“大势”的想象与整体性的修辞，那么历史研究也许会变得有些枯燥和破碎。

所以我试图重新打开一个更长的时间坐标和历史维度，以对微观性的研究提供一些补充。需要声言的是，我无意对文化研究和历史批评的路数提出异议，只是因为依然对勃兰兑斯式的文学史构想充满迷恋，那是一种由宏观的历史逻辑加诗意的修辞构造出来的“有故事的文学史”、人和意识共同在场的文学史，而文化研究则未免过于冷冰冰了。当然，“重返”式的微观研究也可以充满诗意，因为在勃兰兑斯的文学史中也充满了微观修辞，只是“诗意”是否呈现，反映了两种历史研究的不同诉求。

我对两者都很迷恋，但本文却有些不伦不类。

①本文是作者为其主编的《中国当代文学编年史》第五卷（1976.10—1984.12）所作的导言，此处略有改动。该书2012年由山东文艺出版社出版，总主编为北京师范大学的张健教授。

一、“80年代文学”的概念与意义

“80年代文学”业已成为人们讨论当代文学史的一个通用的断代概念，这一概念的通行对于制定当代文学的历史格局具有至关重要的意义。它可以说有效地“修改”了此前人们关于当代文学的历史架构，终结了“新时期”这种失效的说法，也随之确立了“90年代文学”的特殊内涵。因此，何为“80年代文学”，其时间边界、基本历史脉络和历史贡献等问题，都需要作一个基本的廓清。

“80年代文学”的说法，出现其实相当晚近，原因是，在1992年有人提出“新时期的终结”[①]之前，当代文学界包括批评家习惯于将这段时期的文学叫作“新时期文学”。自从1977年8月18日通过的《中国共产党第十一次全国代表大会关于政治报告的决议》宣告第一次无产阶级文化大革命胜利结束，我国社会主义革命和社会主义建设进入新的发展时期，“新时期”这个说法渐渐通行起来，成为中国当代历史的一种断裂性表述，之后的文学自然也就顺理成章地被称作“新时期文学”了。但是，80年代末再次出现了戏剧性的政治气候，先是一场政治的地震，随后在1992年，随着邓小平“南方谈话”的发表，市场经济体制在政治上突然被合法化了，中国社会再次进入了所谓“转型期”。这样，原先具有特定政治含义的“新时期”，便很难再成为一种合适和有效的概念，并面临着实质上的终结。随着这一概念的失效，中性和具有客观意味的“80年代”的说法便渐渐成为人们惯常使用的概念。从同年北京大学召开的“后新时期：走出80年代的中国文学”研讨会的题旨看，“新时期终结”、“后新时期”、“走出80年代”三个说法之间，基本是互相派生或画了等号的。

显然，作为一种通常的断代史概念，“80年代文学”比“新时期文学”之类的语焉不详的政治化概念来得更客观和可靠。更何况，前有70年代末结束“文革”、改革开放的标志性历史事件；后有80年代末启蒙思潮终结和断裂性的政治事件，使得80年代出现了“完成性”的历史内涵，它

① 1992年9月，北京大学召开了“后新时期：走出80年代的中国文学”研讨会，会上陈晓明作了题为“‘新时期的终结’与新的文学课题”的发言，之后该发言发表在1992年7月8日的《文汇报》上。

被特殊的历史事件与语境“固化”了。所以，当90年代来临，并且具有它同样独立的含义的时候，80年代自然也就“被历史化”了。很明显，一种“历史的对称性”使这一说法产生了更多的合理性——在“90年代文学”这一概念出现之前，“80年代文学”也几乎同样“不存在”。

但在一些敏感的同行那里，从90年代初就开始避免使用“新时期”一类概念了。在陈晓明写于1992年、出版于1993年的《无边的挑战——中国先锋小说的后现代性》一书中，自始至终未使用“新时期”文学的说法，而都是以“80年代后期”来指称其谈论的对象（在该套由谢冕等主编、时代文艺出版社出版的《20世纪文学研究丛书》中，凡涉及当代文学者都采用了类似的做法）。在1994年陈思和发表的《民间的还原——文革后文学史某种走向的解释》（《文艺争鸣》，1994年第1期）一文中，虽然没有使用“80年代文学”之类的概念，但他还是含混但又明智地把这段时间的文学称为“文革后文学”。在洪子诚1999年出版的《中国当代文学史》（北京大学出版社）中，同时出现了“80年代文学”和“90年代文学”的说法，据笔者所见，在文学史著作中这可谓比较正式的命名起源了；而在他所著的《问题与方法——中国当代文学史研究讲稿》（生活·读书·新知三联书店，2002年）一书中，更进而向前延展使用了“50到70年代文学”的说法，这样就彻底把当代文学的历史格局按照“中性”的划分方式进行了断代。持类似方法的学者还有李杨和贺桂梅。[①]我注意到，在2000年以后出版的文学史一般都使用了“十年断代”的界分方式，如董健、丁帆、王彬彬在2005年主编的《中国当代文学史新稿》中，是使用了更客观的说法，即“1978—1989年间的文学”、“1989—2000年间的文学”；在吴秀明2004年主编的《当代中国文学五十年》中处理也相类似，是使用了“后二十年文学（1979—1999）”的说法。

近年，由于当代文学学科的历史化趋势和研究热的出现，“80年代文学”成为新的研究资源和热点地带。这似乎有某种社会上的怀旧思潮——或者借助此种怀旧来表达某种纪念或者反思意图——在起作用，查建英编

①李杨和贺桂梅分别在《50~70年代中国文学经典再解读》和《转折的时代——40~50年代作家研究》中使用了单纯的“十年断代法”来划分其研究对象；济南，山东教育出版社，2003年。

选的《八十年代访谈录》一书的风行即是标志。在此背景下，中国人民大学教授程光炜于2005年开设了“重返80年代”的课程，和他的学生一起对“80年代文学”进行了比较深入的历史化和客观化的研究，他们迄今已写作了多篇博士论文，并在报刊发表了数十篇研究文章，使当代文学研究界出现了一个不大不小的“重返80年代热”。[①]这些研究，使得“80年代文学”这一概念更加通约化和学理化了。

当然，所谓“80年代文学”也应该是一个“约指”，因为它的时间界分与其文化、文学内涵并不完全一致。从历史逻辑上，它前延到1976或1978年都是有合理性的，70年代末的几年可以看作一个“历史的余数”来作为“80年代文学”的前奏；同时，它也深深地牵连着90年代的文学，如90年代初期的先锋小说、新写实、后朦胧诗、先锋戏剧等等，都与80年代后期的文学思潮紧密相连。

二、关于“80年代文学”的“黄金时代”和“历史进步论”神话

“乍暖还寒”是70年代末到80年代前期这一时期最显著政治季候特点：一方面，中国的政治、文化和社会生活度过了寒冬，在急骤和惊乍的冷暖交替中迎来了坚冰消融、百废待兴的新季候；但另一方面，这又是一个极不稳定和极不成熟的时期，国家实行的政治改革，因为体制和观念习惯的阻遏，不得不采取了走走停停、进进退退的策略，而这样的策略又给文化的开放与发展带来了一个奇怪和充满风险与刺激的节奏。用“最难将息”来描述此一时期文学的处境，应该最为形象。一切都呈现了戏剧性和宿命感的局面——刚刚还是“于无声处听惊雷”式的风口浪尖，转眼就变成了“却话巴山夜雨时”的时过境迁；刚刚还是“纵使你脚下有一千名挑战者/那就把我算作第一千零一名”式的“绞架上的英雄”，转眼间就变成

①参见程光炜主持的《历史对话的可能性——人大课堂与八十年代文学》(2005.9—2009.6)，杨庆祥、陈积华编选，中国人民大学文学院，2009年，未刊本。

了“在没有英雄的年代里/我只想做一个人”式的“秋千上的嬉戏者”；刚刚还是“风急天高猿啸哀”的倒春寒，转眼间便是“轻舟已过万重山”的云开雾散；刚刚还是壁垒森严刀光剑影的尖锐交锋，转眼间就变成了明日黄花令人啼笑皆非的过时恩怨。历史的阶段性、政治的阶梯性几乎令一切文学现象的价值都呈现了飘忽感和不确定性。

因此，当我们肯定这个时期变革思潮的波澜壮阔的时候，当我们欣慰文学不断获得自由和蜕变的时候，当我们喜悦于这个时期可谓丰富的文学实绩和艺术境地的时候，也应该警惕简单的“进步论”的历史逻辑，因为如果那样的话，我们对“80年代文学”的认识与估价就完全错了。我们要充分意识到这个时期文学的起点之低，意识到这个时期文学与政治意识形态之间纠缠不清的瓜葛，意识到这个忽冷忽热、进两步退一步的过程赋予文学的“夹生饭”式的先天缺陷，意识到文学的社会影响、历史价值仍然大于其文学深度和艺术质地的种种不足。

然而从局部来看——至少在80年代的前半段，我们又不能不承认，历史是呈现了曲折中明显的上升和“进步”趋势的，所以，所有文学史对这一阶段的描述都暴露出类似的缺陷：似乎有一个必然的进步和胜利，在历史的尽头等待；似乎注定有一个完整和终极意义上的“文学的春天”，终会出现在辽阔的地平线上。再者，只叙述“面上”的“80年代文学”，叙述与重大政治事件相协同的文学事件，也是十分虚假和靠不住的。比如，我们把1976年10月看作一个分水岭或者标志性的时间节点，但事实上“文化大革命”却是在将近一年后才宣告结束的，而它事实上的结束又是在什么时候呢？恐怕理解又是见仁见智；人们把“十一届三中全会”看作“新时期”的开端，但真正的在文学上的反思和批判，真正的现代性思考，却比这要早得多，是在60年代就开始了。许多重大的标志性事件，看起来是开辟了文学的新阶段，但艺术创作和社会政治生活之间的“不平衡性”在这一时期却尤其明显。迄今为止，还没有一部文学史真正能够完全超越意识形态的格局，对“80年代文学”的真正资源、背景、历史逻辑进行清晰和准确的描述。如果不考虑80年代之前，在70年代甚至60年代的历史黑夜之中的文学探求，不考虑这段时间中如地火般运行的“潜流文学”，它的启蒙主义的思想探索，它在艺术上早已相当“前卫”的形式追求，那么就会认为是“80年代文学”创造了进步和变革的神话；但如果认真考虑到此前十多年中地下先锋诗歌运动（小说中有限，然而也不可忽视）的探索的话，“80年代文学”——至少截至1985年寻根与新潮小说问世之前，并没有值得给予特别高度评价的突破。

因此，我们要充分注意到已有的文学史中，在叙述这一时期的文学时所普遍具有的重大缺陷——它们只叙述了历史所提供的部分，而无法叙述被历史压抑和埋没的部分。1989年，诗人多多曾发表了一篇题为《被埋葬的中国诗人（1972—1978）》（《开拓》，1989年第2期）的文章，为活跃在60年代末和70年代初期的一代诗人寻找历史的身份，他们在很长时间内被这段历史湮灭了。多多并不知道，在他所熟知的北京青年们用诗歌思考、用朦胧的个体思想抗争和反思时代的时候，外省的青年也一样在反抗和思考，而且时间似乎更早。[①]而他们要得到这样一个存在和身份的“事实”，要困难得多。因此，一个显而易见的事实是，“历史”所叙述的一切，并不能反映历史的“真相”，真相不在叙述之中，而在黑暗之中。1971年，19岁的天才诗人根子（岳重）就写下了足以令10年、20年之后的人们瞠目结舌的《三月与末日》，那几乎是那个时代“中国的《荒原》”，可是十年之后80年代初期的中国诗坛，却还在争论关于顾城的《一代人》或北岛的《迷途》是否能够让人读懂的问题，关于朦胧诗是否合法的问题甚至争论到80年代中期，这是多么大的讽刺。也就是说，在我们所叙述的文学历史的“表层结构”和“时间洪流”之下，另一个历史的潜结构被忽略和埋没了。这是我们所必须申明和警惕的。唯有如此，关于“80年代文学”的叙述才能获得“合法”的前提，才能使之在先天的局限下获得价值和意义。

有一种对于“80年代文学”的想象是非常可疑的，即动辄以“黄金时

①在由谢冕、唐晓渡主编的《在黎明的铜镜中》（朦胧诗卷）（北京，北京师范大学出版社，1993年）中，收入了贵州诗人黄翔写于1962年的一首《独唱》，这首诗可以视为目前已知的最早的具有抗争和反思时代特征的作品，比70年代末的朦胧诗早了十几年。当然这些作品也因为难以确认其真实的写作时间而多有争议。但食指写于1968年前的许多作品，却在当时传抄甚广，可以确证。

代”来形容之，认为无论是创作还是批评，只有80年代才是激荡人心和令人怀念的时代。但是“激荡人心”和“黄金般的品质”并非同一个概念。80年代的一切迷人之处都只是在于，它是一个日渐开放和变革的时期，是一个每天都有令人惊悸的话题和景观的时期。但是这些在今天看，却早已属明日黄花。这个时期的文学作品大都是成长期和蜕变期的“过程性”的产物，不具备成形的和到位的艺术质地，虽然造成了“文学史意义上的黄金时期”，却鲜有“文学意义上的黄金”。相比之下，90年代则相反，在文学史的意义上寥落了很多，但在文本的意义上却是一个收获巨丰的时期。这一点必须引起我们的注意。

三、渐变中的“80年代文学”

“80年代文学”的历史运变，明显地是以1985年为界分为前后两个时期。

首先是“渐变期”。从历史进程看，从上溯至1976年末算起的这段时间尽管只有八年多一点，但中间所经历的曲折变化却堪称漫长。如果从历史的走势来看，也许可以再分为若干个小的阶段。

作为前奏的70年代末期的几年，是新旧思想交替和文化制度逐渐解冻的过渡时期。1976年10月，随着一个极左政治集团的覆灭，中国当代的历史翻开了新的一页。但因为意识形态和政治思维方面的惯性，一切还不可能很快发生根本的转变，人们仍习惯于使用与“文化大革命”相似的批判方式，使用同样的一套思维逻辑和话语，来对失败者进行讨伐，帮助胜利者完成权力的转换，并没有涉及任何根源性的问题；而“向前看”和“两个凡是”也都是试图使人们通过“遗忘”来完成“对历史的封存”，而不是认真地追寻悲剧的原因。在这个过程中，关于“创伤”的叙述是通过以政治文件、官方话语为载体的政治化叙事来规范的，比如，把悲剧的原因归结于“四人帮”的专制，把“十年浩劫”的罪责归咎于同样的抽象符号，把这期间全民族的理性缺失，粉饰为广大人民群众与一小撮掌握权力的坏人进行了激烈的斗争，等等，这些在卢新华的《伤痕》和宗福先的《于无声处》中，都有非常典型的体现。

这一阶段的主要节点性事件有这样一些：1977年2月华国锋提出“两个凡是”，7月邓小平在十届中央委员会第三次全体会议上复出，8月举行的中国共产党十一大终于宣告了“第一次无产阶级‘文化大革命’胜利结束”，中国由此“进入新的发展时期”——这些看似联系且统一的重大事件背后，其实包含了许多常人看不见的惊心动魄的政治博弈；11月刘心武《班主任》发表，第一次提出了“内伤”的命题；1978年5月开始的关于“实践是检验真理的唯一标准”的讨论，算是揭开了重重历史帷幕的一角；8月卢新华小说《伤痕》发表，标志着“面上”的“伤痕文学”的诞生；9月以话剧《于无声处》的上演和《天安门诗抄》的传播为标志的“天安门事件”的终于得以平反，标志着政治上变革进程的逐步开启；11月三中全会召开，算是确立了改革的政治与思想路线。

但这一切都不能改变文学在这一时期匮乏与粗糙的事实：无论是《班主任》、《伤痕》，还是《于无声处》，这些与政治季候密切相连的标志性作品，在思想与艺术上的局限都是非常明显的。作家首先要小心地揣摩着意识形态的风向与许可限度，时时将叙述的模式纳入业已规范好的框架之中，比如《班主任》中写道，张俊石老师在做完家访之后，推着自行车走在路上，感受拂面的春风，想到“四人帮已经被扫进了垃圾箱，想到华主席为首的党中央已经在短短的半年内打出了崭新的局面”；比如《伤痕》中把知青王晓华的永远无法弥合的“心上的伤痕”——自己母亲的有悖常理并再也无法挽回的冤屈——归结于“四人帮”那只无形黑手的“戳下”……这些描写，都对历史和其中个人的责任作了过于简单化的处置甚至粉饰。至于其文学话语的粗糙稚嫩，则可以说是五四新文学诞生以来所仅见。

不过，在这个“公开”或“官方”的文学系统之外，还有真正能够代表这时期文学高度的部分，那就是分别诞生于1978年10月和12月的两个文学民刊：由贵州诗人群创办的《启蒙》和北京诗人群创办的《今天》。由它们发表的以及这两个文学群落早已创作出来的大量诗歌、小说及政论作品，不但是这个时期，而且也是此后若干年中文学的精神高点。而关于这一部分，以往的文学史中尚未予以详细充分的讨论。

第二个阶段大致是1979年和1980年两年，这是一个缓慢而又迅速的恢复期，一个“文学气候的试探期”。说缓慢是指政治和意识形态总体的前进幅度不大，说迅速则是指小步快跑的细密节奏。其间主要事件有：1979年1月陶斯亮《一封终于发出的信》的发表和稍后张志新事件的平反，它们给此后的“创伤叙事”打开了政治缺口；3月份北岛的《回答》在《诗刊》公开发表，稍后舒婷和顾城的诗歌也得以公开露面，这标志着具有启蒙主义思潮性质的新潮诗歌运动开始浮出水面；同时，针对北京日渐活跃的政治思潮，邓小平在3月30日党的理论务虚会上发表了“坚持四项基本原则”的讲话，意味着关于国家政治前途的分歧开始逐步显露；7月，蒋子龙的《乔厂长上任记》发表，标志着所谓“改革文学”的出现；10月底召开的第四次文代会上，邓小平指出，文艺作为“复杂的精神劳动”，“写什么和怎样写，只能由文艺家在艺术实践中去探索和逐步求得解决。在这方面，不要横加干涉”[①]，这标志着意识形态对文学的控制方式发生了关键性的变化；1980年5月谢冕在《光明日报》发表《在新的崛起面前》一文，引出了长达四五年之久的关于“朦胧诗”的论争，这是一场关于诗歌是坚持旧的路数，还是要进行现代性变革的争论；1980年9月开始的关于“现代派”的讨论[②]，从理论上开启了小说领域的观念与技术变革；岁末戴厚英的长篇小说《人啊，人！》的出版，又引发了持续数年的关于人性与人道主义问题的讨论。

在上述标志性的事件之外，这时期创作上最明显的突破，是小说领域中“反思”与“创伤”叙事的深入，以及带有“意识流”色彩的技术意义上的现代探索。人道主义、启蒙主义思潮与现代主义的艺术观念达成了初步的耦合；同时，以汪曾祺的《受戒》为代表的表现风俗与文化主题的小

①邓小平：《在中国文学艺术工作者第四次代表大会上的祝辞》，《文艺报》，1979年第11、12期合刊。

②《文艺报》1980年第9期发表一组“文学表现手法探索笔谈”，刊载王蒙的《对一些文学观念的探讨》、李陀的《打破传统手法》、宗璞的《广采博收，推陈出新》、张洁的《文学艺术面临着一场突破》、靳凡的《科学·文学·形式》等文章。

说的出现，也标志着文学开启了回归固有的本土文化传统的道路，这看起来是一个不大的事件，却意义深远——某种程度上这才等于真正找到了当代文学的文化与美学起点；另外，以马中骏等人创作的《屋外有热流》为标志，话剧也开始了现代手法的试验。这些都给这个时期的文学带来了强劲的前行动力。

从1981年到1982年，大致可以看作第三个阶段。这时期政治出现了相对平稳的格局，回潮和退守的情形略少，因而文学也获得了相对顺畅的发展环境，可以视为一个“现代主义的崛起期”。虽然讨论与争议的事件频繁发生，如关于“歌德”与“缺德”的讨论，关于《晚霞消失的时候》、《在社会的档案里》等一批探索性作品的讨论，关于“异化”问题的讨论，关于《新的美学原则在崛起》所引发的关于“朦胧诗”的讨论。这些虽然都不无激烈之处，但由于此前关于批评与论争方式的政策性规定，所以并未对当事人作出严苛的处理。即便是邓小平亲自关注的关于《苦恋》的批评，也只是让作者白桦公开发表检讨作结。[①]这时期总的态势是“一边探索，一边划界”，虽然不时提出“反对资产阶级自由化”的问题，但对于许多禁区的试探和冲击，却保持了强劲的势头。此外，该时期值得注意的还有对两个现代作家与诗人群落的解禁——以《白色花》出版为标志，“七月派”悉数复出；以《九叶集》为标志，以40年代西南联大诗人为主体的“九叶诗人”这一现代诗群落也获得新生和命名。同时，在理论界刮起的现代派旋风，已全面渗透到小说、诗歌、戏剧与电影创作的各个领域，以传统文化为表现和诠释对象的风俗文化小说，也大有蔓延的趋势。

1983年与1984年，是政治形势发生比较剧烈变化的一个时期。1983年末关于“清除资产阶级精神污染”的运动，是自改革以来最尖锐和激烈的

① 1981年7月17日，邓小平对中宣部领导人作《关于思想战线上的问题的谈话》。特别提到，“我们坚持实行百花齐放、百家争鸣的方针，坚持正确处理人民内部矛盾，这是不会改变的”，但“关于《苦恋》，《解放军报》进行了批评，是应该的。……《文艺报》要组织几篇评论《苦恋》和其他问题的质量高的文章。不能因为批评的方法不够好，就说批评错了”。见《邓小平文选》，第二卷，北京，人民出版社，1994年，第389~393页。1981年12月23日，《解放军报》、《文艺报》刊登了白桦的《关于〈苦恋〉的通信——致〈解放军报〉、〈文艺报〉编辑部》。信中检查了自己创作《苦恋》的错误思想。《人民日报》12月24日又转载此文。

一个思想与政治事件，因此此一阶段可以看作一个“倒春寒”的时期。以“清污”为中心，对于“异化”理论的批评，对于徐敬亚《崛起的诗群》的批评，都爆发出很浓的火药味。经过几年持续的思想解放，连周扬这样饱经政治浮沉的文界官员都错误地判断了形势，他在1983年3月举行的纪念马克思逝世100周年的大会上发表的《关于马克思主义的几个理论问题的探讨》的演讲中，既对马克思主义理论发展过程中的问题作了反思，同时又提出了人道主义与“异化”的问题，指出在社会主义阶段也存在着“异化”现象。这些观点受到了胡乔木的严厉批评，此后周扬不得不多次在公开场合作自我批评。由于这场运动的涉及面非常广泛，至少在诗歌界是出现了一场空前的寒流，几年中已经为公众所熟知的一批具有探索倾向的诗人都一度被迫停止写作。

但是同时，这时期的文学也悄然发生着更加深刻的改变。一是传统资源的被再度认识，导致出现了一个“民族文化热”，诗歌界正酝酿着新的潮流，许多诗人在文化民族主义的旗帜下，正准备大规模地进行“现代史诗”的试验，一场文学领域中的文化思潮热正悄然兴起。这种思潮也渗透到小说领域，1983年陆文夫的《美食家》、李杭育的《最后一个渔佬儿》、王润滋的《鲁班的子孙》、贾平凹的《商州初录》等的发表，1984年张承志的《北方的河》、矫健的《老人仓》、冯骥才的《神鞭》，特别是阿城的《棋王》的陆续问世，都标志着一个前所未有的文化探索的热潮即将到来。这一趋势终于引发了1984年底杭州会议上“寻根文学”口号的提出。另外一点，就是一大批青年小说家纷纷登台，马原、莫言、扎西达娃、史铁生、张炜，甚至苏童和余华等，都在这一时期发表了他们的第一批作品，马原的《拉萨河女神》甚至还成了公认的“新潮小说”之形式主义叙事的开山之作。另外，像张贤亮和王蒙等一批中年实力作家也写出了富有思想探索意义的作品，类似《绿化树》这样的小说所生发出的巨大的思想冲击力，给主流文界带来了生机。

尤其富有戏剧性意味的是，就在反对资产阶级自由化、清除精神污染运动开展一周年之际，1984年12月第四次文代会召开，胡启立在代表中共中央所作的贺词中这样说，“党对文艺工作的领导，存在着‘左’的偏向，在一个相当长的时期，干涉太多，帽子太多，行政命令太多”，“文学创作是一种精神劳动”，“创作必须是自由的。作家……有选择题材、主题和艺术表现方法的充分自由，有抒发自己的感情、激情和表达自己的思想的充分自由”，“要坚持百花齐放、百家争鸣的方针。在文学创作中出现的失误和问题，只要不违犯法律，都只能经过文艺评论即批评、讨论和争论来解决，必须保证被批评的作家在政治上不受歧视，不因此受到处分或其他组织处理”。[①]毫无疑问，这是新中国成立以来意识形态对于文艺的一次最为开放和宽松的政策宣示。这一宣示终于一扫阴郁与压抑，使1985年的文学迎来了一次新的冲击与裂变的浪潮。

四、“80年代文学”的突变期

告别渐变期，当代文学跨入了高速行进的轨道，进入了一个前所未有的突变期。从文学史的角度看，这个时期相对单纯一些，尽管也发生了一些标志性事件，如1985年的寻根运动，1986年的“现代主义诗歌大展”等，但总体上可以1987年为界，之前属于“爆炸期”，之后则属于深化阶段。

1985年是汉语新文学诞生以来最伟大的年份之一。这一年，中国当代文坛爆发了真正的现代主义运动。尽管从80年代初期开始中国的作家们就开始谈论现代派、现代主义，但都是小打小闹。1981年徐敬亚发表的《崛起的诗群》（1983年正式发表）宣称发生了一场具有“现代倾向”的诗歌运动，但究其实，朦胧诗只不过类似于欧洲早期象征主义诗歌，朦胧、象征、寓意，优美和感伤的意绪，略带晦暗、隐秘的编码系统，还有瞬间的直觉、印象、感受等等，这些实在只是“中国式象征主义”的特征。还有以王蒙为代表的小说家自1980年开始的“意识流”探索，高行健等推动的“现代派”理论，这些实际上也没有真正进入现代派的门槛之中。因为很明显，“现代派”不只是一种“技法”，“意识流”也不只是一种“结

①胡启立：《在中国作家协会第四次会员代表大会上的祝辞》，《人民日报》，1984年12月30日。

构”，而是一种精神和观念，一种内容即美学、即形式的完整系统。早期的“意识流小说”只是间或使用了简单的“心理线索”而已，并没有关于“无意识世界”的真正触及与发现。而1985年一切都突然出现了：

这一年，一位名叫残雪的作家发表了《山上的小屋》、《公牛》等短篇小说，展示出一个骇人的噩梦般的世界，一个“无意识场景”中的世界。人物生活在幻觉和潜意识中，生活在“他人即地狱”式的被窥视、被算计、被挤压和被迫害的狂想之中。可以说，时隔将近五十年，30年代上海的“新感觉派”小说在残雪这里复活了，“一个臆想世界诞生了。”（吴亮语）她以自己对充满深渊感的幽暗世界的发现与描摹，以及完全抽掉了时间和历史元素的不可思议的叙述，标立起了真正的意识流小说。

这一年，有两位展示中国式嬉皮士或黑色幽默的小说家徐星和刘索拉登上了舞台，徐星的《无主题变奏》，刘索拉的《你别无选择》、《蓝天绿海》以强烈的异类色彩、颓废气质、调侃与幽默的趣味而为文坛瞩目，并引起了持续的争议与讨论。他们所标举的叛逆性和反主流的价值观念，无所谓而无所畏的人生哲学，颓废和萎靡的精神世界，以及松弛幽默充满弹性与机智的语言方式，在都市与知识界的青年中刮起了时髦的旋风。如果说中国当代文学中也有“现代派人物”的话，那么应该是从他们两人开始的。

这一年，两位描写以西藏文化与藏传佛教为背景的雪域生活的作家也赫然崛起，他们就是马原和扎西达娃。西藏独特的宗教文化，神秘主义的思维，以及大自然的雄奇与诡异，赋予了他们的小说奇妙的魔幻感，以及时空交错和轮回感，他们标立起了中国式的魔幻现实主义，以及非常标准的“元小说”（metafiction）叙事。作为在形式革命方面有首举之功的小说家，马原的地位自不必说，他在1985年发表的《叠纸鹞的三种方法》、《冈底斯的诱惑》、《西海无帆船》都是非常经典的玩弄叙事形式和具有很强魔幻意味的小说。与他相比，藏族出身的扎西达娃更有光彩，他在这一年发表了《巴桑和她的弟妹们》、《西藏，隐秘岁月》、《西藏，系在皮绳扣上的魂》等小说，成为这个年度最富有艺术创造性和思想水准的作家。在最后一篇小说的开始，扎西达娃提到了一首与小说内容完全无关的秘鲁民歌《山鹰》，这是一种暗示，暗示他的小说与拉美文化之间的一种神韵上的相通和联系。在这篇小说中，作者本人在桑杰达普活佛死前预言的指引下，进入了他自己的小说所虚构的时空之中，并且找到了他们共同虚构的人物。小说在"现实"与"神示"、"亲历"与"虚构"之间，在"讲述者"与"当事人"之间，完全打破界限，实现了自由转换和穿行，以自如的手段构造出一个典型的本土化的"暴露虚构"式的叙事。在他的另一篇《西藏，隐秘岁月》中，一位叫作次仁吉姆的女性曾出现了四度化身。她的一度化身出现在廓康小村的衰败之时，她经历了漫长的一生的修行，经历了20世纪西藏的所有重大变故，以及村庄的衰败和变迁，但她始终以不变应万变地生存和坚信着。她的最后一度化身则是一个即将赴美留学的女军医，她在即将到最发达国度去接受现代文明教育之时，听到了来自祖先和神祇的神秘召唤，接受了继续轮回和传承民族文化的使命。可以说，在1985年，扎西达娃能够写出形式与思想如此完美交融的小说，实属一个奇迹。它们的魔幻不是技法意义上的，而是文化和信仰的自然展示。这比马原小说中转换讲述者、拼接故事或将讲述人混同于当事人的所谓"叙事圈套"，来得内在、本质和地道得多。

这一年同样赫然崛起的还有莫言，他发表的《透明的红萝卜》、《大风》、《球状闪电》、《枯河》、《爆炸》、《金发婴儿》、《白狗秋千架》等一系列中短篇小说，以奇异而细腻的感觉，来自大自然的神奇的魔幻力量，童年视角特有的隐秘与灵性，还有极度敏感与莫名的无意识内容，引起了文坛瞩目。从传统的艺术流派和小说艺术类型的角度，似乎很难给他一个界定和命名，究竟是属于当代式的"新感觉派"，还是属于本土的"魔幻现实主义"？还是具有灵异色彩的"寻根文学"的一支？似乎都可以，但似乎又都不准确。这也足以表明他的综合性与更为巨大的体积。

还有"寻根文学"。在这一年，源起于1984年的寻根小说释放出了最为集中的能量，韩少功在发表了他的寻根宣言《文学的"根"》的同时也发表了小说《爸爸爸》、《归去来》、《蓝盖子》，郑万隆在发表了《我的根》的同时也发表了小说《老棒子酒馆》、《异乡异闻》，阿城在发表了《文化制约着人类》的同时也发表了小说《树王》、《孩子王》、

《遍地风流》。这一年，王安忆发表了《大刘庄》、《小鲍庄》，贾平凹发表了《远山野情》、《天狗》，郑义发表了《老井》，陈村发表了《少男少女，一共七个》，张炜发表了《秋天的愤怒》，何立伟发表了《花非花》，叶蔚林发表了《五个女人和一根绳子》……这一年，一批作品带有鲜明的寓言色彩或前卫倾向的小说家也登上了舞台，叶兆言、方方、潘军、王朔、洪峰、徐小斌、蒋子丹、张欣，甚至史铁生也写出了《命若琴弦》这样的寓言性小说。甚至中年一代作家也再次爆发，王蒙发表了他最有分量的长篇小说《活动变人形》，张贤亮发表了最具冲击力的中篇小说《男人的一半是女人》……

而且，诗歌中的寻根运动、先锋戏剧运动在这一年也达到了沸点：杨炼连续发表了组诗《半坡》、《飞天》（《敦煌》之一），江河发表了《太阳和他的反光》，高行健发表了《野人》，王培公、王贵发表了《WM（我们）》……

总之，1985年的中国文学，仿佛被压抑多年的激情与能量在一夜间爆发出来，在艺术上突然出现了一个多元局面。一切就像诗人骆一禾所描述的，在“最后的一场雪”之后，就是“母亲般夏日的雨声”（《先锋》），一场暴风雨彻底送走了乍暖还寒的春天，迎来了植物疯长、绿意葳蕤的夏季。这很有点“巴山夜雨”的意味，多年后人们谈起这个年份，感受到的是历史完成之后的兴奋、剪烛西窗时的慨叹，而之前的夜雨寒风凄迷之意则只有当事者能够体味了。经过了1985年，70年代末和80年代之初的那些备尝压抑的拓荒者的艺术使命也就完结了，因为很明显，当一代新人以自如的现代和先锋的笔法登堂入室之际，上一代作家的难免夹生和吃力的过渡性写作，自然也就成为明日黄花。

1986年持续了上一年的风云与辉煌。在小说领域持续爆发的是莫言，在连续发表了他的“红高粱系列”中篇小说之后，于1987年初他结集出版了自己第一部长篇小说《红高粱家族》。这也许是一个意外。正是因为没有事先精密的筹划，他的长篇才打破了多年里固化的时间模式，实现了开放式和“时间穿梭”式的结构，将“爷爷奶奶”、“父亲”和“我”三代人的生活、心理活动烩于一炉，实现了复调式多声部的对话与交响式的诗意叙事。这也应该是一个奇迹。因为在整个80年代，长篇小说的文体一直没有根本性的突破，基本都是模拟客观时空的现实主义叙事，内容则流于当代性社会问题的书写；而《红高粱家族》则突入到了生命哲学和人类学的世界之中，将小说的空间移入充满原始生命力的民间大地之中。当然，值得提出的还有张炜的《古船》，这部小说在传承了正统的现实主义写法的同时，也有效地融入了魔幻与超现实的因素，使小说产生了新的美感意味。

另一场现代主义运动是1986年出现的“现代主义诗歌大展”。仅仅在《人民日报》发表了“检讨书”一年多之后，跑到了深圳的徐敬亚就策划了以《深圳青年报》和《诗歌报》为载体的“1986，现代诗群体大展”，这成了“第三代”崛起的一个契机。六十多个蓄谋已久的或临时炮制出来的诗歌派别一夜之间诞生，旗帜林立，口号五花八门，由朦胧诗开创的新诗潮进入了一个新的时代，象征主义式的唯美和含蓄的表达显得过时了，代之以更极端、更复杂的观念，更接近日常生活和大众意识形态的情趣，以及口语化的表达。而且其反文化的性质正好与欧美的达达、未来主义、垮掉的一代相类似。很奇怪，原来都是诗歌跑在所有文类的最前面，而这次，诗歌的现代主义运动居然落到了小说之后。唯一没有出人意料的是，作为上一代朦胧诗运动急先锋的徐敬亚，这次又充当了新一代诗人的观念旗手。

1987年之后，方兴未艾的新潮文学运动突然出现了一个间歇性的平静格局，尽管所有的写作都依然进行，但群体性、运动式的出场方式则告结束。当代文学似乎迅速地度过了它的青春骚动期，而进入了一个“事件隐去，思想凸显”、“运动停止，写作开始”、“旗帜隐去，文本凸显”的相对沉寂的深化和收获期。除了刚刚涌现出的新潮小说家的迅速成长，几乎所有作家都迎来了他们创作生涯中的黄金时代。单就长篇而言，路遥的《平凡的世界》、贾平凹的《浮躁》、张承志的《金牧场》、铁凝的《玫瑰门》都是在这一时期问世的；后来被命名为“新写实”的许多重要作品也都是在这一时期推出的。可以说正统的和叛逆的、现实主义与新潮的、风头正健的和刚刚浮出地表的，所有新老作家都收获甚丰。但所有这些相较于新一波“先锋小说”的出现，其意义和光彩就都显得黯淡得多了。当余华、苏童和格非在1987、1988年推出他们的第一批具有独立的思想与艺术品质的作品的时候，并没有太多人能够读懂它们，诠释出他们的意义，因为它们确实在思想和小说形式上超出了这个时代多数人的理解与想象力。来自存在主义的、精神分析学的、结构主义的，还有中国式的虚无主义与宿命论的，特别是还有对当代历史予以严峻反思的……所有这些思想的混合，再加上更加极端的然而也是更加内行和得心应手的陌生化叙事技巧，使他们把当代小说带入了新的境界。不过，严格来说，这三位作家（也许还包括孙甘露、叶兆言等人）的背景与地域都不一样，他们事先也并没有携手同行的“结盟”意图，但是在1988年10月由《文学评论》和《钟山》杂志联合举办的一个“现实主义与先锋派文学学术研讨会”之后，关于“先锋派小说”的指称，渐渐集中到了他们几位的创作上。

评价先锋小说是一个漫长的话题，我们这里要谈的主要是它的特殊意义，即从这批小说开始，可以说中国当代文学具有与世界文学“相对称”的文本，中国当代作家在形式、技术和小说观念上具有与世界文学“对话”的能力。当然，具备这一能力的不止这几位作家，也许从1985年的新潮小说就开始了，但是先锋小说可以说是整体性地超越了此前当代文学多年的局限，阶级斗争的，意识形态的，时事性主题的，虚张声势的技术主义的，等等。先锋小说家十分轻松地超越了所有有局限性的写作，而达到了可以用非常自然、自由和自如的手法书写其对现实、对人生、对世界、对历史、对命运，甚至对文学本身的看法的境况。类似余华的《一九八六年》、《往事与刑罚》那样的对历史的严峻批判，《现实一种》那样的对人性和内心黑暗存在主义哲学一样的尖锐揭示，还有格非的《迷舟》那样对历史的宿命论与精神分析学式的解释、《褐色鸟群》那样的对于记忆和叙述本身之虚构性的玄妙讨论，都是完全站得住脚的例证。

需要在最后提到的是1989年3月26日一位诗人的自杀，这个惨烈的事件不但成就了海子“诗歌烈士”的名声，也给80年代的文学精神提前画上了句号，或者说，给这个风起云涌波澜壮阔的文学时代提供了一个结束的仪式。理想主义的、献祭式激情的、青春的、宿命的，还有悲剧性浓墨重彩的一个仪式。这样的解释当然不是海子的本意，没有哪一位自杀者事先会认真考虑自己的牺牲对历史造成的影响，但这就是历史和时间本身的修辞效果——某种意义上它也是一种宿命，因为一切偶然在叙述中终将成为逻辑的一部分。

五、如何认识“80年代文学”的成就与意义

检点80年代的文学成就，最值得强调的也许有下面这几点。首先是启蒙主义的思想深度。对于这个转换性的时代来说，最可贵的思想资源不是别的，正是对立于文化专制、个人迷信、重重的习惯势力，以及个人和集体的蒙昧主义之无意识的现代理性。这种现代理性又表现为若干具体的思想形态，如人道主义思想，如历史怀疑主义思想，如对“文革”悲剧的由历史而至文化层面的深度反思，如对现代以来一切先进的外来文化的吸纳与借鉴，这些都在理论或实践的意义上符合启蒙主义的内涵与标准。从大的范畴来说，这一时期次第发生的朦胧诗、反思小说、探索戏剧、文化寻根思潮以及新潮小说运动都属于广义的启蒙主义思想，只是只有在它们的核心部分才会体现得更加尖锐与决绝，更加鲜明和突出。总体而言，早期的多数作家作品是杂糅着启蒙主义和传统政治意识的混合体，像王蒙、张贤亮的小说，朦胧诗中北岛、江河的大量作品，都属于这一范畴。即便是中后期寻根文学中韩少功、贾平凹、张炜的作品（如《古船》和《浮躁》等），也还少量地兼容着主流意识形态。但这并不妨碍它们会成为这个时代最具有冲击震撼力、最具有启蒙思想价值的作品。倒是那些在文学性或审美性上局限性比较小的作品，其启蒙思想的含量显得比较稀薄些，比如汪曾祺、陆文夫、邓友梅等老作家所推动的风俗文化小说，比如寻根文学中那些民俗传统或民族文化含量比较高的小说，等等。

但也有特别值得称赏的例子，比如王蒙的《蝴蝶》、张贤亮的《绿化树》就都可以看作较多地突破了局限的代表。《蝴蝶》这部小说孤独地出现在1980年几乎是一个奇迹，它不是简单地对人物的遭遇进行哭诉式套路化的叙述，而是以人物的内心活动作为线索，通过“反思语言”来处理历史与现实之间的关系。现实中大量“语言无意识”的残存，表明历史和现

实之间并非“断裂”的关系，“历史”并没有因为时代的变化而终结，而是仍然在“现实”（语言）中延续；而现实的新变，也同样是从语言的变化开始的，一首由邓丽君演唱的缠绵的被称为“靡靡之音”的港台歌曲，真真切切地告诉了他现实正在发生着的深刻的“塌陷”式的变化。小说中通过主人公张思远大量的心理活动，通过他对语言的敏感体味与反思，揭示了“语言即权力”、现实通过词语来控制人物的身份与命运、词语大于现实等等观念。尽管那时结构主义与后结构主义，以及福柯的理论还远未介绍到中国来，但王蒙似乎已凭着他超常的敏感在这里预先“等着”他们了。显然，《蝴蝶》对历史和现实的反思已不是浅尝辄止的概念化处理，而是达到了相当深入的本质层面。也许它外表上的批判性并不是最激烈的，但其充满理性与智慧的思考却发人深省，其启蒙主义的思想含量也是其他小说中罕见的。

同时，“80年代文学”中启蒙主义与历史批判的思想深度也体现了“与时俱进”的特征。与余华的《一九八六年》、《往事与刑罚》等对“文化大革命”、对专制与暴政进行批判的作品相比，《蝴蝶》、《绿化树》这样的作品还是不可与之同日而语的，一种是“体制内身份”的反思，一种则完全是独立人格意义上的反思。随着时间的递进，当代作家对于历史的认知的确呈现了巨大的进步。

这种情形在其他文类中也同样存在。需要说明的是，就启蒙思想的深度而言，诗歌充当的角色是无可替代的，至少在80年代中期以前，它远远领先于小说、戏剧，孤独地前行于历史的危境之中。早在1978年以前，食指的《疯狗》，黄翔的《长城的自白》，北岛的《回答》、《结局或开始》，芒克的《葡萄园》，方含的《人民》等等，就已经彻底甚至决绝地传达了启蒙主义的思想信息与人本主义、个体主义的价值观，而同样深度和性质的思想在小说和其他文类中出现，都是在若干年之后了。固然诗歌有迅捷地表达思想的优势，但这些诗人的思想能力与高度，他们的敏感与勇气，他们在与时代的紧张关系中所表现出的超前的精神价值，的确值得所有写作者致敬。

与启蒙主义思想和现代主义手法相呼应，还有一点是文化属性与品质的重新获得，这也是“80年代文学”的一个历史性变化。自“延安文学”以来，由于对社会政治功能的过度强调，文学的内涵与功能日渐萎缩，变成了庸俗社会学、机械反映论、简单阶级论的伴生物，除了作为当前政治的工具，很少有真正的文化内涵与品质。而从1980年开始，随着汪曾祺、邓友梅、陆文夫等一批老作家的复出，小说开始了低调然而坚定的“返回”之路，即回到民间，回到市井乡间，回到传统文化，回到永恒的日常与个体处境。与此相应的是与现实政治拉开距离，与当下的公共话语拉开距离，这样小说才重新开辟出一个区分于“伤痕”、“反思”、“改革”等流行主题的文化空间。而随着贾平凹、冯骥才、张承志、李杭育、邓刚、郑义、乌热尔图、马原、扎西达娃等一批青年作家的相继跟进与自觉，书写各地民俗、宗教、地理、自然以及民族文化内容的小说热潮，逐渐生成了一股巨大的文化与美学冲力。一方面他们屏蔽了那些对文学的文化属性构成压抑和矮化的现实政治因素，使文学的背景和叙事的空间变得深远、辽阔、复杂和朦胧起来；另一方面，它们又努力通过自己的现代知识结构，对这些古老的内容进行文化烛照，试图发现其与当代文化与政治之间的有机联系。这就产生了两个非常令人欣喜的结果，一方面是由于文学的文化属性的恢复，其美学品质与价值变得日益独立和丰富；另一方面是它又配合了社会改革思潮的需要，将社会政治的启蒙引申到了文化传统的再认知的层面，由此引发了启蒙主义思潮由社会政治层面向历史文化层面的深化。这一点，是我们以往的文学史叙述中所未予充分认识和阐释的。

还有诗歌领域中的寻根运动。事实上它也是小说界文化传统热的一个影响源泉，韩少功在他1985年发表的《文学的“根”》一文中就提到，是诗人骆晓戈给了他寻找湘西文化的启示。早在1982年前后，杨炼、江河，以及四川的一批诗人就发出了“需要史诗”的呼吁，并且尝试进行文化主题的诗歌写作。这些也都有力地推动和回应了思想界与小说界的文化热潮。

整体上看，由于“80年代文学”的文化启蒙思潮中不断输入了新的知识与思想元素，其本身便保持了持续开放、不断推进的趋势以及自我更新的能力。到80年代中期以后，启蒙主义思潮的内涵也发生了深刻的变化，即其思想内核由启蒙主义向着存在主义蜕变。在新潮小说、先锋小说和第三代诗歌运动中，人们会发现，文学或思想的主体实现了微妙的转换，即“个人”在现实和历史中凸显，而价值判断也由追寻变成了质疑，由坚信变成了怀疑，由认知变成了发现。对这个深刻的变化，笔者曾经以“从启蒙主义到存在主义”这样的一个进变逻辑来予以解释。[①]在80年代的语境中，这似乎是一个必然，因为对于世界当代性文化思潮而言，启蒙主义只能作为“功能”范畴而出现，其作为“思想形态”的时代早已过去，而中国的作家和知识分子们无时不在幻想着与世界文学对话——“走向世界文学”成为这个年代的一个神话，所以，必须以最快的速度占据当代文化与思想的制高点，才能达成这种对话的可能。这种“思想方式的焦虑”，迫使他们在刚刚获得思想与文化层面上的启蒙主义的合法性之后，迅速地拿起了存在主义哲学的武器，并把它贯彻于写作与文本之中。而这也是为什么残雪的小说极少有人能够读懂、徐星与刘索拉的小说中所表达的生活态度与世界观让人耻笑和质疑、莫言小说的生命主题常遭受道德的诟病、余华与格非的小说中的人物行为与动机令人迷惑和感到不可思议的原因。

这种怀疑精神还伴随了对历史予以新的解释的冲动。以莫言的《红高粱家族》为开端，当代作家开始了“新历史主义”之旅，在苏童的《妻妾成群》、格非的《迷舟》、余华的《往事与刑罚》、叶兆言的《枣树的故事》等小说中，历史被以精神分析学、存在主义、生命哲学、反主流道德与非主流结构视角的方法给予了新的解释。这也是启蒙主义思想运动的一种延伸，它深刻地影响了90年代文学的内容与方向。

此外，现代主义的手法与美学追求，使80年代的文学呈现出比较丰富和现代性的特征。在这方面表现最为前卫的当然也是诗歌。在70年代末、80年代初的朦胧诗文本中，即混合了类似欧洲早期象征主义、中国30年代现代派诗歌的成分，普遍使用了一套陌生化的象征语码系统。虽然整体上说，朦胧诗与三四十年代中国的现代诗相比，并未臻及艾青、穆旦、写“十四行”时期的冯至，以及“九叶诗人”的整体高度，但从个别的文本来看，也留下了可以长久传诵的诗篇。尤其是，他们通过自己的努力，使

①参见拙作《从启蒙主义到存在主义——当代中国先锋文学思潮论》，《中国社会科学》，1997年第6期。

当代诗歌终于脱出了长达三十多年的“古典加民歌”的道路，走上了自由与艺术的正途，这一点是他们最重要的贡献。

在小说领域，现代性艺术因素的生长起初是相对缓慢的，但至少在形式上也有大胆的探索。从1979年开始，少量的作家即开始了一些手法上的尝试，这使他们的作品最终从一般性的伤痕、反思主题的书写中独立出来，成为具有艺术探索品质的“意识流小说”，也使它们由于密集的心理活动的状写获得了这时期小说的最大精神深度。1985年之后，这种缓慢的进程终于结束，在技法、美学属性和艺术品质方面，新潮小说与先锋小说作家们终于后来居上，将中国当代小说推到了一个可以与一切现代小说对话的高度。可以说，现代主义艺术运动是与“80年代文学”相伴的一个最根本的艺术实践，它最终使这个年代的文学能够留下可以自足流传的文本——不是基于其历史认识价值，而是基于其真正的文学价值。

重审“90年代文学”：一个文学史视角的考察[①]

关于“90年代文学”，学界和批评界已谈论日久，但一些基本的文学史问题仍然有待廓清。尤其是，在现今越来越多的文学史写作中，关于此一阶段的若干知识大量地存在着明显的语焉不详，或表述中的大相径庭。基于这一问题，本文试图在文学史范畴中重新审度这一历史概念，其所涉及的时空内涵、运变逻辑和总体特征，以期引起大家更深入的关注与讨论。笔者清楚本文可能流于空疏，但又认为这一宏观讨论殊为必要。尽管这是一个“总体性消失的年代”，但如果要整理文学史，则无法回避一个“总体性想象”，以及大的历史逻辑的构建。

一、作为文学史概念的“90年代文学”

勃兰兑斯在他的名著《十九世纪文学主流》中，曾为我们提供了一种充满诗意并且带有整体性的历史修辞，他的历史思维与架构的潜在基础，当然是黑格尔的历史哲学——进步论、本质论和必然论，但在今天看，作为一种文学史的观照和研究方式，它仍然富有启示，并且富有实践性。他在《引言》的开头用了这样的一个句子：“暴风雨的一八四八年是一个历

①本文为作者主编的《中国当代文学编年史》第七卷（1990.1—1995.12）的导言部分，在此作了部分修改和删减。该书由北京师范大学文学院中国现当代文学研究所人员参与编纂，张健教授任总主编，2012年由山东文艺出版社出版。

史转折点，因而也是一个分界线。”历史的整体性修辞就这样简明有力，然而也是深入灵魂地被他划定了。接着，他又用同样精粹的一句话涵盖了他的整部书的思想：“这部作品的中心内容就是谈十九世纪头几十年对十八世纪文学的反动，和这一反动的被压倒。”[①]这仍然是黑格尔式的历史逻辑，是19世纪革命时期的思维，但这样一种文学史的描述方式，无疑又是最精炼、诗意和有效的。

“编年史”方式也许在某种程度上能够“矫正”上述“整体性历史修辞”的某些问题，但它同样有局限。首先，我们并不能做到像米歇尔·福柯那样的极端的“历史编纂学”所设想的，把边缘的历史材料放置中心，将原有的主流与主导性的历史材料逼挤到历史的边缘地带，以形成一个真正的反主流的奇怪的“稗史化”的历史格局；其次，任何一大堆材料堆积在一起，其意义都是让人质疑的，它究竟要呈现什么？要表明和暗示什么？读者能够从中读出“历史的轨迹”或编者的“用意”吗？包括新历史主义者所试图建立的五光十色的“历史的交叉文化蒙太奇”（朱迪丝·劳德·牛顿语），事实上也只能是对已有历史文本或修辞的颠覆，而并不能比别的文本更加逼近历史本身。因此，从这个意义上说，叙述者所起的作用，就是试图建立整体性的“历史想象”，以超越“编年实录”所带来的“时间暗径”中事件的流水化和历史逻辑的晦暗不明。

对“90年代文学”整体性的论述，迄今为止其实并不多见，尽管大家都在不约而同地使用这一概念。然而这一个历史时期是如此带有自然的修辞感：它的“前夜”——同样具有断裂感和暴风雨意味的历史事件，将思想浮动、景象驳杂、波澜壮阔、风起云涌的“80年代”彻底送走，并将之定格在这个历史转换的标志性时间节点，然后又开启了一个新的时代。“90年代”也因此“过早地”出现了——成为一个在当代中国历史中赫然而立，在尚未结束的时候就已经诞生，并过早具备了自己独有历史逻辑与价值内涵的一个时代。人们对于“90年代”的文学修辞也因此格外敏感。1992年9月，在北京大学召开了“后新时期：走出80年代的中国文学”研

①勃兰兑斯：《十九世纪文学主流·引言》，见“第一分册·流亡文学”，张道真译，北京，人民文学出版社，1980年，第1页。

讨会，虽然与会者对时下的文学理解与评价不一，但都不约而同地、敏感地意识到随着80年代的过去，“新时期文学”也宣告终结。这是一种自觉的告别，虽然对即将发生的“后新时期文学”究竟是怎样一种文学还不好预见，但历史内部深刻的断裂则已然成为共识。1993年，欧阳江河十分具有预见性和整体性地讨论了当下的诗歌状况，并将其命名为“'89后国内诗歌写作”，他明确地阐述了当代诗歌历史的“恍如隔世”的断裂性质，以及活着的诗人作为“过去的亡灵”的文化身份。1995年冬，陈晓明在他的《剩余的想象——九十年代的文学叙事与文化危机》一书中“正式地”提出了“90年代的文学”的概念——这当然不会是一个完成性的概念，因为90年代刚刚过去了一半，还在继续之中，但陈晓明反复强调，与上个时代的文学不同，“九十年代的文学不会像新时期文学那样，怀着强烈的意识形态冲动去制造一系列历史……而只有纯粹的文学要求”，“基于这种态度，我对‘后新时期’（九十年代）的文学现实，给予了必要的理解和阐释”。①1997年，程光炜在他的《九十年代诗歌：另一意义的命名》（《学术思想评论》，1997年第1辑）一文中，非常清晰地提出了一个整体性的文学概念而不是时间概念——“90年代诗歌”，从文本、作者、语言策略等方面阐释了这个年代诗歌的独立内涵。1999年，洪子诚在他的《中国当代文学史》中，首次正式将“90年代文学总体状况”写入文学史，使之最终变成一个“总体”的文学概念，尽管他对这个文学时空的阐述仍十分粗略，但毕竟使之“进入了文学史”，接近于成为一个完成性的文学史概念。此后，文学史著述中大都出现了“90年代文学”的说法。

以上算是一个粗略的梳理，相信不是创造“90年代文学”这个概念的全部历史关节。事实上一个真正的文学史概念不是哪几个人就能够“创造”的，它是历史的一种会心，是时代的巨大文化磁场的一种奇妙的意义汇聚。需要强调的一点是，时间本身在这里创造了时间，这是和其他历史阶段颇为不同的一个特点——很明显，近在咫尺的“世纪末”，使得“90年代”的历史被“提前完成”了，也使得“90年代文学”提前浮出了水

①参见陈晓明：《剩余的想象——九十年代的文学叙事与文化危机》，“自序”，北京，华艺出版社，1997年，第3~5页。作者自序中标注的写作时间为1995年12月。

面。因为“世纪末”这种倒计时法所产生的历史转换的暗示意味是不言自明的。所不同的只是，这个时代是从悲剧开始，而以喜剧结束的，而这本身是富有诗意和戏剧性的。“世纪末”所蕴涵的历史宿命的、“结局或开始”的、“新千年”的、节日狂欢的种种喜剧情绪，都给这一文学时空打上了戏谑、狂欢、哲学甚至宗教的意味与色调，同时也赋予它世俗的、粗鄙的、无厘头和无法预料的荒诞感。因此也就难怪，正是在十年后的1999年的春天，在北京郊区召开的一场叫作“世纪之交：诗歌的态势与展望”的会议（后来被戏称为“盘峰诗会”）中，来自京城和外省的两个观念不同的诗人群落，以“论剑”的方式、激烈的争吵，结束了这个“细雨霏霏”（王家新语）的时代。“细雨霏霏”——这也是富有象征意味的一种说法，一种等待在遥远的历史时空中成为“传奇”的奇妙预设。

二、关于“90年代文学”的阶段性考察

“90年代文学”的历史逻辑中充满了鲜明的阶段性，这是显而易见的。这种阶段性必须成为我们考察其语境变化的基本背景。从1990年到1992年初是第一个时期。经历了80年代末的社会动荡，政治的敏感神经在这段时间再度紧绷，文学的大环境处于低沉和压抑之中。80年代后期波澜壮阔的观念变革与形式试验，在这一时期面临大面积的合法性质疑。在此情形下，知识界人士和作家们不得不寻找另外的合法替代形式，来延续文学变革的成果。很明显，简单地走回头路是不得人心和行不通的，人们需要做的是转换方式、改换名目，来继续维持和推进新潮文学的脚步。

因此，一个名词被选中了，这就是“新写实”。本来，南京的《钟山》杂志自1989年的第3期，也就是5月份，即开设了“新写实小说大联展”的栏目，这个开头与同时发生的特定政治事件造成的历史断裂显然并无关系。刊物的编者这样阐述他们所倡导的“新写实小说”的含义：“不同于历史上已有的现实主义，也不同于现代主义‘先锋派’文学，而是近几年小说创作低谷中出现的一种新的文学倾向。这些新写实小说的创作方

法仍以写实为主要特征，但特别注重现实生活原生形态的还原，真诚直面现实，直面人生。虽然从总的文学精神来看，新写实小说仍划归为现实主义的大范畴，但无疑具有一种新的开放性和包容性，善于吸收、借鉴现代主义各种流派在艺术上的长处。”[①]显然，这一说法的出现有两个基本背景：一是原有的“现实主义文学”已然不符合读者的新需求，二是“先锋文学”的形式追求与难度书写对一般读者来说又太难。这就要求有一个比较“折中”的方案。而新写实小说既有比较传统的叙事规范，同时又能够表达变化了的文学观念，所以是一个很好的选择。

可以说，即便没有特定政治事件的背景，新写实小说也会出现并产生广泛影响。但是突发的历史转折使它有了更为重大的使命：在以“先锋文学”为代表的文学新思潮面临着种种质疑的时候，它“被选择”成为90年代初期最富有合法性身份的文学主流。这显然是一个妥协的结果，因为虽然文学很难走回头路，但在必要的时候可以且必须“迂回”，“新写实主义”的迂回性挽救了这个时期的文学，也保护了作家和文学正常的生产。说到底，新写实之所以得到多数作家和读者的认可与精神上的回应，是因为它所起的作用和五四新文化运动退潮之后的文学是一样的，表达的是灰暗的日常生活，再度返回世俗与欲望世界或堕入历史虚拟空间的一种无奈感，种种价值降解后的小市民式的意识形态，还有精神压抑、萎靡、堕落和变态的种种情绪。为什么池莉、方方发表于1987、1988年的《烦恼人生》、《风景》等作品再度被“重新发现”和过度诠释？为什么刘震云的《一地鸡毛》、《单位》、《官人》一类描写小人物的灰色生活的小说被反复放大了意义？都是由于它和90年代之间隐秘的呼应与契合。甚至，为了使“新写实”的内涵和外延得以充分扩大，批评界还不分青红皂白地把许多虚拟性的历史叙事而不是书写当下社会生活的小说，也装入它的篮子之中，把余华的《在细雨中呼喊》、苏童的《米》、刘恒的《伏羲伏羲》，还有叶兆言的大量历史小说也放到这个序列中。而事实是，这个时期先锋小说的叙事大都转移到了历史空间，而这个历史叙事并不像以往

① 《“新写实小说大联展”卷首语》，《钟山》1989 年第 3 期。

的历史小说那样，依托于实有的历史事件或人物，而只是虚拟了一个“非现实时空”，通过历史叙事来曲折地表达对现实的理解和看法。在苏童的《妻妾成群》、《红粉》、《米》，格非的《敌人》，叶兆言的“夜泊秦淮系列”中都可以看出，历史和现实之间其实并无什么界限，种族的根性、文化的宿命、历史的重复，都在眼下的生活中得到了印证。

这就是90年代初期“新写实主义”和“新历史小说”大行其道的原因。它们是历史与现实、文学与政治、精神与消费、妥协与抗争种种因素合成的结果，是对上个时代的精神续接和现实回应。不过，如果单从文学性本身来看，这个时期不但没有出现下降或崩溃的危机，相反它变成了一个非常难得的收获期，很多优秀的小说家都是在这个时期逐渐成熟和经典化，并写出了其最主要的作品的。

诗歌领域的情形与此有些相似，只是诗歌与现实的紧张关系，在这个时期显得更加严重一些。在80年代，这种关系曾经为上一代诗人（朦胧诗一代）创造了难得的历史机遇，他们在压力中得以成名，成为时代和读者的精神偶像——“如果海洋注定要决堤，/就让所有的苦水都注入我心中；/如果陆地注定要上升，/就让人类重新选择生存的峰顶。”（北岛：《回答》）而历史再现了相似的一幕，第三代诗人再次从严峻的现实环境中得到了历史的厚爱，他们很快在时代的巨大投影中获得了始料未及的精神意义与道德力量，成为这个时代价值坚守和人格承受的象征，并且在“减速的中年”（肖开愚语）的体验中深化了写作的专业性，纯化了“语言炼金术士”（西川语）的角色，在沉寂的长夜中完成了自己的形象，并很快得到了经典化的地位。本来，这是以“喜剧的角色”出场的一代，他们在80年代中期曾制造了针对朦胧诗权威的叛逆事件，显现了类似于“达达”、“未来主义”、“垮掉的一代”或“超现实主义”等现代主义运动的躁动不安的特征，但这时，他们却戏剧性地充当了普罗米修斯式的角色，成为想象中的“诗歌中的亡灵”[①]，并且拓展出“90年代诗歌”特有的美学与修辞特征的雏形：从对西方观念的接受，到对本土现实的承担；从群体化的较为简

①欧阳江河：《’89后国内诗歌写作——本土气质、中年特征与知识分子身份》，《今天》，1993年第3期。

单的观念化表达，到通过个体的叙事、隐喻，以及对日常情境的人格化抒写等方式，建立起多样的个体诗学。90年代诗歌开始走上了深沉而广远的探求与收获之路。

1992年春，一位政治老人的“南方谈话”开启了新一轮的市场化进程。这几乎是最近二十年中最具深远影响的事件了。在这之后，市场、股票、私有经济、资本运作，这些原来充满风险的事物与概念一夜之间合法化了，80年代延续下来的文学体制、文学生产与价值观念的体系也随之面临着深刻的变化和调整。因此，“90年代文学”迅速地进入了第二个时期，即价值调整与观念纷争的时期。持续三四年时间的“人文精神大讨论”正是在这样的背景下出现的。这个时期大致应该包括1993到1995的三年时间。

最先敏感地感应到这种变化的应该是王蒙，他在1993年第1期的《读书》杂志上发表了《躲避崇高》一文，借王朔的小说表达了对一个时期中文学与现实过于紧张的关系的厌倦，以及对于一种揶揄式、喜剧式文学观念的喜欢和认同。这个观念很快引起了更多人的关注。伴随着1993年贾平凹《废都》的出版，王朔小说的走俏，通俗文学的崛起（如《曼哈顿的中国女人》的热卖），后现代主义理论的凌空虚蹈，市场经济对人群道德状况的冲击，一场旷日持久、参与者众多的论争在《上海文学》、《读书》、《文艺争鸣》、《中华读书报》等报刊开展起来。1993年《上海文学》在第6期发表了王晓明、张宏、徐麟、张柠、崔宜明的谈话《旷野上的废墟——文学和人文精神的危机》，首先提出了人文精神危机的问题。随之在1994年，《读书》杂志从第2期至第7期专门开设了“人文精神寻思录”专栏。数家报刊统共发表了数十篇参与讨论的文章，其中“二王（王蒙与王彬彬）之争”、“二张（张颐武与张承志）之争”等具体的观念之争，也成为讨论的一部分。论争的焦点主要在三方面。一是有无人文精神危机问题。一部分人认为，随着启蒙主义思想运动的瓦解和市场经济时代的到来，道德标准与精神价值确实面临着瓦解的危险；而另一种观点则认为，是市场经济开启了相对自由的思想空间，才“可以讨论人文精神的问题了”（王蒙语）。二是重建什么样的人文精神，是“新理想主义”（孟繁华语）、“再启蒙运动”，还是倾向于倡导“独立自由人格的国民”（朱高正语），或者反思激进主义，“转而采取文化上的保守主义”（参见李泽厚、王德胜的对话①）。三是在一些具体的话题上，比如是“宽容”还是“不宽容”，是主张“崇高”还是“躲避崇高”，是寻求“清洁的精神”，还是寻找与大众文化之间的对话关系，诸如此类。所有这些讨论最终都没有出现结果，也不可能出现结果，因为事实上两者的观点虽是在不同的出发点上，但归结点可能是一致的，所谓殊途同归。“抵抗”还是“顺从”，不过是因为市场价值的出现使得知识分子的价值系统出现了一个相对主义的困境，原来是二元对立，现在则是三足鼎立，而市场价值本身的暧昧的“双刃”属性对于知识分子的价值选择来说，当然是一个魅惑和考验。

总体上看，人文精神讨论透露出了当代中国文化格局发生根本变化的敏感信息，即当代知识分子群体的内部分化，这是市场化体制确立之后的必然。它表明，当代中国的知识分子正在对整体文化格局的变化作出反应，尽管没有结论，甚至也没有讨论之后的 “进步”，但毕竟，一个二元结构的文化格局结束了，自由生长的空间正逐渐开启，尽管这空间也如潘多拉的盒子，带着无数的疾病、污染、危险与问题。

作为一个文学时期，1993年到1995年几乎是一个“准黄金时代”，大量优秀文本的出现确立了这个充满争议的时代的意义。1993年《白鹿原》、《废都》问世，1995年《许三观卖血记》、《长恨歌》、《丰乳肥臀》出版，还有更早些出现于1992年的《活着》、《九月寓言》等，这些都可谓新文学诞生以来最重要的文本，它们无论在内容还是形式上，较之80年代出现的长篇小说，都表现出空前的丰厚和成熟。

1996年以后到90年代末，可以看作第三个时期。这是一个市场化的深化时期，这个阶段的文化流向出现了明显的弥散和平面化趋向，社会生活相对平稳，经济快速发展，大众文化、市民意识形态和人们对物质的消费欲望一起急剧膨胀、迅速发育，这使得文学的内部结构与观念进一步出现

①李泽厚、王德胜：《关于文化现状道德重建的对话》，《东方》，1994 年第 5、6 期。

分化，文学的职能也发生深刻改变。首先，文学的“市场划分”彻底改变了原有的格局，注重形式探索与哲学寓意的先锋小说、注重历史书写中的道义诉求与民间文化趣味的新历史小说、注重“潜意识场景”与女性精神探求的女性主义书写都出现了衰落迹象，而更趋于消费性叙事的“新生代小说”、持续的“长篇小说热”，特别是经过商业包装的“70后”、“青春写作”以及卫慧和棉棉式的欲望化书写，代之成为最抢眼和火暴的现象。第二，伴随体制改革的深化而暴露出的种种民生问题和结构性的社会问题，现实主义的写作重新抬头，在90年代中后期出现了一个相当强劲的“现实主义冲击波”，以谈歌、何申、关仁山、刘醒龙等人作品为代表的关注现实的小说流向替代了90年代初期流行的新写实小说，将寓言化的生存图景变成了急迫而逼真的现实问题的书写。这种写作潮流在一定程度上强化了文学与现实之间的关系，对社会公正、体制弊病，以及底层民众的生活有一些触及。但问题也比较明显，一是停留于“问题小说”的层面，文学性上打了折扣；二是立场不免暧昧，因为触及“体制”的问题，不得不采取了“分享艰难”的态度，这也在很大程度上削弱了小说的人文性价值。第三，市场化也催熟了写作的职业化和作家身份与心态的变化。90年代后期，随着文学与现实紧张关系的逐步消除，作家从写作中所获得的不再是精神意义上的成就与荣誉感，更多的是现实利益的分配，尤其是新潮文学经过了将近二十年的发育发展，一批作家和诗人得以被经典化，加上影视改编介入文学所产生的强力杠杆作用，海外传播带来的利益与名声，都使得写作者迅速地“脱贫致富”，进入了“中产阶级”（文化意义上的）的行列。这给当代文学带来了另一个更深层的变化：人文性的下降和职业性的增强。以“盘峰诗会”为标志，在诗歌界，这种利益分配的不平衡甚至导致了（至少是原因之一）诗歌界内部的一场激烈论辩。

从写作实绩来看，90年代后期的文学呈现了明显的下降趋势，消费主义和欲望化的写作占据了主导地位，富有批判精神的现实与历史书写则日益衰减，特别是长篇小说的写作有明显下滑的趋势，再也没有出现1995年之前那样产生巨大影响的作品。倒是在新世纪之初，长篇小说出现了复苏的迹象，出现了莫言的《檀香刑》和《四十一炮》、李洱的《花腔》、艾伟的《爱人同志》、格非的《人面桃花》和《山河入梦》，以及余华的《兄弟》和贾平凹的《秦腔》等小说。这也表明，上述衰减的趋向并非一定属“历史大势”，也许只是一个偶然的间歇。但从一个整体性的文化格局与历史景致来说，也许我们的文学在经过了一个辉煌和丰硕的收获期之后，真的进入了一个不可挽回的衰败期。毕竟历史的风云际会、时势的精神激荡，都是有宿命和周期的。

三、“90年代文学”的背景：精神史与心理史

还是勃兰兑斯的说法：“文学史，就其最深刻的程度来说，是一种心理学，研究人的灵魂，是灵魂的历史。一个国家的文学作品，不管是小说、戏剧还是历史作品，都是许多人物的描绘，种种情感和思想的表现。”“只要细心观察文学主流，就不难看出这些活动都为一个巨大的有起伏的主导运动所左右。”“我准备描绘的是一个带有戏剧的形式与特征的历史运动。”[①]就像莎士比亚的历史剧一样，勃兰兑斯声称自己的文学史著作也是一个带有戏剧的形式与特征的“作品”。这我们当然很难做到，但如果来探究这段历史，精神的脉络是不能无视的，而且它本身也的确是戏剧性的、诗意的、精神性非常强的一段文学历史。

与80年代不同的是，90年代出现了一个对中国当代作家来说陌生的，然而却一步步主导了文学走向与价值基础的元素，那就是“市场”。如果说最初面对的政治环境的紧张，对他们来说并不陌生，并且还给很多作家带来了暗中的“机遇”的话，那么市场经济时代的突然来临，却着实令人有些措手不及。当代中国作家曾承受过一些政治的压力，但总的来说他们并没有长时期处在类似苏联作家的那种重压之下，80年代“乍暖还寒”的气候说到底都有很强的阶段性。随着政治改革和国家开放程度的逐步加

①勃兰兑斯：《十九世纪文学主流·引言》，见“第一分册·流亡文学”，张道真译，北京，人民文学出版社，1980年，第1~3页。

大，原有的问题很快荡然无存，文学与现实的紧张渐次松弛，这使得80年代的文学在承受政治压力的过程中，也最终变成了带有很强的“国家寓言”性质的“正统叙事”，无论是“伤痕”、“反思”、“改革”、“寻根”、“现代派”、“先锋戏剧”，甚至“新潮小说”等等，最终都成为国家文化变革与文学进步的合法的历史记录。但在90年代初，这种紧张关系的重现中又掺入了市场经济的异质因素，它使得文学内部的价值系统变得空前复杂了，人们之间的分歧也空前加大了，各种价值定位之间都失去了边界，各种言说之间都充满了模糊与暧昧的地带，各种自我标张和表白都失去了有效性。

早有敏感的学者意识到了历史转换的巨大可能性。1992年9月，就在“南方谈话”发表之后半年，随着 “下海”热的兴起，北京大学就召开了一次虽然影响并不巨大，却很有精神象征意义的讨论会。谢冕在这次会上敏锐而意味深长地指出：“我们不想在这里探讨为什么新时期文学会选择80年代的结束宣告它的结束，但文学的阶段性发展事实上是以这个十年的结束为标志的。”“从80年代后半期开始，新时期文学的内部便有新质产生并开始它的裂变：后新诗潮以反对崇高和优雅为目标的向着新诗潮的挑战；先锋小说对于传统艺术方式的强刺激；后现代主义思潮对创作的渗透以及通俗文学对纯文学的大步进逼。更为重要的是，新时期文学发展的事实，已证明它有必要通过自身的调节和应变以适应继续前行的需要。”显然，谢冕已意识到无论是外部的历史原因，还是文学的内部运变，都使90年代文学的精神深刻地区别于上个时代。他已经模糊地感觉到文学本身从精神特征到美学形式的一种必然变化：

> 中国后新时期文学处在一个百年的尾声，世纪末的苍茫弥漫无际，中国历史的沉重负担加深了这一阶段中国文学的悲凉感，以及这种情绪的变种或派生物如调侃或闲暇等。社会的政治经济因素、文学自身的调整和发展，再加上历史、文化、民族心理的沉淀，这一切的综合所产生的文学追求，使我们对当前文学的历史转型进行概括持有

信心。①

显然，以“新时期的终结”来涵盖或替代性地描述“90年代文学”的新内涵是一个契机，所谓“新时期文学”所带有的历史合法性，即在思想上上升的、与主流政治形成了特殊的对峙又互动关系的、在美学上追逐现代主义的、在思想方式上充满启蒙主义特征的，这种种属性，应该随着一些标志性的历史事件的出现而宣告终结。抑或可以简单地说，“90年代文学”的精神确立，将随着“新时期文学”的结束而完成。这十分多义地暗示出了“90年代文学”的断裂性、独特性，以及可能的前景：向着民间、市场、大众文化，向着更独立的专业精神，向着更内在的艺术造诣，特别是属于个体经验而非公共主题的深化或者滑行。

但非常奇怪的是，“后新时期”的说法并未得到更大范围的呼应。这表明，要么是知识界没有深刻地领会提出者的意图，要么是提出者的表述因为种种原因而无法不流于含混和暧昧。还有一点，可能就是因为“后……理论”热所带来的各种误解与负面效应，所以这个说法并未得到公认和通行。90年代的文学已经来到了人们身边，可是它的精神特征依然暧昧不明，不能获得清晰的表述。直到1994年陈思和提出了他的“民间”理论，关于文学的时代性变换的内涵，才得以比较深入地、富有本土历史经验地被揭示。陈思和的理论主要由两篇文章的思想组成，一篇是《民间的浮沉：对抗战到文革文学史的一个尝试性解释》（《上海文学》，1994年第1期），另一篇是《民间的还原：文革后文学史某种走向的解释》（《文艺争鸣》，1994年第1期）。这两篇文章的重要性在于既从文学史的“经验”的角度，又从当下的文化氛围与精神背景出发，有效地解释了几个基本的文学现象：一是“民间隐形结构”在很多时期挽救了文学，支持了革命时代在政治的严密控制之下的文学的文学性；二是“文革”后，也就是“新时期文学”的某种进步过程，即是民间文化重新复活、民间美学因素逐渐活跃的一个过程。与此相对，知识分子“身在广场，心向庙堂”

①谢冕：《新时期文学的转型——关于“后新时期文学”》，《文学自由谈》，1992年第4期。

的时代应该结束了，而“返身民间，坚守岗位”成为当代知识分子新的使命。显然这是一个很有眼光，并且富有现实的针对性的论断，它们其实也是在整体上暗示了90年代的文化价值走向，以及文学的基本精神走向，即“民间文化”作为一个想象空间所产生的一系列与现实空间相对应的价值。对于这个知识者备尝孤独的时期来说，“民间”犹如安泰的大地，使文学和知识分子获得了一块可靠的基石，并且成为此一时期先锋艺术精神的同义语。

人文精神的讨论，从纯粹精神的意义上也可以看作一个寓言，它意味着，在知识者内部出现了多元选择的可能，这无论如何都是一个进步，它以虚妄的勇猛，以充满道德力量的话语，批判了看起来并不强大和威严的东西——知识分子内部的价值混乱，社会的道德废墟。精神之地被描述为一个“旷野”，这和艾略特所描述的战争之后西方世界的文化景象有异曲同工之妙，一点点悲情，一点点愤怒，一点点修辞，暗喻了对不曾存在的精神乐园的怀想，对精神现状的不满足。“抵抗”什么？“不宽容”谁？谁的“旷野”和危机？似乎很清楚，但又不那么清楚。这就是90年代，刚刚出现第二生存空间之后的中国，他们对现实有一点点惊惶，有一点点迷惘，有一点点扭捏作态的不适应，于是才发出了上述故作惊人之态的呐喊。然而，站在今天的历史位置上，我们却不能不对这个时代表示一份真诚的怀念，因为这也是中国作家和知识分子在集体地“中产阶级化”之前最后的声音。之后，他们在渐渐爬升为在社会变革和财富重新分配的合谋中分一杯羹者的时候，这种声音就再也没有出现过。1999年的“盘峰诗会”中所出现的“民间写作”与“知识分子写作”的论争，看起来似乎和这场论争相像，但已经变成了一场带有更多表演色彩的、更多考虑利益分配问题的争论，已经变成了噪声。

用一个什么样的逻辑，来整体性地命名和分析90年代文学的精神呢？也许用一个老旧的说法是仍然有效的。在90年代中期我曾经用“从启蒙主义到存在主义”①这样一个说法来涵盖两个时代之间的逻辑转换，现在看

①张清华：《从启蒙主义到存在主义——当代中国先锋文学思潮论》，《中国社会科学》，1997年第6期。

来，这说法虽有武断之嫌，但还是简单而传神。80年代的文学虽然思想活跃，观念林林总总，但总体而言并未超出启蒙主义的思想范畴，包括萨特的存在主义哲学，虽炙手可热，但也只能是属于“知识范畴”的东西，而不是“思想范畴”的东西，更不可能成为人们的“世界观”。换言之，在80年代，一切思想对于中国人来说都是属于“新知”，在功能的意义上都属于启蒙主义的范畴。而在90年代则不一样了，个体已经上升为真正意义上的主体，“群众”已经瓦解，“为真理作判断的集会已经不存在”（克尔凯郭尔语），无论是先锋文学所衍生出来的新写实小说、新历史小说、女性主义小说，还是“新生代”与“70后”作家的写作，还是以海子的诗歌为精神先兆、以顾城的杀人和自杀为悲剧寓言的先锋诗歌，还有延续了先锋戏剧运动的小剧场话剧等等，所传达的哲学精神、价值观念，都告别了启蒙动机，而进入了充满危机与自我拷问的、充满虚无与荒诞体验的存在主义范畴。这当然说不上是进步或者倒退，上升还是下降，只是表明，文学的精神状况变得真正复杂和多元起来，它的放射和弥散的状态，虽然犹如烟雾一样失去了方向，但也在黑暗的存在与精神的幻象中放射出诡异与奇幻的光芒。

四、如何评估“90年代文学”的成就

公正合理地评价“90年代文学”的成就，并不是自然和水到渠成的一个问题。迄今为止，我们看到的对于这个年代的评价仍然是含混和吝啬的，人们对它有太多的指摘和疑虑，而没有真正充分地发现它的辉煌和丰硕。其实，站在今天的坐标，放眼整个汉语新文学诞生以来百年的历史，我们应该对90年代有一个充分的估价：这是百年里文学的少数几个丰收期之一，这是一个由于出现了太多精神事件与文化现象而产生了深远影响的时代，这是一个文本丰收和新人辈出的时期，一个在形式、结构和美学神韵上复活了本土经验与传统气脉的时期，因而也必然是一个成就突出、艺术成熟的时期。

思想或精神意义上的文化事件的频繁出现和其影响的深远，是90年代文学不可低估的一点。以海子之死为起点，以“盘峰论争”之后新的诗歌格局的出现为终点，中间经过了“后新时期”的命名、顾城之死、人文精神讨论、“二王”和“二张”之争、有关《废都》等作品的讨论、“民间”理论的提出、“现实主义冲击波”、“文化批评”的崛起与讨论、“逼近世纪末”的提法……这些思想或精神事件，对于90年代文学文化内涵的生成与扩展，都具有重要的背景意义，同时也生成了当代文学历史上最丰富多元和自由多义的文化修辞。它象征着一体化文学制度和文化时代的终结，也象征着中国当代的知识分子在时代的悲喜剧中，在精神的曙光或迷途中再度找寻自我身份的开始。因此，这没有理由不成为一个重要的文学时代。基于这样的背景，不管是出于事先的预见与策划，还是事后的追认与诠释，90年代诞生了比80年代更为丰富和具有本体意义的文学现象：“新写实”、“新状态”、“新体验”、“新都市”、“女性主义”、“新历史主义”、“新生代”、“70后”、“文化散文”、“先锋新散文”等等。这些命名也许不如80年代那些现象的命名来得响亮、贴切和言之有物，但要论作品的密度，其思想和艺术的含量，它们又绝不是80年代的文学可以比拟、可以同日而语的。它们所表达的文化意念、经验的复杂程度，直至个体生存与心理隐秘的精神深度，也达到了新文学诞生以来的最高程度。

如果我们要追索90年代文学的一些主要特征，那么就必须首先摒弃一种狭隘的社会学与道德判断的眼光，而这正是日常的文学批评活动、文学史研究中最常见的价值误区和观念弊端。虽然我们应该毫不犹豫地肯定那些富有道德力量、精神承担和正义诉求的写作，但是评价文学中的道德力量与评价社会学意义上的道德行为，仍然是两个完全不同的问题。也就是说，尽管90年代文学在道德上犯了许多的禁忌，背负了许多冒犯、亵渎、堕落和不义的骂名，但它整体上所显现出来的道义力量和批判精神，仍然是一个世纪里最强大和突出的，不站在历史的高度上，是看不到这一点的。在20世纪的血与火、歌与泪、战争与灾难、屠杀与暴行、悲剧与喜剧、葬礼与闹剧的风雨烟云中，在爱与欲、情与理、道德与历史、个人与集体、邪恶与正义的种种波澜壮阔的冲突中，有哪个时代的文学能够像90年代这样以博大和开放、多元和深入、精细入微和尽收眼底的姿态给予书写、给予了复活和审判？《九月寓言》对农业文明的衰败和民间大地的崩毁的诗意的、悲剧的、长歌当哭般的描写；《活着》对当代历史背面的惊心动魄的生存之景的再现，对底层人物所承受的有若凌迟和绞杀一般的苦难与刑罚的再现；《长恨歌》对现代中国城市历史兴衰的富有沧桑意味的长度展示，对一个“生错了时代”的薄命红颜的命运的重述；《废都》对于当代知识分子从肉体到精神的全面溃败的预言，对于传统文化、精神气脉在当代的萎缩和消湮的深入骨髓的象征；还有《许三观卖血记》对于底层生存者“以透支生命来维持生存”的悲惨历史的以简胜繁、以少胜多的描摹，对于小人物心灵世界和卑微性格的不亚于《阿Q正传》的深度揭示；特别是，还有《丰乳肥臀》那样的对20世纪历史全景式的书写，对这个世纪里民间社会遭受侵犯的历史的秉笔直书，对于外部力量在挤压和摧毁民间社会、民间伦理的过程中底层人民所付出的代价和苦难的仗义执言……所有这一切，都表现了可贵与可敬的道义承担。这表明，不管在细部作家如何使用了亵渎和冒犯的笔法，在高处着眼、大处落墨的时候，还是体现了很强的知识分子性。这一点必须要充分地给予肯定。如果我们要从道德上予以评判，那么必定是要从跨越历史的宏观道德上来评判；如果我们要寻找这个时代文学的道德力量，那也必须跨越世俗伦理，而从历史伦理的高度上来寻找。

欲望在文学的世界中，从来就不仅仅是一个狭义的道德范畴，而是一个历史和美学的范畴。平面化地来理解欲望，当然是贬义的，但如果历史地来理解，那就有可能相反，可能是反抗、祛魅或者社会动力意义上的要素，犹如《十日谈》之于文艺复兴，“三言二拍”之于中国城市民间社会的发育以及白话小说的兴起。在文学中出现的欲望不但不一定是坏的东西，相反还有可能是合理的、符合人性和道德的东西。评价90年代的文学也应该持有这样的眼光。当代文学从未像在90年代这样广泛地书写和张扬个人的欲望，但这不是偶然和单独出现的现象，中国人长期压抑的个人意志，对财富的欲求，甚至性的合理冲动，正是在这个时期得以集中地展示和爆发。这其中有许多书写是寓言化的，是文化意义和生命意义上的张扬或者批判，而不是简单的和道德意义上的冒犯和宣泄。所以，评价90年代文学中的欲望书写，最终要看这样的书写是否必要，其背后的批判或者张扬的目的是否合理。从这个意义上来看，我们对诸如贾平凹的《废都》、莫言的《丰乳肥臀》一类小说的评价，便会如同对《金瓶梅》那样的古典名著的看法一样，就不会一叶障目；对于新生代小说中的“欲望叙事”，类似朱文的《我爱美元》、卫慧的《上海宝贝》一类小说的判断也会公允和客观得多。还有，知识背景的变化，是欲望书写背后的主题支撑，90年代的作家普遍获得了人类学、生命哲学、精神分析学，还有女性主义、结构主义等等理论的视野，所以他们对于性与欲望的认识也就复杂得多。比如女性主义叙事中对于女性欲望、个体无意识心理的种种描写，如果仅从道德的角度去进行解读，那无疑就是一种亵渎了。因此，解读90年代文学需要更加多维的文化视野和复杂的知识构成，需要更加深入的探查和理性的辨析，须悉心了解其语境和寓意，只有如此才能解开这个年代文学的许多深层奥义。

还有形式、结构、美学以及艺术的本土经验等因素的发育和完善，这是评价90年代文学品质必须考虑的要素。唯意义论的考察，唯形式论的评价，对于80年代的文学来说是可行的，对于《班主任》、《伤痕》、《人啊，人！》、《乔厂长上任记》一类作品，只要它们对于时代性的文学主题有所推进，只要它们引起了全社会的轰动，不管它们在艺术上有多么粗糙和稚嫩，我们都会承认其价值；对于马原、残雪、洪峰等第一拨新潮小说家来说，不管他们的作品是如何地为玄虚而玄虚、为形式而形式，甚至包括余华、格非等先锋小说家早期的作品，不管它们在形式上是多么极端和繁难，我们都会承认其作为精英文学的无上地位。但这种情形在90年代不会再继续了，如果一部小说没有将形式、叙事和内容合理地交融于一起，它便不会得到认可。如果我们仔细查看一个经典作家的成长，就会发现90年代与成熟几乎是同义语。比如苏童，他在80年代末的小说常常还是那么概念化和流于做作，《一九三四年的逃亡》、《罂粟之家》一类小说，要么是拥挤的概念化的历史讲述，要么是直露的欲望与精神分析；

但是在90年代之后他的小说很快显现出浑然天成的自然，以及悠远绵长的传统韵味，《红粉》、《米》等小说中所透示出来的是艺术上的成熟，观念上的不露痕迹。余华在80年代后期曾写下了新文学有史以来最艰涩的小说，如《世事如烟》、《往事与刑罚》、《一九八六年》一类，但进入90年代他却写下了以简胜繁的《活着》和《许三观卖血记》，似乎一夜之间将新潮、先锋小说运动所终成的“善果”送入了寻常百姓家。类似《许三观卖血记》这样的作品，可以说是能够与鲁迅的《祝福》、《孔乙己》，老舍的《骆驼祥子》相媲美的小说。正如余华自己所说的那样，它就是一首“有始无终的民歌”，以简单的旋律传唱到地平线的尽头。一个底层人物的命运，让他书写得那样真切和感人，那样平易和奇崛。某种意义上，说《许三观卖血记》创造了经典的小说形式绝不是夸张，它看起来最为简单和充满重复细节的叙事，其实有多个进入的界面：老年人从中读出的是触目惊心的真实，是一段人生的苦辣酸甜与历史的沧桑巨变的合一；孩子从中读出的是有趣的人物，是人性里自然的天真、喜感、小善以及微恶，是欢愉的故事、活泼的性格以及略带时光的忧伤的诗意；而专业读者从中感受到的则是生存的悖谬和哲学的困境，是生命的履历和道德的拯救。它可以说是用简单创造了丰富，用浅近创造了深刻，用减法创造了形式的典范。这样的作品说它是百年文学的正果，应该不是夸张。

还有本土经验在小说结构与形式中的复活——这一点尤为重要，《长恨歌》、《废都》应该属于这样的作品。也许从最严格的意义上说，贾平凹和王安忆都不是最具有结构能力的作家，他们的很多作品写得松散而缺乏戏剧性，缺乏形式感，但这两部作品是例外。如同中国传统的小说结构拯救了巴金（使他用粗糙的文笔写下了结构匀称、风格优美的《家》），挽救了五六十年代那些并未有太高文化水平的作家（如同小学文化的曲波和知侠写出了《林海雪原》和《铁道游击队》）一样，中国传统小说的结构与叙事模型也挽救了这两位作家，他们分别采用了中国小说中最经典的世情小说叙事与家族故事叙事模式，以明代白话小说，还有《金瓶梅》、《红楼梦》式的结构方式，虚构了他们的人物与故事，并且使这两部小说获得了当代文学史上罕见的、真正的传统韵味。这无论如何也不是一件小事，它表明，经过了80年代的西向求索，经过了十多年的形式探寻，中国的作家终于发现了本土经验对于一部小说美学质地的决定性的影响。正如俄国结构主义理论家普罗普所说，小说的内容是千变万化的，但讲故事的方式却总是有限的那么几种；一个民族的文学经验中最宝贵的，也许就是它独有的结构与讲故事的方法。《长恨歌》和《废都》对传统叙事的再发现，是当代文学走向成熟和确立汉语新文学的身份与属性的一个标志。

还有伟大结构的出现——这个例子就是莫言的《丰乳肥臀》。这部遭受了太多误解和中伤的小说其实是汉语新文学诞生以来气象最宏伟、结构最成功的一部。说它最成功是因为它把小说的主题和结构、思想和人物完美地融合在了一起，它内在的主题之核和外在的叙事之壳完全生长在了一起，不可分拆。生于1900年、死于1995年（这也是《丰乳肥臀》发表的年份）的母亲上官鲁氏，可以说是整个20世纪中国历史的亲历者和主体，她的一生是遭受外来力量侵犯和侮辱的一生，是饱尝苦难艰辛和收容一切创伤的一生，她可以说本身就是大地，她在遭受传统社会中的各种势力，诸如夫权、兵痞等等的压抑与折磨中，不得不通过反抗和承受而生下了八胎共九个孩子，除了上官金童，其余全为女儿。她和自己的这些女儿共同构成了中国原始的民间社会的象征。在她的一生中，各种外部政治势力——帝国主义、国民党、江湖力量、革命者等等都是不请自来，她的这些女儿正是在各种政治势力的争斗和绞杀中一个个惨死，最终收容这一切灾难的只有无助的母亲。这一以母亲为结构核心、以众多儿女为叙事经纬的巨大的星座般的结构图式，链接起了20世纪中国所有的外部社会势力与所有重大的历史事件，使之成为一个具有巨大包容性的意义空间。在这个结构关系中，母亲作为人民、民间的化身，作为大地和生殖之母，作为道义象征和种族血缘之根，作为伟大的历史主体，作为一切苦难的承受者与收容者的悲剧形象得以确立，并且在悲剧中得以升华。可以说，在汉语新文学诞生以来，还从未出现过如此伟大的人物形象，她将小说的结构和主题紧紧地凝结在一起，建立起充满磅礴诗意和悲剧抒情力量的伟大叙事。这还不说由另一个重要人物——上官金童所派生出来的一部当代叙事，一部知识分子叙事，它和以母亲为核心的一部民间之书牢牢地系结在一起，成为交相辉映的双重结构和复线叙事，这也是值得赞许和肯定的。可以说，这样的作品在整个新文学史上都是罕见的，是可遇而不可求的。

评价90年代的文学，上述可以当作一些参照的角度。当然还有诗歌、散文、戏剧和其他的文体可资探讨。前文已述，90年代的诗歌写作也取得了前所未有的成就，散文和戏剧也有了新的格局，出现了众多优秀的文本。在以整体性眼光考察这段历史的时候，必须要对之作出肯定。

肯定90年代的文学当然不是出于简单进化论的眼光和逻辑。事实上，在进入新世纪之后，文学在娱乐文化、大众文化、网络文化的夹击之下，也面临前所未有的挤压和萎缩。念及这一点，90年代便更加让人怀念。在一体化社会解体、多元化社会诞生发育的历史夹缝里，造物主的疏忽为中国当代文学留下了一个黄金般的间隙，留下了一段可歌可叹的岁月，这样的幸运足以让我们珍惜。

探查“潜结构”：三个红色文本的精神分析

对于“革命文本”的精神分析，本身有似于一种“解构主义阅读”。这样的例子也如欧美学者经常做的那样，比如对革命者的道德状况与个体动机进行探查，结果表明某些政治人物的极端个性与政治作为，实则出自一些无法言喻的隐秘的无意识的驱力，这方面的例子有美国人威廉·布兰察德著《革命道德——关于革命者的精神分析》一书（中央编译出版社，2004年）。有的干脆更绝，对大量文学作品中的情节与人物描写进行无意识结构的分析，认为这些内容都是出于某种“色情动机”或“性想象”而进行的伪装，其例证是美国人阿尔伯特·莫德尔所著的《文学中的色情动机》（文汇出版社，2006年）。当然，更为经典的是耶鲁学派的解构主义批评家保罗·德曼等人的思路，将早期的启蒙革命思想家卢梭的《忏悔录》作了无意识分析，认为那不过是“辩解”。[①]这些究其实，还是老弗洛伊德“文学是力比多的升华”理论的翻版。我们当然不能如此“刻毒”地去对待上个时代的政治化文本，但对于其无意识内容的分析是有必要的，它一方面可以解析出这些文本中“有意思”的内容，另一方面也会颠覆我们以往对它们所作的惯常的解读。

不过在我看来，精神分析是确立“文本复杂性”的一把钥匙，而文本复杂性则是“文学性”的基石，没有文本复杂性的作品显然不能说是有深度的作品，没有深度便谈不上文学性。因此，当我们面对那些传统上认为

①参见保罗·德曼：《解构之图》，北京，中国社会科学出版社，1998年。

比较好的红色叙事或革命文本的时候，便要极力搜寻其无意识深度中的某种可能性，这样才能真正在当代的语境与价值规则中确立它们的意义。这是本文的出发点之一。

此外，即便不考虑这些动机，精神分析式的解读也具有“纯形式的乐趣”，即这种解读可以纯粹是为了“好玩”，是一种“追寻复杂性的游戏”。当我们从这样一类文本中看到无意识内容像多年后的一个反叛者那样“潜伏”其间的时候，也会由衷地产生一种历史的会心，乃至一个不由自主或忍俊不禁的微笑。

一、《洼地上的“战役”》：用于洗刷冤屈的“白日梦”

1954年发表于《人民文学》第3期的《洼地上的“战役”》，是路翎引起最大争议的作品。无论从哪一方面看，这都是一个感人的小说，它超越了一般的战争题材的写法，而触及了一个复杂的情与理冲突的人性主题。很明显，它受到了来自胡风“主观战斗精神”的写作思想的蛊惑，刻意把一个革命题材作了深化的心理性处理，使之彰显出人性的深度。然而，在崇尚简单政治的年代里，这样一篇“追求复杂”的小说是注定要遭到挫折的。

小说主要设置了三个人物：志愿军战士王应洪，班长王顺，朝鲜姑娘金圣姬。中间的战斗和生活场景也相当丰富，但故事的主干是一个爱情纠葛。按照纪律，任何入朝作战的志愿军战士都不得与朝鲜妇女发生爱情与婚姻关系，但偏偏，这个漂亮活泼的朝鲜姑娘爱上了志愿军新战士王应洪。她热情大胆步步紧逼，而王应洪则小心翼翼退守回避。这个秘密被班长看在眼里，他及时地提醒了王应洪，王应洪则表示自己一直牢记部队的纪律。但毕竟他是一个活生生的年轻人，这个令人痛苦的感情问题开始折磨着他——巨大而本能的情感欲望、幸福感与军人的纪律性之间，开始了激烈的矛盾。当残酷的战斗来临，金圣姬将一双袜套、一幅绣了两朵红花和他的名字的手帕塞给了他。军情紧急，王应洪来不及把它们交出就上了战场。在战斗中王应洪负了伤，他拿出金圣姬交给他的爱情信物，向班长王顺坦白，王顺却出于他的同情和理解之心，以及随时有死亡可能的战场环境，让王应洪自己保存。显然，他一是出于对王应洪伤势的担心，希望这信物能给他带来更多精神上的力量；二则也是出于人之常情，希望这件事能够成为一个美好的秘密。这完全是在正常人性范畴之内的一种美好的战友情谊。不过，随后战斗变得更加激烈和残酷，王应洪也展开了激烈的思想斗争，一方面他神往着这个美丽的姑娘，同时又深深地为自己违反了纪律而自责，最后，他决定要在战斗中牺牲，这样，就既在心灵的意义上保全了他们之间纯洁的爱情，同时又不会造成“违反纪律”的事实。他勇敢地冲向敌阵，用一颗手雷与敌人同归于尽了。

随后，王顺把王应洪的遗物上交组织，并得到许可去看望金圣姬母女，姑娘强忍悲痛接过了信物，王顺将一张王应洪的照片送给了她作为纪念。一场违反战争纪律的爱情，最终变成了一个令人感动和伤惋的传奇。

《洼地上的“战役”》称得上一篇真正的战争小说，它对英雄的理解是这个年代中最深入的，它同时还真正阐释了“战争与和平”的哲理，对个人爱情、个体利益与国家政治和战争政治之间的冲突，在不经意的细节中作了非常富有悲剧内蕴的诠释。这个悲剧内涵在于，即便是正义的战争也具有迫不得已性，它仍是以牺牲人的生命和毁灭美好的感情为代价的。这正是恩格斯所说的“历史的必然要求和这种要求事实上的不可能实现之间的冲突”。仅此一点，便是他在小说中所刻意增加的意识形态内容，诸如概念化的纪律强调，以及最后高昂的国际主义精神等等，所无法替代和压抑的。

所以也难怪它会受到批判：不仅是因为无知的“误读”，还因为这个时代是无法容许这样的理念存在的——“纪律与爱情的冲突”，“个人温情主义战胜了集体主义”，“爱情已冲破了纪律的约束”，用“渺小的甚至是庸俗的个人幸福”，“代替了集体主义和阶级觉悟的巨大力量”，“堕入到主观主义、神秘主义的泥淖中”……因而，这便是一个“宣传了个人主义的有害的作品”。[①]但事实上，侯金镜的这篇批评文章中所提及的

---

①参见侯金镜：《评路翎的三篇小说》，《文艺报》，1954 年第 12 期。

有问题的段落，恰恰是小说描写得最好和最见深度的部分。在战场上，王顺和王应洪的关于金圣姬的那段对话，还有王应洪决意牺牲时的那些内心世界的活动，都是真实感人的，正是这些内容，体现了路翎不同一般的艺术才华和写作功力。

但上述分析无疑都过于一般化了，还是让我们来探查一下小说的“深层结构”。假如说别的革命叙事完全是“在无意中留下了无意识结构”，那么这个小说几乎是唯一“有意识地深入到无意识世界”的一个例子。这一点要引起我们的注意，没有“主观战斗精神”的观念意志的话，不可能冒这样的风险，去构造一个在小说中非常危险的“白日梦”。王应洪带着他对金圣姬的想象，对志愿军纪律的忌惮，以及一个年轻人的心理躁动，不可避免地产生了一场敏感的无意识活动。作为一个初次深入敌后战场的新战士，他的紧张和兴奋导致了“意识活动的过剩”。这类描写在过去的革命文本中是不可能予以展开的。在这里，小说固执地对人物的深层心理进行了正面的刻画。“他用各种方法鼓舞着自己，可是他的思想活动好像也是很困难的。”“思想活动的困难”反映了他此刻的心理有似“半梦境”的状态，精神紧张的程度，以及期望有所“排遣”的冲动。这正如弗洛伊德在《梦的解析》中所分析的：“只要外界的神经刺激和肉体内部的刺激的强度足够引起心灵的注意，它们即可构成做梦的出发点和梦资料的核心，然后再由这两种心灵上的梦刺激所生的意念间，找出一种适当的愿望达成。”①接下来的梦境，便是这种“愿望达成”的结果：

> 忽然地他想到，母亲到了北京，在天安门看见了毛主席，母亲拍着手跑到毛主席面前，鞠了一个躬，毛主席说：“老太太，你好啊！”母亲说：“多亏你老人家教育我的儿子，他现在到敌后捉俘虏去啦。”于是他又想起了金圣姬，她在舞蹈。看见了她的坚决的、勇敢的表情，他心里有了一点那种甜蜜的惊慌的感觉，他说：“你别怪我呀，你不看见我把你的手帕收下了吗？”可是金圣姬仍然在舞蹈，

①弗洛伊德：《梦的解析》，丹宁译，北京，国际文化出版公司，1996年，第133页。

好像没有听见他似的；敌机投下炸弹来了，那个“人民军之妻”紧抱着孩子仰起头来，她的嘴唇边上和眼睛里都有着悲愤的、坚毅的表情；于是那个英勇的人民军战士一下子出现了，他的胸前闪耀着国旗勋章。……但忽然地这一切都消逝了。

其中我们可以看到，他所爱的人以及相应的危险都固执地出现了，他原始的保护者母亲也出场了，特别是，梦境中还出现了一个性质含混的权威人物——“毛主席”。他究竟是制定纪律的“惩罚者的化身”呢，还是颠覆纪律、宽恕做梦者的“福星的化身”？一切都是以含混的状态出现的。小说中的王应洪发生了近乎漂移的“意识流”活动：激动、兴奋、神秘、恐惧……他似乎返回到试穿新衣的十岁的童年，但分明又是在此刻的战场——这暗示着他对战争本身的恐惧，以及试图“返回童年”的逃避情绪，这是其一。其二，他想到了金圣姬——这似乎表明他期望能够得到这份感情上的肯定和慰藉。但是这一想象马上使他感到了更大的危险，因为那同时意味着对铁的纪律的违反。怎么办？他只有期望“奇迹”发生，而奇迹发生的可能只有一个，那就是要得到最高权威的一个“默许”——母亲来到了天安门，有替他诉说“爱的冤屈”的意思，因为这一切既非他故意为之，同时又是这样自然地合乎正当人性，怎么就不能见容于眼下的环境呢？他希望他的保护者母亲出面为他解决，但她却只能完成情感的倾诉，无法更改铁的纪律。于是最大胆的幻想发生了，他看见了与“毛主席”站在一起的母亲，“毛主席”含糊其辞地接待了她，却没有明确表态。设想，如果这时“老人家”开口，那么也就意味着问题解决了，作为最高领袖，他的态度自然远在所谓“纪律”的约束之上，但这里恰恰由于理智的控制，王应洪的梦境中没有出现这一幕（当然也是路翎所必须遵循的“政治正确”）。所以，接下来的一幕就变得十足暧昧了——这是其三，他看见的金圣姬是作为“人民军之妻”在舞蹈着的。这个场景是先前的文艺演出中的一个幻影，金圣姬“抱着孩子”的形象，其实是王应洪此时所幻想的他们之间未来的家庭生活。不过，这仍然与他作为“中国人民志愿军战士”的身份相左，因为她毕竟属于另一个国家，终将是“人民军”的妻子。

接下来，他的行为便有了依据：这个梦促使他“确认”了自己的身份与处境：第一，尽管有母亲的“变相求情”，最高权威并未认可他与金圣姬爱情的合法性；第二，自己的身份无法改变，所幻想的未来生活其实是属于别人的；第三，自己可能已经犯下了无法原谅的错误，他在直觉中意识到自己必有一死，而死是解决一切矛盾的唯一途径，不但可以化解眼前的尴尬，还能使自己由“罪犯”变为“英雄”——让“胸前闪耀着国旗勋章”。所以，他作出了“牺牲自己，让班长出险”的决定。表面看这是“革命战士的本色”，但在这里他确实有具体的心理逻辑在支配着。当这么决定的时候，他变得不再慌张了，战斗动作进行得异常稳健和专业。在腿部负伤后，他很自然也很主动地作出了牺牲的选择，拉响了手雷，与敌人同归于尽了。

如果我们按照弗洛伊德的理论来看，这个梦境中的活动，其所有的元素，“就愿望达成的观点来仔细推敲，每一细节均有其意义”[①]。王应洪在梦中象征性地与金圣姬实现了结合，且这一结合还得到了最高领袖的默认，这使这位19岁的年轻人产生了极大的满足感，也加强了他的英雄主义的牺牲冲动。

需要留意的还有王顺的心理活动。我不能不惊奇，路翎的小说中居然对王顺的无意识活动也有非常敏感的触及，这位与王应洪相比更为成熟的班长，之所以对王应洪与金圣姬的事情格外关注，除了革命战士的职责所系，却也似乎隐含了某种不易觉察的内心活动。小说中写到了他与妻子的关系，写到他对金圣姬的关注，似乎有一丝酸酸的意味：

> 班长王顺的心里有一种模模糊糊的他也说不上来的感情。当他的班里的一个战士对他反映了金圣姬和王应洪之间的状况，并且认为王应洪可能已经有了超过了军队纪律所容许的行为的时候，他才意识到自己的这种感情。他回想起了金圣姬纯洁、赤诚的眼光，这眼光使他

①弗洛伊德：《梦的解析》，丹宁译，北京，国际文化出版公司，1996年，第31页。

困惑。……

他是经过婚姻的人，并且有一个女孩。他一向很少写家信，总是以为他没有什么可写的，他觉得他对她们好像也一点都不想念。但金圣姬的神态和眼光，她在门前的田地里劳动的姿态，她在侦察员们走过的时候忽然直起腰来在他们里面寻找着什么的那种渴望的样子，就使得他隐隐约约地想起了那显得很遥远的和平生活……

这段叙述不能不说是令人费解的。如果只是为了凸显王顺的“成熟”的话，那么只是写到他克服自己对亲人的思念就可以了，为什么还要特意写到他的“模模糊糊的……感情”，而对家人却“好像也一点都不想念”？如果确定无疑地要写他与王应洪的稚嫩形成对比的成熟的话，这些笔墨是完全多余的，对于路翎这样一个相对比较“成熟”的作家来说，完全没有必要去涉及这个含混不清的陷阱，除非他是铁了心要踩地雷、触禁区，准备好了遭批判。

当然，如果按照“七月派”作家的习惯性心思和胡风刻意要发扬“主观战斗精神”的文艺思想来看，也许这样写是必然的。

1955年以后，因为受到胡风“反革命集团案”的牵连，路翎被捕入狱，在残酷的精神折磨下罹患了精神分裂症，以至丧失了说话能力，直到1976年才获释放。

二、《百合花》：作为身体隐喻的献祭仪式

《百合花》这篇小说好在哪里？我常常这样问我的学生，所得到的回答当然与以往教科书的分析相差无几。当我再认真地问他们，“到底好在哪里？”他们便都笑了，反问“好在哪里”。我自然很想解释清楚，但常常感到麻烦，因为关于其中一个比较隐秘的角度，确令我有点难以出口，要很书面化地回答才得体。所以我常不得不规避在课堂以外的环境来谈到它。不过在课堂上讲到时，我还是希望将它解析透彻，只是费尽周折讲过

之后，仍旧有人摇头质疑。

所以，必须使问题“一劳永逸”地解决掉——写在这里，以避免口语化的解释。

《百合花》发表于《延河》1958年的3月号上。请注意，这个时机是颇为奇怪的，它没有出现在50年代初文学环境相对宽松的时期，也没有出现在1956年文学“解冻”到1957年夏季“反右”之间的思想自由氛围中，而是出现在发生了“大跃进”风潮的、有更多思想藩篱的1958年，而且发表后基本得到了一致肯定，被认为“写作技巧日趋熟练，反映生活日益深入”，“艺术风格逐渐形成”，[①]连茅盾都赞其“清新、俊逸”[②]。这是颇为奇怪的：为什么它这样有“人情味”，这样有说不出的深意之美，反而能得到肯定呢？当然或许有政治方面微妙的背景与气候原因，但更具体和合理的解释，却只能是它内在结构之“隐蔽性”，它的一个无意识结构“隐藏”得实在是非常深，所表现出来的外在故事结构则很容易作出积极而健康的解释。

而事实却不是这样。在我看，这篇小说之所以有如此深远和长久的生命力、感染力，确是因为它的内部有一个关于“身体和性”的隐喻。这个隐喻像玫瑰之于爱情、民歌之于性爱一样，隐喻的本体被隐去和遮蔽了，只剩下了“力比多的升华”以后的部分。

我们来看一下故事的主要元素。小说是由三个场景、三个主要人物来演绎的，三个主要人物是：“我”——年轻的女文工团员，“通讯员”——19岁的小战士，“新媳妇”——新婚的一位村姑。三个人物在很短的时间里邂逅，并且上演了一幕没有“爱情”，但又十分感人的生离死别的戏剧——作者本人称之为“没有爱情的爱情牧歌”，三个人物之间在简短的叙述中演绎出复杂的心理关联。

再看场景：第一个场景是大战前夕紧张的气氛中，“通讯员”护送文工团员“我”到前线包扎所去协助工作。一路上他们穿越零星炮火，得以近距离地单独相处，女方表现得“自然大方”，而男方则十分害羞局促。

①欧阳文彬：《试论茹志鹃的艺术风格》，《上海文学》，1959 年第 10 期。
②茅盾：《谈最近的短篇小说》，《人民文学》，1958 年 6 月号。

他始终和“我”保持着距离，在一段短暂的休息中的对话期间，他竟紧张得出了一身大汗。请注意，这是一个有意味的处理，在通常的“革命话语”情境中，叙事人不会突出“性别因素”，但这里却相反，战争在它的夹缝里创造了男女“单独面对”的奇特而温馨的际遇。对于这样的处境，女性似乎很适应，表现得很“大方自然”，而这个男性角色却很不适应，他很“害羞”。这一性格特征如果置换到“非意识形态化的日常生活”之中，很容易被解释为某种“精神障碍”——在性方面的某种“神经症反应”；但在一向强调“无性化”指向的革命语境中，这却表现为一种“纯洁”或“高尚”的品质。因为“无性”是“战士”的本质，无性才能无私无欲，所谓“无欲则刚”。这来源于中国传统中“侠”的遗风，《水浒传》和古代的侠义小说中的多数“好汉”都有“豪侠仗义、不近女色”的特点，个别好色如“矮脚虎”王英者，都是叙事中被揶揄的对象。同理，“革命”和“禁欲”之间往往也有必然联系，健康的“革命意识”当然是排除情欲的，这是政治上的要求。从个体意识看，通讯员19岁的年龄意味着在生理上他确应已发育为一个常态的成年男性，按照通常逻辑，他当然应该会对异性表现出健康的向往情绪，但这里他却呈现为一种迟钝的“未成年”倾向，在性心理的发育特点上存在着迟滞的或“假性的”排斥。米歇尔·福柯将这种压抑和变态解释为“话语的煽动”和“权力压制的后果”，它们是“在许多权力机制的召唤、揭示、区分、强化和整合”“之中得以巩固的”。[①]也就是说，所谓的性压抑其实是一种“社会的权威性禁止”所导致的一种假象。对于小通讯员来说，他在性意识方面的不成熟，根源于“革命道德”的压抑，这种压抑使他产生了奇怪的“异性恐惧症”。而实际上，他对异性并非真正漠视和反感——他的“害羞”就是一个证明，之所以害羞，是因为他身上的自然人性与生物本能同来自外部的道德压制之间，发生了强烈的冲突。

另一方面，这样处理是得体的：如果不是女性在这个时刻扮演“主动”和“大方”的角色，而是相反，是男性人物表现出主动接近和撩拨女

①参见米歇尔·福柯：《性经验史》，佘碧平译，上海人民出版社，2002年，第12~37页。

性的态度，那就接近于一种“轻薄”式的旧叙述模型了。事实上这也是有先例的，《青春之歌》中江华与林道静之间的恋爱过程便有这种嫌疑，江华对于林道静说的许多话，严格说来都有轻薄之嫌，甚至小说中还写到了两人未婚而先行同居的情景。很明显，男性主动会显现出其本能的“侵犯性”的性别特点，这个人物就会失去道德外衣。传统的侠义叙事中，对正面的男性人物几乎都作“无性化”的处理，《水浒传》中涉及的多个与女性人物发生瓜葛的好汉，武松、宋江、石秀、卢俊义，无不是以他们身上的“性冷淡”倾向，厌恶或不近女色，或不为美色所动的性格，而得到人们的喜爱和赞许的。曲波的《林海雪原》中对于少剑波与白茹的爱情关系的安排，也是女主动、男被动。这里当然有中国人的特殊理解，有中西文化的差异，但侠与情、革命与本能之间的某种对立，确乎是普遍存在的道义与人格要求。

第一个场景中还有一个细节：通讯员在他的枪口上插了几根树枝，“要说是伪装，倒不如算作装饰点缀”。这个细节其实很有意味，他要对她表达一种粗糙和慌张中“隐蔽的亲近暗示”——这来自无意识反应，但确实缓解了两人之间的紧张，拉近了彼此的距离。尽管行路之中必须“若即若离”，但在心理上这却是一个必要的拉近，由此他向她呈现了内心中某种“隐蔽的柔情”。另外，这样一种默契，也只能通过替代或转换的形式表现出来，因为“装饰点缀”通常是女性的习惯方式，一个男性如果试图这样做，会意味着某种“倒错”倾向，这与他性格方面的“害羞”构成了呼应。这样处理的效果有两种可能：要么他在性别的自我意识方面只相当于一个“未成年人”，要么他具有明显的“无性化”倾向。这与中国传统小说中暗藏着的“对性或爱情叙事的刻意压抑”是一致的，只是表现不一样，前者表现为阳刚和粗犷，后者则表现为单纯和害羞。

第二个场景是小通讯员到老乡家借棉被，以供临时包扎所军需，竟被一位刚过门的“新媳妇”给吃了闭门羹。这里的人物关系是对前者的延续：刚刚与女文工团员单独相处所导致的紧张还未消除，便再一次遇到几乎同样的情况。只是这一次更棘手。在前面的关系中，他是以被动和保持沉默来应对的，而这时他则必须主动作出解释，但拘谨和害羞使他无法得体地解释借被子的理由。小说没有正面描写这一情景，但可以想见他满脸涨红吞吞吐吐的样子，而对方则一时对他的这种表现感到困惑和尴尬，迟疑之间，他以为是人家的“思想觉悟”有问题。

但当“我”上门宣讲政策，新媳妇却很痛快地把一床崭新的绣着“百合花”的被子拿了出来——到这里小说的一个主要的“叙事包袱”才真正出现。注意，这里“新婚的被子”有一个关键的含义在其中：它隐含着一双新人隐秘的“性关系”，是他们婚姻的物证和“身体记忆”的载体，而“百合花”则是这一关系的民间隐喻或象征形式。这个秘密当然只属于新婚的两人，别人无权侵入，更不能“拿走”。但小说在这里强调的却只是其“表层的伦理含义”——这是她“唯一的嫁妆”，新婚的纪念。人家的丈夫刚刚结婚三天便上了前线，余下新婚的棉被余温犹在，空守的新人自然有理由不予出借。但她终于还是很慷慨地借出了，这里“百年好合”的民间伦理与“新婚欢爱”的人伦隐喻，被自然地提升为“军民鱼水情”的政治伦理。

这个场景中也有一个细节：小通讯员拿过被子慌慌张张走时，衣服被门钩挂破，肩膀处撕了一个口子，新媳妇要为他缝补，他不肯。这也很有意味：“缝补衣服”通常是母子或夫妻间的一种义务或亲情表达，这一行为的文学诠释从《诗经》到唐诗可谓屡见不鲜。作为一个未曾有婚姻经验的男人，小通讯员对母亲以外的女性为其缝补衣服显然怀有紧张，但从革命伦理的角度来说，“人民群众”为“革命战士”缝补衣服，通常又可以理解为一种“母子之情”。但对“新媳妇”来说，她显然太年轻了，还不能构成这样一个比喻，因此小通讯员跑掉是很自然的，这样处理也是很得体的。但作品在隐藏其性别因素的同时，无意间实际是放大了它。

第三个场景是牺牲后小通讯员的遗体被民工抬到了包扎所。原来，他在刚才的战斗中为了掩护支前民工，舍身扑到了敌人的手榴弹上。刚刚还是一个年轻的、在女性面前还显得幼稚的生命，危急时刻竟显出了非同寻常的英雄本色。“我”和“新媳妇”这两位与之邂逅相遇的女性，不由得生出了无限的悲伤。新媳妇执意将自己的这床刚刚还舍不得拿出来的绣着百合花的新被子盖在了他的身上，放入了盛殓英雄的棺木，并且含着眼泪把小通讯员肩上的破洞一针一针地缝好。

请注意：小说中所要表现的意图在这里出现了“意外的溢出”或诗意的升华。常态意义上的龃龉、紧张和压抑，因为牺牲而顿时出现了神圣感，小说所获得的意义和感人程度超出了文本表层的期许。每个人读到这里都会产生情感上的强烈震动，用一般意义上的“牺牲”、“献身”、“军民鱼水情”等政治化解释，已经无法涵盖这一感人的题旨，真正合情理、有说服力的解释应该是无意识层面上的。那么怎样来解释这个令人感动的隐秘含义呢?

显然，这需要从小说关键性的符号来考察——绣有百合花的被子，它最后是盖在了小通讯员身上。对新媳妇来说，这百合花的被子不光是意味着“器物”意义上的一个付出，也是她新婚经验的记忆，是她身体的延伸和见证。这个关于婚姻和性的记忆和经验符号，原本只属于她的丈夫（是一个军人，或是一个支前民工？），现在奉献给了另一个军人的身体（一个替代形式，或化身），而这个年轻的牺牲者又从未体验过男女之情——他刚刚面对两个年轻女性时所表现出的紧张无措可以证明。这反过来强化了两个女性内心中的“怜悯”情绪，使她们强烈地希望通过一个虚拟的仪式让牺牲者获得一个慰藉：他为了拯救别人而奉献了自己的生命和身体，难道她们还有什么不能奉献的吗？请留意，这里作者将“新媳妇”推到了前台——是她坚持为通讯员缝补衣服，也是她坚持将百合花被子盖上通讯员的身体，因为她和“我”相比，更具有某种“献祭的符号意义”，她“新婚”的身份带来强烈的暗示信息，而“我”则显然只具有陪衬的意义，但这里“我”毫无疑问，也有强烈的认同感与奉献冲动。

从另一方面说，最后的情景也暗含了原始的“集体记忆”的成分：古代，人们发动战争的主要宗旨和结果，是争夺领地、财富和妇女，那么战斗者和牺牲者自然拥有享用战果的优先权——在希腊史诗和悲剧中可以明显地看到这种规则。这带有强迫性，但有原始的合法性。而在《百合花》中事实呈现了反转，正因为小通讯员的被动和羞涩，才更使两位女性萌生出巨大的怜惜之情与强烈的奉献之爱的冲动。为他缝补衣服，把新婚的被子盖上他的身体，都是这种反应的隐喻和仪式化的表达。伟大的母性之爱和温婉的女性之爱，在这里实现了一个复杂的集合。

这就是小说之所以叫人感动的深层秘密。读者从无意识层面上感受到关于死亡、性爱、献祭或牺牲的仪式感与神圣感，但这些“无名”的情绪却无法在意识的层面上呈现和讲述出来。这种隐蔽的处理可谓既是必须的，也是无意识的、意外的。作者大约自始至终都未曾想清楚，她的叙述中“究竟发生了什么”，她或许只是觉得自己处理得含蓄和得体而已。

请再留意这个结尾：

> 在月光下，我……看见了那条枣红底色上撒满白色百合花的被子，这象征纯洁与感情的花，盖上了这位平常的、拖毛竹的青年人的脸。

“象征纯洁与感情的花”，盖上了青年人的“脸”——它甚至不肯叙述为年轻人的“身体”，这都是为了强化人们对这份“军民鱼水情”的政治化伦理的认知。但无论怎么提升和装饰，在人们灵魂内部、意识底层、人性深处所唤起的感动，都不只是因为这种政治伦理的抬升，而是来自于对生命最原始的体认和怜悯，对超越一切伦理的基本人性冲动的隐秘呼应。

显然，隐秘的无意识经验世界的打开，才使这篇小说的意义与美感得以弥漫和延伸，革命伦理压抑了的性隐喻和力比多结构，经由死亡与献祭的仪式化得以升华，变成了革命的神话。这是这部普通的红色小说之所以具备了幽暗而丰富的人性内涵的根本原因。

关于《百合花》究竟好在哪里，这应该是一个比较有效的解释。

三、《在悬崖上》：女性之魅与男权中心主义的色情幻想

邓友梅的《在悬崖上》最初发表于《文学月刊》1956年9月号。这是一篇在“十七年文学”中罕见的关于“婚外情”和“坏女人”的叙事。与所有的外遇故事相似，《在悬崖上》中的丈夫“我”与妻子本是自由恋爱

结婚，婚后生活得本来也很幸福，可是，年轻美丽的混血姑娘加丽亚出现了，她主动对“我”示好，“我”便被加丽亚的美貌所吸引，开始试图越轨。“我”以不负责任的态度与她交往着，以“软暴力”逼迫妻子离婚。但不想加丽亚是一个作风放浪的女孩，并不打算与“我”结婚，“我”感到受了欺骗，同时也受到了组织的批评——这也很落俗套，像传统的才子佳人故事中最终必有大人物主持公道一样。经过反思，“我”终于“悬崖勒马”，重新回归家庭，与妻子破镜重圆。

显然，这是一个在“故意”和“无意识”之间的“灰色地带”上进行的叙述，它流露了作者的男权中心主义的无意识，也言不由衷地对这种思想进行了批判，但批判的同时又自行开脱，并文过饰非地将责任推到女主人公身上。这样的作品在“革命道德”占据统治地位的时代，也堪称一个奇迹，或是怪胎了。

其实，该小说在叙事上，和更早先问世的萧也牧的《我们夫妇之间》（《人民文学》，1950年第1卷第3期）颇为相似，只是更加“大胆”了些：前者还未达到婚外恋情的地步，对妻子的厌倦也只是想想而已，而《在悬崖上》则已然有了危险的出轨趋势。在潜意识的层面上，两篇小说中所包含的虚伪心理是接近的，“我觉得自己虚伪得可怕，但又制止不住自己。”《在悬崖上》中，作者把男主人公出轨思想的滋生，归咎于加丽亚的主动诱惑，并在细节处暗示“我”长相英俊，而妻子则比较木讷土气，“我”所做的一切看起来都很自然潇洒，而妻子则表现得比较尴尬而不近情理。因此表面看，小说对“我”和加丽亚这种不合道德的感情进行了批评，但在潜意识中，却流露出了辩解的企图。这种意识实际上暗合或者“影射”了这个年代盛行的“休妻”风气——革命者在进城之后纷纷休掉先前农村的糟糠之妻。很多难言之隐，都或多或少地在作品中闪现出来。

还有一个逻辑上的问题：最后男主人公的转变，一方面是因为组织的代言者——“科长”的批评帮助，但更重要的是因为加丽亚的“背叛”，她和另外一个人的关系也不清不白。科长以“组织鉴定”的身份和口吻，将她过去“在美术学院因为作风不好被记了过”的历史告知“我”，以权威的方式解释了事情的主要责任其实是在加丽亚身上。另外，更可笑的是，作者为了使这一人物的“非道德”色调显得更合乎逻辑，还给她配制了一个“中德混血”的身份，这样，她身上的“资产阶级情调”和道德上的异类倾向，也便有了依据和基础。

显然，《在悬崖上》这个小说无论在主题意念还是在叙事逻辑上，都有一些显而易见的问题，它也确实因为这些“不健康的情趣”遭到了批评。不过在今天看来，恰恰是这些问题“挽救”了它——使它变成了一个仍然有可探究的价值的作品。

首先，加丽亚这个人物是值得一谈的。小说将她定位为一个“坏女人”，是缘于她在情感与性方面的妖艳或不严肃，在50年代的文学中，这确是个独一无二的人物。“坏女人”形象在中国文学里从古至今都是最具消费性的文学资源。“坏女人”形象就是将美丽的女人妖魔化。加丽亚是艺术学院毕业的中德混血儿，这样一个血缘赋予她一种敏感的“西方想象”的属性：资产阶级的、浮华或轻浮的、性解放或不严肃的、性感的与妖媚的等等，所以由她来作为“资产阶级生活作风”的载体是最合适不过的。但同时，也正是这种“混血”特质赋予了她特有的妖魅和令人羡慕的美——这是另一种无意识，符合中国人内心深处的另一想象：“西方”是美丽的。正像“西洋”这个词语中所包含的深远的历史无意识一样，像“洋气”、“洋娃娃”与“洋枪洋炮”一样，包含了中国人对“西方”这一地理和文化方位的分裂式想象；也正如《西游记》中对于“西天”这一极乐世界的描绘，以及西行旅途中所有“历险”与“艳遇”交混的经历，都是这一想象的生动折射。从另一种传统无意识来说，中国人也喜欢把女人当作“祸水”，历史上“千金一笑”或“倾国倾城”的说法，都是这“美女有害说”的佐证。

如果从今天的价值观看，加丽亚其实并无什么不可原谅的缺点，她相貌美丽，气质高雅，妩媚动人，加之性格活泼爽快，因此无论走到哪里都成为焦点，并“把她的快乐传染给大家”。如果撇开时代的限制，她应该是一位思想现代、开放的新女性，她对接触异性几无顾忌，更经常与已婚的“我”在一起散步、跳舞、看电影等。尽管加丽亚的出现确实导致了“我”的家庭危机，但在“我”与妻子分居前，加丽亚却从未说过爱

“我”或愿意嫁给“我”，而主要问题在于“我”情感意志的薄弱，以及心猿意马的身体想象。其实“我”看中的是加丽亚的美貌和风度，一厢情愿地将她视为了“恋人”。因此当“我”被拒绝时感到蒙羞并且恼怒，便是很自然的了。如果说此前主要还是一种“男权中心主义的幻觉”的话，那么随后便是一种“吃不到葡萄说葡萄酸”的怨恨。这是“我”对于加丽亚态度之转变的深层心理基础。在小说中虽不能说她在道德上是无可指摘的，但也不能简单地认为她就是“轻浮，在感情上打游击”、有“作风问题”、是个“道德堕落的人”，甚至像“我”说的那样是个“狠毒的人”。更不能如有的评论所说的那样，是一个“丑恶内心”、“玩弄男性，充满资产阶级个人主义思想”的人物。[①]小说内外的这些言论完全是“红颜祸水论”的传统男权主义集体无意识的当代复活。

再看这个出轨者“我”，小说中他一开始的婚恋就是过于顺利的：来到一个新单位，遇到了担任会计的“她”，很快就结合了。这个过程按照男主人公的浪漫秉性看，未免有些过于普通，缺少刺激。因为“她”比“我”大两三岁，这已是一个缺憾；她一直主动，又可谓一个不满足；她贤惠正派，性格质朴，生活平稳节俭，不事张扬，这些在遇到加丽亚之前都是优点，但一当这个“新异的花草”一样的女性出现，一切就都随之改变了。

在接下来的整个出轨过程中，加丽亚似乎一直是主动的：在机关里集体游园的车上，她先是主动要坐到“我”身边，随后是在车子猛地转弯的时候“撞到我身上”，再后来是“妩媚地看着我”，再后来是一起看电影回来的路上，又影射“我”和妻子的“不相称”，在随后的舞会上又在“我”妻子面前大出风头，让她自惭形秽，随后是给“我”买了一顶价钱不菲的、可以与她的皮帽相配的帽子……总之是“和爱人的关系越坏，对加丽亚的感情也越浓，对加丽亚的感情越浓，也和爱人的关系越坏”。一直到被同事议论、被领导约谈，“我”也还是一意孤行，甚至连身体的亲昵程度也日渐加深，“我们挨得紧紧地站着”，“有好几次想吻她”。随

---

①参见姚文元：《文学上的修正主义思潮和创作倾向》，《人民文学》，1957 年第 11 期。

后便是“我”对爱人的虚伪的摊牌了，她知趣地准备离开，而“我”也在最后一次与加丽亚约会时告诉她“我”已离婚，并且希望她嫁给“我”，可这时加丽亚却表现了犹豫——她并不希望与“我”走入婚姻，同时她还担心设计院的所有人，以及“我”都会把她当作“破坏别人婚姻”的人来看待，因此哭着走了。而“我”此刻则是有些恼羞成怒的意思了：“加丽亚，你这个狠毒的人……”“机关里的人有的是，为什么只有你被她害成了这样？”

平心而论，小说中的“我”不只是一个十足的男权论者，也是一个感情方面的糊涂虫，他在两个女人之间踩钢丝，既不专一，又不执著，既不体谅妻子的处境，也不理解加丽亚的犹豫，在被拒绝之后便马上放弃，并诿罪他人，可谓既专断又幼稚。其最后的反悔和“悬崖勒马”的改正，也显得那样矫情。

分析这位男主人公的无意识活动，是小说最具有意味之处。我们除了将之解释为类似蒲松龄《聊斋志异》中的那种“男权中心主义色情幻想”，似乎很难给出别的说法。“花妖狐魅”的叙述模型，可以说体现了最具中国风格的男权思想，在这种思想看来，如果说世俗意义上最好的女人是恪守妇道、相夫教子式的“贤妻良母”的话，那么“花妖狐魅”便是他们幻想和痴迷的另一种刺激：她是主动诱惑、十足性感的，是招之即来挥之即去不需要为之负责的，同时又是危险和祸害男性的，因此应该予以妖魔化和使之受惩罚。《在悬崖上》十分典型地潜藏了上述无意识内容。

当然也可以用西方化的理论来解释。正如美国人阿尔伯特·莫德尔对戈蒂耶的小说《艾丽娅·马塞拉》的分析。小说讲的是一个仿称“屋大维”的男人，在博物馆里看到了一个维苏威火山爆发时封存于灰尘中的古代少女的身体，便爱上了她，将她想象为古罗马的名妓艾丽娅·马塞拉并带回家里，他们开始亲吻缠绵。但因为她是“异教徒”，随后便有基督徒过来用魔法驱赶她，将他们分开……这个幻觉最终变成了一个令人伤惋的悲剧。莫德尔分析道：

小说里的故事就像所有的梦一样是一种无意识的自我实现……梦

中的屋大维就生活在那个异教世界里……由于受到那个基督徒的干预和阻止而没能满足他的爱欲。根据弗洛伊德的理论，当一种压抑情绪遭到强烈抵制时，就会使人产生焦虑梦。

……这些作品都可以像分析梦一样加以分析，因为他们都是作者借失落的异教世界以自慰的幻想之作。[①]

确乎有道理。审视《在悬崖上》中的人物，似乎也可以看出男主人公对于革命文化干预下的婚姻与爱情规则的迷茫。而设计了加丽亚这样一个“飞来尤物”式的角色，大约也可以看作作家对于传统士人的“男权优越感”的一种怀念。而这样一种美梦，对于不得不持守革命道德的人们来说，确乎是渐行渐远了。

如果这样来看，小说的叙事设计便也可以得到解释：它是以一个身份为“技术员”的同事的口吻，以他在深夜的集体宿舍里的自述作为叙述方式的，因此小说中的“我”也便被转嫁到了别人身上。对于“作者”来说，这是一种巧妙的开脱，当然——也更像一个被迫予以改装的梦境了。

最后，我还是不得不再声明一下：上述分析无意对文本和作者进行道德拷问甚至审判，这并非笔者的本意，我只是想证明，革命时代的文学并非是完全简单和概念化的东西，它们也会有深层的无意识结构。这在过去的年代中可能被理解为弱点，而今天看来却恰恰是它们的幸运，因为这些看起来并不十分“健康”的无意识内容“挽救”了它们——使他们获得了一定程度的复杂性，因而也就具有一定程度的文学性。

①阿尔伯特·莫德尔：《文学中的色情动机》，刘文荣译，上海，文汇出版社，2006年，第38~39页。

论红色叙事的传统要素

——以两个传奇模型为例

传奇者流，源盖出于志怪，然施之藻绘，扩其波澜，故所成就乃特异……文采与意想，与昔之传鬼神明因果而外无他意者，甚异其趣矣。

——鲁迅：《中国小说史略·唐之传奇文（上）》

一、关于“传统隐形结构”

关于当代红色叙事与中国传统小说叙事间的暗合或传承关系，早有一些学者注意并且作了相当精彩的讨论。李杨曾以“‘传统’与‘革命’的融合、分裂与冲突”为题，探讨了《林海雪原》中的传统叙事要素，认为其成功地“将政治使命转述为一个道德化的中国故事。‘革命’穿上了‘传统’的外衣”。[①]不过总体上，学界迄今为止对当代小说中“传统要素”的认知，同对其中“民间因素”的讨论相比，要稀薄得多。

这个问题显然需要我们继续转换角度。即便撇开作家十七年时期必须和自觉持有的“民族主义文化认同”不谈，传统文学及其美学趣味中的“无意识结构”在红色叙事中的作用也是不可忽视的。陈思和曾经在他关于民间问题的论述中提出了一个命题，即当代作家创作生命力的保有和当

①参见李杨：《50~70年代中国文学经典再解读》，“第一章”，济南，山东教育出版社，2003年；董之林：《旧梦新知：“十七年”小说论稿》，“第二章”、“第四章”，桂林，广西师范大学出版社，2004年。

代文学作品中文学性的含量，在一定程度上取决于其民间文化因素的含量。由此，他还提出了“民间隐形结构”的问题，只是关于这一发现未能展开更多的研究与批评实践。现在回顾这一理论，仍然很有启示。作为文学史的构想和实践也好，作为一种批评尺度和价值标准也好，“民间理论热”与20世纪90年代特殊的文化气候有密切关系。现在时过境迁，在意识形态权威渐趋弱化的态势下，民间的价值也相对被减弱了，民间问题也不再被热议。而这时当我们转换角度，以“传统结构”这一概念再来审视当代文学史的时候，所发现的文化和美学空间要更大一些。借用陈思和先生的说法，“传统隐形结构”也许是一个更待研究的视点，一个富矿。当我们这样看的时候就会发现，那些被主流文学史观推至很突出地位的作品，其文学性其实是非常稀薄的，因为很简单，它们的叙事过于“干净”了——属于中国传统的那些经验与结构原型被删除殆尽，作品被“规训”得过于成功了，因而也就只剩下了意识形态的内容，其叙事和艺术方面当然就变得十分贫乏。所谓“三红一创”即接近于这方面的例子。相反，那些被原来的文学史格局排挤在一边、不入主流的作品，在今天看来也许更具有文学性的含量，因为它们即使是在叙事和“文学色彩”相对粗糙的情况下，也较多地保有了中国传统小说那样的叙事魅力，《铁道游击队》、《林海雪原》、《烈火金钢》等应该都是这样的例证。

这实际上涉及了一个根本性的问题：当代中国的“红色叙事的文学性”究竟应该怎样认识？在我看来，这首先取决于一个要素，即其叙事中民族传统审美经验（包括无意识经验）与叙述方式的含量，由此我们可以来重新规划中国当代文学史或小说史的叙述格局，来重新构建其评价标准与知识谱系。如前所述，那些被意识形态改造得过于成功的作品，也正是传统结构被压制得厉害的、传统叙事因素比较稀薄的作品，它们过去虽然在文学史上享有比较高的地位，但实际上是应该予以质疑和颠覆的；相反，那些不被重视、被认为不够典范和不够纯化的作品，却因为在叙事中比较多地包含了“传统的隐形结构”而更受读者欢迎，也保有更多的文学性，因此也更应该在当代文学史的格局中占有重要的地位；而对于那些以往评价较高、现在仍然较有阅读魅力的作品，也要进一步观察其深层叙事结构，找寻其包含的传统因素，因为支持其文学性的因素不是别的，正是其传统因素的含量。比如《红旗谱》、《青春之歌》之类的作品，它们既最大限度地体现了意识形态的规训要求，同时又自然和巧妙地“伪装”了它们的叙事，在革命的外衣下包藏了比较丰富的传统叙事要素——对于这些，我们要力求重新发现，给予必要的诠释。只有这样，我们才能逐步建立一个更符合文学性标准的文学史架构与相关的知识谱系。

另一方面，这也进一步提出了关于中国传统叙事与“传统隐形结构”的问题。我们对于中国传统叙事的认识，在过去其实存在着重大的误解和盲区。对于旧小说的改造，我们片面强调了小说的启蒙价值与认识功能，而忽视了小说的本体特点与艺术要素，这使我们的现代小说一直处于盲目和不成熟的状态。事实上，在中国传统叙事中存在着非常值得探究的独异方式与模式，当年歌德读到中国的一部“才子佳人”小说，居然认为它与德国人民的情感相去无几，“世界文学”的时代业已来临。这表明，一个民族的叙事经验类型中，最核心的东西并不多，它对于各个时代的作家来说，都具有潜在的规定性和内在的一致性。正如俄国的结构主义理论家普洛普所说，小说的故事是千差万别的，但叙述的方式和类型却只是有限的那么几种。这么几种叙事的原型，一定会通过各种方式“潜伏”下来。何况在“十七年”出现的作家，大都没有多少现代西方的叙事经验，只是从中国传统小说中获取了某些艺术营养，这必然会影响到他们的叙述方式和趣味。尽管“民间”与“传统”这两个范畴事实上也多有交叉，互相包含，但传统仍不能等于民间，特别是那些较为“正统”的作品，和民间文艺中的审美趣味与结构方式相比，还是有本质区别的。所以，当我们考察“十七年”的红色叙事在艺术和审美上的独异性与价值时，除了考察它民间性因素的多少，也要深入地探查它在红色意识形态的油彩包裹下，结合和暗含了哪些传统小说的叙述方法、模型、风格与美学因素。当然，其中同时也必然暗含了许多西方小说的叙事因素与方法，只是在多数情况下它们处于更为隐而不显的状态。

因此，本文试图重新提出这一问题，希图将讨论引向深入。限于篇幅，这里仅以他人涉及不多的“传奇模式”为例作一些探讨。之所以说

“讨论不多”，是因为据笔者所见，“成长”和“史诗”等叙事已有很好的论述，而唯独“传奇”的概念很少有论者涉及。而“类史诗”、“类成长”和“类传奇”这三种叙事，正是革命历史小说或红色叙事中最重要和典型的三种。

作为中国古代小说的文类概念，“传奇”之说应始见于唐代，明胡应麟说，“传奇之名，不知起自何代……唐所谓传奇，自是小说书名，裴铏所撰。”（《少室山房笔丛》）由此人们习惯上把唐代的文言小说通称为传奇。认为“传奇”即“小说”，也是胡应麟的说法：“变异之谈，盛于六朝，然多是传录舛讹，未必尽幻设语。至唐人乃作意好奇，假小说以寄笔端。”鲁迅在《中国小说史略》中也认同此说，认为“至唐代……始有意为小说”，而“传奇者流，源盖出于志怪”。另一方面，“传奇”也同时引申为一个美学范畴，不但明代中国典范的长篇小说亦称为“奇书”，明代的南曲脚本也称为“传奇”。“奇”成为中国小说乃至文学一个核心的美学要素。

在西方，一种“传奇型”的小说早在希腊时代就已经出现了。“传奇”（legend/romance）在中世纪的主要形态是“骑士小说”、以浪漫爱情故事为内容的“罗曼司”（romance）和以“历险记”为主要形式的流浪叙事。但将“传奇”作为一种小说诗学和美学范畴来研究而最富启示意义的是巴赫金，他对于希腊小说的研究有许多重要发现，比如它的“时间结构”的含混与假定性，其叙述结构的“大团圆”模式等。而对照巴赫金的论述我们可以发现，中国自晚明时代开始流行的“才子佳人”小说与这些希腊小说竟然是最为接近的，一是故事风格上富有传奇性，二是时间结构也充满含混与假定性，三是结尾也是典型的大团圆。

这个发现使我们可以从一个崭新的角度来讨论“红色叙事”的一些特点。因为实际上在当代革命历史小说中，由于作家文化背景的原因，来自西方文学的影响并不比中国传统小说的更多；相反从许多材料，包括作家的自述中可以看出，他们的创作能力和素养多来自中国传统小说的滋养。传统叙事中的结构模型、叙述习惯不但作为一种“中国作风和中国气派”的表层规范影响着他们，同时更多是作为一种“集体文化记忆”或者“审美无意识”来驱动着他们。所以在本文中，我将以传奇型叙事为例，来探讨一下红色叙事中的某些传统结构与叙述要素。

二、红色叙事与传统要素的政治耦合

在进入叙事模型的讨论之前，我们先来看一看外部的环境规定性。有一则材料，可以客观地体现红色叙事与旧小说之间最初的兼容与改造关系。1949年建国前夕的9月5日下午，文艺报社曾“邀请平津地区过去常写长篇连载小说的部分作者，开了一个座谈会。到会的有刘雁声、陶君起、陈逸飞、徐春羽、耿直（小的）、么其琮、刘植莲、金寄水……另外有解放区的作者马烽、赵树理、柯仲平、丁玲等”。

> 主席陈企霞首先说明开会意义在于研究这一类连载的章回小说的文艺形式的写作经验与读者情况，讨论怎样发展并改革这种形式。他说：“不管哪一种文艺形式，当其被很多人所欢迎或注意时，我们就不能置之不问。”丁玲在结尾时明确地指出这个会的目的在“大家团结起来，争取小市民层的读者为人民服务”。
>
> 过去在报纸副刊上连载的章回小说在形式上很通俗，很适合一般市民的口味，如果能够把这种经验总结起来加以研究，并灌输进去新的内容，那么这种形式的小说会起相当作用的。文艺报社对这方面予以重视，使参加这个会的连载小说作者非常感动，他们说：“过去从来没有人照顾我们，也从来没有这么一个会来谈这个问题，今天还是第一次，我们心里实在很感动。”①

显然，召开这样一个会议有特殊的背景：新政权正处于建立阶段，行

①杨犁整理：《争取小市民层的读者——记旧的连载、章回小说作者座谈会》，《文艺报》，第1卷第1期，1949年10月。

政方面的整顿改造时机还未成熟，对旧的大众文艺的改造还需要“怀柔”策略，所以先从写作者的源头上吹吹风是很必要的。但除了权宜之计的意思，其实也含有长远的想法，就是要在旧文艺的基础上，借用它的形式与传播优势，特别是它对广大的真正具有消费需要的“小市民读者”的吸引力，来建设新的大众文艺。因为大众文艺的真正“群众”买主，眼下还不是陈企霞、丁玲所认为的“工农兵”，而是“小市民”；建立在消费基础上的“大众文艺”，与建立在意识形态基础上的“工农兵文艺”也完全不是一回事。从现场丁玲的发言中，不难看出这一点，这种改造不是单凭文人的愿望就可以完成的。

但丁玲基于此点的一个说法是很值得注意的，她说：“我们要用正确的人生观改变这种小说读者的思想和趣味。我们而且要求原来的人在原有形式的基础上以一种新的观点去写作。”[①]所谓“原来的人在原有形式的基础上”，这和解放区文艺最初的改造方式“旧瓶装新酒”其实没有什么差别，新文艺没有办法凭空产生出它的作者群和买主，以及从生产到发行传播的一整套机制，只能从改造旧文艺开始。

事实上，也许新文艺的掌权者从来也没有真的反对过“原有形式”，所谓“中国作风与中国气派”甚至还一直是官方强调的方向，但是他们对于传统，却差不多只是在“民族形式”的意义上来理解，这显然是有问题的。以茅盾为例，在现代作家中，论起对西方文艺思潮有非常全面了解的，恐怕没有几个人能超过他；茅盾对中国小说传统的理解深度实际上也是当代作家中不多见的。在1959年的一篇文章中，他谈到小说传统问题，十分明确地反思了仅把中国的小说传统、民族形式当作“技术性的东西”来理解的习惯，他谈到中国小说传统中的结构方式时，用了中国的园林来作比喻：“花园内一处处的楼台庭院各自成为独立完整的小单位，各有它的格局，这好比长篇小说的各章（回），各有重点，有高峰，自成局面；各有重点的各章错综相间，形成了整个小说的波澜，也好比各个自成格局、个性不同的亭台、水榭、湖山石、花树等等形成了整个花园的有雄伟

①杨犁整理：《争取小市民层的读者——记旧的连载、章回小说作者座谈会》，《文艺报》，第1卷第1期，1949年10月。

也有幽雅，有辽阔也有曲折的局面。我以为我们的长篇古典小说就是依靠这种结构方法达到下列的目的：长到百万字却舒卷自如，大小故事纷纭杂综然而安排得各得其所……”[①]这些见解无疑是内行和精湛的，但根本上还是“形式”问题，茅盾并没有从小说诗学和美学的高度上，来看待中国的小说传统。所以他谈来谈去还是局限于“民族形式”和“语言问题”，“总的来说，我以为文学的民族形式的主要因素是文学语言。”[②]语言当然是民族文学最基本的一个元素和标志，他举了鲁迅的例子，认为鲁迅的小说中即使那些“形式上最和外国小说接近的，也依然有他自己的民族形式”[③]，这非常对，但把这一点仅归结于“他的文学语言”，那是不完全的。事实上鲁迅的民族形式，除了语言和某些诸如白描、场景设置、人物刻画的技法，主要还是他写出了形神兼备的本土性与传统性的人物，写出了这些人物的灵魂，是他的内容和思想印证了这些小说的形式，蕴涵了它们的东方神韵与本土属性。

因此，在这里我们所谈的传统要素，不是单独的形式方面的东西，而是同时纠合着形式与内容的叙事习惯与故事模型。这里我试图按照不同的要素将其归纳为两种情形。

三、传奇模型之一：“才子佳人”或“英雄美人”叙事

中国小说传统中同时有“喜剧型”和“悲剧型”的叙事与美感类型。大致说来，“奇书”是悲剧类的，“四大奇书”所写都是“盛—衰”模式，《三国演义》是“由分到合”，《水浒传》是“由聚到散”，《金瓶梅》是“由色到空”，只有《西游记》是一个特例——最后表面上是皆成“正果”的喜剧，但“成佛”实际上不过是“死亡”的另一种形式罢了。这种以“盛”（生）始、以“衰”（亡）终的“完整时间长度”的追求，使“奇书叙事”必定成为一种中国式的悲剧结构，必然呈现为一种中国人

①②③茅盾：《漫谈文学的民族形式》，《人民日报》，1959 年 2 月 24 日。

特有的悲剧美学。[①]

这个结构形式可作如下图示：

整体结构

由盛到衰模式[由聚到散模式、由分（合）到合（分）模式、由色到空模式……]

始————————————————————→终

大　　悲　　剧

局部结构

喜剧-----→　喜剧-----→　喜剧-----→　喜剧-----→

这个结构特点在《水浒传》和《三国演义》一类传奇性叙事中都很明显，在《金瓶梅》和《红楼梦》这样的世情小说中也不例外，整体是悲剧，局部则有许多的喜剧。在《金瓶梅》中，这个“局部喜剧”主要是其夸张和细腻的欲望叙事与色情描写；在《红楼梦》中，则主要体现为极写贾府繁荣和大观园盛况的叙事。但总体而言，局部的喜剧并不能掩盖整体上的大悲剧，并且反过来衬映了整体上的悲剧结构，使之更具有哲学蕴涵。这是“奇书”叙事最终能够赫然而立，成为中国传统小说经典的真正原因。

除了上述悲剧型叙事，还有一类是历来多有争议的、更加世俗化和“市场化”的“才子佳人”小说。这类小说也是盛于明末，亦流布甚广，以至于后来新文学的倡导者在批判中国的文学传统时居然将其夸大为主流。实际上，这一类是典型的“中国式的传奇小说”，在美学类型上可以归之为喜剧型。虽然也强调叙事之“奇”，将人间的离合情怨写得淋漓尽致，但结局总是一个相似的皆大欢喜的“大团圆”。也就是说，与追求“完整时间长度”的奇书叙事不同，“才子佳人”小说所使用的是一种“片段时间修辞”，即仅仅讲述主人公“年轻时代的故事”，其中的波折

①这点可参见拙作《时间的美学——论时间修辞与当代文学的美学演变》，《文艺研究》，2006 年第 7 期。

和磨难也被作了必要的“技术处理”。用巴赫金的话来说即是：“主人公是在适于婚嫁的年岁在小说的开头邂逅的；他们又同样是在这个适于婚嫁的年岁，依然那么年轻漂亮，在小说的结尾结成了夫妻。他们经过的难以数计的奇遇的这一段时间，在小说里是没有计算的。”[①]在分析希腊小说叙事的时候，巴赫金将这种时间修辞法叫作“传奇时间”。无疑，这种希腊式的“传奇时间”模型所支持的喜剧型传奇小说，与中国人所喜好的“才子佳人”模型的叙事是毫无二致的。在过去，由于鲁迅和“左派”文艺家们对清末民初以来“鸳鸯蝴蝶派”和“礼拜六派”小说的批评，这类叙事一直处于被讥讽和批判的“低等”地位。然而殊不知，正是这种不无商业化味道的叙事，在上世纪20年代末到30年代最轻易地被改装成了“革命加恋爱”的“左派”革命文艺，张资平、蒋光慈等人的作品都是生动的例证。

这个问题显然需要拉开距离来看。首先，叙事本身并无等级之分，事先把“才子佳人”叙事打入“劣等叙事”是不公平的，包括其商业化属性亦是如此。“四大奇书”最初也是源于消费性的“说话”，源于流行于闾里坊间的稗史传奇，但我们并没有因此贬低其境界与格调，它们在整体的严肃主题中也包含了大量的消费性因素——在叙事中添加了大量“卖关子”、拉长情节、设置“包袱”，甚至色情之类的内容。即便是《红楼梦》这样的小说极品，与明末以来的“才子佳人”小说之间也有着千丝万缕的脱胎关系，是对这类叙事的仿照、借鉴与改造，如同塞万提斯的《堂吉诃德》是对骑士小说的戏仿和反讽一样。其次，在西方这种叙事也是常见的。歌德读到了《玉娇梨》（也许还有《好逑传》）之后，震惊于“中国人的思维、行动、感觉，和我们几乎完全一样”，认为“民族文学在今天毋宁说是一个没有意义的名词，世界文学的时代已不远了”，唯一的差别不过是中国人把“一切都写得更清楚些、纯洁些和质朴些”罢了。[②]要知道这不是廉价的赞美，也不仅出于他的浪漫主义的东方想象与个人化的文艺观，而是出于他对人类共同的经验与美感诉求的一种体悟和肯定。事实上歌德的审美标准不但严肃，甚至是苛刻的，他曾依据莎士比亚的戏剧

①巴赫金：《小说理论》，白春仁、晓河译，石家庄，河北教育出版社，1998年，第280页。
②参见《歌德和爱克曼的谈话》，见伍蠡甫主编《西方文论选》，上卷，上海译文出版社，1979年，第406页。

来这样评论其身后的文学："莎士比亚对人性已经从一切方向上，在一切高度和深度上，都发挥尽致了，对于后起的作家来说，基本上再无可做的事了。""他太丰富、太有力了，一个多产的作家阅读他的剧本，一年里不应超过一种，这样，这位作家才可以不至于完全被毁掉……"[①]怀抱着这样的标准来评价中国的才子佳人小说，居然会得出这般结论，可见还是不能简单化地看待它们。当然我们可以设想，如果歌德再读上几部类似的作品，也许就不会如此激赏和赞美，而可能是质疑和批评了，因为它们非常套路化，"千部共出一套"[②]。但这也至少说明，一个民族的审美习惯与美感经验的类型是有限的，如果它是处在重复性的制作中，那么再好的东西也变得廉价了，问题在于写作者是出于商业化的目的、按照一种生产模式来复制，还是按照个人的真实的经验去创造，这是关键所在。

巴赫金在概括希腊小说中"传奇时间"的模型的时候，显然并不知晓在中国古代的小说中也有这样一个传奇性的结构模式。事实上古希腊的这些小说在世俗化的程度上，远不如在中国明代以后的市民社会中所出现的形态的丰富和典型。借用鲁迅的描述："至所叙述，则大率才子佳人之事，而以文雅风流缀其间，功名遇合为之主，始或乖违，终多如意，故当时或亦称为'佳话'。"中间要经历诸多的磨难，或"途次遇盗"、"避祸远徙"（《玉娇梨》），或"被怨"获"诬"，遭到"拘讯"（《平山冷燕》），或因"骾直得祸"，而遭权贵"逼婚"（《好逑传》），或遇天灾离乱，"中途舟破"（《铁花仙史》）……但最后结局无不皆大欢喜，奉旨"成婚之日，凡事无不美满"。至于小说的题旨，则无非门当户对、郎才女貌，有的或也"显扬女子，颂其异能"，只是又套路化地设计成"凡求偶必经考试，成婚待于诏旨"，更有甚者，"事状纷繁，又混入战争及仙妖异事……"[③]这些如果换成巴赫金的话来说便是：

①参见《歌德和爱克曼的谈话》，见伍蠡甫主编《西方文论选》，上卷，石家庄，河北教育出版社，第 406 页。

②曹雪芹：《红楼梦》，第一回。

③参见鲁迅：《中国小说史略·明之人情小说（下）》，见《鲁迅全集》，第 9 卷，北京，人民文学出版社，1981 年，第 189~196 页。

> 一对婚龄男女，出身不详，带点神秘……两个人都美貌异常，又纯洁异常。他们不期而遇，一般是在喜庆佳节。两人一见钟情，势不可遏，如同命运，如同不治之症。可是他们不能马上完婚。男青年遇到了障碍，只得延缓婚期。一对恋人各自东西，互相寻找，终于重逢。而后又失散，再相聚。恋人们常见的障碍和奇遇有：结婚前夜新娘被抢；双亲（如果有的话）不同意婚事，而给相爱之人另择配偶（虚设的对偶），恋人双双出逃。他们启程旅行。海上起浪，船舶遇险。人奇迹般得救，复遇海盗，被虏关入囚室。男女主人公的童贞遭到侵犯。女主角经受战争和战斗作为赎罪的牺牲。被卖作奴隶。假死。换装。认出或认不出……横加罪名。法庭审理。法庭查验恋人的纯洁和忠诚。主人公们找到自己的亲人（如果他们还未出场）。同突如其来的朋友或敌人相遇、占卜、预言、梦魇、预感、催眠草药。小说以恋人完婚的圆满结局告终。①

两者竟是如此惊人地相似。可见，人类在叙事方面，从叙事目的、心理期待、叙事动力、叙事无意识的构成要素等各个方面，甚至到叙述的控制方式等，都有太多的共同之处。在革命叙事中，这种结构首先是作为“无意识形式”留存下来的，或许写作者并未意识到，他兜售的本是他们认为的中国传统文化中的某些“糟粕”，是那些老掉牙的“才子佳人”或“英雄美人”旧套路的变形运用。“革命传奇”与旧式传奇之间的耦合几乎是通过神不知鬼不觉的遗传完成的，它们所必需的主人公的成长经历、身世磨难、情感纠葛、阶段性胜利的完成，都与古典式传奇中的“才子佳人”结构有着密切的关联和隐秘的替换关系。

让我们以《林海雪原》为例，来看看这种隐蔽的同构性质。据说《林海雪原》迄今的发行量已达450万册，这个数字一直居“红色经典”销量的首位。②是什么原因使这部本来十分粗糙和幼稚的小说创造了这样的发行奇迹？显然有“无意识结构”在起作用。作者曲波在《后记》中就曾自称，

①巴赫金：《小说理论》，白春仁、晓河译，石家庄，河北教育出版社，1998年，第277~278页。

②参见苏星：《新中国首席畅销书作家曲波》，www.zsnews.cn/OLDNEWS/200002/19/ZB743.HTM20K。

他写作的影响资源中虽然有苏联文学中《钢铁是怎样炼成的》一类，但他真正耳熟能详的却是《三国演义》、《水浒传》、《说岳全传》一类中国传统小说。他可以“像说评书一样地讲出来”，“甚至最好的章节”他还可以“背诵”。这表明，中国传统小说在叙事上对他的影响是潜移默化的，影响的是他的“叙事无意识”。很明显书中关于土匪生涯及其相关的匪类意识形态的描写，关于深山老林自然奇观的描写，关于人物孤军深入之后的危险处境的描写等等，都是吸引读者之无意识的因素。

但上述因素中一个最重要的，应该是少剑波和女军医白茹之间的爱情故事的描写。这场爱情作为不可缺少的彩笔，相当幼稚且包含了强烈的“男权主义”倾向，但这个并不高雅和得体的叙事，为什么一直未被发现和“批判”？正是因为它和某种“种族无意识”结构的契合。让我们来分析一下这个过程。首先，起笔很落“俗套”，女主人公“小白鸽”作为“万军丛中一小丫”（少剑波的诗句），军中唯一的女性，容貌姣美，年方十八。作者用了一段夸张的文字描写了她出场时的样子：“她很漂亮，脸腮绯红，像月季花瓣。一对深深的酒窝随着那从不止歇的笑容闪闪跳动。一对美丽明亮的大眼睛像能说话似的闪着快乐的光亮……活像随风浮动的芙蓉花。”“她的身体长得精巧玲珑，但很结实。还有一个十分清脆而圆润的嗓子，善歌又善舞，舞起来体轻似鸟，唱起来委婉如琴。她到了哪里，哪里便是一片歌声一片笑……”

她真是人们心中的一朵花。

这番小学生作文般的描写，其实暗示了她在整个战场环境中不同寻常的地位。尽管作者刻意淡化她的性别，强调战场对人的“无性”要求（少剑波在得知上级将她派到小分队时曾极力反对），但她真正出现时，其“焦点”地位自然不言而喻。她将“花落谁家”？这一开始便成为一个“吊胃口”的伏笔，成为小说隐形的叙述动力。再看男主人公少剑波，作为剿匪小分队的指挥员，最高权力的掌握者，年轻英俊，智勇双全，23岁即当大任。这个定位本身就有可质疑之处。23岁就干到团参谋长的职位，这在革命队伍中或许有先例；但同样身经百战、功勋卓著的孤胆英雄杨子荣为什么41岁了还只是个排长？这显然有失公平。于是小说暗暗强调了他们的差别：杨子荣“没有读过书”，而少剑波不但读过书，而且会“作诗”——白茹之所以爱上他，就是因为他在奶头山战斗胜利之后写了一首“诗”。这个潜结构表明，作者强调了少剑波“英雄加才子”的复合身份，而杨子荣充其量只是个单一的“英雄”，既无才，则不免处于劣势。不过事情也没有处理得这么简单，小说也赋予杨子荣某种“民间性”的才气，他虽“没念过一天书，却绝顶聪明，能讲古道今，《三国》、《水浒》、《岳飞传》，讲起来滔滔不绝，句句不漏，来龙去脉，交代得非常清楚，真是一个天才的评书演员……”但这和少剑波可用“新诗体”在战场上“即兴创作”的能力相比，还是差了许多。从表象来看，作为某种传统和民间文化的载体，杨子荣输给了少剑波身上的“新文化”因素；但问题的实质却是，少剑波身上的“才子”属性，恰恰是作者旧趣味的生动体现。

另一方面，白茹与少剑波之间的这场爱情，作者将其设定为“女主动、男被动”的关系，这是适宜的。在发展过程中，男方一再躲避退让，女方则是一再得寸进尺。这样设计显然是要使之更具有合法性，使“男权”的因素隐而不显。反之，如果是男主人公主动，便有利用职权和有悖使命的嫌疑。但是作者要在叙述中不断设法确认白茹作为“待嫁之女”的身份，为此，小说中“蘑菇老人神话奶头山”一节中，专门设置了老人获救后，定要将白茹认作“干孙女”的情节。这样，白茹原来近乎“无父”的暧昧身份便等于被改变了，“认父”之后接着“寻夫”，便显得自然和合法。

事情的关节点出现在攻取奶头山之后，少剑波写了那首诗。胜利对于普通战士来说只是满足“口福之欲”的会餐和狂欢，而少剑波却“取出自己的钢笔，喳喳！”。当带有草莽英雄气的战士刘勋苍磕磕巴巴念不成句的时候，白茹上前来，“满面笑容地高声”念了出来。当她念完，战士们“欢腾若狂”地喊着“我们的二〇三首长真是文武双全”时，这女孩却“出神”地站在那里，呆住了。这少女“赤纯的心”终于“第一次泛起爱情的浪花”，爱上了这个“英勇俊俏、多才多谋的少剑波”。然而，细加推敲，这实在只是一首粗陋不堪的“顺口溜”，根本没有任何诗意，甚至连一个差强人意的句子也没有："奇峰破云，林梢戳天，/茫茫千里无人烟。/小分队驰泳山涛林浪，/蘑菇老人神话奶头天险。/……飞取仙姑洞，/奇袭奶头山，/笑众匪何不上天？/生擒许家恶魔，/送交人民——/有仇报仇，有冤报冤，/血债要用血来还……"可这并不重要，作者只是需要这段文字帮助他和主人公完成一个仪式，从"叙述程序"上完成证明少剑波的"英雄加才子"身份的任务，也使这"少女的心"终于可以有所归宿罢了。

定情之时，就是人物爱情的磨难与延宕之日了。不过在《林海雪原》中并没有什么"拨乱其间"的"小人"，起类似作用的主要是剿匪任务本身。土匪一天存在，战斗一天没有结束，婚嫁之事就很难谈上日程。所以接下来小说不得不采取了相当"虚伪"的方式，让女主人公在日常生活的细节处不厌其烦地主动示爱，而男主人公则出于大局考虑而理智克制，以装糊涂，或作凛然不可接近的样子，来延缓摊牌的时间。但为了不至于使之断线，中间又穿插了少剑波的一些"柔肠"之笔。在这里，环境的严峻充当了致使男女主人公不能团聚的障碍，也就是巴赫金所说的与"机遇时间"相对立的"干预人类生活"的"异时性力量"，"这是命运的'马大哈'、天神、魔鬼、术士的干预；在晚期传奇小说中，则是小说中恶人的干预。"①由于这些因素，"机遇时间"就是迟迟不来，男女主人公只好反反复复地靠甜蜜的暗示、猜测、会意，还有刻意的回避、遮挡、疏远，来保持应有的距离。《林海雪原》在这一点上是花费了不少笔墨的，对于笔法粗糙的作者来说，委实难为不少；对于读者的无意识来说，也是一个巧妙和成功的蛊惑。

最后的描写饶有意味：一是需要一个"权威人物"来挑明这个关系，少剑波的上级王团长充当了这个角色；还有一点，最后小说还安排了白茹与小说中另一个女性中的匪类"蝴蝶迷"之间的搏斗。这是一个戏剧性的相遇，"小白鸽"是美的化身，而"蝴蝶迷"则是丑的符号，在她们的搏斗中，"小白鸽"自然处于下风，正在危急时刻，是一个男性英雄救了她的命——但这个男性英雄不是少剑波，而是杨子荣。这种安排显然比另外

①巴赫金：《小说理论》，白春仁、晓河译，石家庄，河北教育出版社，1998年，第285页。

的一种可能更适合些，不那么“巧”和露骨。另外，小说中其他的男性如刘勋苍和高波等，也都与有归属之前的白茹多有接触和调笑，这一方面是设些埋伏——女主人公终将归属何人？在此之外，他们性格中的某些不完善，也起到衬托少剑波之完美的作用。

综上可以看出，《林海雪原》与传统的“才子佳人”结构模型具有十分吻合的内在相似性和结构上的一致性，各种因素堪称齐备。

另一个例子是杨沫的《青春之歌》，由于笔者已另文对其作过详解[①]，这里就不具体展开了。值得概括指出的是，这个小说的结构更为典型和复杂，它围绕女主人公安排了三个婚恋故事，来作为小说结构的主体框架，用“从才子佳人到英雄美人的渐变模式”完成了林道静的“成长叙事”过程。其大致构架是这样的：

> 才子佳人（余永泽—林道静）→才子混合着英雄气加佳人（卢嘉川—林道静）→英雄美人（江华—林道静）→……

显然，这部小说基本的叙述动力来源于这样两个套路。另外它还具有多个近似故事“重叠”展开的特点，依据需要可以继续重复下去，将女主人公的成长过程无限延长，而这都不影响男女主人公在“依然年轻貌美的时候终成眷属”。小说的叙事也因此获得了持续的动力。

四、传奇模型之二：侠义、神魔与妖魅叙事

作为使“稗史传奇”合法化的手段，道德教化是中国传统小说的必备内容。这是颇为矛盾的：一方面要显示题旨的正统性、道德感，另一方面则恰恰相反，要呈现那些具有“非法”和令人“不齿”性质的内容。两

①参见拙作《从“青春之歌”到“长恨歌”——中国当代小说的叙事奥秘及其美学变迁的一个视角》，《当代作家评论》，2003 年第 2 期。

者互为补充，不可或缺。恰如张竹坡解说《金瓶梅》的题旨时所说的：“《金瓶梅》，何为而有此书哉？曰：此仁人志士、孝子悌弟不得于时，上不能问诸天，下不能告诸人，悲愤呜咽，而作秽言以泄其愤也。……是其言愈毒，而心愈悲。”[①]这个“辩护”固妙，但也有强词之嫌。应了前面所说的“完整长度”与“局部结构”之间的关系，着眼局部，《金瓶梅》当然有“诲淫诲盗”的色彩；但着眼整体，则看出作者的警世之意、大悲悯之心，方才能够得出“作者固仁人也，志士也，孝子悌弟也”的结论。但张竹坡也掩饰了另一面的秘密，那就是这“第一奇书”的商业诉求，它其实是暗合了读者对“毒言”和“泄愤”的需要，刻意地渲染了其“淫”与“毒”的一面，正是这使它有了买主。当然，借助佛家的“空去色”、“空去财”的说法，借助整体上小说所呈现的“色—空”的悲剧结构，他又赋予这个叙事以充分的合法性。

这其实是所谓“四大奇书”的一个共同奥秘：非法的“侠盗”，超乎事理的“神魔”、“妖魅”，背离伦常的“淫邪”，既是表面上被贬抑、压制、批评的对象，也是实际上兜售、渲染、张目的内容（即使是《水浒传》中被正面赞美的绿林豪杰，也是因为“招安”而具有合法性的）。清人袁于令在谈到《西游记》时，便特别提到“魔”与“幻”在叙事中的作用，“文不幻不文，幻不极不幻”，“言真不如言幻，言佛不如言魔”。[②]“幻”异情境和“魔”怪式的人物，当然可以追溯至六朝的“志怪”传统，然而“言魔”确实比“言佛”更有诱惑力。小说在明代有了明确的市场价值之后，这种“求幻”与“言魔”的叙事风尚已不单是一种习惯的“集体无意识”，更是一种自觉的商业诉求。

革命叙事当然不会公开强调其市场属性，但是“市场”这个问题可以隐含在“大众”作为接受主体有多少这个问题的背后，“喜闻乐见”既是一种社会效益的描述，也隐含了对受众数量的期待。因此，自觉不自觉地将某些“异己性”的叙事因素与内容，将那些具有“道德越界”性质的人物与故事经过改装，塞进叙事之中以吸引眼球，同时加强所谓的“批判”

①张竹坡：《竹坡闲话》，见《张竹坡批评第一奇书·金瓶梅》，济南，齐鲁书社，1987年。
②参见袁于令（幔亭过客）：《西游记题词》。

主题，也是红色叙事所普遍采取的策略。

另一方面，我们从叙事的技术要素上看，“传奇性叙事”也需要类似遇险、搭救、正邪相斗等等因素，它须通过上述要素的反复展开来搭建其叙述结构，所以，具有超人格力量的“魔鬼”、“侠士”、“英雄”等等人物也就不可缺少。在传统讲史小说、侠义小说、神魔小说中，这类人物是十分普遍且常常没有边界的，类似《西游记》中孙大圣的形象，可谓既是侠义的，又充满神魔色彩；《水浒传》中的侠义人物也有神异性的特点，如可以作法的神行太保戴宗，可以祈福禳灾的道士入云龙公孙胜等，其他英雄人物也各有绝招奇术；就连《三国演义》中的诸葛亮也因为其熟知天文、能掐会算、关键时刻能“禳灾作法”而不免具有几分神异色彩。上述特点使我们也可以联系西方中世纪以前的小说来作比较。“罗曼司”小说、骑士小说、历险记小说和流浪汉小说中，都有侠义性与神异性人物的刻画描写，这类小说的人物也基本上都是鲜明的“类型化”的“完成性（或非成长性）”人物，与18世纪以后出现的“成长”式人物、现实主义小说中的符合现实逻辑的“性格型形象”有明显不同。

表面上，当代红色叙事曾将塑造“英雄”和“社会主义新人”作为其主要任务，周扬、邵荃麟等人建国初期代表政府立场的文艺工作报告中都明确提出：“社会主义现实主义应当成为指导和鼓舞作家、艺术家前进的力量……”①要塑造“像苏联作品中被大家所熟知的保尔·柯察金、卓娅和舒拉、马特洛索夫等等”那样的“英雄人物”。②但从实际的写作成果看，那些按照“现实主义原则”塑造出来的正面形象，要么因为其身份属性、性格特征都有问题而受到责难，像林道静一类人物；要么因为概念化、观念化而显得空洞和苍白，像《创业史》中的梁生宝一类。比较成功和出彩的，倒多是那些“旧式”人物，如《创业史》中的梁三老汉；按照中国传统的写法塑造出来的传奇式人物，如《红旗谱》中的朱老忠，《林海雪原》、《红岩》、《铁道游击队》和《烈火金钢》等小说中塑造的传奇英雄群像等等。

①周扬：《为创造更多的优秀的文学艺术作品而奋斗》，《文艺报》，1953年第19期。

②参见邵荃麟：《沿着社会主义现实主义的方向前进》，《人民文学》，1953年第11期。

这非常值得一谈：是中国传统小说的叙事要素、人物类型、描写手法支撑了红色叙事的基本格局，并且在内里构成了一个潜在的叙事生成的模型。

“侠义”型人物及其叙事

《红旗谱》中的朱老忠无疑是这类人物的代表，尽管小说刻意以“现实主义”手法来彰显这一人物身上的现实可信度，但促使他作为一个人物形象站立起来的，仍是他的侠义性格与传统色调。小说一开始所突出的，是他的处于未知状态的三十余年“闯关东”的经历，这使他一出场就带上了传奇人物的性质——广远的空间背景，想象性际遇，“完成性的性格”。他急公好义又沉着冷静，一回到家乡便成为众人的主心骨，他开导严志和、慰问老套子、资助穷乡亲、震慑冯老兰……连冯兰池这个老奸巨猾的反面人物，看到身强力壮的朱老忠和他的两个已经长大的儿子，也不免恐惧地暗自嘟哝“唔，两只老虎……”。直至朱老忠遇见“党”之前，他与他的传奇父辈朱老巩一样，其实已是一个“已完成”的类型化人物“侠”的典型：有强健的体魄和意志，有着“出水才看两腿泥”的农民式智慧，以及“路见不平、拔刀相助”的江湖伦理。区别仅在于他不能“呼风唤雨”、没有“三头六臂”、无“万贯家财”或“万夫不当之勇”而已，在本质上和一个江湖侠义英雄并没有区别。在这段描写中，作者完全沿用了传统小说的笔法，只是到了一个叫作“贾湘农”的人代表“党”出现之后，他才突然变成了“未完成性”的“成长人物”，显示了其不完美，并从此开始走上完美之路——由一个农民英雄成长为“共产主义战士”的道路。

“侠”的特征更鲜明地体现在知侠的《铁道游击队》中。“知侠”作为作者，非常巧合地与他作品的叙事性质和人物性格都有了某种“互相印证和暗示”，而且更为巧合的是，故事的发生地山东枣庄一带，正是“侠”的发生地——“侠”之祖先墨子[①]的故乡，也是梁山好汉啸聚山林的不远处。这不是偶然，有关“侠”的传统在这里无疑是得到了最直接的传

①墨子一说为孔子再传弟子。但其思想与孔子思想不同，主“兼爱”、“非攻”等说。其死后“弟子主要分为两派，一派注重名辩的研究，是为墨辩；另一派注重游侠的社会活动，是为墨侠”。见侯外庐等：《中国思想通史》，第一卷，北京，人民出版社，1957年，第472页。

承。《铁道游击队》的叙事结构中，不外乎“由里到外”三个层面：一是纯然的“义匪”、“盗跖”式的绿林人物，只是打家劫舍，如其按照水浒英雄式的民间伦理来行事，那么这必然是一个传统式的侠义叙事；其次，因为有了抗战背景，打劫的对象变成了日寇，民族主义内容的注入使叙事的合法性获得了一个更高认可；第三，这不但是民族主义的复仇，而且是在共产党领导下的民族与人民解放战争的一部分，那自然就有了十分的合法性。但是不难看出，在人民战争的叙事外壳下面，小说最基本的构造乃是梁山好汉式的绿林侠盗的故事。

如果要推最具有中国式传奇叙事色彩的作品，《烈火金钢》无疑是首选。关于这一点，当时的评论就已注意到，比如有人明确指出：“《烈火金钢》是一本写英雄的说部。”“写当代具有共产主义风格的英雄人物，如果不从中国古代的英雄说部中学习一些传统的方法，就产生不了……好作品。”而这部作品正是“充分发挥评书的特长，尽力吸收评书里面有益的部分……使旧形式为新内容服务而不受到它的限制”。[①]其中最富特色的是人物描写，无论反正面人物都表现了典范的类型化特征，正面人物的“侠”的味道也很浓，如武工队员史更新的高大勇武和机智善战，近乎《三国演义》和《水浒传》中有“万夫不当之勇”的英雄人物。他一开篇即以身负重伤之躯“白手夺枪”，勇斗日军“猪头小队长”，给人留下深刻印象。另一个传奇人物肖飞作为八路军的侦察员，其只身闯入虎穴、前往戒备森严的县城买药的故事，甚至可以作为“口头文学”样式在民间长久流传。另一个武工队员丁尚武，是个小眼睛且脸上长满了麻子的丑陋男子，但这并不妨碍他有过人的武艺和超常的勇敢，甚至还有骄傲和孤芳自赏的毛病，有恋爱的冲动，在幻想与八路军女军医林丽的爱情时，还自言自语“自古美人爱英雄……”之类。这些按理都是“严肃的革命叙事”中所很难见容的东西，但在从日本兵的魔爪下“三勇士智救五十二姐妹”一回中，我们仍可以看到他英雄的本色与光彩。除了人物描写，小说在故事结构的搭建上也具有传统小说的叙事特性，由许多可以单独成篇的“故

①参见依而：《小说的民族形式、评书和〈烈火金钢〉》，《人民文学》，1958 年第 12 期。

事单元”构成，像“史更新白手夺枪”、“肖飞买药”等等，都成为整体当中有机而又独立的部分，这些对构成类似《水浒传》、《三国演义》和《说岳全传》的折扇式、串珠式结构，具有不可或缺的作用。

值得注意的是，《烈火金钢》堪称一部成功地规避或拒绝意识形态规训的小说，它虽然处处有政治，但处处所真正强调的却是个体人物。它没有像《红旗谱》一类作品那样突出“党的领导”和其他政治因素，而是描画了一组“孤胆英雄”的群像。其中一个代表党的基层组织的人物区队长齐英，恰恰是一个略带知识分子意味的“戴眼镜”的角色，显得无足轻重。这表明，传统艺术因素在小说中占了上风。这在“十七年文学”中是并不多见的现象，值得深究。在今天看，也许正是“民族形式”的要求给予了它额外的合法保护，这段批评性的言论似乎可作“反证”：对于李金魁和丁尚武这两个人物，作者“过分地称颂他们的爽朗、莽撞和蛮干”，便“与旧时代的英雄人物之间不能有鲜明的分界了”。[①]恰恰是这“没有分界”才使小说更吸引读者，更令人感到它与传统的侠义人物最相接近和得其神韵之处。

“神魔”与“妖魅”式叙事

传统文言小说叙事中，“神魔”是一个大类。从六朝志怪到唐传奇、宋代说话、明清笔记小说，“言魔”占据了最重的分量。“四大奇书”中《西游记》是神魔叙事的集大成者，其特点除了袁于令所说的“魔”与“幻”的境界，主要是对人物本身的超自然力的夸张描写。其中正面人物的力量表现为美猴王式的“洞察力”、除妖降魔的侠义本色；负面人物则表现为妖魔式的为孽与作恶。这种妖魔式的人格，有时还世俗化为一种反常态和反道德的人物，如《水浒传》中的女性描写，就在将梁山好汉中的三位女性予以“雄化”处理（她们分别变成了“一丈青”、“母大虫”、“母夜叉”）的同时，将另外的三位世俗女性妖魔化了——阎婆惜、潘金莲、潘巧云，她们分别变成了危害宋江、武松、杨雄三位英雄的“淫妇”。《西游记》中的妖魔，也多有化作美女“白骨精”式的描写。至于

①参见依而：《小说的民族形式、评书和〈烈火金钢〉》，《人民文学》，1958年第12期。

《聊斋志异》中类似的妖魔与鬼魅化的女性叙述就更普遍了。

红色叙事中反面人物的描写，自然都带有脸谱化和夸张了的妖魔化倾向。《林海雪原》中对众多惯匪头子的描写，《烈火金钢》和《铁道游击队》中对反面人物日寇“猪头小队长”、“毛驴大队长”、“猫眼司令”等人物的描写，都与《西游记》、《聊斋志异》甚为相似。然而具有戏剧性和特定“审美价值”的，却主要不是这类男性人物，而是一些女性形象。典型的例子如《林海雪原》中的“蝴蝶迷”，作者对这一人物虽着墨不多，但她对于全书来说却绝对不可或缺。她对于作者描画土匪世界妖魔化的景观，满足读者对匪类世界的想象，乃至于构造全书的传奇情境，都具有不可多得的点睛意义。作者需要用这样一个淫邪的妖女式符号，来确立“土匪意识形态”的诸般特征：除了烧杀抢掠的凶残、丧心病狂的反动，还有淫邪丑恶的兽性。这样才能不仅体现其在政治和军事上的凶残与愚蠢，更体现出其在道德与意识形态方面的下贱。小说这样妖魔化地构造了“蝴蝶迷”的身世来历：其父是劣迹昭彰的恶霸地主姜三膘子，而姜三膘子“前前后后娶了大小七个老婆”，却因为“促寿损德，断子绝孙”，“大概是在他53岁那年上，娶了第五房，这个小老婆是牡丹江市头等妓女海棠红。姜三膘子把她赎买出来七个月时，生了一个稀罕的女儿，人们背地里议论说：‘这还不知是谁的种呢。’”这女孩长到十三四岁时，就学会了抽大烟，混迹于日伪警察官员中间。

> 要论起她的长相，真令人发呕，脸长得有些过分，宽大和长度可不大相称，活像一穗苞米大头朝下安在脖子上。她为了掩饰这伤心的缺陷，把前额上的那绺头发梳成了很长的头帘，一直盖到眉毛，就这样也丝毫挽救不了她的难看。还有那满脸雀斑，配在她那干黄的脸皮上，真是黄黑分明。为了这个她就大量地抹粉，有时竟抹得眼皮一眨巴，就向下掉渣渣。牙被大烟熏得焦黄，她索性让它大黄一黄，于是全包上金，张嘴一笑，晶明瓦亮。
>
> 因为这个闺女的长相，所以姜三膘子的家规有两个字的忌讳，一个是“长”，一个是“厚”。碰着“长”，得说“不短”，碰着

"厚"，得说"不薄"。

长得难看还在其次，其身份来历的"非法性质"十分重要：母亲是妓女，生身之父不知其人。这大概也是其"丑"的另一种原因。因为这样的家庭背景，成年后的"蝴蝶迷"便更沿着邪恶的足迹一路滑行下去。她先是与许大马棒的儿子许福鬼混，后又傍上了年纪比他大一倍的许大马棒，靠乱伦当上了警察署长的三姨太，还自鸣得意地声称是"阔小姐开窑子，不为钱，为图个快活"。她助纣为虐折磨犯人时更是残忍胜似蛇蝎之心——"蝴蝶迷这个妖妇，手使双匣子，只要几枪打不准，便放出狼狗，将犯人活活咬死……"作者对这个人物的刻画，明显是妖魅化的，集中了全部可能的负面因素于此一人身上，比《聊斋志异》中的鬼蜮妖妇的描写还要令人发指。但这种丑化并不使读者感到过分，因为这样一个符号，恰好和她的"土匪"身份起到了互证的作用。小说最后写到了她的死：

> ……"蝴蝶迷看刀！"随着喊声，蝴蝶迷从右肩到胯下，活活地劈成了两片，肝肠五脏臭烘烘地流了满地。

英雄杨子荣一刀结束了"蝴蝶迷"丑恶的生命。连身体都是妖孽化的，"肝肠五脏臭烘烘"，其死的方式完全引不起人们对生命的半点怜悯。这也是典型的传奇式写法，否则任何按照"现实主义"的方式写成的小说，都不可能像这样对于一个生命的消亡不动声色，更不会引起这样的"虐待式复仇"的痛快感。

最典型的例子还有孙犁，他的小说"本土化"和"诗化"的属性，都是建立在其传统文人趣味之上的，他的这种趣味也有《聊斋志异》式的魔幻意味与"男性想象"——将某些女性人物妖魅化，以获得传奇风格的叙述和有限的"道德越界"的诱惑力。比如在《铁木前传》中，他旁枝斜出地塑造的一个特殊人物小满儿，这个女性既非先进人物，也不是小说的主角，却占据了显赫的篇幅。小说的主旨本是写铁匠和木匠两个家庭之间儿女的亲事和情缘的，由此来折射"新旧社会两重天"的主题，但孙犁竟情不自禁地把笔力专注于这个完全游离于小说外围的人物。她本已嫁人，但因为家庭背景的复杂——养母在旧社会曾当过妓院的老鸨，姐姐黎大傻的老婆也好吃懒做，在家开包子铺，这样，这个同样“来历不明”的人物便具有阶级和道德上的另类色彩。当小满儿寄住到黎大傻家之后，村里好事的青年人纷纷来他家调情玩耍，垂涎她的美貌。而小满儿似乎也并不自爱，一味沉湎于这种越轨的生活。按照小说的逻辑和孙犁的初衷，也许是要对这样一个人物进行一番批评的，但实际上他却按捺不住内心由衷的偏爱，用了几乎是“没来由”的、非常“魅惑”的笔法反复书写她的妖魅式的美丽：

> 无论在娘家或是在姐姐家，她好一个人绕到村外去。夜晚，对于她，像对于那些在夜晚出来活动的飞禽走兽一样。炎夏的夜晚，她像萤火虫一样四处飘荡着，难以抑制那时时腾起的幻想和冲动。她拖着沉醉的身子在村庄的围墙外面，在离村子很远的沙岗上的丛林里徘徊着。在夜里，她的胆子变得很大，常常有到沙岗上来觅食的狐狸，在她身边跑过，常常有小虫子扑到她的脸上，爬到她的身上，她还是很喜欢地坐在那里，叫凉风吹拂着，叫身子下面的热沙熨帖着。在冬天，狂暴的风，鼓舞着她的奔流的感情，雪片飘落在她的脸上，就像是飘落在烧热烧红的铁片上。
>
> 每天，她在夜深人静的时候，才回到家里去。她熟练敏捷地绕过围墙，跳过篱笆，使门窗没有一点儿响动，不惊动家里的任何人，回到自己炕上。天明了，她很早就起来，精神饱满地去抱柴做饭，不误工作。她的青春是无限的，抛费着这样宝贵的年华，她在危险的崖岸上回荡着。

显然，孙犁差不多已将她当作了一个神奇的、带有幻美和灵异色彩的人物，带着难以抑制的喜欢，上述这些描写甚至已变成了渲染，有喧宾夺主之嫌。即便在另外一些“批评”笔墨中，也显得言不由衷，闪烁其词，让人感到莫名其妙。这表明，即使是在非常主流和政治化的主题中，也仍有着传统空间供作家经营和想象。正是有了小满儿这样一个人物，《铁木前传》才超出了预期，变成了一个富有传统韵味、意境神奇的作品。这明显有受到中国传统的笔记小说，特别是《聊斋志异》一类作品影响的痕迹。它表明，传统艺术中的结构要素、审美趣味同样可以渗透到当代的主流艺术创作中。

上述对中国古代小说中具有“传奇”色彩的传统叙事，其结构与方法对“十七年文学”的影响，作了一个粗略考察。关于这个问题目前还只是提出来，尚未作出细致的解答，希望能够引起更多的关注和研究。

2006年12月，北京清河居

当代诗歌中的地方美学与地域意识形态

——从文化地理观察中国当代诗歌的一个视角

在20世纪90年代以前，当代诗歌与当代文学的基本格局是“现代”与“传统”的对立、“变革”与“保守”之间的冲突，这一逻辑在更早的时候表现为“革命”与“守旧”之间的对立。尽管性质不同，但关于文学和诗歌的基本评价都是以时间逻辑为标尺的，谁在“新”的序列中占据了前沿，就意味着谁占据了价值的制高点。而在近十几年里，这种“时间的神话”[①]——文学的流动性特征越来越不明显了，日益明显的则是空间上的丰富性和差异性的展开。表现在研究话题中的一个趋势便是，人们的兴趣越来越偏离对“趋势”的谈论，而越来越专注于对“格局”的观察和认识了。

预言当代文学和诗歌中“时间神话的终结”无疑是一个高瞻远瞩的判断。但是十几年的当代诗歌研究中，关于可以替代它的“空间性”的分析，却与当代诗歌日益复杂的状况与丰富的特质不相匹配。本文当然也无力整体性地解决这一问题，只是提出来以期引起更多关注与讨论。

一、为何从文化地理的角度去看当代诗歌

文化地理与诗歌中的地方文化与地域美学并不是一个新问题，有史以

①参见唐晓渡：《时间神话的终结》，《文艺争鸣》，1995年第2期。

来一切文学中无不自然地带上了地域文化色彩，同时人们对于一切文学与文化现象，也很自然地借助其产生的环境来予以观察。黑格尔说："爱奥尼亚的明媚天空固然大大地有助于荷马诗歌的优美，但是这个明媚的天空绝不能单独产生荷马。而且事实上，它也并没有继续产生其他的荷马。"为什么在注定要出现更多荷马的地方并没有出现荷马呢？因为"在土耳其的统治之下，就没有出过诗人了"。[①] 孔子也在褒奖《关雎》"乐而不淫"的同时，认为"郑声淫"，"恶郑声之乱雅乐"。显然，他们都意识到了文学和诗歌的某种地域性特质，意识到了地理环境对于文学和诗歌的先天影响作用。然而这些认识和谈论角度在文学和诗歌研究中通常被人们忽视了，原因是在很多年中，价值判断中的历史和时间维度占据了绝对主导。

这一逻辑的始作俑者当然也可以归于黑格尔，他曾宣称"世界的新与旧，新世界这个名称之所以发生，是因为美洲和澳洲都是在晚近才给我们知道的"[②]。也就是说，是因为一些"落后"的地理文明的发现，才有了所谓文明的"先进"与"落后"的性质之分；他所创造的体现"历史理性"的必然论和进步论逻辑，主导世界的价值观将近两百年，"新世界"和"时代精神"这些概念正是在他那里才成为一种新神话。在福柯那里，上述观念遭到了强有力的反思和批判，他说:"这是起始于柏格森还是更早的时候？空间在以往被当作是僵死的、刻板的、非辩证和静止的东西；相反时间却是丰富的、多产的、有生命的、辩证的。"总之，"19世纪沉湎于历史"。[③]一位当代的历史理论家爱德华·W.苏贾也随之指出:"在1980年代，学者们一致呼吁对（历史的）批判想象需要进行广泛的空间化……因此，一种具有明显特色的后现代和批判的人文地理学正在形成。"它"重新将历史的建构与社会空间的生产紧密地结合在一起，也将历史的创造和人文的构筑和构形结合在一起。从这种富有创造性的结合中正生出各种新的可能性"。[④]

①参见黑格尔：《历史哲学》，王造时译，上海书店出版社，1999 年，第 82 页。

②同上，第 83 页。

③福柯：《地理学中的问题》，见爱德华 · W . 苏贾：《后现代地理学》，王文斌译，北京，商务印书馆，2004 年，第 15 页。

④爱德华 · W . 苏贾：《后现代地理学》，王文斌译，北京，商务印书馆，2004 年，第 17 页。

上述理论观念足以成为一个理由，让我们来讨论“中国当代的诗歌地理”这一诗歌和文化命题。在过去的百年中，我们一直是在时间的范畴中来讨论新文学和现代诗歌的，时间使现代文学和诗歌的历史具有某种价值和方向，从陈独秀所说的“文学艺术，亦莫不有革命，莫不因革命而新兴而进化”、“今欲革新政治，势不得不革新盘踞于运用此政治者精神界之文学”①，到80年代初期徐敬亚所宣称的“新的，就是新的”②，所使用的都是这样一种逻辑。直到眼下的所谓“现代性”和“全球化”的讨论，仍是如此。人们谈论文学，包括诗歌，仍习惯于使用时间维度所派生的价值标准。然而正如英国人彼得·奥斯本所一针见血指出的，“‘现代性’和‘后现代性’、‘现代主义’和‘后现代主义’以及‘先锋’都是历史的范畴，它们是在理解历史整体的水平上建构而成的”，或者说，它们是一种将“历史总体化”的结果，是一种“与这些时间化相关联的……历史认识论”，因而也是一种“特定的时间的政治”，“现代主义和后现代主义——与保守主义、传统主义和反动一样——侵入了时间的政治的领域”。③奥斯本尖锐地揭示了“现代性”作为一种“价值虚构”所体现的西方社会的霸权与统治力量。

有意思的是，对于文化地理的发现，恰恰使中国人认同了时间的价值逻辑，走上了“现代化”的进程，中国人是在西方工业文明的侵凌与催逼之下才“睁了眼睛看”，具有启蒙和现代意识。一切都是从魏源留下的那本《海国图志》开始的，有了作为“文化地理”的《海国图志》，才有了严复翻译的《天演论》和他自己写的《原强》，中国近代意义上的“进化论”历史观才逐渐得以萌生和确立。而对于西方来说，文化地理的发现同时催生了他们的浪漫主义情怀——转而怀念古代、东方、中世纪的原始森林与陌生的异域情调。斯达尔夫人正是从欧洲南方与北方的地理差异中，解释了文艺复兴、古典主义与19世纪初欧洲文学的动力，并且提出了在地

①陈独秀：《文学革命论》，《新青年》1917年2月18日，第2卷第6期。
②徐敬亚：《崛起的诗群》，《当代文艺思潮》，1983年第1期。
③参见彼得·奥斯本：《时间的政治——现代性与先锋》，王志宏译，北京，商务印书馆，2004年，第3~4页。

理的差异（欧洲北方和南方）中包含了时代和价值的对立（古代和中世纪、骑士精神和希腊罗马制度的对立）的一般规律。[①]这一定律到了中国人这里也反过来了，在古今之争中，正是包含了陈旧与现代、进步与落后、革命与反革命之间的对立。因此，关于中国现代历史，包括文学与诗歌的历史的叙述，显然也充满这样的虚构与规则：改良、革命、变革、进步、先锋、新潮、后、新新、后后……这样一些概念，构成了一个个关于文学进步的观念神话。不止五四时期，二三十年代革命文学运动时期、延安文学时期、建国后到“文革”、“文革”后的“新诗潮”运动、超越“朦胧诗”一代的“新生代诗歌”等等，无不遵从这样的逻辑。但在这样一个历史轨迹中我们不难发现，诗歌确实是一直在变，但未必总是在“进步”。

因此，对这样一种评价角度与思维逻辑予以修正，在如今的文学格局下便显得非常必要。因为在“变革”出现了某种“停滞”之后，诗歌反而呈现了一种空前的丰富，原来“代际的对立”更多地变成了“地域的分野”，所谓“民间”与“知识分子”的分立，“外省”与“京城”之间的对峙，在当代诗歌历史上都是前所未有的状况。这表明，地缘文化关系、文化地理差异对诗人和诗歌的影响越来越大，而不同地域的诗人群落则日益清晰地意识到这种差异的合理性，并且有效地加以利用。如广东地区诗歌中所集中体现的底层生活场景，以及那里无比热闹的诗歌景观；再如北京地区诗歌所显露出的国际化、政治波普性、前卫文化属性与中产阶级属性等等；而大西南地区的诗歌则更加自觉地呈现出了其原始和荒蛮的气质。这些都为我们考察其格局的变化和地域差异提供了鲜活的对象和材料。

二、中国当代诗歌地域文化特性的演变

在“空间”维度所作的考察，仍然需要从“时间”流变的角度加以回顾和审视。

①参见斯达尔夫人：《论文学》，见伍蠡甫主编《西方文论选》，下卷，上海译文出版社，1979 年，第 141 页。

中国当代诗歌的地域性，在早期的革命洪流与意识形态强力的统合作用下，曾显得十分模糊，在20世纪50年代和60年代很难找到合适的例子。虽然建国之初许多诗人就响应号召奔赴各地，在一线生活中寻找创作灵感与资源，但写出的作品却鲜有风格的区别。唯一可以显示一点地域特色的例证似乎是闻捷，他在1955年出版的《天山牧歌》，因为带有相对浓郁的异域情调而受到欢迎。其中对哈萨克青年男女恋爱场景的描写尤为引人注目，这也应了欧洲传统中主流的说法——所谓浪漫主义其实就是指“异域情调”，如勃兰兑斯所说，即是“文学中的地方色彩”，“所谓地方色彩就是他乡异国、远古时代、生疏风土的一切特征。”①闻捷诗歌中浪漫意味的获得，除非借助于这种边地少数民族的特殊身份与生活情境，否则连基本的合法性都不具备，写姑娘和小伙子之间缠绵的爱情，大胆直露的倾吐表达，都几乎与革命意识形态的“健康美学”相冲突。因此，连作者对此也感到难以处理，只好在结尾处加上概念化的“升华”：“要我嫁给你吗？你衣襟上少着一枚奖章。”要问我们的婚期在什么时候吗？“等我成了共青团员，等你成了生产队长。”从这个意义上说，建国之初的诗歌中既无真正的浪漫主义，也很难谈得上有真正的文化地理。

上述状况一直持续到70年代后期。原因不外是强大的国家意志将一切写作都纳入了官方的艺术生产体制之中，公开出版物之外的一切文艺生产都无法进入合法的传播渠道。但在60年代后期到70年代中期的北京，特殊的环境，如权力的交叉与纠结状态所生成的特殊庇护（许多青年是因为高干家庭出身而享有某些特权，并有机会了解到更多权力秘密），如特殊阶层思想的活跃与信息暗道的畅通（在北京青年中私下流行的“黄皮书”和“灰皮书”，使他们有条件接受到长期禁绝的外国文学和哲学，特别是现代派哲学与文学的影响），等等，这些都催生了一种特殊的文化样态，即杨健在《文化大革命中的地下文学》一书中所记载的“地下沙龙”。这些遍布北京的思想群落先后计有六个之多，他们中孕育了后来的“白洋淀诗

①勃兰兑斯《十九世纪文学主流》，“第一分册 · 法国的浪漫派”，李宗杰译，北京，人民文学出版社，1982年，第19页。

歌群落”和《今天》中的大多数诗人，[①]这样的特殊形式除非在北京，在别的任何一个城市都无法想象其存在。地下沙龙是当代中国最早的自由思想群落，也是具有鲜明的北京地域特点的诗歌群体，这中间的重要人物如赵一凡、食指、根子和多多等，都深刻影响了之后的现代主义诗歌运动。

1978年10月贵州诗人群创办的《启蒙》和年底北岛等人在北京创办的《今天》，可以看作“民间”具有“文化地理”意义的诗歌现象出现的标志。这两份民刊，一份出现在偏僻遥远的贵州，一份出现在京畿要地，这实在非常值得思考玩味，要么是在文化稀薄天高皇帝远的边地，要么是在思想活跃炙手可热的政治中心，在其他地方则很难想象。但是，远在贵州的《启蒙》诗人并没有丝毫注意到那里的地方文化、民俗风物，相反，它们共同的特点是传达了社会变革与思想启蒙的急切先声，而且是更为激进地采用了“诗歌大字报”的方式，奔波数千里到北京予以张贴。而身居北京的诗人北岛则在给贵州诗人哑默的信中说：“我们打算办一个‘纯’文学刊物，所谓纯，就是不直接涉及政治……应该扎扎实实多做些提高人民鉴赏力……的工作。”[②]这表明，两个群体中更加洞悉政治时局的北京诗人反而更重视作品的文学性和专业性，而不主张政治色彩过于浓厚。

上述比较也许意义过于简单了，我要强调的是，中国当代诗歌的文化地理特性是在“体制外”的民间诗歌群落中发育和体现的。原因很简单，主流的写作已经高度“一体化”了，只有在民间诗歌场域中才能体现出真正的差异性。20世纪80年代中期，这种差异终于借着“第三代”的崛起显现了出来。1984年，韩东在南京组织了“他们”，标立出一种平民化的诗学姿态，提出了反对诗人作为“政治动物、文化动物和历史动物”的角色，而要还原为世俗身份的口号，并转而去寻找“民间和原始的东西”。[③]同年2月，李亚伟、万夏等人则在同样的世俗化社会思潮的催动下创立了“莽汉主义”诗歌群体，主张对传统和现存的一切予以大胆冲撞。稍后，受到“宇宙全息论”和文化人类学思想的启示，四川的部分诗人石光华、杨远

①参见杨健：《文化大革命中的地下文学》，第二、第三、第四章，北京，朝华出版社，1993年。
②北岛在1978年底给伍立宪（哑默）的信，未刊。
③参见韩东：《关于诗的两段信》，见《青年诗人谈诗》，1985年印行，未刊，第124~125页。

宏、宋渠、宋炜等人又组织了“整体主义”群落，强调以“现代史诗”的方式对民族文化进行“整体状态的描述或呈现”。这三个诗人群体成为当代中国民间诗歌美学爆炸的导引和先声。1986年，在徐敬亚等人的策划下，“中国现代主义诗歌大展”一举推出了数十个诗歌团体与流派，一时泥沙俱下、旗帜纷呈，当代诗歌的格局也陡然为之一变，自此生机蓬勃、群雄争逐。

可以说，中国当代先锋诗歌运动的发育是从南方城市和偏远的山区兴起的，当以北京的部分青年诗人为主体的朦胧诗获得了新权威地位的时候，南方和大西南地区更年轻的一批写作者向他们发出了有力的挑战。这当然不只是因为那里的写作者们由于携带了更多自然的气息而更富有诗意，而且还因为他们携带了更符合当代中国现实经验的、更加大众和平民化的文化观念，因而才更富有生长性。在第三代诗歌运动中，占到最大比重、起到最显著作用的，当属四川的诗歌群落。由发星整理的《四川民间诗歌运动简史》一文中记录了最早的一批民间诗歌群体：李亚伟、胡钰、万夏等人创立的“莽汉”诗歌流派，欧阳江河、周伦佑、石光华、万夏、杨黎等人创办的“四川青年诗人协会”，石光华、欧阳江河、宋渠、宋炜、杨远宏、刘太亨等人创办的“整体主义”，以及由尚仲敏、燕晓冬基于所编辑的《大学生诗报》而形成的“大学生诗派”等等。[①]这块自古被称作天府之国的富庶而封闭的古盆地，成为中国当代诗歌一处鲜明的精神地标、当代诗歌变革运动的策源地，以及大量优秀诗人的输出地。无论如何，这与它壮丽的自然山水以及自古以来的诗歌传统——由司马相如、陈子昂、李白、苏轼，乃至现代的郭沫若所留下的深厚的诗歌气脉不无关系。封闭的地理反而赋予了它格外巨大的突破力量，富庶的物产则给予了诗歌与诗人得以滋育生长的条件。欧阳江河在回答为什么四川成为“第三代诗歌运动”的策源地时是这样说的：“……这很正常，这里天高皇帝远，人们喜欢泡茶馆、吃火锅、闲聊、饮酒、读书，养出了闲适的文人心态，同时，这里又有一种很‘非非’和‘莽汉’的东西。这两极的结合造

①参见“诗家园网站”，http://sjycn.2008red.com/sjycn/article_269_5742_1.shtml，未刊。

成了书卷气、江湖气、市井气的并存，口语和书面语的交汇，使四川诗歌写作呈现出引人瞩目的现代诗语言奇景。”“四川人很好强，个性很张扬，但又包容，不排外。这些都是四川成为第三代诗歌重镇的原因。”①

这是80年代的状况和代表性景观。90年代之后，尚存的原始自然与地域文化在中国日益卷入全球化进程之后，基本上也陷于瓦解，那么诗歌中的地理和地理中的诗歌，也变得越来越丰富复杂和难于把握。难怪“寻根文学”运动会发生在80年代，而90年代“先锋文学”的场域则实现了从原始乡村到现代城市的转换。消费的与娱乐的、欲望的与身体的写作代替了文化的忧思与精神的挽歌，代替了对存在意义及其形式的勘探与追索。但从另一个方面看，90年代也是民间诗歌群落与流派秘密发育并逐渐活跃的一个时期，这与其特有的“文化缝隙”的扩展——市场与大众文化的发育使民间文化形态有了更多藏身之地——有密切关系。仅据荷兰莱顿大学教授柯雷（Maghiel van Crevel）的统计，这时期出现的诗歌民刊就达到了49家②。这份名单当然不全，实际数量要多得多。在这个近乎无限大的群体中，“政治地理”意义上的对于官办诗歌与权力诗坛的僭越，“文化地理”意义上的地域风尚的倡扬，还有“文学地理”意义上的对于诗歌界某些时尚趣味与精英规则的挑战与解构，都得到了充分的体现。在这个民间群体的作用下，传统的诗坛权力结构及其价值系统终于土崩瓦解，几乎所有被广泛认可和经典化的诗人，都是从民间诗歌刊物上成长起来，而不再是由原有的发表体制制造出来。这意味着，50年代以来由意识形态架构起来的诗歌生产体制，所谓“当代诗坛”的文化权力结构被彻底修改和颠覆了。

在90年代末还发生了另一场重大的诗歌事件，就是“盘峰诗会”中出现的“民间写作”与“知识分子写作”的分立。其实在今天看来，其中的观念之争也许并不是最重要的，无论是民间还是知识分子，其最初身份都是对照于“权力诗坛”而存在的，他们在90年代的写作都具有“知识分子性”，而存在的方式也都曾是“民间”的。换句话说，他们原本就是一

①欧阳江河访谈：《没有了诗歌，就不会有下一个奥斯维辛吗？》，《经济观察报》，2006年6月12日。
②参见柯雷（Maghiel van Crevel）：*A Research Note and an Annotated Bibliography*，MCLC Resource Center Publication，Leiden University。

体的，只是美学趣味和文体风格有微妙的差异。但随着权力诗坛的趋于弱化，在他们两者之间又产生了新的“权力之争”。显然，身居京城的“知识分子诗人”是90年代诗歌参与国际化进程的最大获益者，在政治与文化紧张关系逐渐缓和之后，原有的异端身份随之淡化乃至消失了，而海外汉学对中国当代诗歌的研究与翻译的兴盛，使许多身处文化便利与开放前沿之地北京的诗人，一变而成为声名远播的“国际诗人”。这样，身居外省、几乎与身处京畿的诗人同时成名的那些，便成了相对“被遗忘”的一群。这种巨大的不平衡使他们不得不通过刻意放大与前者的差异，夸大同“本土”、“传统”、“民间”、“现实”等等场域的关系来扩展其合法意义，进而实现对知识分子写作的身份矛盾（即所谓“国内流亡诗人”的说法，以及写作的“不及物性”）的批评，以争取在经典化和国际化过程中的自身利益。

确实，“民间写作”的这一诉求部分地得到了实现，在盘峰论争及其余波中，“民间”一派成为获益者，并且因为对于精英诗坛新的权力格局的打破，而为“中间代”、“70后”、“80后”以及“网络写作”一代的粉墨登场创造了条件。借着网络新传媒的蔓延，以及千禧年新世纪的节日狂欢氛围，中国的诗坛终于出现了前所未有的多元局面。

三、当代诗歌中的“地域性意识形态”特质

以上这番“当代中国民间诗歌地理”的描述，仍然使用了一个“时间叙事”，这也是不得已的，不可能在完全取消时间因素的条件下完成一个历史叙述。我们所需要做的，一是尽可能地展开历史过程中的空间因素及其丰富性；二是在建构历史的逻辑与整体性时，尽量避免使用时间意义上的简单价值判断。显然，当代中国诗歌的历史确有这样一个趋向，即它的民间特性、地理文化差异性处在一个“渐趋丰富”的过程中，而这一点也十分符合“进步论”的历史逻辑，这也是一个客观事实。但这一过程中的空间丰富性，我们确未能充分展开，因此，下面我要对近些年诗歌的地理

属性作一些简要的分析。

一个是“地域性意识形态”的差异。如同苏贾在《后现代地理学》中所阐述的，城市所构成的权力中心支配着一个时代的文化，而另一些居于边缘地带的地区则要努力冲破这种权威。90年代后期以来，“外省”与“民间”这类词语的日益显豁即与此有关。“外省”一词本无本土含义，是翻译文学中关于“巴黎”的对应物的一个特殊符号，它几乎是“乡村”或“郊区”的同义语。但随着2000年一份民刊《外省》（河南诗人简单创办）的出现，这一词语在当代诗歌中渐渐被确立了其与“京城”相对的意义。“盘峰诗会”之后的数年间，看起来是“民间写作”与“知识分子写作”两种观念之间的对立，其实就是在这一旗号下“外省诗人”与“京城诗人”之间的分野。因此，“民间”立场及其表达方式——“说人话”的“口语”，还有“本土”的经验内容，便成为与“不说人话”的“雅语”，还有非本土的外来经验，以及不及物状态的内容之间构成了一种对立的形式，并因此具有另一种“道德优势”。这其实便是生成了一种新的意识形态力量，它不期然地结合了中国久远的革命民粹主义传统，与日益发育的大众意识形态相契合，并且适应了网络传媒的环境，确立了自己在新语境中的身份与角色，以及价值与位置。

相比之下，“京城”原来由权力层级结构与官方意识形态，还有来自国际汉学的跨国影响，甚至全球化的总体文化逻辑所赋予的混合优势，在世纪之交似乎突然丧失了合法性。在延迁多日的论争中，知识分子诗人群体似乎有些无心恋战，其声言“献给无限的少数人”的诗歌理想也显得略带悲情。然而这个群体在事实上仍然据有“国际化”的优势，以西川、王家新、欧阳江河、翟永明（她是穿行居住于北京、四川两地）等为例，他们在新世纪之后仍是经典化程度最高的诗人，并且日益享有国际性的声誉，每年有大量时间是在欧美与世界各地巡游和访问，这仍然是“外省”诗人们徒有艳羡而无力相比的。如今，两个事实上边界已日益含混的阵营，是以这样一种奇怪的交错与胶着的方式存在着。其中“民间”一派的领军人物于坚、韩东和伊沙等，也都有机会被译介到海外和频繁出访，某种程度上他们也已经“国际化”了。但是两相比较，“待遇”还是不同：

北京的“知识分子诗人”仍然拥有另一种不可动摇的“等级优势”，即全球性的诗歌知识以及文化背景赋予了他们的作品“更高级”的阐释空间与可能，所谓庞德、史蒂文斯之于西川，里尔克、纳博科夫之于欧阳江河，米沃什、帕斯捷尔纳克和布罗茨基之于王家新，普拉斯之于翟永明……[①]人们似乎习惯于在一个世界性、国际化的诗歌谱系中诠释他们，赋予他们一种类比的优势；而“外省”诗人便大约只能依据“本土”、“现实”等“地方性知识”来阐释其意义了。

另一个值得注意的问题是地域内部的景观。仍以北京为例，在它的大街小巷中活跃着形形色色的诗人群体，他们寄生于各种体制：民间的、官方的、学院的、亦官亦商的、资本与企业主的；身份则上至官员，下至打工者，有小企业主、记者、书商、制片人、IT行业从业者、行为艺术家、冒牌学者、草根画家、行僧或食素者、无业游民，甚至痞子混混。他们构成了一个类似于本雅明在其《发达资本主义时代的抒情诗人》中所描述过的“游荡者阶层”。这个阶层也除非是在今日的北京，在过去，或是别的任何一个城市，都很难想象他们会获得基本的生存条件，但在这个城市里他们却能够被养活，并且找到自己的生存快乐与发迹之途。在北京的大大小小的朗诵会与各种各样的“诗歌活动”中，他们称兄道弟，推杯换盏，交错构成无数个小圈子，也很快分化甚至反目成仇。也因为这样一个环境，北京成为众多诗歌民刊、诗歌组织的温床。在这里活跃着《诗参考》、《诗江湖》、《第三条道路》、《新诗代》、《新诗界》、《卡丘主义》、《小杂志》、《物》、《红色玩具》等比较固定的民刊，也有难以数计的以公开出版的方式面世的同人书刊。就经济力量来说，北京也通常有着外省很难匹敌的投资者，以中坤集团为例，其2006年开始承诺给北京大学新诗研究所、中国诗歌学会、批评家唐晓渡等主持的帕米尔研究院各投资1000万元，这样的投入堪称迄今为止的中国之最。虽然据说投资并未完全兑现，但至少在帕米尔研究院的名义下，“中坤国际诗歌奖”已经举行了两届，其影响也堪称严肃和巨大。这类活动中所具有的学术含量也

①参见程光炜：《不知所终的旅行——九十年代诗歌综论》，《山花》，1997 年第 11 期。

是外省无法匹敌的。即使是在上海那样有经济力量的城市里，也很难想象会有一位企业家把巨额的资金投向诗歌事业。

但在另一个经济发达、有“世界工厂”之称的地区广东，却迎来了一个不可思议的诗歌繁盛时期。那里资金雄厚，流动人口非常多，但多数是底层人物或两极分化的人群。正是在这里，在新世纪之初汇聚了众多的诗歌写作者，仅以2005年、2007年由广东官方召开的第一、第二两届“广东诗歌节”为例，出席的本地诗人就都多达二百余人。有人甚至用“诗歌大省”这样的称谓来形容其地诗人之多、出产作品数量之巨。在这里，仅是有影响的诗歌民刊，就有《诗歌与人》、《行吟诗人》、《赶路诗刊》、《思想者》、《今朝》、《诗歌现场》、《女子诗报》、《低诗歌年鉴》、《中西诗歌》、《打工诗人》（报纸）等十多家，还有影响广泛的最早提出“打工文学”概念的各种诗歌选本。这些民刊有的因为获得了或官或商的支持，印装多体面豪华。迄今为止，我仍很难解释，为什么在这个人们想象中的文化的不毛之地竟出现了不可遏止的诗歌热流？资金的雄厚固然是滋育文化的一个基础，但社会生活的丰富奇特似乎才是真正的原因。在这块“改革开放的热土”上，确乎发生了太多的故事，积聚了太多的社会心理，有太多的血泪和秘密，有太多不吐不快的人心块垒。从郑小琼的诗歌里，我们便可以看见这一缩影：在铁一般冰冷的流水线上，在贫困而无助的生涯中，有千千万万个命运如同铁钉的、经受着锻造与锈蚀的卑微生命，他们忍受着铁一般的生存法则，经历着机器一样枯燥疲累的人生，但他们的内心也燃烧着铁一样的痛楚与追问，积聚着铁一样的悲凉与呐喊、铁一样的顽强与奋争。正是在这里，在郑小琼的诗歌里，我们看到了工业时代中国底层人群的精神影像与生命创伤，以及以“铁”为经典符号的“时代的新美学”。

显然，是在一块人们想象中最近乎“不可能”的地方，出现了社会伦理与诗歌精神中的呐喊，在那块财富迅速积累、江河严重污染的地方，在那块外国的工厂与资本家榨取了中国底层廉价劳动力的剩余价值，并创造了一个时代的GDP神话，帮助中国成为世界最大的美元储备国的地方，出现了这个奇特的诗歌景观：众多的打工者和刚刚脱离打工身份的、出于责任或者仅仅是跟风的各色身份的写作者，共同书写了当代中国未必是艺术质量最高，但无疑是最具有现实感和良知呼唤力的诗歌。这应当是“当代中国民间诗歌地理”这一命题中最富有启示性与传奇色彩的景观。它本身也构成了一种鲜明的“地域美学”，在这块土地上，显然，中产阶级的感伤与自恋、花花草草的轻薄与调侃，还有普泛意义上的“南方的才情”，以及北京这样的中心城市的后现代体验，以及“高端”的美学谱系与文化背景等，都是不可与之同日而语的。

但问题也不能极端化和一概而论，事实上即便在最为遥远的边地，也有着对等级意义上的“高端诗歌思维”的追求。在众多民间诗刊中，比如黑龙江的《剃须刀》、《东北亚》，四川的《非非》、《存在》，福建的《新死亡诗派》，还有地理位置不断迁移的《太阳》、《女子诗报》，还有浙江的《北回归线》，广东的《今朝》等等，也都体现着对于普遍的和形而上学意义上的诗歌经验及其美学的诉求。特别是存在历史已长达二十多年的“非非”诗人群落，他们对诗歌中语言与文化、结构与文本的孜孜以求的追寻与思考，在中国堪称独一无二，他们所构造的“悬空的圣殿”既是社会的，也是文本和词语、哲学和形而上的，而他们将自己描述为“刀锋上站立的鸟群”的角色体认，也在文本之外标立起鲜明的人文主义和知识分子立场。[①]这种毫不回避的精神担当，在时下的诗人群落中已显得形单影只。

在大西南地区，也活跃着众多的诗歌流脉与群落，最典型的是在四川与贵州存在了多年的《独立·零点》。以发星为核心，它多年来坚持着人文性与地域性、民族性的统一，他们不但在当代民间诗歌历史与地理状况的资料积累与整理上做了很多工作，还格外关注彝人的汉语诗歌写作、西南的地域性诗歌写作，甚至他们的语言与修辞都带着浓厚的地域性与陌生化风格，这些都为丰富中国当代民间诗歌的地域文化与美学内涵作出了实实在在的努力。

①参见周伦佑主编《悬空的圣殿》，周伦佑、孟原主编《刀锋上站立的鸟群》，拉萨，西藏人民出版社，2006年。

四、文化地理中的“地域诗歌美学”

如果刻意观察“北京”和“外省”这样两个相对意义上的地理概念，在诗歌写作上就可以看出二者美学上的差别——这当然有简单化和以偏概全的危险，但宏观上仍可讨论。混迹北京的诗人最注重的往往是对旗帜的标榜，以及各种形式的实验，这是由于知识信息的迅捷与庞杂所决定的，因此“极限性文本”多半出在北京。如果说外省的诗人可能更注重抒情或者写作的道义担当，那么北京的诗人则最注重形式的实验与探求；如果说外省的诗人们有更多“前现代的焦虑”与精神性追求的话，那么北京的诗人则有更多“后现代的智性炫耀”与技术趣味。以2007年问世的《卡丘主义》创刊号为例，这可谓一个典型的“后现代”意味的民刊。显然，这样一本诗歌民刊不大可能出在北京以外的地方——上海的《活塞》在视觉上也给人强烈的“后现代”式的震撼，但那是由“鬼魂”与“幽灵”的图画构成的一种荒诞感，是物质生存、经济压迫所带来的焦虑的寓言；而“卡丘”则拼贴了大量革命和“文革”时代的影像符号，它用了不同时期的历史图画，以强烈的“间离”效果呈现了我们的文化失忆或记忆的碎片感，它更多地是指向政治和文化上的异化性危机。但是显然，它与90年代的大量类似读物已不一样，不再是单纯追求“政治波谱”的效果，而是作用于消费时代的一般性文化感受。

“卡丘主义”在文化与美学上都具有十足的兼容性与含混性，它的创刊号上一下子推出了三个“宣言”，这些文字很繁复且很有意味，但读完则使人陷入了茫然。这种迷失感使我不得不放弃试图理解和诠释它的冲动——

> 卡丘主义者认为，卡丘是一场自觉自愿的文化、艺术、流派的运动，也是“反对”文化、艺术、流派的运动。卡丘相信诗歌和艺术的一切，卡丘包容一切……卡丘是整合一切精神资源的探索狂的代名词。卡丘不是要得到什么，不是要成为什么，卡丘是要“从结果回到资源”的诗歌运动，从诗歌的表现形式回到诗歌的本质的运动，从写

作者回到读者的运动，从读诗者回到高兴者、有趣者的诗歌运动，卡丘是从疯狂回到宁静，再从宁静来到更疯狂的螺旋上升的运动……①

“包容一切”，在两可之间，几乎可以成为这种“卡丘美学”的简化版本，平静中的游戏，含混中的不同与趋同，诙谐中的严肃意味，这是只有北京才会具备的驳杂和多元。它的存在，无疑是对于北京丰富的诗歌主张与美学派系的颠覆与自我区分。

我们再看上海的《活塞》。相比《卡丘主义》的诙谐与游戏观念，它反而表现出十足的叛逆与紧张意味、对抗与势不两立的特性，在美学上也显得更幽暗和陌生。这是它的理论倡扬者、“80后”诗人丁成的一番主张：

“活塞”像一颗铁钉粗暴地扎向当代文学的胸膛！血流如注的文化浊流中，活塞以其特有的、独异的光芒，照耀并医治着人们业已无可救药的绝望。甚至，说它像铁锤一样，砸向固有的时代禁忌，砸向麻木的文学良心，砸向僵化的文化思维……②

《活塞》提供了大量关于现代文明、都市生活、文化异化和精神分裂的诗意想象。这是残酷的想象，波德莱尔混合着布勒东式的超现实主义的想象，也是真实和有着真正现实及物性的想象。它完成了一个恰如其分的诗歌修辞。其文字传达了边缘的、年轻的或底层群落的那些叫人触目惊心的生存景观，他们对于时代、社会、文化和文明的尖锐批评，再配以充满死亡隐喻与颓败气息的现代木刻画，大量关于死亡的、骷髅与幽灵式的电脑图画，共同构成了富有“文明颓败的寓言”意味的诗歌修辞，创造出了一个关于腐败与不公正的、血泪和强权的、死亡与深渊的、富有巨大想象与涵盖力的现代“叙事”。

这是一个前工业时代和后现代相交合的奇怪的文明情境的产物——“活塞”，这工业世纪力量的象征和来源，如今已不仅意味着惠特曼式的

①朱鹰、周瑟瑟：《卡丘主义宣言二号》，《卡丘主义》创刊号，2007年。
②丁成：《异端的伦理——汉语诗歌在当代的沦亡和拯救》，未刊，2008年。

憧憬、未来主义者对暴力和新世纪的狂想和叫嚣，以及超现实主义者变态的精神寓言，同时也有后现代的精神分裂与欲望宣泄，以及戏仿和单调复制的文化隐喻……总之，这是一个关于现实和当代文明的丰富而杂烩式的比喻，也是在这一情境下的当代诗歌精神的丰富拟喻。它符合上海这座有着殖民地历史的、现代工业与商业的、拥挤而又充满财富的、在现代中国业已有着大量类似疾病、精神分裂、充满财富与欲望纷争的文学想象的城市的特点，这些在中国其他任何一座城市中都是很难具备的。

《活塞》诗人擅长一种奇怪的“大诗”写作——那些悲情澎湃的、规模宏大的、有着密集意象的、长句式的、充满着铺排与延绵力的诗歌，可以称作 “关于人类文明的抒情诗”或者有着“寓言性”、“预言性”的“宏大悲剧叙事”。第一期中徐慢的《人民》、丁成的《上海，上海》、雷炎的《地狱变相图》都属于这类容量和密度巨大的作品，它们以尖锐的疼痛感，书写了这个时代被经济神话所掩盖的另一面，写出了“人民”作为牺牲者的命运：“……我仅是人民，同志，一个弱小的劳动者 / 在黄昏时脱下破旧的工装，我渴望一场暴风雨 / 洗去这令人悲伤的夜晚，洗去这蝙蝠狂舞的时辰 / 我是人民，命运无常的人民，具有人民简单的逻辑 / 一次挫折就让我丧失一生的自我”。“人民”这个词语的当代传奇，在徐慢的笔下被验证了它从“概念的高空”中疾速坠落的现实。还有丁成的《上海，上海》——这城市过去是，现在仍然是中国人关于现代、欲望、财富以及精神沉沦的指代符号：“颧骨日渐高耸的上海 / 营养不良，消化不良的上海 / 掀起裙角的荡妇 / 正在勾引被物质兑换的人们 / 淋病、梅毒甚至艾滋 / 瞧，这些多么时尚、多么现代的词 / 像魔咒一样如影随形 / 坐上高速的磁悬浮列车 / 前进，前进，进……”这是上海，也是所谓“现代”和“全球化”的影像——前现代的罪恶和后现代的喜剧正同时热闹地上演着。

另一种“时代的新美学”来自广东。与上海相比，它在精神上更简单、直接，并且在这作为“改革开放的前沿”、“世界工厂”和成千上万底层劳动力的集散地的“热土”上一分为二，变成了在道德上分裂和挣扎着的两极：一个是前面所引的郑小琼那样的诗歌，它们通过苦难的见证和受戕害的劳动者的身体，刻画出时代的典型影像，也唱出悲伤与哭泣的旋律，它们指向人们的灵魂与良知，唤醒道义与精神的力量；另一种则是宣称放弃、自戕和对尘埃之低的认同。在由龙俊主编、2007年问世的三卷厚厚的《低诗歌丛书》——《低诗歌批判》、《低诗歌代表诗人诗选》、《低诗歌年鉴》（中国国际文化出版社，2007年）中，我们可以看出“低诗歌”的“盛况”，其中的一篇宣言如是说：

> 低诗歌是中国诗歌的急先锋。低诗歌是中国诗歌的“极端主义”。
>
> 低诗歌原则：无禁区，无原则，无秩序，无终极即“无极”。
>
> 低诗歌姿态：无知。无畏。极端。彻底。决绝！如果一些人非要给它扣上一个帽子，将它视为诗歌文化艺术的“反动派”，它乐于接受，并不作任何辩解。……低诗歌的任务就是破坏。
>
> 低诗歌态度：永远不要被认同，永远不要被接受。不管任何形式的和潜意识的，它的被承认和被接受，将是它最大的耻辱！……[①]

与人类历史上一切艺术宣言比，“低诗歌”的这些信条无疑是最“牛”、最彻底的口号了，它甚至反对被认可和接受，不啻“最无极式的精神思想解放运动”了，与前些年在北京等地流行的“用下半身反对上半身”的“下半身诗学”比，更反映了中国当今社会剧烈分化中的一种“底层意识形态”。这是带着悲愤与无望、卑贱与不平的思想情绪的一群，他们用否定性的立场和态度来看待一切，表达着底层、草根阶层的境遇、情感和思想。这和历史上欧洲资本主义情境中出现的达达主义、未来主义等“左派”思想，与诗歌运动中的一切“现代”主张，包括当年朦胧诗、第三代诗人崛起之时的叛逆主张还不一样：那些马里内蒂式的宣言中虽然也声称“破坏”、“狂热”、“原始”、“摧毁”等等，[②]但所代表的似乎只是“年轻”二字，因为年轻即是“权力”的对立面，似乎并不代表人群中特定的阶层；而现在，“低诗歌”确乎体现了我们这时代“广义的底层”

①开物、一空：《低诗歌宣言》，见龙俊主编《低诗歌批判》，北京，中国国际文化出版，2007年，第3页。
②参见马里内蒂：《未来主义宣言》，见伍蠡甫主编《现代西方文论选》，上海译文出版社，1983年，第64~65页。

或草根的美学立场与意识形态。

“低诗歌”的一个最基本的美学特征，就是“文本的边缘性”。仅仅用“粗鄙”、“粗俗”甚至“粗野”都只能涵盖其形，而无法传达其神，它词语的粗蛮在多数作品中其实真的充满了痛感、尖锐、合理性甚至震撼人心的力量，但在修辞的层面上它们确实很难在任何公开出版的载体上被保留下来。只有少量的作品“接近于可以公开”，如曾德旷的《我没有故乡》、《我把自己同进城挑粪的农民相比》、《我生下来就是为了歌唱》，它们都能带给人罕有的震撼和感动。这位曾因为在网络上发表了自己流浪的生活隐私而引起了争议的人物，确是一位功底深厚的诗人，他在卑贱的生活场景与心绪中，书写出了令人颤动的悲凉诗意：“我没有故乡/我的故乡/早已迷失在迁徙的路上/我没有避风港/我的避风港/是秋风中候鸟的翅膀/从南方到北方/从人间到天上/秋风，隔开了星星的诗行……”悲情、凄楚、无望、苍凉，确实是好诗。当然，这里并没有征引他的那些更具破坏性修辞和粗鄙风格的诗句，但不管怎样，在诗歌中可以读出写作者真实的卑微，读出其身份与生活的卑贱，这就是见证的力量，诗歌永远因为见证而高人一等，因为它能够带来阅读的感动。他让我们知道，在这个世界上，真的还有许许多多的人在呼喊和挣扎，在生存的底线上，在诗歌的华丽的表象下。我们当然没有理由无界限地推崇粗鄙的修辞，或以“道德优势”来看待与诠释底层的生存，但也应该明白，诗歌真的没有权利漠视这真实的情境和悲凉的声音。

考察中国当代诗歌中的文化地理状况是一个巨大和纷繁的工作，本文显然无法完成一个稍显整体的梳理，只能算是提出问题。显然，这种多元的状况正在深刻地改变着中国当代诗歌的格局，使其文化与美学内涵产生巨大的变异。这无论如何也不是一件坏事。而且须知，诗歌的地域文化与美学特质在中国有着久远的传统，从《诗经》的十五国风各具风格的差异，到《诗经》与《楚辞》之间的大相径庭，到东晋以后中国政治文化中心南迁造成的诗歌的日渐华美富丽、南朝与北朝民歌鲜明的不同，盛唐时期国土疆域的拓展所带来的诗歌的磅礴气象……这些都是文化与地理条件在诗歌中打上的深刻烙印。现代以来也不例外，从不同的国家留学归来的诗人，其实也给中国新诗带来了完全不同的诗歌传统与美学资源，英美的浪漫主义与法德的象征主义，还有来自日本和苏俄的诗歌的影响，共同推动了中国新诗的发育和成长。这些都应是我们观察当代中国诗歌的文化地理与地域美学属性的参照和依据。

新人文丛书书目

No.01　史仲文　文化无非你和我（已出版）

No.02　夏可君　无余与感通——源自中国经验的世界哲学（已出版）

No.03　单　纯　立命·究底·理政三道综论集（已出版）

No.04　张　柠　感伤时代的文学（已出版）

No.05　吴祚来　我们要往何处去——价值主义与人文关怀（已出版）

No.06　敬文东　守夜人呓语（已出版）

No.07　王向远　日本之文与日本之美（已出版）

No.08　金惠敏　全球对话主义——21世纪的文化政治学（已出版）

No.09　谢　泳　思想利器——当代中国研究的史料问题（已出版）

No.10　陈晓明　守望剩余的文学性（已出版）

No.11　赵　强　问题转换机（已出版）

No.12　许志强　无边界阅读（已出版）

No.13　王清淮　新史记（已出版）

No.14　黑　马　文明荒原上爱的牧师——劳伦斯叙论集（已出版）

No.15　尤西林　人文科学与现代性（已出版）

No.16　江弱水　文本的肉身(已出版)

No.17　李雪涛　误解的对话——德国汉学家的中国记忆(已出版)

No.18　陆　扬　后现代文化景观（已出版）

No.19　汪民安　什么是当代（已出版）

No.20　张　闳　言辞喧嚣的时刻（已出版）

No.21　张　念　女人的理想国（已出版）

No.22　李　静　必须冒犯观众

No.23　严　泉　历史变迁的制度透视

No.24　王鲁湘　幽光狂慧

No.25　何光沪　秉烛隧中

No.26　郭于华　我们社会的生态

No.27　张清华　狂欢或悲戚——当代文学的现象解析与文化观察（已出版）

No.28　蒋原伦　去势的儒学与信仰

No.29　朱汉民　经典诠释与义理体认——中国哲学的建构历程

No.30　彭永捷　汉语哲学如何可能——中国哲学学科范式研究

No.31　晏　辉　走向生活世界的哲学

【注】新人文丛书将于2014年5月前陆续出版；部分书名为暂定，出版时或有调整。

图书在版编目（CIP）数据

狂欢或悲戚：当代文学的现象解析与文化观察／张清华著．—北京：新星出版社，2014.3
（新人文丛书）

ISBN 978-7-5133-1444-2

Ⅰ.①狂… Ⅱ.①张… Ⅲ.①中国文学－当代文学－文学研究 Ⅳ.①I206.7

中国版本中国版本图书馆CIP数据核字（2014）第029453号

狂欢或悲戚——当代文学的现象解析与文化观察

张清华 著

策划统筹：陈 卓
责任编辑：向小佳
责任印制：韦 舰
封面设计：@broussaille私制
版式设计：魏 丹

出版发行：新星出版社
出 版 人：谢 刚
社 址：北京市西城区车公庄大街丙3号楼 100044
网 址：www.newstarpress.com
电 话：010-88310888
传 真：010-65270449
法律顾问：北京市大成律师事务所

读者服务：010-88310811 service@newstarpress.com
邮购地址：北京市西城区车公庄大街丙3号楼 100044

印 刷：三河兴达印务有限公司
开 本：660mm×970mm 1/16
印 张：22.75
字 数：265千字
版 次：2014年3月第一版 2014年3月第一次印刷
书 号：ISBN 978-7-5133-1444-2
定 价：48.00元